幻想的秩序

批评理论与当代中国文学文化

张旭东 著

上海人民出版社

目　录

自序 …… 1

第一辑　寓言批评

文化的诗学与诗的文化学
——转变与模式 …… 3
历史与叙事
——卢卡奇的现代性 …… 25
幻想的秩序
——作为批评理论的拉康主义 …… 46
本雅明的意义 …… 68
寓言批评
——本雅明《论波德莱尔》中的主题与形式 …… 93
现代“文人”
——本雅明和他笔下的波德莱尔 …… 115
书房与革命
——作为“收藏家”的本雅明 …… 125
性格与命运
——本雅明与他的卡夫卡 …… 134
拯救是我个人的展现
——普鲁斯特与历史哲学 …… 144

第二辑　理论的历史性

重返80年代 …………………………………………………… 155
辩证法的诗学
——解读杰姆逊 …………………………………………… 167
东方主义和表征的政治
——在他者的时代书写自我 ……………………………… 179
符号空间与历史
——从第三世界文化实践角度看布迪厄的社会哲学……… 208
后现代主义与当代中国 ……………………………………… 232
理论与历史性
——与杰姆逊的一次访谈 ………………………………… 244
从“资产阶级世纪”中苏醒
——本雅明文集《启迪》中文版导言……………………… 272
附录：二十年的忧郁和理想：《发达资本主义时代的抒情
诗人》再版感言 ……………………………………… 286

第三辑　文学经验

据为己有：解释学的文本—读者理论………………………… 291
从“朦胧诗”到“新小说”
——新时期文学的阶段论与意识形态 …………………… 297
遗忘的谱系
——鲁迅再解读 …………………………………………… 314
自我意识的童话
——格非与实验小说的几个母题 ………………………… 354

上海怀旧
——王安忆与现代性的寓言 …………………………………… 383

代后记："重返80年代"的限度及其可能 ………………………… 433

自 序

收在这个集子里的文章多为自己“学徒期”或学术起步阶段所做，跨度从1985—1989“文化热”到博士毕业后在美国大学任教的头几年。内容明显分为两个部分，一是介绍和理解在80年代如日中天的“西方理论”，包括文学理论、美学理论和文化分析理论；二是对当代中国文学、文化、思想界种种“新潮”和“实验”的初步认识和阐释。如果有一种“个性”或“时代印记”贯穿并统摄这两个方面，从而将这些文章同一般常规性论文区别开来，那或许是：在谈论西学时，作者的“文化意识”是当代中国的；而在谈论当代中国文学文化现象时，作者的“方法意识”（姑且这么讲）——如对概念框架和分析论述严格性、审美形式自律性乃至行文个人风格的略显狂热、稍稍偏执的追求——却又是“西方的”或“西化的”。

这些特征或主观因素在这些文字问世的时候大概曾给读者带来某种“质量”和“标准”上的信心。但在今天看，这种成功更多可以为意识形态分析提供完成度和“物化”（reification）程度较高的对象，而不应不加批判地被视为专业意义上可资效仿的先例。因此，再版这部不折不扣的“少作”没有太多怀旧的意味。事实上，在谈及“80年代”的几篇文章里，我曾对当代中国知识分子的集体怀旧和自恋倾向多有批评（包括自我批评）。同时，大体上按编年顺序编文集，却也绝非仅仅出于“学术史”考虑。原因很简单：我相信收在这两个集子里的文章仍然存在于“当下”及其矛盾结构之中；而自己的读书和思考，无论客观上还是主观上讲，也还都没有从这个当下退场。许多篇目确已有了超过三十年的历史，有时想来觉得不可思议。但我仍希望，它们还没有退化为个人史意义上的记忆或学术史意义上的材料，而是仍旧可以作为路途上、展开中的经验和思考，为当下学界提供一种参照、一份见证。

这样的期待自然需要读者反应来检验。作为作者，在重新面对这些遥远然而又亲切的旧作时，却不能不自问它们整体上的问题意识、写作风格和流通方式在今天的意义何在。只不过对这个问题的回答，仍然需要读者给出。在此我只想说明一下书名的来由：纵观八九十年代中国文艺和文化思想领域，对“世界”和“真理”的想象性理解往往构成对现实认识和把握的内在结构性原则。因此“幻想的秩序”包含了一种暧昧的多义性：

（1）当代中国知识思想话语中的秩序概念往往基于一种关于普遍性秩序的幻想，基于对后者的幻想性的主观认同；

（2）作为幻想对象的秩序相对于幻想主体具有外在性和客观性，因为它是一种源于他人集体性的社会经济历史发展的结构；

（3）这种外在现实的内在秩序对于当代中国人来讲是一种“他人的语言”，同时作为“政治无意识”和修辞意象的“能指库”而存在；

（4）对当代中国社会秩序和文化秩序的认识和建构，同时包含对自身幻想的幻想性的批判性认识，但这种批判性认识本身并不能脱离幻想或意识形态的氛围而独立存在：意识形态批判的结果是意识形态的新形态；

（5）最终，幻想的幻想性即意识形态结构在批判视野中显现其客观性、历史性：主观性外化为异化的秩序，成为当代中国文化意识的对象化的历史和叙事。

这样的交代固然远不如鲁迅对“华盖集”“而已集”“二心集”或“伪自由书”题名的解释那么鲜明、生动、传神，但在概念层面，或可提示出“词汇”与“语法”、表象与现实、主观与客观、特殊性与普遍性之间的张力，正是当代中国文艺和文化思想在过去三四十年间艰难地寻求自我表述、自我建构的想象性空间和象征空间。“幻想的秩序”是对这样一个语言习得过程的命名；是对种种转瞬即逝、但值得铭记于心的自由状态的命名；也是对一个观念和修辞有时喜剧性地、有时又是悲剧性地走在了现实前面的时代的命名。随着 80 年代的戛然而止和 90 年代的匆匆落幕，现实最终大踏步追赶上来。在当代中国文化思想领域里的具体反映，便是知识界的分化、学院专业化体制的初步确立、社会科学实证研究的兴起和知识信息领域里日益充分的全球化。面对这样的巨变，这本集子最后（第三辑“文学经验”）透露出的兴趣转向不是专业化知识生产，而是文学批评。就个人经验而言，我认为 80 年代的“理论神话”作为一个准备阶段，在对当代中国文学实验性探索和写实主义发展的阐释中可以重新找到自己的定位、功能和意义，找到自身同历史和创意劳动的具体关联。

本书篇目多数最初收录于牛津大学出版社（香港）1998 年版《幻想的秩序》；2001 年稍加增删，由北京三联书店出版，书名改为《批评的踪迹》。鉴于两个版本脱销有年，上海人民出版社在策划本人作品系列时决定将它收入。借此机会恢复初版书名，作为多卷本文集文学批评理论系列的首卷。同时编定了第二卷《批判的文学史》收入同一系列（即出）。两卷大致以 2002 年为界，分别涵盖前 15 年和后 17 年专著以外的文章。感谢三个版本的编辑：林道群（香港牛津）、冯金红（北京三联）、薛羽（上海人民）。也借此机会，向这些年来偏爱过这些文章的读者致以真诚的问候和感谢！

张旭东

2020 年 7 月 4 日于纽约

第一辑

寓言批评

文化的诗学与诗的文化学

——转变与模式*

文化成为一种全新意义上的诗学的对象（从而被“文学化”），与诗的模式进入到一般的文化概念的中心地带并构成新的文化观念（从而被“哲学化”），是一个互相渗透而又互相说明的过程。对于前者，毋宁说是文化本身呈现出诗意的形态；作为这种诗学的对象的文化不再是那种旧观念之中的“理论体系”或“历史的事业”，而是作为一种生动的富于创造力的生存活动本身来理解的。因而文化的诗学把整个文化的创造活动理解为创作和作品。并在一种批评或理论的写作中重新显现出文化的形态。这已透露出诗的方式作为整个文化的象征方式的意味。另一方面，文化本身又把诗说明为一种基本的活动方式，一种意义的模式。这种说明无疑也说明了诗的本质正是文化的本质。

这种观念的转变包含在文化形态的发展过程中，它并非某种发展的结果，不如说是这种发展本身的意义。在这种转变中，诗和思

---

* 本文为作者向中国比较文学学会第一届年会（1995，深圳）提交的论文，后发表于《美学与文艺研究》第二卷，内蒙古人民出版社 1987 年版，第 119—139 页。原文名为《从文化的诗学到诗的文化学》。

想在存在（或生存）的深层回溯到共同的源头；正是在诗人和思想家的互相占有中才形成了一种诗的总体的模式，这个诗的模式无论在文化的历史性中还是在当代的实际状况中，都将是文化的模式，因为这一切无非是生存状况的诗意显现。

本文的题目对于这个过程来说或许仅是描述性的，但已大得足以使洋洋万言也未必能提示读者更多的东西。不过我将尽力说明，自尼采（Nietzsche）以来文化观念中希腊精神的复活以及黑格尔主义的终结。我将指出逻辑经验主义在这场转变中的反面的触发作用。并在文化与生存的两极间描绘一道诗意的跨越的踪迹。作为本文的核心部分，我将展示三种模式：即从传统写作意识到当代写作意识的转变中的反面的海明威模式；从传统文化观到当代文化观的转变中的维特根斯坦模式；以及从文化的诗学到诗的文化学的转变中的海德格尔模式。同这些模式一样，这篇文章本身也只是一个模式。更确切地说，是模型。这更近于一种理解性的综合而非一种总结性的概括。限于篇幅，这种比较只能是简略的。

一、 体系的瓦解：尼采与逻辑经验主义

文化观念的转变同西方文化的历史源头即古希腊时期（前苏格拉底时期）的文化形态有着内在的一致性。事实上，这场转变中的关键人物，如尼采、海德格尔都在思想上与希腊直接相通并从中汲取灵感。维特根斯坦在道德伦理方面更富于基督教精神，但在认识论上，则显露出十足的希腊气质。在对希腊世界的缅怀中（这在从歌德到施莱格尔的德国浪漫主义那里就已达到了如痴如狂的地步）寄寓着一种整体文学或整体文化的雏形。在那种艺术、工艺和学术

不加区分地融合在人的新鲜活泼的实践之中而与自然亲密无隙的文化形态或者说生存方式中，当代先行的思想家和诗人们似乎找到了摆脱自柏拉图以来的文学传统和文化传统的勇气和力量，并感到了对这一切作一番再认识的必要。

在传统的文化主义观念中，人的存在在文化中达到其本质，而文化则意味着一座理性的大厦。这是一个巨大的系统。它无所不包，一切无不纳入其中加以分门别类的研究。在制订好的运动中达到自身的完满并给贴上一张标签。这座理性的大厦与其说是建立在实在的基础上不如说是建立在世界的本质、宇宙的规律或绝对的真理之上（而这本应是这座大厦的尖顶）；与其说是人的事业不如说是历史的显形，即一种不以人的意志为转移的普遍力量的体现。哲学体系无疑是这一时期的文化的模式，“理性”是它的核心。在这个漫长的时期，哲学从未意识到自己与诗处在一个不但平等而且相似的位置上，它从没有越出自己的视野而极目于文化的地平线。在柏拉图的理想国里，并没有诗人的位置，似乎诗对于他的绝对真实来说未免扯得太远（他们是惟恐离开“真理”一步的）。亚里士多德研究了文艺，然而《诗学》不过是他的博物学中的一科，并未获得更多的意义。康德研究了美的范畴，但却把它置于本体和理性的构架之中，这并未导致诗与哲学的亲近，①倒是哲学把诗作为一片

① 近年来的康德研究向人们展示出了一个不同的康德，即以《判断力批判》为哲学思维基础的“后现代康德”。这种转向的代表人物首推法国哲学家德勒兹（Gilles Deleuze）。德氏早于1963年完成其《康德的批判哲学》（*La Philosophie Critique de Kant*），暗示感性世界是康德“自由”与“法”的国度的现实存在方式。德氏的书于80年代中期被译成英文。我国哲学家叶秀山曾在《说不尽的康德》中介绍该书并指出：“其实，康德《判断力批判》的世界，才是最基础的、最本质的世界，正是胡塞尔所说的‘生活的世界’，海德格尔所说的‘存在’的世界。”《哲学研究》1995年第9期，第56页。——作者校注

需待说明的区域，从而与自身截然划分开来。在黑格尔式的包罗万象的绝对精神运行图中，诗被规定为一个环节。虽然在这个环节自身之内，诗的许多特质被充分意识到了，但在根本上却没有逃脱被扬弃的命运。它消融在绝对知识纯而又纯的同一之中。这里，历史上的伟大思想家并没有意识到那种异己的诗意或文学性对于文化本身不仅意味着一种创造力和一种把握世界的方式，意味着一笔财富，而是整个世界本身，这是源自生存世界的财富，是文化的土壤中的养分，是时间之流中的无限的形式的可能性。正是这种形式的可能性成为文化的根本，即生存的投射和自我形象。而正是这种自我形象使这个世界和人类存在的“大地”有了意义。

反对这种传统的最早并且最锋利的形式是尼采的哲学，或说是尼采的诗。在他看来，人必须自由地并且创造性地表达自己的一切。这是生命的呼喊，因而它必须从生存本身获得力量。而那种“理性”的文化则像一切无聊的游戏让人丧失行动的意志，在一种假象的蒙蔽中堕为奴隶，成为文化的奴隶——道德的奴隶、权威的奴隶、理性的奴隶、宗教的奴隶等等，在尼采是最不能容忍的事情。因为文化本应是人生命的轨迹，那种最饱满的热情和意志的自我显现。也许正是尼采的愤怒——这种愤怒不但出自他的思想，更出于他的生命，这是愤怒、轻蔑、痛心和忧虑的混合——使得尼采的写作成为诗。用他的诗说，“使母鸡咯咯，使诗人歌唱的是痛苦”。但尼采决非不自觉，他系统地攻击传统文化的一切形式并触动了它的根基。正是他第一个指出：语言是牢房，而他的诗正是对这座牢房的逾越，越过这道界限，也就跨越了一道鸿沟。新的天地，展现在他的著作中，这是诗，也是哲学。这种自由的表述为整体文化提供了一个范例。

19 世纪文化体系——让我们称之为黑格尔模式——经尼采的

冲击遭到极大的动摇，然而这种模式却远未被摧毁。真正毁灭性的打击却是在20世纪，来自这个系统的内部，来自“理性的双面刃”，不过其利刃仍是语言。然而它来自相反的方向，即实证主义的逻辑语义分析。这种随科学而兴起的“真实”的意义系统，在于确立一种对象化的明确性和一致性，运用逻辑语法的实证原则来检验意义。它确实检验出了旧的文化系统（形而上学）是“不真实”的。然而它提出的新的“真实的”意义系统，却不但要排斥这种思考的表述，而且要从根本上取消这种思考。这种科学扩张对于生存者的文化世界所造成的威胁，刺激了那在形而上学的束缚下奄奄一息的文化意识，把它从原有的巢穴中驱逐出去，赤裸着走上了新的路径。

逻辑经验主义把黑格尔、费希特、谢林、海德格尔等的“形而上学”宣布为“连错误都不是，而是一无所有”，接下去它解释为何那么多“卓越的有识之士”在这里耗费了毕生的精力和热情；它认为，形而上学并不描述事实，但“它们是用来表达一个对人生的总态度（Leben-seistllung）的”。①逻辑经验主义对个人的人生总态度想必无甚兴趣，但有意思的是它把形而上学归于一种失败的艺术：“我们发现形而上学的起源也是出于需要表达人生总态度，表达人对于环境，对于社会，对于他所献身的事业，对于他所遭逢的不幸的感情反应和意志反应。这种态度照例不自觉地表露在人的一言一行中，它也深深地刻在他的面容上，有时甚至表现在他的步态上。现在有许许多人怀着一种欲望，要想超越这些现象，创造一种表达他们态度的特殊方法，使他们的态度可以更洗练深入地被人看

① 卡尔那普：《通过语言的逻辑分析清除形而上学》，引自洪谦编《逻辑经验主义》上册，商务印书馆1982年版，第33页。

到，如果他们有艺术才能，他们就创作一件艺术品来表达自己……这里对于我们的考察最重要的只是：艺术是表达基本态度的恰当手段，形而上学是不恰当的手段。"①这段分析不能不说是很精辟的。甚至从反面来说，很有启发性。它提示我们这更是一个表达的问题。——尽管"人生总态度"与诗意的生存者所要表达的不尽相同。关键在于形而上学的表达"想超越一些现象"来表达。然而有意味的表达，却必须推动这些现象，或者说以这些现象为媒介来达到表达。作为典型，诗是语言的艺术品。诗所打开的意义的空间以及其中所展示的存在的关系和生存的命运，正是创造性地运用语言的结果。失败的艺术少的是"艺术性"。这当然是广义的艺术性，这里就包含着文化的诗意的形态。且看逻辑经验主义者对尼采的评论："那位也许具有最高的艺术天才的形而上学家尼采，差不多完全避免了那种混着的错误。他的作品大部分具有占绝对优势的经验内容。例如我们在那里发现了对特殊艺术现象的历史分析，对道德的历史心理分析。在 Also Sprach Zarathustra（查拉图斯如是说）这部作品里，他最强烈地表达了别人用形而上学或伦理学表达的东西，他并未选择使人误入歧途的理论形式，而公开地选择了艺术的形式，诗的形式。"②逻辑经验主义者把他们不关心的内容从哲学中驱赶进诗，或许他们是做对了，思想在重新寻找自己的途中与诗相遇。

然而我们要在此把这个问题暂且放下，以便来考察文化和文学面临的另一个更深刻、更严峻的问题。在这个更为激烈的冲突中的更为紧张的跨越，为至此已显露出来的问题提供了更为详尽，更富

① 卡尔那普：《通过语言的逻辑分析清除形而上学》，引自洪谦编《逻辑经验主义》上册，商务印书馆 1982 年版，第 34 页。

② 卡尔那普：《通过语言的逻辑分析清除形而上学》，引自洪谦编《逻辑经验主义》上册，商务印书馆 1982 年版，第 35—56 页。

于意义的解决方式。

二、 生存的抗争与海明威模式

逻辑经验主义运用号称万能的语义检验标准对固有体系进行大刀阔斧的砍伐，不仅取消了形而上学，而且从根本上取消了哲学。这种取消实则取而代之。在这种典型的技术主义的无情扩张中，文化与价值，生存与意义面临深重的危机。

在这个海德格尔称之为“技术主义的行星时代”的时代里，人的境况，如海德格尔描绘的，是被那种使一切都运转起来的技术从地球上连根拔起，生存和文化同时坠入深渊。在这个坠落中，自我、社会、自然、人类、传统、信仰以及思维都在飘浮中失落。在这种无家可归的状态中，人寻找着生存和世界的意义，并在这种寻找中生成着新的文化。现代派文学是这种文化的最直接的表现。世界的荒芜和自身的空虚给生命个体带来的痛苦一度是现代派文学的唯一源泉。叶芝惊呼：“一切都四散了，再也保不住中心。”在艾略特（Eliot）的荒原上，“大地给助人遗忘的雪覆盖着。”里尔克那永远的孤独者在秋日下终日地“醒着、读着、写着长信。在林荫道上来回/不安地游荡，当着落叶纷飞”。

在哲学面临诗的过程中，基于同样的世界性原因，诗也面临了哲学。这表现为它必须面对文化的虚无和自身的压迫；它被暴露在一个比它过去的天地深广得多也黑暗得多的范围里；它必须在没有上帝的世界里担当起创造的使命，在荒漠上寻找水和生命。这几乎成为一种宗教。事实上，几乎所有的现代派代表作品都带有强烈的宗教仪式的色彩，典型的如《荒原》《尤利西斯》，等等。如果在这样的虚空中诗必须寻找、开辟并维持住一片人性的空间；如果此时诗已经成为人的最好的创造方式或逃避方式，更一般地说，成为人的存在方式，那么诗此时也已进入到文化的核心中去，并以自己的方式缔造着文化的新形态。

在这种精神的虚无和混沌状态中，现时代的作为生存者和这种生存的代言人的西方作家或者通过呈现自身的焦虑，呈现世界的纷乱图景来启示这种虚无，并使之获得本体论的意义；或者积极地寻求克服虚无的方式，即确立一种行为方式和理解方式，在新的价值的图景中获得自身的栖居之所。他们有的基于自身的生活态度和价值对理想世界和人们进行激烈的攻击或嘲讽，有的则寻求一种艺术形式或语言手段在一种本文结构中显示出存在的诸关系。这种“本体论”的文学如此深刻地联系于人的生存境况和“世界的命运”，如此深刻地扎根于文化的土壤中；人类学的、宗教的、神话的、历史的、语言学的，凡此种种，远远超出了原有的范围，它不仅是人生的表达，而且就是生存本身。它为生存提供一种活动方式和理解方式，容纳它的创造，显示它的存在与虚无，构成它的价值，从而成为一种生存的哲学，更广义地说，成为生存的文化学。

现代派作家都面临着一个深渊，这是生存与文化间的鸿沟。从卡夫卡的人的异化到里尔克的生命与存在的忧思；从艾略特笔下现代世界的价值贫乏到奥尼尔提出的人的归属问题；从“迷惘的一代”到垮掉的一代，现代派文学传达着对这个深渊的感知，并探索着生存的道路。在这里，语言构成了最有力的表述方式，在创造性的富于蕴含的语言形式里，透露出重建交流的新的可能。“文学性”成为当代文化的活力源泉并构成这种文化的根基。为更好地说明这一切，我将首先提出海明威模式。在他的行为世界和小说世界中，有对那种“文学性”或那种跨越方式的最好的说明。

海明威（Enest Hemingway，1899—1961），当今世界最广为人知的作家之一，他传奇性的一生，强烈的个性色彩与他的作品一样吸引人。作为这个时代的美国人，作为一个迷惘者，作为一个通过几乎是夸张的行为举止和写作方式为自己为时代确立准则的作家，作为一个怀着坚定的信念，对人和世界抱着深刻的理解并始终思考问题的生存者，他对于这个时代负有特殊的使命。

海明威“标准的”美国青年的幸福而忙碌的生活终止于第一次世界大战。参战前他还觉得自己是在“干一桩大事情”，[①]然而不久他已带着迫击炮弹碎片留下的累累伤痕，整夜地失眠，在幻灭的痛苦和生存的空虚中惶惶不可终日了。他逃避着、寻觅着、追求着、承受着巨大的精神苦痛。然而他之为生存的强者集中体现在他作为作家的自命之中，这使得他的生存成为一种创造性的抗争，从巴黎的街头到西班牙的斗牛场，从印第安营地到非洲的青山，从生死攸关的前线到宁静的望农场，他充满无数次冒险的漂泊的一生始终在寻找一种东西，那便是生存的形式和尊严。

他一生始终面临死亡。面对这个衰朽的世界，面对种种生存的压迫和矫饰，他像个古代的英雄人物那样以他的体魄进行着不屈的抗争，在对外部世界的激烈反应中他确立起自己的行为准则。在这种准则下的一言一行树立起海明威的自我形象，然而作为作家，他更是全身地投入到建立他的作品世界的创造中去，以语言的力量呈现出生与死的关系。正是他的人物使他的世界有了意义。他认识到人生难对付，而写作更不好对付，然而他不能不写。时代生活把他推进深渊。但他从他的作品中重又走了出来，向世界掷去他的硬汉格言。四周是他的海洋和天空。他一个字一个字地征服了空虚，把

① 参看《海明威书信十一封》，载《世界文学》1983年第1期。

那种无话可说的状态变为生存的表达。

海明威作品中的战争世界是毁灭人、毁灭美好事物的巨大的破坏力量。在《在我们的时代里》《永别了武器》甚至《丧钟为谁而鸣》中，主人公都成为寻求生存道路的受伤的人类的象征。作品具有浓重的悲剧情调。但在此，战争不仅表现为恐怖，也表现为检验人的血与火的洗礼。在所谓“世界在战争中”的境况里，海明威发现了人的真实和世界的真实——在怯懦与勇敢的瞬间，在生与死的边缘，人要么被“打碎”，要么坚持住，并活下来，在威胁面前认清世界的本来面目和生存的原则，从而变得勇敢、坚强。这种“伤痕的智慧”是所有海明威所钟爱的人们——渔夫、斗牛士、拳击手、战士的共同智慧。世界有如一个舞台，所有生存着、行动着的人们都以自己的行动显示出对个人、世界及其关系的理解。

海明威作品中的另一个世界则是平静甚至明快的，然而同样充满敌意，充满死亡、混乱、焦虑和羞耻。这体现在《太阳照常升起》以及大部分短篇小说里。美国著名批评家考利把《太阳照常升起》同《荒原》作了有益的比较。他指出：“它（《太阳》）有时是欢乐的，充满友爱的，甚至是热情洋溢的；但那个男主人公像鱼王一样受了伤。于是他生活在一个绝对荒芜不毛的世界里。”①与这一代人不同，斗牛士皮得罗是真正的英雄。斯毕尔卡在他的《〈太阳照常升起〉中爱情的死亡》一文结尾有一段很好的总结：“（皮得罗）是最后一块道德试金石；他的道德法则使这样一个世界有了意义，在这个世界里，爱情和宗教已经绝灭，男子气概的证据难觅少见，人人都必须学会规定自己的道德标准，然后按照这个标准去生

① 考利：《海明威作品中的噩梦和宗教仪式》，见董衡巽编：《海明威研究》，中国社会科学出版社，第126页。

活。"[1]海明威的写作曾被认为是种逃避。考利也把它比作一种祛魔的仪式。然而最终在《老人与海》那里，他的创作完全呈露出一种庄严肃穆的古典风格。从生存的抗争上升为人生的哲理。海明威的一生及艺术也由此从"现在"而步入"永恒"。

海明威在艺术上的斗争不亚于他在生活中的斗争。其结果在于他创造了一种海明威的文体。人们能像感知贝多芬的旋律与和声一般地感知它。生存忧患加形式实验，某种程度上正是现代写作不同于传统写作的特征。对于这种"写作生涯"他已总结道："写作，在最成功的时候是一种孤寂的生涯……一个在稠人广座中成长起来的作家，自然可以免除孤苦寂寥之虑，但他的作品往往流于平庸，而一个在岑寂中独立工作的作家，假若的确不同凡响，就必须天天面对永恒的东西或者面对缺乏永恒的状况。"[2]

海明威的意义在于他在空虚中聚合起生存者的经验及其语言形式，并在经验与语言的互置中呈现出一种诗意的模式。在把生存投射进行文本的创造活动中——存在又一次体现为文化。生存—行为—文本的互指以一种诗的形态结合起存在与文化，它翻掘并显示一种深层的蕴含，并使文化世界获得新的生命。

三、 文化观念的转变与维特根斯坦模式

海明威模式说明了整个现代主义时期的文化活动的特质。这里，文化的体验性本质与特定的历史内涵，在创作领域中，在文化

① 董衡巽编：《海明威研究》，中国社会科学出版社，第103页。
② 董衡巽编：《海明威研究》，中国社会科学出版社，第94页。

的文学性本质中显现出来，并指向一种文化的诗学。

现代派文学一开始就以它文化实验的总体性为其鲜明特色，一开始就表现为语言艺术上的突破性的形式创造。从波德莱尔的象征主义到瓦雷里的所谓“抽象肉感”，从里尔克的“思维知觉化”到艾略特的“客观对应物”，直至把诗与哲学同归于一种隐喻系统，现代派文学建立起一个新的符码的共同体。加上作品中充斥的处世格言和启示性寓意，这一时期的文学成为一种贵族式的、形而上的文体。但从二次大战以后，当“异化”“危机”已成为老生常谈，“后现代主义”则表现为相对的平静，它更多地思考日常生活，审视人细微而丰富的瞬间，力图重建人与世界的联系，并使本文的结构与存在的诸关系呈现出相同的形态。美国评论家哈桑（Ihab Hassan）通过对比指出了这场转变：后现代主义文学以新的媒介代替了艺术家技术方面的斗争，以艺术的公众化、可选择性代替了非人性化的文体实验；以具体性和事实与虚构的交融取代了贵族式的复杂的形式主义和抽象性；它的结构是支离破碎的，以便使事物得以同时呈现，它把各类形式融合起来，取代了现代主义的结构。语言上，隐喻和反讽在这里成为语根和语熵。原始主义神话为存在主义哲学所取代。①而华生则进一步指出，罗布-格里耶、品钦、默多克等人反对作品仅仅成为作者主观世界的投影，他们希望回到特殊事物上去，恢复文学语言的正常功能。要求文学准确表现这个多变世界中的人的地位，呈现语言的粗粝和不完整性，努力使文学敞开一个世界，在其中人能自由地对待一切经验。②当代作家通过语言去“创造一个世界”，并在这个世界里体现出生存的踪迹。因而这种作

---

① 哈桑：《后现代主义》，转引自《国外社会科学》1982 年第 11 期。

② 华生：《论新感性》，转引自《国外社会科学》1982 年第 11 期。

品必须是“开放”的，在此，“意义的变化”取代了所谓的“真实性”，甚至可以说，只有在这种变化中，一切才存在，才真实。这样，创作和评论成为文学和哲学的共同工作，成为文化本身转变的途径。

为了更好地说明这种文化观念和文化形态的进一步的转变，我将在下面讨论维特根斯坦的模式，也许，这种讨论范围的变换本身正体现出诗意的文化形态的特点。

如果说海明威的意义在于生存世界——行为世界，文本世界模式的前半部，那么，维特根斯坦的意义则在后半部分，即在从行为世界到文本世界或者说从世界到文化的过程中，在这种文化自身的消解和再组合中，进一步显露出文化的生存——行为的根基和本质所在。文化的“文学性”鲜明地表现出来，并成为文化的活力所在。对文化现象的诗意把握导致了诗进入了文化并改变了文化的面貌，在维特根斯坦那里文化的诗学开始朝诗的文化学转化。

维特根斯坦（Ludwig Wittgenstein，1889—1951）对当代哲学和当代文化具有深刻、持久并且多方面的影响力。他的《逻辑哲学论》和《哲学研究》分别被认为是逻辑经验主义和分析哲学的经典，然而维特根斯坦的思想和实践却从未在文化整体的兴趣中得到一个完整的表述并构成一个模式。其实，只有在以这两部著作为代表的前后期思想的差异和相似，以及他的正式著作与笔记书信所显示的思考活动和一般倾向的貌离神合中才能理解和解释这一模式。理解维特根斯坦，不仅要把他作为一个诗意的思考者，而且要作为一个诗意的生存者，不仅要考虑理论间的关系，更要考虑促成理论的现实背景，因为维特根斯坦永远是一个面向事物，不断地揭示事物的新鲜之处的探究者，一个深深地卷进存在的命运和语言的局限性之中的实验家。

在一封信中维特根斯坦写道："研究哲学如果给你的不过是使你能够似是而非地谈论一些深奥的逻辑之类的问题，如果它不能改善你关于日常生活中重要问题的思考，如果它不能使你在使用危险的词句时比任何一个记者都更为谨慎（而这种人是为了他们的目的而使用这种词句的），那么，它有什么用处？……我懂得要彻底地思考'确定性'、'或然性'、'知觉'等等是很困难的。但是，要对或者力求对你的生活和别人的生活进行真正诚实的思考，那么就还要困难得多。"①这表明，维特根斯坦的问题不仅是一个知识问题，更是知识与生活世界的关系问题，这也解释了维特根斯坦何以在面向客观事物的同时又深陷于伦理、宗教和美学的问题之中。他认为，哲学的最高的任务在于发现真实，而这种"真实"的特性在于它是要人去发现的，而非来自某种先行的决定。因而哲学在此变成一种观察和表达上的努力。在维特根斯坦，这又集中体现于对语言的思考。如何在外在世界的真实性中获得知识和内在价值的真实性，如何通过逻辑和语言用法上的努力使这种真实变得明晰，如何从语言行为中达到生活世界本身的丰富性、完整性和意义的明确，这一切使他的哲学成为一种发现并维护真实的工作，而这种工作在语言中的进行又必然使之成为一种表达的艺术，成为一种生动的诗意的文化活动的关系网络。这同时就意味着旧有文化系统的瓦解，意味着文化整体与世界存在之间的根本关系——文化形态是两者间的桥梁，而旧有理论体系则是两者间互通的阻塞——受到根本的怀疑，新的个体必须以一种发现和创造的活动把它重建起来。

在对待真实的事物以及它们与伦理、美学意义的关系的位置上，维特根斯坦与康德极为相似。"可说的"与"不可说的"，"实

① 马尔康姆：《回忆维特根斯坦》，李步楼译，商务印书馆 1984 年版，第 33 页。

在性”与“美的惊奇”，“有效性”与“目的性”的相反和互补，又重新把一个似乎是旧的问题摆在我们面前，但维特根斯坦不同于康德的在于他把这种思虑体现在他的分析活动和语言批判之中，他力图创造性地发现真实，区分存在的不同区域。在文化网络中建立起类似区域的联系，并在找到一种确切的语言的情况下，使存在的面貌进入到有效的思考中去。他反对任何在世界与文化之间插入的理论的楔子，始终要通过他的论述的本身取消这种论述的理论形式。从试图在理想的逻辑系统中确立对象化的对应关系并划出一条不可逾越的“界限”到放弃这种构想转而投身于具体的“语言游戏”和“生活形式”，从而在人类规范中重建意义的本质，他一直把维护世界的本来面目作为文化人的使命。而从这里也就导向了他的“神秘”，这种“神秘”一直缠住他不放，而他一直对此讳莫如深，只埋头于展示语言与生活世界的生动关系，但这或许正是他总体战略的体现，那种在具体中透露内在的普遍的工作，完全是一种艺术。

在前期思想中，他在“世界”与“神秘”之间划界，区分了所谓“可说的”与“不可说的”。然而他的逻辑实在论却总透露出更多的东西。他说：“有关（世界的）某种东西是成为问题的，这个东西我们称为世界的意义。这个意义不存在于世界之内，而存在于世界之外，生活就是世界。”①在《逻辑哲学论》中他也提出：上帝不在世界之内显露自己。他主张对不可说的应“保持沉默”。然而他对那种可说的世界之内的实在却提出了更多的要求。对事实的明晰性的追求并非维特根斯坦早期思想的唯一目的，这并不仅仅意味着要在伦理上放弃某种企图而去换得“幸福”。关键是下面这句话：

① Wittgenstein, Ludwig. *Notebooks, 1914—1916*. Oxford, Blackwell, 1961, p. 73.

“神秘的并不是世界是怎样的，而是它是存在的这个事实。”[①]而这个事实的含义，在一种美学的考察中显露了自身：“从美学上来讲，奇迹在于世界存在，在于存在的东西确实存在。”[②]而这种实在性的奇迹为艺术家所接受，并通过作品再显示出来。在维特根斯坦看来，这也未尝不是个奇迹。我认为这正是把握维特根斯坦的关键。显示整个实在同时也便是透露实在的意义，然而这只是在一种“惊奇”中被人领会的。他的工作可称为创造性地结合实在与实在的奇迹，所透露的实在的意义的艺术，他在一种新的观察方式和表达方式中，在世界的广阔领域中凭着一种诗的力量融合起被文化形态所割裂的思维。在这个过程中，语言对实在的揭示转化为语言自身的揭示，在语言恢复与活力的活动中，世界在语言中显现为奇迹。因而维特根斯坦宣告：“要看而不要想”“人必须清醒过来表示惊奇”。[③]他宣称自己具有“直接追求具体物的无诗意的精神”。[④]这种“无诗意”可以非常恰当地比作海明威的那种“光秃秃”的简洁；另一方面他又宣称：“我认为，我的话总结了我对哲学的态度：哲学确实只应该作为诗文来写。似乎对我来说，不管我的思想属于现在、将来或者过去，如此获得哲学是一定可能的。因为这样做的话，我就能指示我自己，而不像看的人不能随意地尽其所能去活动。”[⑤]

这种态度在后期著作里得到充分的体现。前后之间巨大的转变在于他以“语言游戏—生活形式”取代了“可说的”与“不可说的”之间的界说。以“意义即用法”的标准把语言置于人类日常活

---

① 维特根斯坦：《逻辑哲学论》，韩英译，商务印书馆 1962 年版，第 102 页。

② Wittgenstein, Ludwig. *Notebooks, 1914—1916*. Oxford, Blackwell, 1961, p. 86.

③ 维特根斯坦：《文化与价值》，1964 年中译本，第 7 页。

④ 维特根斯坦：《文化与价值》，1964 年中译本，第 8 页。

⑤ 维特根斯坦：《文化与价值》，1964 年中译本，第 35 页。

动的情境之中。这样，理想主义逻辑关系的普遍性被出于观察和描述的个别的真实特征所取代，形而上学或科学主义的原则为人的明智所取代。“理性”的综合为诗意的交融所取代。从语言中源源不断地涌现出的人类精神财富改变了文化的形态，使之由文化的诗学的方向转向诗的文化学的方向。维特根斯坦为当代文化提供了一个诗意地揭示性的非系统的、注重实践活动、注重个别性和参与的开放的模式。旧有文化经此消解，必须从诗的精神中再生。在海德格尔模式以及当代各种文化学、理论类型中，存在通过诗大规模涌现出来。文化业已成为诗的文化学，这是对这个时代里生存与价值的分裂的克服，是世界的再显现，是意义的创造，是使“无”成为“有”的斗争。

四、诗的文化学：海德格尔模式

海德格尔（Martin Heidegger，1889—1976）的思想不能冠以迄今人们捧与或加与他的任何名称，诸如现象学、存在主义、解释学或者宿命论一类，他考虑的问题对于当代生存者和存在的命运来讲是太关切、太深刻，也太容易引起误解了。但他在垂暮之年的一次对话中为自己的思想加了一条注释。他不认为哲学能改变世界，不但哲学不能，而且所有一切只要是“人的思索和图谋”都不能做到，“只有一个上帝能救渡我们”。他的哲学不能也不是要“把上帝想出来”，而是“唤醒大家准备期待他”，即“在思想与诗歌中为上帝之出现作准备或为在没落中上帝之不出现作准备”。[①]这正是当今

① 海德格尔：《只有一个上帝能救渡我们——答〈明镜〉记者》，北京大学外国哲学研究所编译：《外国哲学资料》第五辑，商务印书馆 1980 年版。

西方世界的状况，同时也是西方文化的状况，他曾在《世界图景的时代》一文中指出："人类活动是作为文化来理解并完成的，因此文化也通过致力于人类的最高利益而成为最高价值的实现。"①然而，在那次对话中他说道："如果不仅事业值得怀疑，而且连什么叫'文化'也值得怀疑，那么对这值得怀疑的东西的深思也落到思想的使命的范围中来了。"而"思想的最大困难是：今天，还没有一个足够'伟大'的思想家说话，把思想直接而又以铸成的形态带到它的事情面前从而带到它的道路上去，就我们今天活着的人来说，有待思想的东西的伟大处是太伟大了"。②

海德格尔沉浸在个人生存与世界存在的深渊之中，而他"唤醒期待"和"把事物以铸成的形态带到它的道路上去"的工作就是：探入这个深渊，寻找存在的开放地带，感受个人的生存与存在之命运的一致，并运用一种媒介把这个深渊中的东西翻掘出来，把它置于光里照亮它，并赋予它形状，这种揭示必然是对文化传统的颠覆和消解。因为旧有文化早已陷入形而上学和人类自我中心的主观主义的语言困境之中，阻塞了存在的出现。由此，海德格尔由思想走向语言，由语言走向诗，并以诗的形态预示出一种新的文化形态。

海德格尔力图从根本上恢复语言的本质，并在语言的历史游戏中找到意义的场所和根源，在他看来，语言是一种历史性生成着的资源，一种创造的潜能。他认为，语言是存在的启示性的到来。语言是被理解了的存在，对存在的质询同语言的起源密不可分。在《论人道主义的信》中他写道："思完成存在对人的本质的关系，思并不制造与影响此关系，思只是把此关系作为存在交付给他自己的

① Spanos, William V. *Martin Heidegger and the Question of Literature: Toward a Post-modern Literary Hermeneutics*. Bloomington: Indiana University Press, 1979, p. 2.

② 北京大学外国哲学研究所编译：《外国哲学资料》第五辑，商务印书馆 1980 年版。

东西向存在供奉出来，此供奉的内幕就是……存在在思中形成语言。语言是存在的家，人以语言之家为家，思的人们和创作的人们是这个家的看家人。”①这样，他把存在引向思，把思引向语言，而语言承当起思与存在的本质在于语言自身的诗的本质，“诗是给存在的第一次命名，是给一切存在物的第一次命名……诗绝不是把语言当作手边的原始材料来运用，毋宁说，正是诗首先使语言成为可能。诗是历史的人的源初的语言。”②

这样，在诗的本质中，语言凝聚起思考和存在并使之成形，这是海德格尔对于文化固有观念的决定性扭转。

海德格尔给我们一个隐含的暗示，即思的人们应向“创作的人们”学习，他称诗人为“更冒险地深入深渊的人”。③他写道：“诗人把灵魂称为地球上的陌生物，而地球正是灵魂在它的游荡中至今找不到的地方。……它游荡着因而寻找着地球，从而它能够诗意地建筑和栖居在地球上，并仅仅因此把地球作为地球拯救下来，这完成了灵魂的本质。”④

海德格尔认为诗的本质是使语言出现并成为积极的自己，是使存在创造性地出现，这种力量一方面来自诗的语言比日常用语更具独创性，更具有多义性和隐喻的张力，打破常规的意义组合而给人以新的感受；海氏称日常语言为“用旧了的诗”，而诗的语言则始终是有生气、有精神的，但更重要的一方面，在于诗的作品能建立一个世界，或说，它能“打开”一个世界，从中存在得以新鲜地涌

① 中国科学院哲学研究所西方哲学史组编：《存在主义哲学》第1册，商务印书馆1962年版，第87页。

② 海德格尔：《对荷尔德林的诗的解释》，1953年德文版，第25页。

③ Heidegger, Martin. *Poetry, Language, Thought*. New York: Harper & Row, 1971.

④ Heidegger, Martin. *On the Way to Language*. New York: Harper & Row, 1971, p. 164.

出。“诗在广义上是存在在一件艺术品中的确立，它确立了一个世界，而这个世界必然使大地出现，在语言中，揭示与藏匿必然是相伴而生的——诗是对大地与世界之间的斗争的洞悉。”① “大地”与“世界”是一对统一的矛盾，大地作为一个不透明的实体，思有隐藏起自己的趋势。而“世界”则是被光照亮的区域，有揭示“大地”的作用，而艺术则在两者间达成和谐。诗用文字做成，其“地球”便是语言，而诗作为艺术作品则是一个世界，它使语言显出其本来面目，从中真理便显现出来。通过作品的世界，存在向人们“敞开”了。

艺术作品不仅“打开”一个世界，同时还保存起“神圣事物的踪迹”，因而成为一个存在显露自身的场所。在“艺术作品的起源”一文中，海氏对梵·高的《农鞋》所做的激情饱满的分析已为人所熟知。而他对特拉克尔（George Trakl）的《冬日黄昏》一诗的发挥则更具典型性。在诗中，天、地、人、神的“四重世界”出现在人的面前，事物间的差异被保存下来，而诗则成为保持这种差异的共存的纽带。限于篇幅，这里不详述了。

海德格尔的作品理论同时也是他的真理论，这样，文化形态的基础便重建在诗的本质的基础上：“真理，作为对本身存在的事物的启明同时又是遮蔽，是像一首诗一样被完成的。所有艺术，就其让本身存在的事物的真理如此地来到，在本质上是诗。艺术的本质由艺术家和作品一同掌握，这便是真理自行设置为作品。……语言首先把存在带入敞开之中而成为存在。但语言并非就是存在的。像石头、植物或动物的存在，并非本来就有一个存在者的敞开领域，

---

① Heidegger, Martin. *Poetry, Language, Thought*. New York: Harper & Row, 1971, p. 283.

因而也并没有不存在的事物的空虚的敞开领域。语言第一次命名存在的事物，这个命名把事物带进言词从而第一次显现。这个命名由存在而来并对于存在去命名事物。因此‘言说’是一种光芒的投射。在其中，事物将被拾取，这里的光芒宣布了什么事物将要进入到敞开者中去……发现和投射的言说就是诗；关于世界和地球的言说，关于斗争的舞台的言说，在这个场所，神将临近或者远去，诗是存在事物之去蔽的言论。”①

海德格尔把真理视为受艺术作品影响又由读者参与的揭示实在的活动。对本文的解释也就成为人理解世界的模式。毋宁说，世界以本文的方式的人们诗意地呈现出它的整体关系，而人的生存活动也将被安置在这一整体关系的座架之中。海德格尔的革命完成了诗的文化学的最根本的转变。

通过海明威、维特根斯坦和海德格尔的模式所说明的转变，文化不再同“世界的本质”“宇宙的规律”即那种绝对知识联系在一起；相反，它被“文学化”了，成为个人兴趣的活动方式。成为个人和群体的生命的寄托——这往往被称为事业，然而这种事业却再也不去构筑一个观念的总体系统，而成为面对自身居住的地球的生存—揭示活动。因而，文化被其文学性说明为一种参与的活动，一种游戏性的同时也是创造性的写作，文学已经成为文化活动的最典型的方式，并不断构成文化的新观念。

这种新观念在西方当代的创作、批评和理论中广泛地反映出来。创作成为一种活着的方式，批评已成为写作的主人，而理论则完全是一种艺术实践，其纷乱迷离瞬息万变难以描述。这是一个实

---

① Heidegger, Martin. *Poetry, Language, Thought*. New York: Harper & Row, 1971, pp. 72—74.

验的时代，一个面临克服空虚的时代。美国后现代主义作家巴思(John Barths)有一篇小说题为《迷失在开心馆中》，倒是很好地表明了这一点。人必须以自己的实践为自身提供意义。或许，如尼采高叫，上帝已死；那么人们或许要开始一个新的创世，而第一步，则是从种种迷信——对“真理”的迷信，对理论的迷信，对语言的迷信，对现行制度及其对思想和下意识的控制的神秘力量的迷信之中解脱出来，来到一个新的世界面前。这个世界空阔、陌生、纷杂、破碎，但也许正是我们居住的大地。这个大地的图景，有赖于新的文化形态的人们显示，诗意的文化则是大地上人们的飘摇的歌声。

1985 年 9 月于北大

历史与叙事

——卢卡奇的现代性*

如何在一个现代主义与后现代主义理论和创作的背景中重新思考和评价卢卡奇的“现实主义”小说理论，这对于我们来说是一个历史性任务。一旦我们认识到这种理论同当代现象的深刻的相关性，我们便会同时意识到它作为一种方法论对于解释当代文学作品的有效性；这种有效性甚至还表现在最直接的批评话语的层面上，诚然这种表现是间接的。这种间接性——某种程度上它还决定了我们对卢卡奇的整体思想的把握——正是我们的反思得以展开的空间。

作为“西方马克思主义”的奠基者和代表人物，卢卡奇的思想活动同这一时期的历史具有一种深刻的关联。反过来说，若要把握他的理论构想和他的批评实践，对西方马克思主义这个概念作一番扼要的探讨也许不是多余的事情。

“西方马克思主义”是一个相当含混的名称。最早这个名字是

---

* 本文曾收入胡经之、王岳川主编：《西方文艺理论名著教程》，北京大学出版社 1989 年版，原文名为《卢卡契的总体—叙事理论》。

由存在主义者梅洛-庞蒂授与《历史与阶级意识》的作者的，但用今天的眼光看，尤其在美学范围里，卢卡奇未必是一个西方马克思主义者，起码不是有代表性的人物，尽管几乎所有探讨西方马克思主义的文章著作都会以卢卡奇作第一章。D.佛克马在他的《20 世纪文学理论》里作了这样一种区分：一种人，全盘接受马克思、恩格斯、列宁的言论，在文化上甚至组织上服从党的领导；另一种人，理论上借重马克思、恩格斯，却有独立的思想来源和看问题的方法，解释马恩言论时不存在任何教条，在文化问题上并不把党的要求视为权威。那么西方马克思主义者无疑的是后一些人。在这个意义上，本雅明、布洛赫、阿多诺、马尔库塞、列斐伏尔、霍克海默、萨特等等是地道的西方马克思主义者，而卢卡奇、葛兰西等则不完全是。在我看来，西方马克思主义的标准不在于政治上的忠诚与否，而在于思想方法上的突破。如本雅明同一些修正主义者相比，政治上更为“正统”，但思想方式上却远为激进。在 20 世纪，在“世界图景成为精神现象的直接存在的结构的条件下，形式毋宁说是以内容的面目出现的，而内容上的激进性必然且只能表现为形式的激进性”。这种对传统主客观的对立，内容与形式的对立以及本质与现象的对立的“现代主义”理解，是西方马克思主义美学原则的最本质的特征。在某种意义上，西方马克思主义思想（尤其表现在文学批评理论和美学思想上）是作为 20 世纪的“先锋”思想出现的。

另一个奇怪的名称是“新马克思主义”，泛泛讲来，两个名称可以混用，但在意味上却有很大不同。西方马克思主义者较早，如佩里·安德森划分的，它的两批人马是分别在一次大战中和反法西斯斗争中成熟起来的。而新马克思主义者则较年轻，大体是二次大战之后形成的思想群。大致上说，西方马克思主义者是一批在世界观和方法论甚至生活道路上的自觉的马克思主义者，他们对外界持一种战斗姿态；而新马克思主义者则主要是从学术兴趣上接近马克思主义的，他们基本上是一些综合主义者和多元论者。在这个意义上，卢卡奇、本雅明等人是西方马克思主义者，而诸如哈贝马斯之类则可算新马克思主义者。另外，诸如波兰的沙夫，捷克的柯西克等东欧马克思主义者，叛离“东正教”但却又不在“西方阵营”，似也只能归于“新马克思主义”。脱离具体的历史背景这个问题是无法讲清楚的，在此，区分只是为了实际方便，没有更为实质性的意义。

西方马克思主义者——在此我们提出卢卡奇、本雅明和阿多诺这三位最重要的文艺理论家、批评家和美学家，并且在我看来，他们三人分别代表了当代辩证思想的形式上的历险的三个阶段——大抵是一些悲剧式的人物，其命运良可喟叹。他们都像是一些从英雄时代飘零到这个一切都在分崩离析的20世纪的“异乡客”。他们都是一些思想深邃、才华横溢的人。敏锐的洞察、热情的想象和丰富的情感与深刻而犀利的思辨、无情的唯物主义者和历史主义者的理性批判奇怪地结合在一种堪称创造的文体之中，每每给人以振聋发聩的启示。似乎19世纪的欧洲消耗在哲学、诗歌、小说和革命上面的才能和热情在他们身上培育出一种天生的能量，一种足以支持一个巨人的能量，如同巴黎工人一百年来的街垒战在巴黎无产阶级身上培育了一种“压抑着的盛怒”（本雅明语）。然而这种巨人的能量却只能在一个狭小的区域里，断断续续、饱经磨难、曲折隐晦地泄露出来。经历了1848、1871年和第一次世界大战，世界已呈现出一幅全然不同的图景。西欧最发达的资本主义国家里无产阶级革命的失败给作为历史的乌托邦的共产主义思想蒙上了一层不祥的阴影，资本主义全面而急剧地向更为高级的形式转化，从生产方式到社会规范、从社会组织到日常生活、从社会心理到个人潜意识深处，无不在一种巨大的压力下变形。现象的日益平面化和规范化，整体的日益破碎或隐晦有力地阻碍了辩证法的活动。资产阶级通过市场和城市生活节奏，通过战争、通过阻止革命、通过社会民主幌子下面的空前的思想压抑，成功地把这个时代的破碎的形式强加于思想，尤其强加于对立的思想。这迫使所有的思考者，尤其是马克思主义者在意识深处以一种高度紧张的反应姿态迎接这种震惊，重新寻找思考的中介或形式，重新寻找语言。在这个过程中，敌意的现实已成为形式的潜意识的原则。现代主义诗歌，小说、戏剧和哲学所表现的一切，无一不内在于西方马克思主义的经历和体验；在这个意义上，西方马克思主义者是作为现代主义者的马克思主义者。他们同其他现代主义者的不同在于他们是以马克思主义的语言来把这个世界“再符码化”。

因而西方马克思主义者的问题无一不是他们自身的问题。在从内心世界向外部世界的“虎跃”（本雅明语）之中，美学始终是最便捷的隘口。也就在这个意义上，马克思主义作为一种 19 世纪哲学与其他思想体系一样，必须面对当代世界的“科学主义”或“逻辑主义”的挑战；而我们可以清楚地看到，这种科学主义和逻辑主义与其说是一种科学或逻辑的东西，不如说是一种意识形态。

安德森在他的《西方马克思主义探讨》①中出色地描绘了这场从政治斗争到文化斗争，从政治经济学到哲学继而到美学的战略大转移。这实际上是一场能量的转换，即从革命到美学的转换。我称本雅明为“退守书房的革命家”；在某种程度上也是整个这一传统

---

① 佩里·安德森：《西方马克思主义探讨》，高铦、文贯中、魏章玲译，人民出版社 1981 年版。

的写照。他们并非天生的革命家，恰恰相反，是天生的书斋里的人，而“退守书房”却是他们思想上的历程。安德森指出，事实上西方马克思主义者沿着马克思走过来的路又倒了回去；而我则想补充，在这条倒回去的路上，他们成功地把自身重新变成了先锋。真正改变问题的实质的不在于他们再现的方式或内容，而在于领悟这种再现的方式。我们必须看到，“接受”——无论是接受一种革命理论还是接受一篇小说——的本质已从介入的一极转移到寓言的一极。这种世界性经验形式的变化直接地铭刻在西方马克思主义者的文体学或风格学上面。在“介入”的意义上，它是输家；然而在“寓言”的意义上，它却是赢家。一种新的乌托邦思想对于目前的思考者来说还是一个过于沉重的任务，这是不能苛求处在思想，尤其是马克思主义思想历史上最艰难的时期的人们的，而西方马克思主义者在自身中把现代世界和传统马克思主义同时加以消解和再符码化的艰巨工作和巨大成就首先是我们研究的对象。

我们不能在此过多地探讨西方马克思主义的背景和评价问题，应尽快转入马克思主义文学理论的核心问题，这同时也是我们的比较诗学的核心问题。在西方马克思主义传统中，是卢卡奇以现实主义的态度和方法面对现代世界的文学现象的，这个最为悖谬（paradoxical）的理论范畴正构成我们的出发点。

被认为是传统的现实主义者的卢卡奇同样是西方马克思主义文学理论的开先河者，尽管这种理论自身的发展有它自身的内在和外在的源泉。如何理解这个问题成为给西方马克思主义文学批评理论提供一块基石、为完整地理解卢卡奇、完整地把握现实主义的全部内涵及其同现代主义的理论上的分野从而进入到问题的实质中去铺平道路的关键。

用今天的眼光看来，卢卡奇也许不是西方马克思主义传统之中最激发人思想的批评家，但无疑是“最大的”批评家。这在某些方面同他的思维方式有关，另一个因素是他的思想跨越的年代比任何一位西方马克思主义者都要长。用通行的观点，卢卡奇的思想可分为四个阶段，即新康德主义阶段，指卢卡奇在西美尔门下求学并与马克斯·韦伯交往甚密的阶段；黑格尔主义阶段，在这期间卢卡奇写出了早期最主要的著作《小说理论》（1914—1915）；在战争期间，黑格尔主义者卢卡奇转变为一个马克思主义者，并写出了被称为“马克思本人未来得及写出的马克思主义哲学著作”——成为西方马克思主义的理论坐标的《历史与阶级意识》（1923），这本书仍带有强烈的黑格尔主义色彩，并受到了匈牙利党的严厉批判；第四个卢卡奇，即现实主义的卢卡奇把全部的精力投入文学批评和理论，写出了《巴尔扎克与法国现实主义》（1945）、《歌德及其时代》（1947）、《世界文学中的俄国现实主义》（1949）以及《历史小说》（1955）、《论批判现实主义》（1958）等著作，成为20世纪现实主义的理论监护人，这个卢卡奇被人认为基本上是个保守的反映论者，甚至是一个斯大林主义者。

事实上，无论在西方，在前苏联还是在中国，很少有人从整体上给予卢卡奇丰富的文学批评和理论思想应有的一贯而深入的研究；往往是不同的人抓住某个阶段、某个方面，最多概之以这些阶段或方面之间的矛盾现象。但我们可以说，没有一个完整的、在自身的问题之中合乎逻辑地发展的卢卡奇，就没有什么卢卡奇的现实主义理论或什么“反映论模式”；而看不到卢卡奇的理论框架的整体性特征，就无法以合乎西方马克思主义自身的历史的方式去追寻重大的文学理论问题（它们本身就构成重大的认识论和方法论问题）的发展线索，也就无法在一个真正有意义的距离之中探讨中国现代文学批评理论的结构和意义。尤其应该指出的是，对于中国马克思主义文学批评理论来说，卢卡奇的意义绝不在于他是一个“更好的”现实主义理论家，他的重要性并不在于对辩证法传统的远为博大精深的把握和对欧洲现实主义文学的透辟考察，也不在于他的纯彻有力的一贯的理论风格和意义说教。一句话，卢卡奇的现实主义理论或辩证的文学理论模式的意义不在于它为我们所熟悉之处，而恰恰在于另一个方面。在我看来，是卢卡奇首先把“形式”作为一种含有丰富的辩证内容的概念引入了文学理论和整个美学（从而也是哲学）领域，从而使文学批评——他偏爱的是19世纪的伟大现实主义传统——成为总体性的敞露的场所，成为一种有中心的结构的辨认。正是通过这种工作，现时代文学和社会存在的幽暗而混乱的意义被照亮了，哪怕这光亮来自更为古老的思想的火炬。弗雷德里克·杰姆逊恰当地指出，卢卡奇思想的一贯的、不断深入的努力在于他对“叙事”的思考，更确切地说，是对于这种叙事的基本结构以及它同所表现的现实之间的关系的思考，用杰姆逊的话来说，卢卡奇最终关心的是一个“更为抽象、更有哲学意味的理解的模式”。①我要补充的是，在卢卡奇这里，形式已从具体的内容中被抽象出来，但这种抽象本身还处于一种隐晦的状态；换句话说，对于卢卡奇来说，“总体”仍然是一个实体，尽管他只能以抽象的方式感知它和描述它。这样，卢卡奇的文学理论同他的伟大著作《历史与阶级意识》所阐述的“总体论”思想便在一种全新的、内在关联的意义上重新结合起来。这种结合是包括韦勒克在内的西方文学史家和文学理论教授们无法看到的，也是僵硬的前苏联文学理

---

① Jameson, Fredric. *Marxism and Form: Twentieth-century Dialectical Theories of Literature*. Princeton: Princeton University Press, 1971, p. 163.

论界早已忘记的，但它对于我们关于现实主义概念的再思考有着重大的意义，或者说，它真正带来了一种解放的可能。

“总体性”概念可以说是马克思主义化了的黑格尔辩证法，或说是黑格尔化了的历史唯物主义；无论如何，把“总体性”同辩证法联系起来是理解这个关键概念的第一步。总体性首先体现为这样一种传统辩证法概念：总体大于部分之和，总体对于局部表现出无所不在的优越性；另一方面，它包含了辩证法的动态因素，即未来的优越性：现在的真理性在于未来。因而总体总与一个动态现实相关联，它是先行的，因而是一个全面的整体。

“物化”概念衬映出总体性概念，这在某种意义上暗含了一切现代思想的基本的内在冲突。卢卡奇的这段话打破了矛盾的僵局：“……物化是每一个生活在资本主义社会中的人的必然的直接的现实。只有经持续不断的努力，通过把存在的物化结构同在总体发展中具体表现出来的矛盾联系起来，并认识到这些矛盾对于总体的发展的内在意义从而去瓦解这些结构，我们才能克服物化，……而对总体性的向往和渴求在此具有决定性的意义。”①（重点为作者所加）以一种流动的、革命性的内在可能性去突破现实世界的僵硬外壳，这种思想在另一个极端的例子里也体现在柏格森的绵延与时间的概念之中；不同的是，柏格森诉诸个体的内在经验的世界，或干脆诉诸“体验”，《物质与记忆》（又名《时间与自由意志》）书名便体现出他把绵延的现实与直接同个体的时间体验的物质方面结合起来。而卢卡奇则在更大的社会范畴里寻找“记忆”的现实对应物。这种“记忆”面临着全然陌生的物质材料，并且以它的内容的消失把所有的对象放到了这样一个位置上，结果是，真正的内容的

---

① Lukács, Georg. *History and Class Consciousness: Studies in Marxist Dialectics*, p. 20.

出现是以物化世界的整体上被否定为前提的；用一种更切实际的说法，正是物化世界阻塞了内在性的出现。内在性的梗阻表现为与这种内在性处于同一历史范畴的形式的梗阻，这一思想并非起源于阿多诺，虽然是他以最鲜明的形式把这一点表达出来。这种估计应用在文化方面——而文化届已成为西方马克思主义者的整个的战线——便带来了这种判断："……当作为统治阶级的资产阶级继续拥有压倒优势的知识、文化、习俗惯例的资源时，无产阶级的唯一有效的优越性，它的唯一的决定性的武器便是它把社会的总体性看作一个具体的历史的总体性的能力，而把物化的形式看作人们之间的过程，看到的只是消极地显现在抽象形式的矛盾中的历史的内在意义，把它的积极方面提到意识之中并把它付诸实践。"①

可以说我们已在形式上认识了总体论的特性。问题是在卢卡奇后面这段话中，西方马克思主义的形式的本体论是颠倒的。换句话说，卢卡奇强调"消极地显现在抽象形式的矛盾中的历史的内在意义"，并以毕生的精力用以"把它的积极方面提到意识之中，并把它付诸实践"，而整个西方马克思主义传统却越来越目睹了这种"历史的内在意义""消极地显现在抽象形式的矛盾中"，从而"物化的形式"不仅仅作为"人们之间的过程"，而且蔓延、确立为这个世界的法则。卢卡奇的思想长期滞留在一个尚能令人乐观的水平上，而他的同志却一个个陷入最绝望的悲观。在西方马克思主义者的核心被纳粹从中欧拔除之后，卢卡奇流落前苏联，法兰克福研究所的成员则流亡美国，而本雅明逃往法国并在西班牙边境自杀，这个事实是富于象征意味的。

---

① Lukács, Georg. *History and Class Consciousness: Studies in Marxist Dialectics*, pp. 197—198.

卢卡奇的总体论并没有在自身中设立一个反映论，这是基于卢卡奇对总体的隐晦性和形式本身的物化特征的认识，尽管这在批判性艺术里作为一种反讽出现，这一认识并不来自黑格尔或马克思，而是来自康德，这表现出“新康德主义阶段”的卢卡奇在这一问题上的一贯性：“只要思维和存在还处在其旧的、僵硬的对立之中，只要它们自己的结构以及它们的相互关联的结构仍未改变，那么关于思维是大脑的产物，从而必须符合经验世界的客体的见解，就正像关于记忆和柏拉图的理念世界的见解一样，是一种神话。”①正是在这个问题的提出上，卢卡奇为现实主义概念提供了一个全新的意义的可能性；也正是在这个裂隙之中，西方马克思主义文学理论获得了自己的历史性。在卢卡奇看来，任何使思维和存在在“反映”的意义上彼此一致或“符合”的企图都是一种僵硬的二元论。总体不是主体的对立面，而恰恰内含于主体自身，是主体所参与的现实的、历史的辩证过程的各个方面。因此，这个总体自身包含着自己的形式，并且包含着这种形式的敞露：而这种敞露决不仅仅是存在的敞露，而更是主体自身在存在之中的历史的敞露。

在此，传统的现象与本质的二元对立被一种具体的但又是抽象的辩证法所取代。在哲学上，这种“具体而又抽象”的悖论便是所谓的辩证唯物主义。逻辑上的悖论似乎总是能够在历史运动中获得合理的说明。因此不难理解，辩证唯物主义总是在历史唯物主义中获得它的现实意义。如果我们在此把“历史”（内容）与“虚构”（形式）区分开来，我们面对的便恰恰是我们所要讨论的东西。因此，这种具体的但同时又是抽象的“生成的功能”，既不是抽象的哲学思辨，也不是具体的历史，而是——叙事；这里包含着卢卡奇

---

① Lukács, Georg. *History and Class Consciousness: Studies in Marxist Dialectics*, p. 202.

毕生探索的核心。

叙事是一种具体的讲述，但同时又是一种抽象的形式。小说的材料取之于具体的社会环境，但却通过它本身的叙事结构重新给出了一个从原有状态的辩证矛盾中产生出来的新的、肯定的现实，也就是说，它是一种否定的肯定。这种肯定“不是从虚无中‘创造’出来的，不如说是这个过程在其总体上的不可避免的结果”,①在此，小说家在材料中的位置，无疑是无产阶级在历史中所处的位置的想象中的模仿。这种叙事的特点首先在于它是一种象征的解决，一种符号的革命，然而其中却包含着整个的认识论的内涵；这种“距离化”是西方马克思主义者的历史特征，是他们从实际的现实斗争中脱离开来的结果。卢卡奇强调，那种“被无产阶级使之成为实际之后才由抽象的可能性变成具体的现实的结果决非单纯的形式上的改造”。②在这个前提之下，叙事实际上填补了一个认识环节上的“虚项”。《历史与阶级意识》中的这段话可以原封不动地抽出来作为卢卡奇对于叙事的总的看法：“只有把真实不仅理解成实质，而且也理解成‘主体’，只有当主体（意识、思维）既是辩证过程的生产者又是其产品，只有当结果是主体在一个自我创造的世界中运动（它是这个世界的自觉形式）以及只有当世界以充分的客观性把自己加诸它，只有在那时，辩证法的问题，连同主体和客体、思维和存在，自由和必然的对立废除，才能说已经得到了解决。”③

卢卡奇的巨大的创造性在于他首先把传统的物质与精神，具体与抽象，局部与整体，自由与必然等辩证法矛盾推向一个叙事结构，或者说，他选择了叙事结构作为这种矛盾的容器；其次，他在

---

① Lukács, Georg. *History and Class Consciousness: Studies in Marxist Dialectics*, p. 204.
② Lukács, Georg. *History and Class Consciousness: Studies in Marxist Dialectics*, p. 205.
③ Lukács, Georg. *History and Class Consciousness: Studies in Marxist Dialectics*, p. 39.

具体的小说分析之中给予这些问题以深入而全面的考察，或者说，以叙事的形式解决了一个辩证法的悬而未决的问题。在我看来，这正是始自《小说理论》，中经《历史与阶级意识》而最终达至一系列论现实主义的著作之间的战略筹划。在这个结构中，前苏联现实主义文学的观念无疑受到了深刻的质疑。日丹诺夫式的决定论反映论与总体论的现实主义相比显出一种直接的、机械的因而是空洞的规划；这也可以说明何以卢卡奇在政治上始终忠诚，但在具体的文学批评上竟没有给前苏联当代文学留出一个优先的位置。这种情况也同样适用于中国当代文学；我认为卢卡奇的总体论的现实主义理论对于当今中国的文学批评理论建设，对于突破僵死的“反映论”模式，对于在一个新的理论环境中思考诸如“主体性”问题、中国的“现代主义”问题、对于中国文学与当代中国历史规定的内在关系及其形式表现等问题无疑都有其巨大的现实意义，换句话说，卢卡奇的观点在当代的争论中仍是一种有效的主张。

总体与叙事的关系在形式的方面（但却没有在“内容”方面——我们后面还要讲到）摆脱了传统的客观与主观、内容与形式的对立范畴，这归功于叙事的特殊性质。叙事不是一种纯然抽象的因而也是纯然唯心主义的“观照”，而是一种具体的讲述，这种讲述从客观世界当中接引材料，讲述着这个世界里所发生的事情，但在这里，讲述这个活动本身把这种讲述提升到一个语言的世界之中，成为一种人与人之间的交流和表达。在我看来，现实主义的一个巨大的空白（这也同样是辩证唯物主义的空白）便在于这两个世界的逻辑关系之中。在现实主义理论看来，文学作品反映社会存在是不言而喻的，也就是说，在探讨人物的性格、命运、作品的情节、结构以及作品的主题思想的语言与探讨社会历史的内在规律的语言之间仿佛存在着一种对应甚至是等值的东西，一种神奇的感应。这一由辩证唯物主义传统遗留下来的理论空白为文学理论上的庸俗社会学或强权政治提供了条件。这种思考上的怯懦的粗暴最终导致这样一种流俗：文学是而且应该是一种政治的图解，一种传声筒，最多是一种色彩斑斓的折射镜。这种把文学从它自身的认识论和历史性土壤中连根拔起的作法是世界性现实主义文学贫弱的根源。而卢卡奇则在思想上回到黑格尔的同时呼唤文学回到历史，回到辩证法，回到总体论上来。这种回归只能从那种空白中着手进行。在此我着重讨论的不是这种重建的内容方面——这方面的观点集中体现在对“阶级意识”的阐发之中，这个最容易引起误解的概念必须从它同历史和总体论的内在关联上来考虑——而是它的形式方面，即从叙事到总体论的一系列结构传递方面；诚然，卢卡奇思想的特点之一在于他所有的形式上的思考都必须从他的内容上的论述中去辨认。

当代现实主义理论的最重大的问题在于面对现代主义的挑战，或者说，在个体及历史的经验世界发生急剧的转变，传统的艺术概念已经越来越成问题的条件下思考艺术的命运和它的自我规定，思考艺术与现实的关系。现实主义总是由一种历史态度出发去把现代主义问题包容到它自身的历史之中。而在这个问题背后还存在着马克思主义的现代使命问题。卢卡奇最有代表性的作品正是从这一语境中出现的。

我们前面指出，卢卡奇从传统现实主义理论的空白处开始了他的工作。这首先体现为引入一系列中介形式，它们在宏观上归于“阶级意识”的总标题下，在具体问题中，首先体现为作家的主体性的内在矛盾，或者说，卢卡奇首先把形式问题作为世界现实问题的再现。在“叙述与描写”（载《现实主义问题》一文中，卢卡奇尖锐地把19世纪伟大现实主义作家同他们的后继者们对立起来。

在卢卡奇看来，19世纪伟大作家如司各特、狄更斯、巴尔扎克、托尔斯泰等等，作为文艺复兴和启蒙时期的古老作家、艺术家和学者们的后继者，仍积极地、多方面地参与了当时的伟大的社会斗争，他们由于有了多方面的丰富的生活经验才成为作家，他们的世界观同他们作品的结构之间存在着一种希腊式的、起码是古典式的和谐，他们还不是资本主义分工意义上的“专家”；而以福楼拜和左拉为代表的“过渡时期”的艺术家却沦为“职业作家”，这首先是由于他们拒绝参与资产阶级社会生活，“他们太伟大，太诚实了，他们绝不屑于成为资本主义没有灵魂、说谎成性的辩护者，所以，他们只能选择孤立这一条道路来解决他们处境的可悲的矛盾。他们变成资本主义社会的批判的观察者。但是，他们同时也就成为职业作家，成为资本主义分工意义上的作家。”这种自觉的但却是被迫的“边缘化”，这种由体验（毋宁说，是经历）到观察（毋宁说是内心体验）的撤退以及在文体上的反讽式的出击被卢卡奇理解为作家作为历史主体的衰退，视为对于偏见的妥协。这个被阿多诺、本雅明、布洛赫等人深刻透视的现代世界和现代艺术命运的症候在卢卡奇这里被归于一种方法论和世界观的问题。福楼拜等人的悲剧性的自我冲突就在于，**他把他所反对的东西作为原则接受下来**，**视为不可取消的客观事实**，“发现生活的内部的诗的道路对于他一直由于他的偏见而被阻塞着”。而“生活的内部的诗”，用卢卡奇的名言来说，就是“斗争着的人们的诗，人们在其实际实践中充满斗争的相互关系的诗”。

这样，西方马克思主义的至为关键的问题，即在一个异化的世界里艺术如何革命性地（在本雅明看来，艺术只有在艺术上是合理的才能在政治上是合理的，也就是说，艺术的革命性力量的尺度不在于这种艺术的政治倾向，而在于它作为一种反映现实的形式的正当性，也就是说，真正的艺术本身是革命性的，即，是揭露性的、解放性的、毁灭性的和建设性的；因而在作为先锋派理论的西方马克思文学理论中，革命体现在一种形式的探索之中）反映世界的问题，被卢卡奇从反面提了出来，这构成了卢卡奇日后同阿多诺的令人瞩目的争论的焦点。

然而在此，卢卡奇却通过把世界观作为形式意义上的创作方法的潜意识而一举突入了“技巧”的范畴，并把这种技巧同总体论的展现直接联系起来，这具有开创性意义。事实上，这已成为一种辩证唯物主义的叙事学的雏形，只是作为总体论的信奉者，卢卡奇没有为自己建立一套刻板的形式符号规则，像格雷马斯的“叙事矩形”的四个二元对立项那样。卢卡奇的哲学训练使他在一种抽象的高度上把握到一种整体的形式上的扭曲，但他始终没有进一步深入到语言哲学的问题之中，在此，克罗齐对黑格尔的指责可以准确地落在卢卡奇身上。在一个从辞源学中寻找颠覆旧思想体系的思考的时代里，卢卡奇最小的意义单位不是意象（如本雅明），不是句法（阿多诺），而是情节。但我们必须记住，卢卡奇的情节所负担的是一个“有机的整体”，是历史的辩证法（这是“伟大的现实主义”的特征），而本雅明和阿多诺面对的只是一个分崩离析的世界；卢卡奇的“片断”是运动着的历史的一个瞬间，一个未来的预示；而本雅明和阿多诺的“片断”却是一个寓言，一个反讽，一种在倾颓了的大殿里的俯拾皆是的症候的揭示，一种反面的乌托邦。

更为重要的是，如我们在前面反复指出，卢卡奇以一种具体的方式提供了一个深度叙事模式，一种现象与本质、局部与整体、具体与抽象、个别与普遍的辩证法，这把现实主义理论推进到一个前所未有的程度。

卢卡奇关于叙述与描写的比较，不但为这种叙事形式提供了基本的手段，也为日后的现实主义/现代主义之争准备了基本的材料。在《叙述与描写》一文中，卢卡奇对此进行了细致的分析。

首先，在卢卡奇看来，叙述“要分清主次”，而描写则“抹煞差别”。叙述由于叙事者的回溯性讲述，暗含了一个由生活本身完成的结局，这个结局以及趋向这个结局的不可逆转的命运的力量使得无数细节显出一种整体之中的意义，使得人的行为在一种命运的推动下成为一个有机的历史，一个过程（即所谓“内心历程”），在此，卢卡奇显然强调一个全知的作者和期望的引导力量——作者在此已成为这个虚构世界的逻辑体现。由于这种内在的“扮演”，叙事再现了历史，这种再现是一种木偶戏意义上的再现。而叙事作品的现实主义力度则在于它在这种叙事中省略了、剔除了一切不属于历史发展的必然性，即作品冲突的必然性的细节。从而这种扮演又是一种选择。这一切取决于作者对诸多细节的等级、意义的判断；与历史中的主体不同，作者在此因为凭借着对过去的、发生过的（虽然这本身就是虚构）事件的“事后诸葛亮”式的总体把握，他在一个虚构世界的历史游戏中充当了一个未来的角色。这一作用通过作者在“错综复杂的动机所组成的密网”中对于读者的悬念和期望的引导，通过走向结局的安排而被强化了。“作家从广泛而丰富的生活中选取本质的东西”，而这要求作家以一种“让人误以为作者是按照完成展开的生活广度来表现全部生活”（着重号为作者所加）。这样，叙事成为一种在阅读和接受范围里的辩证法的再现，而这又是通过作者的对于故事材料的精心安排而得以实现的。通过作者的这种安排，读者能够熟悉这个虚构世界；“即使他事先并不知道小说中的事件，但他还是相当确切地感觉到，那些事件由于其内在逻辑，由于人物的内在必然性而不得不采取某种趋向。他诚然并不完全知道人物形象的关系以及他们的发展可能性，但一般说来，总比行动着的人物本身要知道得多一些。”① “比行动着的人物本身知道得多一些”，这里孕育着现实主义文学的全部的效果和意图。

因此，叙事总是把往事作为对象，从而在一种时间距离之中完成本质事物的必然选择或基本动机的逐渐显露。而描写——在此指的是自然主义的写作手法——的对象则是无差别的眼前的一切。这是把“时间的现场性”偷换成“空间的现场性”，而在卢卡奇看来，后者是虚假的现场性，它们只是状态，是静止的、呆滞的东西，哪怕是心灵的状态或情绪的状态，它们是“消极存在”。在卢卡奇这里，时间性与空间性的矛盾成为生动的历史和活生生的人的激情之间的矛盾，成为命运的内心历程同异化了的物质世界的物质性膨胀的矛盾。这一对矛盾后来被瓦尔特·本雅明在其寓言结构中惊人地发挥成一种全新的美学理论和历史理论。

“艺术表现就这样堕落为浮世绘”，卢卡奇的这一结论虽然如今被证明并非是对现实主义之后的西方艺术质量的公正评价，却很恰当地指出了某些偏离文学自律性的文学作品的要害。在那种“静物画”里，文学“徒劳地同造型艺术竞争”；细节取代情节，最终只有拼凑出来的整体性；作者有意降到人物水平，描写中的人与物都在一种虚假的客观性中被“齐一化”。总之，由于脱离了相互联系着的斗争——这首先体现为不同人物的斗争，体现为一种历史性命运中的不均等关系（这种不均等保留着历史运动的势能或潜势）——世界丧失了诗意，因为文学无论如何是不存在独立的事物的诗意的。在此，卢卡奇看到了“细节的独立化”（这是物化的必然症候）对“有机整体”的威胁；看到了基于描写关系的极端主观

① 《卢卡奇文学论文集》第1卷，中国社会科学出版社1980年版，第57页。

主义对叙事艺术结构的破坏。在一种经验的此时性和齐一性中，卢卡奇看到叙事结构归于消失，只剩下一堆“五光十色的混合物”。他激愤地指出：描写的方法是非人的。他甚至看到了这一点，即左拉等人对于他们所不理解的资本主义非人性的抗议正由于它本身缺乏理解力而在文学形象身上变成“非人的、动物性的定影”。卢卡奇并没有把自己作为一个激进的他者的对立观点同世界图景调和起来，但他所指出的这种逆反的悖论现象却在日后成为一种公认的原则。“理解力”朝着另一个方向发展，辩证法由于它自身的本质规定，与它的对立面一同进入到冒险中去，或者说，否定性地与对象一道成为自身的历史性“他者”。

卢卡奇的现实主义理论，即总体性的叙事理论最终体现在“结构”概念上。在他看来，叙事技巧的最本质的东西在于叙事作品的“结构方式”。这种结构方式不是一种营造和构筑，毋宁说，是一种通过作者的世界观，从而通过一种阶级意识体现出来的对历史的未来性的把握，这使文学作品落座于历史的本质结构。反过来说，它是对历史的结构性揭示。这种诉诸人的历史意识和辩证思维的方法是在一个不具备革命条件、因而马克思主义无法与真正的工人运动相结合的时代里的马克思主义的唯一使命和任务。作家的世界观，即作家的“生活经验经过综合的、被提高到某种普遍化高度的总和”使他能够在一个丰富的、有秩序的（而不是枯竭的、混乱的）联系中看出生活的矛盾；这作为叙事结构的基本原则通过典型人物表现出来。卢卡奇要求一个“可以在共命运中交织起各种各样的矛盾的”主人公，因为这个主人公预先进入了伟大政治斗争的中心位置，从而进入到历史大变革的中心位置。这种主角的优先性是卢卡奇文学理论的一贯主张，我们可以很自然地把这种在自身命运（性格、地位、行为、机遇，等等）中上演历史剧的现实主义英雄看作卢卡奇的古希腊悲剧英雄的当代形态。如果说卢卡奇在《小说理论》中把那种悲剧英雄看成是导入意义和价值整体的毁灭从而带来古希腊文学的第三种形式（即柏拉图的哲学）的冲突的化身，那么我们为什么不能设想他在现实主义人物身上预设了一种存在之于意识的突破，具体实在之于普遍统一的突破，从而把艺术史上的“后黑格尔”时代的问题摆在我们面前呢？在此，我们应该理解卢卡奇关于希腊艺术的内部演变，关于古典艺术和浪漫艺术以及关于现实主义与现代主义问题之间冲突的一个抽象模式，即，艺术（具体讲就是叙事）之于现实辩证法必然为它自身的辩证法。

在司各特的小说里，卢卡奇找到了这样一种结构，它象征性地，然而却具体、丰富、合乎历史本身发展规律地反映了这个世界的有机形式。这提示我们，卢卡奇仍坚持一个社会生活结构的中心，一个有秩社会，一个存在着终极价值和终极意义的有机体。然而在现代世界，“一切都四散了，再也保不住中心。”卢卡奇对此的反应是：“矛盾越是复杂，——揭示这种矛盾形成了故事的高潮——就越难找到一种情节来具体表现如此复杂的矛盾的每一个方面。”卢卡奇仍幻想着辩证法熔岩的全面喷发，一举从内部突破僵硬异化的资本主义社会冷漠非人的禁锢。他把从现实主义向现代主义的转化视为从那个中心向边缘的退化，从总体向局部的退化。没有这个中心的状态被卢卡奇称为“个人主义的空虚状态”。在他看来，资本主义物化在文学形式上的反映便是自然主义和形式主义——这是卢卡奇给予从福楼拜到乔伊斯的现代主义作家的两种概称——它们尽管彼此极为不同，却一概“缩小”了资本主义现实，从而把它挽救下来。而对于总体论者，这个现实远不是这样猥琐、僵死而又脆弱的，它包含着被压抑、被扭曲着的人和历史的革命性和进步性。自然主义和形式主义的观察和描写手法同样也“缩小”

了历史变革的过程，使之表面化、齐一化，从而被消灭。而伟大的现实主义文学则以自身的结构带来了这种历史梦想的伟大形式，它以一种“扩大”了的叙述把一切表面的、没有生命的东西带入历史的洪流之中。在卢卡奇，诗成为维护历史的最后方式，一如美学成为他思考的最后形式。

卢卡奇在把现实主义形式的历史性内容淋漓尽致地揭示出来的同时，也把它的巨大困难摆在了它的面前。作为一种辩证形式，现实主义把这种形式与内容的冲突吸收到自身的冲突之中，也就是说，它自己走到了这样的地步，以致它的自我规定成为它自身的否定性条件，它的历史使命成为它走向自己的反面的内在驱动。这象征性地预示了卢卡奇自身思想的历史地位。他似乎没有感到或有意避而不谈这样一个事实：在当今世界，总体性反抗若作为一种肯定形式、一种整体形式出现便必然堕落为对它自身的嘲弄；这不仅在全面异化的西方资本主义世界是昭昭明甚之事，即便在社会主义世界里情况也不得不如此。卢卡奇鼓吹的抗争在它原有的形式上一旦进入这个世界便立即成为一种不合时宜的怪物，一种堂吉诃德式的抗争。原因在于，这种形式的抗争已由于异化世界的全面扭曲而被从内部、从根子上瓦解了。而卢卡奇却只是一般地，也就是说，像一个 19 世纪思想家那样看待这个敌人，这个从全面的社会—文化关系中瓦解、阻断、扭曲历史性反映和辩证想象的批判并成功地（虽然是“非人道”地）导泄被压抑的社会能量的物质机制和心理机制。这一切不是作为暂时的、局部的对立面存在于作家叙事的结构之中，而是作为隐蔽的、无所不在的决定性因素，作为一个非历史的生存环境而构成了作家经验世界以致无意识存在的氛围。正是“齐一化”消灭了作为个人理解的内在规定的社会历史的指向性，消灭了社会生活的动感（如果有也只是技术的改进或官僚体制的逐渐完备)。这在文化，确切地说，在语言的层次上决定了任何话语言谈的上下文。这种状态不但是西方世界的当代问题，也同样是东方世界的当代问题，技术规范和道德规范使社会生活的各个方面处于一种相对封冻的稳定结构之中，在这样的生活世界中，文学的手法，形式和性质不会不作出积极或消极的反应。而当代西方马克思主义文学理论也不可逆转地从对历史的思考转换到对这种反应的思考上来，这使它获得了新的材料、新的视野和新的批评的空间。

卢卡奇坚定的总体论思想使他在传统辩证法内部包容了作为他者的“图景化”了的世界的全部异己内容，并为这种异己内容的总爆发作好了形式上的准备。在卢卡奇文学理论结构中，“否定”的寓言内容已进入到辩证思考的前沿。而卢卡奇从小说研究发展出来的叙事理论则成为这种“震惊”体验的形式上的吸收：是卢卡奇的叙事理论第一次从理论高度和整体内在关联的意义上提出了小说作为一个逻辑单位的决定性意义。这暗含了一种语言结构自身的辩证法。作为一个伟大的批评家，卢卡奇在确立一种新的批评标准的同时提出了当代严肃文学的新的可能性，不管怎么说，这个“道路”问题是一个最首要、最普遍，也最艰深的问题。而作为一个理论家，他的叙事模式成为一切马克思主义的本文理论或马克思主义文学解释学的基础。不管卢卡奇自己的意愿如何，他的理论的巨大价值在于不仅为一个象征世界提供了说明，还对它所隐喻性地再现出来的现实历史的象征批判提供了可能。

幻想的秩序

——作为批评理论的拉康主义*

拉康（Jacques Lacan，1901—1981）是个三位一体的形象：他既是弗洛伊德之后最有影响的精神分析学家，无疑又是这一传统的最大叛逆；他既跻身于“巴黎结构主义五大巨头”之列，而其“结构主义的精神分析”又往往被奉为后结构主义的典范。拉康的名字已同福柯、德里达等名字一道成为当代法国思想勃勃生机的象征。拉康的影响是多方面的，本文的主题是探讨所谓拉康式的批评理论，但同时我们也不可忘记，这种批评理论并不是拉康思想整体的某个局部，而是内含在这个整体自身的辩证法之中。

拉康同文学批评的关系似乎是先天的。他的“语言学的精神分析”仿佛在理论本文中完成类似于创作者或批评家在文学本文中完成的事情，即把一种不定型的内心形象转化为符号。然而事实上，拉康对于批评理论的启发却来自一个不同的方面。用拉康自己的话说，他所思考的问题是“语言与精神分析理论之间的辩证法”“能指与所指间的滑动”“非个人化的文化阅读方式”“主体的真理”或

---

* 原刊于《文学评论》1989 年第 4 期。

“主体的非整体化形式”“交流的转换规则”“欲望的政治”“话语的政治”，等等，这把我们引向了一个广阔的天地——从认识论到主体论、从发生学到辩证法，从索绪尔、雅各布森到弗洛伊德、马克思。拉康对于批评理论最深刻的贡献，也许不在于它提供了某种可权充创作论的发生心理学知识或符号学知识，甚至不在于他极大地改变了精神分析批评和结构主义符号学理论的内容和语汇，而在于使我们在一个符号秩序的网络中重新认识“主体的真理”。这对我们具有崭新的意义。拉康属于那样一类当代思考者，他们在看到主体日益成为一种支离破碎的异化物的同时发展了一种相应的思维方式，这种方式在写作风格方面的直接结果之一便是“理论”越来越成为一种“批评”（美国批评家乔纳森·卡勒在其《论消解》一书的引论中对此作了番很好的描述）。他们把一切——从历史到欲望——视为且仅仅视为本文（正如精神分析医师把任何人都视为患者，把任何表述都视为症候）；这使他们把真实变成了真实的表象（representation）。正是在这层“表象”的意义上，他们在一种复杂的形式中重新描绘了主体，或者说，描绘了主体同客观外界之间的辩证关系（仅从这一点我们也可以想见，为什么当今的“批评”往往带上了十足的“理论”意义）。通过这种描绘，他们已把“人”（或其他所谓“形而上学”概念）的内在规定均匀地散播到一个象征与符号组成的纵横交错的网络之中。在他们看来，人的内在真实性只能在它的外化的或内在固有的结构中获得，因为“人”这种被当作主体的东西不过是一种更为普通的结构原则的产物。这一方面把人带到了一种异化的真理性中，另一方面，却也从认识论和修辞学上为我们提供了灵感和启发。在这一类人中，拉康是典型的、首要的一个。因为他直接从“主体的真理”着手，通过他所谓的“语言与精神分析理论之间的辩证法”而把无意识还原为一种可以从结构上加以把握的东西。一方面，这使得个人的主体性幻想在符号秩序面前经历了一场内心的“哥白尼式的革命”；而在另一方面，它也使那种静止的、永恒的结构在主体无限的激情和幻想面前变得骚动不安了。

一

拉康早年是一名精神病医生。同弗洛伊德一样，他也按照沙科和雅内的传统研究歇斯底里症；由此，他深入了弗洛伊德的无意识领域。他的博士论文是《论妄想狂及其同个性的关系》(1932)。在此之前，他曾写过一篇题为“自我发展中的符号形成的重要性”的文章，同他日后的理论有密切的关系。30年代拉康停止行医，潜心研究心理学；50年代开始研究结构主义和语言学，并领导了法国精神分析理论的重大转变。

我们不妨粗略地认为，拉康理论的核心是把弗洛伊德主义语言学化。这里包含许多结构主义成分。拉康并不像弗洛伊德那样把心理机制分为本我（Id)、自我（ego）和超我（superego)，而是分成三个界：实在界（the real)、幻想界（the imaginary）和符号界（the symbolic)。我们必须强调，这三个“界”与那三个“我”并不处于一种一一对应的关系中，两者的活动方式也是截然不同的。在弗洛伊德那里，三个“我”组成了一架主体的机器，“本我”提供驱动力，“超我”提供道德原则，而“自我”则依据现实原则进行协调。但在拉康那里，主体却是一个空虚的、一无所有的项，而所谓实在界、幻想界和符号界不过是主体滑过的不同的心理时空；也就是说，主体只为这种时空运动提供显示而已。弗洛伊德的主体仍是一个个体，仍有它的本体论意义，而拉康的主体则仅仅是一个“主体”，且除了它的结构功能外不存在其他的意味。这种主体性质的变化带来了语言的变化：再没有一种主体的语言，只有一种非主体的语言；再没有一种真实的表述，有的只是一种无意识的症候。法国象征主义诗人兰波说，“并非我说语言，而是语言说我”，这正先知先觉地看破了人与语言的异化关系。这种状况给我们目前的讨论带来的直接问题是，我们已无法像弗洛伊德定义“本我”“自我”和“超我”那样从主体的角度“定义”“实在界”“幻想界”和“符号界”。拉康是从精神分析得以确立的两个事实领域：精神失常与主体的心理生成史，开始“改写”了弗洛伊德的本文而提出自己的符号学—精神分析理论的。也正是在心理—文化诊断和主体的“精神现象学”的水平上，拉康的“理论”是一种地道的“批评”。

在弗洛伊德看来，精神病的根源在于对欲望过度的压抑，在于意识把潜意识内容拒于门外造成的一系列心理伤害。诸如强迫症、歇斯底里、精神错乱等精神病变，不过表明了个体的“力比多”能量为现实所阻，从而以倒错、停滞或不正常的转移的方式释放出来。这暗含了这样一个观念，即人必须自己在潜意识世界与外在现实秩序之间架设桥梁，因为两者之间并没有天生的可通约性。在弗洛伊德看来，力比多就如一口永远沸腾的大锅，充满了万古未驯的能量，它里面没有任何秩序可言。它在欲望的活动中追求快乐，而自我的机制则以一种“现实原则”来调整它，使之进入正常的社会规范之中，并在此得到一种延宕了的满足。

拉康同样在精神病症状中看到了一种“成熟的关系”的破裂，但拉康却提出了不同的解释：“精神病患者的问题在于失去了构成他情结结构中心点的能指的象征（或符号）指称。这样，患者就可能压抑他的症候的所指。这种象征符号的指称价值的丧失使他退化到幻想的水平，丧失了自我与观念之间的任何媒介。”①就是说，在拉康看来，症候并非形成于潜意识与意识间的冲突之中，而是生成于心理内容（所指）与它的象征之物或符号之间的断裂。如果说弗洛伊德把一切精神病都视为焦虑症的话，拉康便是把一切精神失常视为失语症——心理主体在无法形诸符号、无法进入符号秩序的状态中退化为一种“幻想之物”。

在此拉康隐喻性地把精神分析理论中的意识与无意识关系的模式同结构主义语言学能指（signifie 又译“意识”）与所指（signified 又译“意涵”）关系的模式联系起来。在拉康看来，所谓的无意识可以这样定义：它是没有能指的所指。这并不意味着拉康一笔抹杀了弗洛伊德的无意识概念的“内容”，而只是意味着拉康把这个无法把握的前语言的存在放到了一个普遍的语言活动的规则之中，从而为在认识论的水平上研究无意识的存在方式铺平了道路。所谓没有能指的所指，并不完全意味着没有找到“词”的“话”，而是更多地意味着没有进入语言或现实的“符号秩序”的网络之中去的“私人”幻想；它外在于语言，并且在更普遍的意义上外在于现实世界的结构关系，因而是无法被认识，被思考的。这样看，拉康的无意识就不仅是弗洛伊德的无意识的语言学翻版，而是包含了更多的与客观世界之间的认识论关联。拉康把精神病患者的问题视为“失去了构成……能指的象征（或符号）指称……从而退化到幻想水平”，那么我们的问题便是：幻想具有怎样的结构？这种结构同象征之物或符号之物的结构之间有什么联系？两者间的转化是怎样完成的？这种转化如何决定了主体的心理史，又如何在普遍的历史文化活动中体现出它的哲学意义？

---

① Rifflet-Lemaire, Anika, *Jacques Lacan*. Bruxelles: Charles Dessart, 1970, p. 364, 129.

我们首先来讨论幻想的构成，它在拉康的“地形学”中的位置正好像潜意识在弗洛伊德的“地形学”中的位置，但我们必须记住，“幻想”又不同于“无意识”——这是两个不同范畴的概念。拉康在谈到精神失常时提到了幻想，在这里，幻想代表着符号秩序的对立面；拉康称艺术家是沉湎于幻想界不愿外出的人，这似乎赋予幻想以诗意的想象性色彩。但关于“幻想界”的最好说明还是来自他的著名的“镜像理论”。

在弗洛伊德看来，婴儿对母亲的纯粹的生物性需要变成逐渐觉醒的一种欲动，这就是婴儿性欲。它代表了一种纯粹的本能。经过所谓口唇期、肛门期和生殖器阶段，这种与外界不加区分的、集中于自己身体的“力比多的力场”最终面临了一种压抑和区分机制，这就是所谓的“俄狄浦斯情结”。在此，（男）婴儿混乱的、施虐的、乱伦的性欲由于父亲的出现而被引入一个三角关系。他在此不得不顺从“现实原则”而压抑自己的愿望，并通过与父亲“讲和”，即接受父亲形象（这将是他未来的形象）而成为一个能被社会认可的角色。这完成了一种“痛苦的转变”。

而拉康一开始就摒弃了弗洛伊德主义中的泛性论，而注重从发生认识论的角度探讨主体的心理成长过程（这使他很像皮亚杰）。在拉康看来，婴儿早年把自己的身体与外部世界不加区别地混同起来，自我和自我的对象只是在一个封闭的圆圈里不停地互相转化，仿佛婴儿与母亲之间的共存关系模糊了需求者与需求对象之间的结构性差异。这使得婴儿处于一种幻想状态，即幻想那些由触觉、视觉而被感觉到的对象或形象的世界依赖于他自己。这构成了幻想的逻辑。这种逻辑典型地表现在这种情境中：六个月时，当婴儿在镜子中看到自己的形象（并非一定要看到镜子，只是我们不妨借这个情境来设想），他从中认出了自己；这使他从母体世界中分化出来，开始形成主体的概念。就是说，由于“自我”的形象在这个世界里被某种物体反射回来，我们得到了一种“自我”的感觉。这种镜中意象的运动与我们的动作协调一致，镜前的自我与镜中的形象处于一种完美的统一之中；镜中形象既是我又不是我，主体与对象依旧是混淆不清，这说明了这种关系的“幻想”性质。这种镜像模式此后一直是儿童成长中的认同模式，就是说，儿童一直在一种幻想或想象中发现“外部世界”里能与自我相认同的客体，从而建立起一个虚幻的自我统一的“内在世界”（自我）。拉康说，幻想界不过是我们（依照幻想的逻辑）进行认同的意象领域。可以说，“幻想界”把弗洛伊德的性欲想转化为一种主体的认识论意义上的“幻想”，把婴儿—母亲之间的肉体幻想转化为主体与主体的自我形象（同时也暗含了“他者”的形象）之间的幻想关系。

幻想界，如同拉康所说，是一种前符号、前秩序的存在；但它的独特的逻辑也许只有通过它与符号秩序之间的潜在关系方能加以说明。可以说，以镜像情境为代表的幻想之物本身具有一种结构因素，并由这种结构因素被带入异己的他者——符号界之中。幻想之物并不作为“符号”而存在，因为它只是一系列互指的或者说是混淆不清的能指，而非一个能指与一个所指的结合。在婴儿面对镜子的情境中，当婴儿（能指的主体）在镜中看到了自己的形象（所指，那个“主体”的意义）时，这种完美的对应和等同正表明了幻想的思维方式——一种无穷往复的自我指涉和主体与对象间的循环。镜像的根本特征在于它不能同真人分离，而在幻想界里主体也正是这样与对象相互认同的。这虽然构成了一个主体的完美的自我世界，但却不构成主体的真理。因为“自我”并不能在自我和自我的不同的部分中，或在作为自我的外界中形成关于自我的概念；相反，“自我”只有在“他者”之中才能把自己确立为一个自我，一个有意义的主体。弗洛伊德在俄狄浦斯情结中通过“父亲”而把那种漫无节制的欲望导入社会规范，而拉康则把这个“父亲”符号化了，也就是说，“父亲”并不在性的意义上作为婴儿的“情敌”出现，而是在一个“象征秩序”中作为“他者”而出现。在那种完美的、无缺损的镜像折射中，对立的两项无法从一种幻想界的禁闭中解脱出来；这种同语反复只有当一个异己的“第三项”闯入才宣告结束。父亲的出现使婴儿的镜像式幻想不得不面临一个异己的，与自己全然不同的对象。这时婴儿陷入的正是所谓“后结构主义式的焦虑”：一个主体只有排除另一个主体才能成为这个主体，正如一个符号只有区别于其他符号才能表达意义。“父亲”进入婴儿的视野结束了那种完美的同一性；那条能指链在此成为一个差异的系列，一个再也无法收回的异化世界。在拉康看来，婴儿在与周围主体相区别的差异关系中确立自己的主体位置与他对语言的发现是同一个过程。两者同样把婴儿从早先自恋式的幻想中带到一个先在的象征秩序或符号秩序中。在此，符号界不妨被理解为构成家庭、社会的关系结构。这种由“幻想”到“象征”的转化在此成为弗洛伊德所谓的“走出俄狄浦斯情结的痛苦历程”。

这时，主体面临的正是所谓的“符号界”。在前面一个阶段，主体在“幻想”中处于一个特殊的心理空间之中，其特点就是内在与外在彼此不分，如同婴儿被自己的镜中形象迷住了。但在这一阶段，幻想却通过一种分裂、一种异化被符号秩序接纳进自己的网络之中。同一性的海市蜃楼在一种先在的异化结构中破灭了，这个异化结构便是语言；正是通过语言，幻想主体方才获得了一个明确的位置。

“幻想”与“符号”间的动态关系并不是由一次心理成长一劳永逸地缔结起来，而是内在地包含在幻想与符号结构的本质之中。

就是说，幻想本身具有一种结构成分，或者说，它潜在地对应着符号界的秩序；同样，符号也包含着幻想的因素，因为它不过是一种异化的幻想形象。“符号秩序”并非代表一种现实秩序，同样，它为主体提供确定性的方式也不在于它使幻想获得了它的外界对象或象征，而在于它把主体内部的幻想关系引向一个外在的差异系列之中。

在结构主义看来，语言作为一种符号系统的基本因素在于它是一个自我生成的差异系统。它本身并不具备任何心理的或物理的现实性，但它却先在地构成了任何关于现实的表述的秩序。也就是说，对于主体来说，语言是先天“在位”的，它总是等待着主体去进入预设好的位置。这样，语言的功能不如说是把实在分割出来，悬置起来；而进入语言便意味着同实在告别。拉康正是从这种结构主义立场出发去“重读”弗洛伊德的。这里我们有必要一提的是他对弗洛伊德的“满足”概念进行的“非幻想化”的消解。如果说弗洛伊德追求的满足是一种现实的愿望满足（比如食物之于饥饿），那么拉康则告诉我们：没有实在的满足，只有满足的转移。如同我们在符号中无法触及实物，社会给予主体的满足也不过是一种象征的满足，更确切地说，是满足的象征形式。拉康力图向我们表明，在欲望和欲求对象之间永远有一个“结构性距离”，它使得任何满足都只能成为结构性替代。这也正是从幻想到符号的心理过程的隐喻。

在拉康看来，欲望与其说是在“快乐原则”的支配下寻求满足，不如说是在构成欲望结构的对象世界里由一个象征转移到另一个象征。如果说在弗洛伊德那里是“欲望”驱使心理主体去寻求满足，那么在拉康那里，这个过程就变成了“满足”这个符号自己在一个能指链上滑来滑去。对象世界永远处在欲望世界的彼岸，而欲望能据为己有的不过是符号秩序中的一系列空洞的位置。在“欲望”与“满足”之间，拉康看到的不是一个起点与终点，而是一次永无归期的流放：在愿望与目标之间并无通途，只有一个纵横交错，把人引向未知之处的差异的网络。欲望本身被证明是一个能指，而它所指向的东西也仍然是一个能指。这从根本上消除了传统“满足”的意义。在一次讲演中拉康抓住弗洛伊德的“内驱力”作文章：“很奇怪，内驱力有四种变体，就如同它有四种成分，你们都会记得弗洛伊德提出的四种变体中的第三种是什么——是升华……好极了，在那篇文章里弗洛伊德反复告诉我们说升华也是内驱力的满足，然而在此内驱力并没有获得它的目标，在它的满足中藏身的只是一个目标的替换。升华无论如何也不是内驱力的满足。”①在此，拉康把满足的深度模式扭转到了一个替换的水平模式中来。拉康紧接着说道：“换种说法，此刻我正在交媾，正在跟你们谈此事。好极了！我能不折不扣地感到那种满足仿佛我真的在交媾。这就是他要说的，的确，它提出了这样一个问题，即我是否在此刻正在进行交媾。在内驱力与满足这两者之间有一种极端的自相矛盾，这提醒我们，对于我来说，运用内驱力的功能无非就是要对满足所意味的东西提出疑问。”②正如这种象征的或符号的满足并不构成欲望的现实的终点，那种使欲望在其中转移从而获得“满足”的符号秩序也并不代表着一种外界的强制。不如说，它像一张纸，上面写满了在“幻想”或“欲望”中形成的“自我”的内容——这正是“符号界”的本质。“符号界”是整个现实世界——自然，文化，身体，人际关系等等——的差异结构，而“幻想”通过这个秩

①② Lacan, Jacques, *The Seminar of Jacques Lacan: The Four Fundamental Concepts of Psychoanalysis*, 1978, pp. 165—166.

序获得了同现实的“成熟的关系”，从而形成了一个成熟的主体。拉康总结道：“精神分析家面对的患者并不在他们所成为的那种东西上得到满足，但我们知道，他们所成为的任何东西、他们经历的每一桩事情，甚至他们的症候都卷入了满足。他们满足了某些事情，但这些事情无疑同那种能让他们满足的东西背道而驰，或不如说，他们是把满足给了某些东西。”①在拉康看来，性欲望同所有欲望一样不能带来最终的满足，因为主体同他的欲望之间或欲望同它的目标之间的结构性距离使这种满足永远也不可能达到。它只能在一种替代功能中把自己变为一种象征，一种欲望的修辞。

通过“满足”与“内驱力”的消解我们进入到一个象征之林中；如同梦里一样，我们展开了同这个现实世界的关系，但它却是我们能够“理性地”同世界和他人交往，并从中明确主体自我的位置的唯一方式。既然现实与欲望的矛盾被证明在本质上只是一种假象，那么我们能否在一个有序世界和一个无序世界之间重新安置那种我们如此习以为常的冲突呢？这使我们进入了第二个问题，即幻想世界的状态。

幻想不受现实原则的支配，作为欲望的主体，人在幻想中自己创造“自我”。但拉康的幻想界并非坐落在弗洛伊德的“无意识”之中，而是构成于意识的语言中。拉康喜欢把它称作一种“妄想的逻辑”。通过对幻想界的把握，拉康提出了他的最惊人的结论：无意识具有语言的结构。

在无意识问题上拉康大量借用了弗洛伊德对梦的研究。弗洛伊德把梦视为通向无意识或潜意识的最便捷的小道，因为它是潜意识

---

① Lacan, Jacques. *The Seminar of Jacques Lacan: The Four Fundamental Concepts of Psychoanalysis*, 1978, pp. 165—166.

欲望的象征性实现。人们往往把潜意识仅仅视为意识表层之下的“深层内容”，却忽视了它自身所特有的极为古怪的语法；正是它造成了梦的非理性色彩和曲折隐晦的特征。弗洛伊德用“压缩”与“移置”描述那种“梦的加工”。它把“白天的残渣”或存留在意识深处的早年记忆以一种极为灵活多变的、富于高度创造性的方式组合起来。它或把一组意象压缩为一种单一的表述，或者把一个对象的意义置换到另一个与之多少相关的对象之上。在拉康看来，潜意识的问题在于它缺乏适当的表现手段，这似乎是所指没有找到能指，更确切地说，所指从能指秩序中“滑脱”了。这是一种典型的“前符号”状态。但梦用压缩与移置巧妙地把潜意识的活动——一种尚没有语言的心理内容——表现为一系列视觉形象。这种方式与语言修辞活动的两种基本方式——“隐喻”与“换喻”——恰好是一致的。在“隐喻”和“压缩”中，意义或形象被叠压在一起，一个意义在另一个意义中透露自己；而在“换喻”和“移置”中，一个意义或形象被另一个意义或另一个形象所代替。拉康借助这种规则来描述无意识：症状就是隐喻，欲望就是换喻。

由此拉康把无意识的结构视为语言的结构。这让我们想到在从“幻想界”到“符号界”的过渡中，镜子的隐喻（它把两个意义合并在一起）已经让位于象征之林中的换喻（“意义”在“能指”链上传递）。我们不如反过来说，拉康认为有一种“无意识的语言”，这种语言自行发展，具有自己的逻辑；它与日常语言的唯一不同在于，在前者那里，能指与所指是脱节的，在此只有能指的互相作用，所指却从不在场。这种“意义链”的断裂造成了秩序的间隙和语言的空白，但在整个无所不在的符号界中，空白和间隙仍然是作为“语言”出现的，这便是“他人的语言”。这表明，拉康借助主体间的相互关系，把对于这个主体来说是无意识的东西视为另一个主体（即前者的“他者”）的语言。而在前面那个主体那里，这种没有“所指”（意涵）的“能指”（意符）便是症状。无意识的语言正是通过一系列症候和欲望表现出来的。而一切“症状”的成因与其说是“幻想界”受到“符号界”的“压抑”，不如说是这些纷杂的能指库存没能在符号界为自己找出指称的象征之物，从而在一个陌生的地域漂泊。拉康试图探索这两种“语言”，或者说，语言的这两个方面之间的“辩证法”。可以说，在拉康那里，“能指界”和“所指界”（这只是本文作者一时的发明）的冲突已成为我们心理冲突的本质。

拉康在一个自我陶醉的镜像关系（幻想界）中引入一个象征秩序的“他者”，从而把一种主体的虚假统一性变成了一对无法弥合的矛盾：能指与所指的矛盾。无疑，拉康就是用这种方式看待意识与无意识的关系的。就是说，它不是一个表层与潜层的关系，而是一张纸的两面（索绪尔就是这样形容一个符号中能指和所指的关系）之间的不可通约性。弗洛伊德曾把这种不可通约性安放在个人自我中心的欲望与公众的可接受性之间。然而拉康，既然已不承认还有任何置身于差异性结构之外的“个人”（注意，他只有“主体”，不用“个体”），就大肆铺张地把它确立在整个符号世界的裂隙之中。如果说索绪尔的前提是承认能指与所指之间的天然联系，那么拉康则蓄意宣扬两者间的断裂。拉康说：“我所谓的那种把能指和所指扣住的结合至今还没有出现过，两者的黏合点始终是虚假的，因为所指始终处于一种漂离、滑动的状态。”①我们知道，他在这里所说的漂离是整个能指链与所指的“板块”间的漂离。这把语言“后结构主义化”了。在此，除了作为“症候”出现的个人，除

① Lacan, Jacques. *Écrits*. Panis: Editions du Seuil, 1966.

了精神分裂式的话语，再没什么主体和表达了。也许在拉康看来，在所有的主体（失语症患者）与所有的语言（没有人称的能指结构）之间不存在任何圆满的意义整体，有的只是那种“结构性失调”。这似乎隐晦地指向历史的暴力，这种暴力在弗洛伊德那里表现为个人满足与人类文明之间的永恒冲突，而在拉康这里，这种冲突则被符号化，从而也进一步“中立化”了。拉康写道：“当主体从一个幻想世界被植入能指的差异关系中，并从中得以表现，他就重又会被那种差异关系排斥出来。”①这向我们表明，当主体在追寻自身的确定性时不但为语言所构造，也被语言所颠覆。所谓“无意识”，不过是当主体在能指链上滑动时以一种症候形式显示出来的“他人的话语”。②

杰姆逊在他那篇论《主体的位置与精神分析批评的问题》的长文中对拉康关于无意识的定义作了一个很好的旁白：“对于那些我们当中仍习惯于传统无意识形象，即把它视为一个恒久的本能的沸腾的大锅，并倾向于把语言同思考和意识而不是其反面相联系的人来说，拉康的定义必然令人惊诧……但如果我们能让我们自己把语言当作一种异化结构来思考，我们便已经走在欣赏和赞同这一概念的半途中了。”③

我们一定会注意到拉康的“实在界”一直没有露面。这并不奇怪，因为它在婴儿第一次看见镜子中的自我形象时便已失去了。它只是促使主体进入心理上的下一个层次的劲力或生命机能。它永远

---

① Rifflet-Lemaire, Anika. *Jacques Lacan.* Bruxelles: Charles Dessart, 1970, p. 364, 129.

② Lacan, Jacques. *Écrits.* Paris: Editions du Seuil, 1966.

③ 詹明信：《拉康的“想象界”与“符号界”：主体的位置与精神分析批评的问题》，《晚期资本主义的文化逻辑》，张旭东编，香港牛津大学出版社 1996 年版，第 106—107 页。

“在这里”，但却无法在精神分析治疗中被人发现。“实在界”，按拉康的说法，是一种“永恒不断”的东西，它“绝对地抵制符号界”。这似乎指出了一个乌托邦的心理根源。拉康对待“实在”的态度就仿佛康德对待“物自体”、维特根斯坦对待“不可说的”一样：他说“实在”是“不可能的”，并把它排除在讨论之外。但“实在界”在那些试图把拉康，广而言之，把后结构主义理论还原到历史中去的批评家那里却获得了十分重要的意义。

杰姆逊在把拉康主义同辩证法传统以及当代异化理论和意识形态批评结合起来的尝试中提出把“实在界”引入“幻想界”和“符号界”的二元对立中去，就如同拉康自己把象征之物引入镜像形象的同语反复的二项关系中去。这把一种后结构主义的零散化世界同主体的乌托邦远景联系起来。在此，杰姆逊提出一个假设：实在之物就是历史。①

我们在此无须讨论拉康学说的认识论意义和存在论意义，但我们可以看到，正如德里达指出的，拉康要“探讨主体的真理”。在这种努力中，拉康把从康德到胡塞尔的对认识的先验形式的研究转移到无意识领域。拉康的突出贡献在于把无意识语言化，从而也把认识活动结构化了。这关系到拉康的“主体”概念：主体消失为能指。这正是福柯所欢呼的“人的终结”。福柯在知识与权力系统中看到了个体的覆灭，德里达试图在语言游戏中予以“哲学”的论述。而拉康则在研究主体心理结构中发现了“个体”的“不在场”——有的只是无穷无尽的能指的区别。这使他直截了当地摒弃了任何主体理论。在主体的真理与心理的结构功能、语言与言语、

---

① 詹明信：《拉康的“想象界”与“符号界”：主体的位置与精神分析批评的问题》，《晚期资本主义的文化逻辑》，张旭东编，香港牛津大学出版社 1996 年版，第 106—107 页。

意识与无意识、表述与记忆等等关系中，拉康的精神分析理论不如说是作为一种辩证法展开的，这便是精神分析理论与语言之间的辩证法。这使拉康的理论在一个直接的意义上成为一种批评理论。

二

在此，基本的前提是，在拉康那里，主体意味着以“个体”假象出现的语言式言语结构中的功能，也就是说，主体是个体的语言或言语的等价物。我们知道，拉康把“症候”与“欲望”视为隐喻和换喻，视为能指的压缩或移置，这使他以一种不同于弗洛伊德的方式进行诊断。对拉康说来，精神分析治疗并不意味着帮助患者在现实原则的指导下释放力比多能量，而是帮助他进行一种“能指的过渡”。这表明精神分析不再致力于把所谓“被压抑的欲望”再现为语言，而是致力于把那种零零散散、结结巴巴的语言联结起来，修补完整。把主体语无伦次的话语变成连贯的讲述意味着把主体的真理在符号秩序中确立下来。在拉康眼里，这是交流的本质。由此可见，对于精神分析诊断来说，患者或一般主体只不过是精神分析学家的本文。这个本文并不建立在一个比喻的意义上——我们在这个意义上可以说弗洛伊德把梦也视为一个本文——而是建立在明确的符号学意义上。它不是一个“作品”，而是一个“话语的本文”，干脆说，是一大堆乱七八糟的能指的库存；正是这些能指构成了症状和欲望。这意味着，在精神分析学家面前，患者作为主体消失，而作为能指出现。①

---

① Lacan, Jacques. *Écrits.* Paris: Editions du Seuil, 1966.

这把传统上分析者与被分析者之间的辩证法变成为批评与本文之间的辩证法，确切地说，变成精神分析理论同那种“无意识的诗”之间的辩证法。但我们必须时刻警惕：这种辩证法是一种不折不扣的后结构主义辩证法。它永远把“意义”“存在”等确定性引向一个无穷变换的不确定性中；或者说，它永远把同一性投入永无终了的差异。这正是“符号秩序”要干的事情。在此，无意识再也不是一个深层的实体，而是生成于符号活动之中的脱落与空白；这意味着，无意识是语言自身的一个组成部分，它出现于语言活动的不圆满性。同样，批评也不再代表一种绝对的秩序，不如说，当它把作为能指的主体真实捕获为意义（所指）时，它同时也就在这个符号链中不可避免地沦为他者的能指，变成一个在能指的差异网中被移来移去的位置。这种能指位置的不断变换与消解批评中消解他者的本文又不断为另一个他者所消解极为类似。拉康式的批评理论似乎要我们永远放弃获得一个稳固的主体的位置，从而获得一个意义的整体画面的企图。批评，作为思考的象征，把人引入了那种“能指的”与“所指的”之间的互相寻找和命中注定的失之交臂。正是语言在“区分”和“割裂”存在，正是语言把一切意义建立在与“他者”的差异之中；这一方面使我们能“用语言做事”，另一方面又使我们永远同存在分离。就是说，当我们要“意谓”什么时，我们便陷入符号的差异之网；我们开始在那条无尽的能指链上滑动，再也无法落脚于存在。在这个意义上拉康对笛卡儿的箴言作了划时代的篡改：“我不在我思，我思我不在。”①

这似乎又使我们从“批评”绕回到拉康的“理论”之中。究竟

① 转引自伊格尔顿：《二十世纪西方文学理论》，伍晓明译，陕西师范大学出版社 1986 年版，第 212 页。

是否存在一种“拉康式的批评”呢？思考这个问题最好还是从弗洛伊德开始，我们可以由此抓住精神分析批评的问题。

在《创作家与白日梦》中，弗洛伊德提出了这样一个对立，即前符号的、私人的幻想与公众接受之间的对立。这里有一个常见的误解，即以为弗洛伊德把文学创造性与那种白日梦的天赋等量齐观。事实上，弗洛伊德在这篇文章里强调的是那种私人幻想同公众接受之间的困难。而精神分析批评从来也没有把寻找文学创作的表现技巧视为自己的任务；弗洛伊德的主题主要在于考察文字接受中的“愿望满足”。在这个意义上，弗洛伊德提出了诗的二重性构造：“……这是克服我们身上的冲动的情感的技巧……（一方面）作家通过替代和掩饰自己的白日梦而和缓了他的利己主义色彩……（另一方面）他还用在表现幻想时提供给我们的纯形式的——即美的——收益来贿赂我们。给予我们这种收益是为使那种从深层心理源泉中涌出来的巨大快乐的释放成为可能……”①

这种方法贯穿于弗洛伊德对文学艺术创作发表的言论之中。建立个体欲望（或幻想）同语言及集体接受之间的辩证法，并在这个关系中展开对问题的详细阐发，也许是从弗洛伊德到拉康的精神分析批评的方式。从这一传统看，拉康从“幻想之物”到“符号秩序”的转换就仿佛是一种诗的形成过程——把意象的混沌无序转化为一种象征的有序的排列。但这种观念恰好造成误解。拉康并不是作为传统精神分析的“语言替手”出现的，而他的后结构主义的消解战略也不应被等同于那种“从自然到文化”的结构主义规范。拉康批评的独特性在于，他并不把文学作品天真地视为创作者“创

---

① 詹明信：《拉康的“想象界”与“符号界”：主体的位置与精神分析批评的问题》，《晚期资本主义的文化逻辑》，张旭东编，香港牛津大学出版社 1996 年版，第 83—84 页。

造”出的一种符号秩序，不如说，他把创作者看成是先在的符号秩序的产物。

我们都知道弗洛伊德论詹森的《格拉迪瓦》和霍夫曼的《睡魔》的两篇精彩文章。在这里，弗洛伊德把“叙事”同“妄想”放到了一起。在弗洛伊德看来，妄想一方面使主体的毁灭得以缓解，但同时又使之达到了顶点。或许弗洛伊德也试图以这种方式来进行精神分析治疗。在妄想里，症候的过程也是心理进化或成熟的过程；而叙事则驾驶着妄想的航船使之走向规范。但在拉康看来，这个规范与其说是由叙事活动形成的，不如说它早已存在于叙事之中，并决定着叙事的发展。

拉康对从《堂吉诃德》到《尤利西斯》等众多文学作品都有论及，但其中最能说明拉康式批评的特征，或者说，最站得住脚的则是那篇对爱伦·坡的短篇小说《失窃的信》的分析。[①]在拉康看来，这篇小说“权威性”地表明：“形式化的语言决定主体。”[②]故事里一封谁也不知道内容的信决定了当事人的行为。（法文中“信”letter同时又有“字母”“文字”的意思，因此，“信”这个实物在这里又代表了语言本身。这是拉康玩弄的无数文字游戏中最精彩的一个。）这寓言性地表明，能指（信）在它的结构中支配了叙事人物的位置变化：大臣取代王后的位置，杜邦取代大臣的位置。就是说，一种结构性力量不断地把自己施加在不同时刻占据着某个结构中的位置

---

① 《失窃的信》故事梗概如下：
王后收到一封控告信，适逢国王来到，王后把信明放在桌上以图不引人注意蒙混过关。大臣在王后眼皮底下将信用掉包计拿走。王后多方雇人搜寻不得，侦探杜邦却轻易将信取到。当警长请教时杜邦说根据推理大臣会像王后那样把信放在一个最显眼的地方，以此作为最好的密藏。于是杜邦在壁炉架上挂着的文件夹里找到了信。

② 詹明信：《拉康的“想象界”与“符号界”：主体的位置与精神分析批评的问题》，《晚期资本主义的文化逻辑》，张旭东编，香港牛津大学出版社 1996 年版，第 115 页。

的主体之上。于是这个故事与其说把我们引向一个令人愉快的结局，不如说向我们展现出能指链的恶性循环。在这种能指的传递（信的传递）中，主体与其说把握了自己的位置，不如说被卷入了一场没完没了的异化游戏。在此，“指涉者”不是小说家，而是这个故事的结构。同样，在拉康看来，主体也不是表意的主体，而是“话语”的主体。如果说弗洛伊德仍相信诗的法则或叙事法则能够带来表达的可能性，从而导致主体获救的话，那么对于拉康来说，这种表述的唯一的主体永远是语言自身。因而可以说拉康彻底去除了创作的神学色彩——它无关乎拯救，甚至压根儿就没有拯救。所谓“无意识的诗”只不过是能指系统的自在的秩序。也许这种位置的转换提供了某种戏剧性结构（但这不过表明那种“无意识”正操纵着主体的话语）。在创作中，如同在日常生活中一样，人是无意识的主体，只不过在文学作品里，这种关系以一种可见的方式表现出来。拉康使我们意识到，从“幻想界”到“符号界”的过程永远也不是一个创作过程（表意），而只是一个“就座”过程（话语）。

显然，我们看到拉康并不想建立一种阐释理论，不如说他只有一种消解理论。这种毫不动情的态度加上那种自得其乐的一般的语句时时使拉康的面目——至少对于文字批评——显得十分可憎。

拉康同一切形式主义者的关系是不言而喻的。然而有意思的是，他以另一种方式同马克思主义相关联。且不说拉康的镜像理论直接启发了阿尔都塞的意识形态理论（“幻想”与意识形态一样都是主体与对象认同而获得一个虚假而完美的“整体的自我形象”），他从语言出发改写弗洛伊德也使我们得以在人与人、人与“他者”的关系中重新思考潜意识与社会存在的关系。拉康甚至还说他的符号学同马克思主义可以和平共处。然而拉康式批评的真正吸引力恐怕还是在于它以一种动态的、充满矛盾对立的辩证关系搅动了结构主义的静态模型。杰姆逊说拉康的批评中总有一种类似形势分析的东西，这把结构主义的永恒秩序转化为一种具有“过程”趋向的“阶段”。在拉康关于《失窃的信》的讨论中，杰姆逊甚至还看到了一种“辩证的阅读方式”，在此，“能指的循环往复同一种辩证的自我意识出现结合起来”。①我们不妨援引杰姆逊也曾援引的那段分析：

> 如果现在的问题同以前一样，是要使那封信不被搜寻的眼睛发现，那么他（大臣）唯一能做的事情就是搬用那已经被他识破的技巧：把它搁在谁都看得见的地方。我们有理由怀疑他知道他正在干什么，因为我们看到他立即就被那种二元关系捕获了。在这种关系里我们发现了一种模仿的诱惑，或者说是一种动物装死的特征，他落入了看见自己没有被人看见的典型的幻想情境中，但没有发现真实的情况却是他没有发觉自己被人看到了。②

这可以说是拉康对结构主义的自嘲。拉康通过引入象征的“他者”老练地瓦解了主体的幻想（同时也瓦解了那种传统的、基于个体的批评），又在幻想与符号秩序的冲突中（在这场冲突中拉康可说是不偏不倚：既不抬高幻想之物来讨好个人满足，也不抬高符号秩序以皈依现实规范）模糊地引入了一个辩证的第三者。这又让我们想起了那个“实在之物”。拉康从来也没有给它一个明确的定义，但它却不断地零星出现在拉康的文章之中。这必然启发了一种乌托

① 詹明信：《拉康的“想象界”与“符号界”：主体的位置与精神分析批评的问题》，《晚期资本主义的文化逻辑》，张旭东编，香港牛津大学出版社 1996 年版，第 126 页。

② Lacan, Jacques. *Écrits*. Paris: Editions du Seuil, 1966.

邦式的思考，这种思考，用西方马克思主义者杰姆逊的话说，就是“在历史时间的另一个终点，在超越了阶级组织、商品市场、异化劳动，超越了非人性所能支配的历史逻辑决定论的社会秩序中对主体的位置进行一种新的创造性思辨”。①

否定拉康是容易的——我们只需指出历史和主体不仅仅是文本。但辩证地、历史地把握他则是件困难的事情。但我们除此之外别无他路。因为只有这样我们才能在目前的条件下思考当代中国的主体（无论是语言主体还是历史主体）自身的真理性及其在世界文化的符号秩序中的位置。在此我们必须超越两个界面，一是传统的自足主体的幻想性封闭，一是后现代主义的异化秩序。在这个意义上，我们对拉康的理解才获得它自身的历史性，从而同西方马克思主义者的批评视野交融在一起。

1989 年 1 月于北京中央音乐学院

① 詹明信：《拉康的“想象界”与“符号界”：主体的位置与精神分析批评的问题》，《晚期资本主义的文化逻辑》，张旭东编，香港牛津大学出版社 1996 年版，第 136 页。

本雅明的意义*

一

本雅明（Walter Benjamin，1892—1940）①的奇特风格也许是他奇特的社会位置和生活方式的再现。应该说，后者不仅提供了风格，而且提供了这种风格赖以形成的实质。他的作品明确无误地说明了这一点。本雅明隐晦的意图是，在寓言的意义上具体地呈现出完整的时代与体验的内在的真实图景，这把他同一种充满活力的思想传统以及那个时代最杰出的心灵联系在一起。在这个意图的活动中，本雅明向人们展示了他的天才。正如他指出在他宠爱的诗人波德莱尔身上融合着一个拉辛和一个法兰西第二帝国新闻记者的风

---

* 本文为作者所译《发达资本主义时代的抒情诗人》生活·读书·新知三联书店 1989 年版的导言，最初发表于《文化：中国与世界》第 5 辑（1989）。

① 本雅明，德国批评家、文化史家及文艺理论家，生于柏林富裕犹太人家庭，学生时代积极参加激进的文学活动，后转向理论研究。一次大战后他在柏林为报章杂志撰稿，并成为法兰克福社会研究所的成员。在此期间与布洛赫、阿多诺，尤其是布莱希特过从甚密，1933 年纳粹上台后避居巴黎，开始了他著名的“19 世纪的巴黎”的研究，1940 年纳粹占领法国，他在逃亡西班牙途中被困自杀。

格，这种极不协调的二重性也在他自己身上表现出来；在他身上，融合了一个马克思和一个“现代诗人”的倾向。这构成他的作品的双重特征，一方面，它带有一个注重普遍性和历史规律的哲学家的思辨力量、分析的技巧以及批判的严厉；另一方面，却带着一个注重个体的内在经验、陷于存在的困扰的现代诗人的敏锐的直觉式的感受、透悟，以及想象的热情。这一切在他的理论蕴含极为丰富的叙事性议论中结合起来；在具体的真的广泛呈露中，思考和诗不分彼此地、自在地贯通为一了。因而本雅明的作品总是极大地超越了论述问题，并且超越了这种论述本身。这么说并不是要把本雅明形容为一个超验的沉思者，一个形而上学家。恰恰相反，本雅明没能逃脱时代加于一个具体实在的人——更不用说一个具体的思考者和写作者——身上的种种矛盾和困扰。因而他的思想无不带有鲜明的经验的色彩，充满了体验的震荡，并且在一种逃避与回击的姿态中与时代不可分割地联系在一起。他是从痛苦中收获的思考者，而他的思考所呈现的，正是这种痛苦的现象学。领会这个艰巨的内在转换过程，是在他那有时显得非常自我陶醉的唯智论的实证主义思维、那些有如外科医生的手术刀般犀利无情的分析，以及乐此不疲的广征博引之外，领会他的思想的寓言性质的关键。

在一个社会分工越来越细密的时代（在知识阶层尤其如此），很难想象本雅明这样伟大的游离者。在这方面他有点像维特根斯坦（甚至两人所关切的问题也在一个比喻的意义上极为相似）。但《逻辑哲学论》的作者最终在学院里占据了一个受人尊敬的位置，他的问题也终于被接受并置入一个课题或专业里面（尽管这很可笑），维特根斯坦生前就赢得了巨大的名声。在他的思想被批准“合法”之后，他的独特之处竟也一道登堂入室，并作为“天才”的印记而被奉为至宝了。本雅明在这个充满了文化的分割和意识形态的壁垒的社会里没有这么走运，他的主要著作都是作为“遗著”出版的，他的思想在最亲密的人中间有时也不被接受，①而他声名鹊起更是近十来年的事情。虽然这是些表面现象，但多少涉及他们两人根本上的不同。

本雅明对时代以及人在这个时代的处境的洞察，以及他的思想方式和表达方式的独特，超出了同时代人的理解力，更确切地说，超出了那个时代的意识形态的承受力。他乐于把写作看成是一种生产，而把整个文化活动领域比作一个市场。在这个市场里，本雅明与他笔下的波德莱尔和卡夫卡一样占据着一个很糟的位置。这并不奇怪，因为本雅明的产品对整个市场的交易法则无疑是颠覆性的，它披露了那种操纵交易的人们力图遮掩起来的图景。因而本雅明不得不过着一种波希米亚人式的不安定的生活。但这种境遇却正与本雅明的思维套路相辅相成。首先，它把他从专门化的思想分工中强迫性地排斥出来，暴露在广阔而真实的现实面前。本雅明的不合规范、难以界定是无以复加的了。他是波德莱尔和普鲁斯特的德文译者，但他未曾以翻译家自居；他的博士论文《德国古典悲剧的起源》深入探讨了巴洛克时期的德国文化，“19 世纪的巴黎”系列研究也带有文化史的色彩，但他无疑不是史学家；他的强烈的诗人气质和作家式的观察和表述方式，造就了他的内在经验世界，而他毕生的努力之一是像普鲁斯特那样把握住自己的经验；他写了一些散文作品，但从未在更有力的叙事文体中将它们表现出来；奇怪的

① 只有布莱希特例外，他无保留地称赞本雅明（虽然有时，当涉及一些具体的艺术理论问题时，他提醒人们注意本雅明“过于精明的唯智论”的一面和一些神秘主义的倾向）。他称本雅明为“本世纪最伟大的文学心灵之一”。当得到本雅明的死讯时他说：“这是希特勒给德国文学带来的第一个真正的损失。”两人的友谊是批评家与作家之间曾经有过的最动人的例子。布莱希特的戏剧手法与本雅明的艺术生产形式以及艺术与政治的关系的看法互为印证，有力地促进了本雅明的思想。

是，他宣称自己的“最大野心”是“用引文构成一部伟大著作”。他基本上是个批评家，他一生都评论在世的或已故的作家的作品，但如果把他定义为“批评家”，就像把卡夫卡定义为“小说家”一样，难以尽意，而且容易误解。他最接近于一个哲学家，他一生追踪的问题最终只能说是哲学问题，而且他对思考本身的关注，对语言和媒介的关注，最终，对理性和理性之外的强大因素的关注和内行的把握只能出自哲学的训练。但他的行文只消一眼就可以看出与一般的哲学文本相去多远。事实上，本雅明也从未把自己作为一个哲学家，他太醉心于自己的写作方式了，他对“现象”（而非抽象概念）的嗜爱，使他更倾向于以一种诗的方式从无论多么细小易逝的具体事物中捕获思想的战利品——他最终也不是一个哲学家。

本雅明似乎只能用他自己挑选出来的、并以自己的一生和充满洞见的阐发赋予了深长意味的一个名词来定义。这个词便是 homme de lettres——文人。这个“文人”在他文章的字里行间出没，就像“人群”“大众”在波德莱尔的诗里暗藏。

二

在《波德莱尔与 19 世纪的巴黎》中，本雅明用他特有的飘忽不定的线条勾勒了“文人”的轮廓。他首先在密谋者策划起义的烟雾弥漫的小酒馆里发现了文人，他把他们一同归入了“波希米亚人”一类，他们生活动荡不定，由偶然事件所支配，毫无规律可言，他们是“种种可疑的人”。那些让波德莱尔着迷的密谋家，在马克思看来无异于一群“革命的炼金术士”，他们无条件地发动起义，把革命变成一种“即兴诗”。波德莱尔与他们的真正的关系也许并不在于他也加入了他们的活动。本雅明把波德莱尔视为一个“同语言一道密谋策划的人，他在诗行里调遣词句，计算它们的功效，像密谋者在城市地图前分派暴动的人手”。①本雅明进而把波德莱尔的朝三暮四的艺术宣言同密谋者突然的举动以及第二帝国令人猝不及防的政令联系起来。这种逃脱与落网无疑是文人的实际处境。波德莱尔高出同代作家的地方则在于，他今天高喊“为艺术而艺术”，明天已一变而成“艺术与功利不可分割”的鼓吹者，但这时他并非成为时尚的风标，而是借此在宣告自己作为文人的自由——一种姿态。的确，文人与“波希米亚人”，与那种流浪汉一样享有一种自由。但这却是一种失去任何生存空间的自由，一种被抛弃的自由。本雅明向我们暗示，这便是摆脱作为一件商品、一个符号的存在所需付出的代价。

文人随着“波希米亚流浪汉”进入了“游手好闲者”的行列（这个形象的重要性我们在后面还要谈到），他们是大城市的产儿，在拥挤不堪的人流中漫步，“张望”决定了他们的整个思维方式和意识形式。文人正是在这种漫步中“展开了他同城市和他人的全部的关系”。文人的漫步在两种意义上成为他的工作，其一，他只有在这种漫步中，在与他人的关系中才有事可做，才能找到自己的下一个题目；其二，这种漫步也展示了作为他工作的一部分的闲暇，本雅明尖刻地加上一句“仿佛他已从马克思那里弄懂了产品的价值由制造它的社会必要劳动时间决定”。这样，文人通过展示闲暇而使自己的劳动力价值“大得惊人”。“游手好闲者”同完全被机械化

---

① 参看本雅明：《发达资本主义时代的抒情诗人》，生活·读书·新知三联书店 1989 年版。以下不注明页码的引文皆引自本书。

了的芸芸看客不同，他“需要一个回身的余地”。本雅明在这个时候又一次给了文人一个机会。他说，“大城市并不在那些由它造就的人群中的人身上得到表现，相反，却是在那些穿过城市，迷失在自己的思绪中的人那里被揭示出来。”于是，本雅明把那些“被剥夺了生长的环境”的文人置入到一种思想的气氛中去了。他把狄更斯也归入到这种在城市中漂泊、沉溺于思想的人们中，切斯特顿的话得到他的激赏：“当他（狄更斯）做完苦工，他没有别的地方可去，只有流浪，他走过了大半个伦敦。他是个沉湎于幻想的孩子，总想着自己那沉闷的前程。……他在黑夜里从霍尔登的街灯下走过，在十字路口被钉上了十字架……他去那儿不是要去‘观察’什么——一种自命不凡的习惯；他并没有注视着十字路口以完善自己的心灵或利用数霍尔登的街灯来练习算术……狄更斯没有把这些地方印在他的心上，然而他把心印在了这些地方。”

使本雅明如此感动并以难得的慷慨在自己的行文中让出一块地盘的东西，也许是触动他对文人（homme de lettres）的意识——带着强烈的自我意识色彩——的话语。文人的流浪为他提供了工作和休息，更重要的是，为他提供了自我意识，这成为他生命的最高意义。然而即使是那种独立出来的沉思默想也带着迷茫的痛苦。这一切把他从意识的日常世界牵引出来，使他像一个幽灵那样从他熟悉的地方掠过。但在漂流中，从意识里掘除出去的东西却必然以更不可抵御的力量在潜意识里向他呈现出来，将他覆盖，将他淹没，像那些飘荡的灵魂，把自己留在了它想飘荡而过的地方。

本雅明知道这种无奈的境况，他随即把体验的同情收了起来，冷漠地注视着他的同类走进了市场。这代表了本雅明的风格：在他隐藏起他的自身体验，并把它转化为一种唯智的抽象分析时，他的抽象理论却成为他的自我体验的一种奇特的象征。这种象征甚至比他的诗意的热情更具有慑人的魅力。

资产阶级的市场文化决定了文人的方式，他也是一个出卖劳动力换取报酬的人。本雅明把街头小报和专栏文章作为这种文化的先驱。随着报纸订金下降，广告增加，它必须以日新月异的面貌吸引各种各样的读者，各种各样新奇的专栏必须每天填满，这样“美文”以及“连载小说”应运而生。甚至连批评文章在很长一段时间里也只是作为报纸的一个栏目被人阅读的。急迫的需求和巨额的收益两者一同造就了文人的地位，也就是说，文人通过报刊专栏在资本主义市场里占据了一席之地，从而在社会生活中占据了一个位置。他的订货性质和他的产品的内在规律已暗示了他同这个时代的关系，这个关系在他与他人，他与作为同行和顾客的大众的关系中展现出来。用本雅明的话说，文人依赖这种关系一如“娼妓依赖乔装打扮”。他们的节奏不妨说是合同的改头换面，这个节奏必须是支配整个社会生产和社会生活的节奏，它同隐隐传来的传送带的节奏同步，而资产阶级新闻出版界的天才“早在机械应用之前就已在咖啡馆里熟悉了这种节奏”。

在一个隐喻中，本雅明把成功的作家与不成功的作家之间的差别视作熟练工人和非熟练工人之间的差别——一种训练的差别。至此，作为一个雇佣劳动者的艺术家和作为一种商品的艺术品的面貌已暴露无遗。然而本雅明讽喻式的思想的真实意图或许恰恰在反面。他在一次又一次把作为“类”的文人放进暴露性的语境时，却一次又一次地把他作为个别的精神从不那么诗意的背景中突出来。不能不说本雅明的全部同情落在了他们身上。他怀着忧虑的震惊深切地注视着他的同类在大城市喧嚣的街道上行走，在摩肩接踵的人流里被人推搡着；疾速的交通使他陷入惊慌，穷于应付扼杀了他的沉思；商品的诱惑以及“集商品和售货员为一身”的性诱惑让他神不守舍；而对这一切漠然置之则不啻是淹没在规范化了的大众之中，把自己“交了出去”。本雅明的注视像舞台上的聚光灯一样使波德莱尔的形象从人群中分离了出来：“那一片骚动的人群像一个孤独的灵魂的光辉，那曾让游手好闲者眼花缭乱的闪亮，对他显得昏暗了。他为了在自己身上打下人群的鄙陋的印记而过着那样一种日子，但在那些日子里，甚至连被遗弃的女人和流浪汉都在鼓吹井井有条的生活，谴责自由派并反对除金钱以外的任何东西。在被这些最后的同盟者出卖之后，波德莱尔便向大众开火了——带着那种人同风雨搏斗时的徒然的狂怒。这便是体验的本质；为此，波德莱尔付出了他的全部的经验。”

本雅明称赞波德莱尔一心一意地致力于自己的使命、用自己全部的经验去换取诗的体验的勇气。本雅明醉心于这种悲剧意味，而他的思想毋宁说是为这种悲剧意味提供了一种理论阐述。在他看来，诗人明白在现时代“感情”的价格。他同波德莱尔一样，把一种毁灭性的体验作为语言的内蕴，把一个要将他们的过去和现在碾得粉碎的时代作为思考的主题；在这种交换中，个人的世界——即那种“气息的光晕”在一个接一个的震惊中消散了。对此，我们倒不如说，他们自己去面临震惊，他们“赞成它的消散”。为此他们无不付出了高昂的代价。但是，像本雅明所说，“这是他的诗的法则”。因而本雅明最终给了波德莱尔这样一个定论：

> 他的诗在第二帝国的天空上闪耀，像一颗没有氛围的星星。

“没有氛围的星星”这个从尼采那里借来的意象表明，他同波德莱尔一样把诗人从地面抬升到空中，尽管他同波德莱尔一样看到了诗人从半空中跌落下来。①这颗星是诗人在马路上丢失了他的神圣光环②之后本雅明给予他的补偿。

这里，海德格尔的形而上学语言或许比本雅明的寓言语言更直截了当。他称诗人是在世界的黑夜更深地潜入存在的命运的人，是一个更大的冒险者；他用自己的冒险探入存在的深渊，并用歌声把它们敞露在灵魂世界的言谈之中。③

三

本雅明通过波德莱尔看到“大众”最终只是诗人敌意的同盟，一如诗人不折不扣地是它的异己的同谋。但诗人的意义却往往在他的积极的独特的一方面。本雅明把这种积极意味同一个令人意想不到的形象联系到一起。“拾垃圾者”，作为诗人形象的隐喻，在更广的意义上作为文人的形象的隐喻，无疑是通向本雅明的中心形象的一个过渡。

本雅明从波德莱尔的散文中发现了“拾垃圾者”形象，并把它剪贴下来：“……他在大都会聚敛每日的垃圾，任何被这个大城市扔掉、丢失，被它鄙弃、被它踩在脚下的碾碎的东西，他都分门别类地搜集起来。他仔细地审查纵欲的编年史，挥霍的日积月累。他把东西分类挑拣出来，加以精明的取舍；他聚敛着，像个守财奴看护他的财宝……”本雅明一眼便在这个形象里认出了文人，“他们

① 波德莱尔：《信天翁》和《伊卡洛斯的悲叹》，《恶之花》。

② 波德莱尔：《光环丢了》，《巴黎的忧郁》。

③ Heidegger, Martin. “What Are Poets For”. *Poetry, Language, Thought*. New York: Harper & Row, 1971, pp. 89—142.

都或多或少地过着一种朝不保夕的生活，处在一种反抗社会的低贱地位上。”更进一步，他看出了波德莱尔的意图——把拾垃圾者的活动视为诗人的活动的夸张的隐喻。本雅明是这样说明的：“两者都是在城市居民酣沉睡乡时孤寂地操着自己的行当；甚至两者的姿态都是一样的。诗人为寻觅诗的战利品而漫游城市的步子也必然是拾垃圾者在他的小路上不时停下捡起碰到的破烂儿的步子。”本雅明甚至还指出了拾垃圾者的革命性，“在适当的时候，拾垃圾的人会同情那些动摇着这个社会的根基的人们。”在他们自己的梦里，拾垃圾者是起义者的同志。

这种典型的本雅明式的隐喻形象与作者自身的形象联系起来就不那么费解了。本雅明始终把自己的存在放在他的一切象征的起点上，这也许是杰姆逊称他为一个“奇特的现代主义者”①的原因。

本雅明的自我形象只有在一个地方是确定的，他一生都是一个“收藏者”，从书籍到只言片语，都是他收藏的对象。早在写《德国古典悲剧的起源》时，他就感到“拥有一个图书室的内在需要”。②在靠微薄的薪俸度日的许多年里，他一直不断地购买图书，扩充自己的图书馆，甚至不惜为此变卖家产。在他的收藏里有卡夫卡全集的第一个版本，也有许多本雅明所憎恶的作家的著作，还包括大量的看上去不那么重要的文字记载，社会学的、历史的、建筑的、回忆录、书信集甚至儿童读物。读者可以从他研究波德莱尔和 19 世纪的巴黎的著作里发现引文的丰富多彩。本雅明一生都处在经济拮据的境况里，为了这个奢侈的嗜好，他甚至一度在父亲的怂恿下打算去一家旧书店合股经营。这是本雅明一生中唯一一次考虑找个有

---

① Jameson, Fredric. *Marxism and Form: Twentieth-century Dialectical Theories of Literature*. Princeton: Princeton University Press, 1973, p. 61.

② Benjamin, Walter. “Unpacking My Library”. *Illuminations*. 1964, pp. 59—68.

收益的工作。自然，这个打算什么结果也没有，他一直卖文为生。

本雅明一生动荡，然而无论是寄居在父母的房子里还是在巴黎草草安身，他始终和他的图书馆在一起，他的“收藏”也从未停止过。这种“昂贵的热情”同他的思想有着密切的联系。在“收藏者”形象里，我们得以透悟本雅明思想深处的蕴含。

“在最高的意义上说，收藏者的态度是一种继承人的态度。”①在这种收藏中，灵魂徜徉在过去的精神财富的丰富之中，这个过去是他生存的土壤。像一个在商品世界中漫步的游手好闲者，收藏者在这里得到一种闲暇的满足。本雅明接着说道：“同对象建立最深刻的联系的方式就是拥有这个对象。”但这个“拥有”绝非私有制意义上的占有，“收藏者”并不像资产阶级收藏家那样把一件物品打上私有的记号，或像购买会升值的股票那样把收藏品当作一种会带来利润的东西。相反，他把它们收集起来，置于自己的关怀之下，从而把它们永远从市场上分离了出来，恢复了它们自身的尊严和价值。本雅明自己宣布了这种“收藏”的政治意义；收集者要提供给人的“不仅仅是他们在日常世界所必须的东西，而且还是那种从实用性的单调乏味的苦役中解放出来的东西”。②

在更深一层上，“收藏”是现代世界的生存者的抗争和慰藉。本雅明在“巴黎研究”中继“震惊”之后提出了“内在世界”或“室内”的概念。在本雅明看来，由于资本主义的高度发展，城市生活的整一化以及机械复制对人的感觉、记忆和下意识的侵占和控制，人为了保持住一点点自我的经验内容，不得不日益从“公共”场所缩回到室内，把“外部世界”还原为“内部世界”。在居室里，

---

① Benjamin, Walter. “Unpacking My Library”. *Illuminations*. 1964, pp. 59—68.

② Benjamin, Walter. *Schriften*. 1973, p. 416.

一花一木，装饰收藏无不是这种“内在”愿望的表达。人的灵魂只有在这片由自己布置起来、带着手的印记、充满了气息的回味的空间才能得到宁静，并保持住一个自我的形象。可以说，居室是失去的世界的小小补偿。文人的图书馆无疑是这个“居室”的特殊化，在传统和充满先辈的气息和注目的事物中，他感到与那个精神的整体同在。在存在的意味上，收藏对于收藏者是一种构筑——构筑一道界限，把自己同虚无和混乱隔开，把自己在回忆的碎片中重建起来。

在这个意义上，图书馆成为本雅明以“过去”拒绝“现在”的壁垒。但如果我们的分析只停留在这个层次上便从根本上误解了本雅明。因为“收藏者不仅梦想一个遥远的桃花源，同时还梦想一个更好的境地”。①是要把事物从“实用性的单调乏味的苦役中解放出来”。这种解放与其说是政治的，不如说是哲学的，它意味着打碎加于思考的传统的权威，抹去分类的标记，揭开意识形态的蒙蔽——一种认识论的颠覆。本雅明在他的图书馆里进行着一场革命，他是个退居书房的革命家。他的收藏作为一种思想的战略行动具有重大的美学意义，而其实质是语言意义上的革命。

本雅明给予那些书籍以极大的自由，当人问他读了多少藏书，他说：“不到十分之一。”他随即反问道：“难道你每天都用你的塞弗勒瓷器吗?”②在这个自由的空间里，存在物自在而自为地存在着，从而以美的形态呈露出自己。本雅明常常不无得意地宣称他从来不把书分门别类、按部就班地放置，而是“杂乱无章地、随意地一放”，他常常劝别人千万不要把图书归类。那种随意的放置给本

① Benjamin, Walter. *Schriften*. 1973, p. 416.

② Arendt, Hannah. “Introduction”. *Illuminations*. 1964, pp. 1—58.

雅明带来了极大的乐趣。这里，毕加索的习惯与本雅明的态度相呼应。潘罗斯在描述毕加索的房间时写道："事实上，对毕加索来说，房间里的杂乱无章比清洁整齐、样样有条不紊更有助于培养思想。"一次作者在毕加索屋里看到壁炉上一幅很大的雷诺阿的作品已经卷曲，这时毕加索说道："还是这个样子好。你要糟蹋一幅画，只须把它很好地挂在钉子上就行了，因为那样不久你就看不到绘画，只看到个画框。只有把它放在不适当的地方，才能更好地欣赏。"①

使事物从一个实用计划中摆脱出来，恢复其原有的初始性、独特性，并把这种新鲜直接带入思想的行文中是本雅明在作品里处心积虑要达到的效果。在这个过程中，事物、现象和语言的片断被一个活跃的思维中心从它们原先的坐落中吸引出来聚合在一起，因而产生了极大的揭示性力量。本雅明声称他的摘引"像路边的武装强盗，发动一场攻击，解放了被定罪的懒散者"。②事物的事实性从一种囚禁中获得了解放，存在的本真性在新的语言中向人们涌现出来。这正是现代语言哲学——无论维特根斯坦式的还是海德格尔式的——意图。

本雅明的引文宣布了旧的真理体系和文化的统一性的解体。而这种传统的权威长期以来一直无视事物和现象的内在的生命力，把它粗暴地置于一个"更大，更重要"的实体之中。本雅明揭穿了这种文化的"黑格尔主义的欺骗性"，在他看来，只有在这些引文的摧毁性力量中存留着"使这个时代的事物得以幸存的唯一希望"，③这种幸存的方式，在本雅明看来，就像珊瑚形成的方式，是远古生命的遗骸，又像珍珠产生的方式，是生命内在的孕育。本雅明带着

① 罗兰特·潘罗斯：《毕加索：生平与创作》，周国珍等译，人民美术出版社 1986 年版，第 74—75 页。

②③ Benjamin, Walter. *Schriften*. Vol.1. 1973, p. 571.

这幅图景捕捉他的时代中富于生命的片断。正是在这个意义上，他把自己“最大的野心”宣布为“用摘引构成一部伟大的书”；也正是在这个意义上，他与他的时代不可分割地结合在一起。

四

卡夫卡日记里的一段话可以作为“现代人”——在此指的是那些内心存有诗意但却被时代抛在后面的现代人的悲剧纪念碑上的铭文：

> 无论什么人，只要你在活着的时候应付不了生活，就应该用一只手挡开点笼罩着你的命运的绝望……但同时，你可以用另一只手草草记下你在废墟中看到的一切，因为你和别人看到的不同，而且更多；总之，你在自己的有生之年就已经死了，但你却是真正的获救者。①

本雅明在卡夫卡身上找到了与自己最为贴近的人格，这并非偶然。偶然的是他的这种人格因素在意识中与辩证唯物主义结合到一起了。萨特曾很聪明地指出，唯物主义只是那些羞于唯心主义的唯心主义，这无论怎样都可以很恰当地用在本雅明身上。在本雅明的行文中，唯物辩证法被生存体验和诗人式的感性直觉冲淡，成为一种大范围的跳跃的真实洞察和一种形象的神话，毋宁说，前者是后者的一种显影方式。但我们也不应低估唯物主义，尤其是唯物史观

① Kafka, Franz. *The Diaries of Franz Kafka*. New York: Schocken, 1976, p. 394.

对本雅明思想的深刻影响，它使本雅明着眼于现实的变化和发展，从而以一种形式（生产方式意义上的形式）的乐观主义姿态面对现代的混乱和绝望。他下面的一段话如果不从这种二重性来考虑，简直是卡夫卡的回声：

> 就像一个人爬到沉船的顶端随着船骸漂流，他在那里有一个机会发出求救的信号。①

这使我们想起作为收藏者的本雅明，在“传统”沉没之后，本雅明便是在它的碎片上漂流，并不断地发出信号，以使自己可能在无意义的虚无中得救。本雅明还不能使自己同这一切分开，因为他终究不属于另一个阶级，尽管他的思想强烈地倾向于这种属于未来的力量。他的思想，推而广之，他所属的这类人的思想并不直接地建立在现实状况之上，并不直接地由经济地位和社会关系所决定，而是经过一个个体存在意识的中间层。在经过这个中间层时，并且就在这个中间层中，个体精神范畴里的上层建筑找到了自己的更为直接的基础。这个“亚基础”构成他们的思想意识和语言作品的世界同现实世界之间的反映或再现关系的折射层。在本雅明，它成为他的思维的跳板，而在他的隐喻中被省略掉的辩证的媒介无一例外地可以在这个层次上找到它们的相等的转变。可以说，这个基础也是本雅明的寓言的基础，而我们也必须在这个基础上理解本雅明式的马克思主义。

本雅明天生是个作家，然而最终只是个不怎么成功的作家。那种作家的阴影时刻影响着他的内在经验的构成方式；这种内在召唤

---

① 本雅明：《书信》，“致肖勒姆，1931 年 4 月 17 日”。

被滞留在一种散文的水平上，同他的知识和思想结合起来，从而与一种传统的重负结合起来。本雅明最终选择了这种方式，这无论如何不是屈从。他的困于表达的内心找到了一种寓言方式，并且在一个全新的领域将它建立起来。本雅明的批评意识证明了他的远见。在他的批评中，对象通过一种寓言作用直接地达到概念的高度，同时其方式又把这种概念非概念化为一种寓说。这样，实际事物的具体性的多层次的、难以归纳的意义，连同它自身固有的异质性和相互间的强烈对比以一种无可回避的姿态呈现在意识面前。布莱希特称这种方式——本雅明的方式——为“残酷的思考”，在这种方式里，我们无疑可以看到马克思的影子。

本雅明的风格是一种战略意图。有意思的是，他首先而且最终把这种寓意的丰富性赋予了一个关键的概念：形式。本雅明把形式寓意化，从而从中分离出语言学意义上的形式、生产方式意义上的形式和“生活形式”（不妨借用维特根斯坦的词汇）意义上的形式，而这种分离不是绝对的分隔，而是一种边界模糊的分层。本雅明在通过寓意把它“分层”之后，又以隐喻把各层次联系起来。这样，他便在一种语言风格里融合了现代主义和马克思主义的问题。可以说，这个“形式”的寓意，或者说是寓意化了的“形式”是本雅明的诸多意象的原则，它在许多形象和场面中实现了自己。我们至此已接触到问题的核心。

在进入这个核心范围之前，我们还必须考察一下本雅明的隐喻方法。寓言与隐喻无疑是本雅明风格的两个方面。如果说寓言是本雅明风格的心理学，那么隐喻便是它的语言学，两者是相辅相成的，在赋予对象一种寓意时，不可避免地带有隐喻的色彩。可以说，隐喻是寓言得以形成的材料，又是寓意层次之间的联系媒介，因此，隐喻还是领悟本雅明的寓言的一把钥匙。在《波德莱尔与19

世纪的巴黎》里，本雅明展示了这种方法的力量。他毫无过渡地以一种叙事的一致性描述了一个又一个形象：流浪汉、密谋家、路易·波拿巴及其走狗、诗人、拾垃圾的、醉汉、妓女、人群、大众、商品、拱廊街、林荫大道……这时，他的主题却已在寓意的高度上清晰地呈现出来，这些隐喻形象在由自己构成的总体里完全敞开了，像同一光源形成的多重叠影，极大地扩展了思想的疆域，在一种思考的畅通中把差异的事物结合起来。在此，隐喻成为事物之间的真正的关系。

隐喻的基础首先是一种语言上的张力的可能性，而这种张力只能以精神的力量加以解释。因而，词与词之间的紧张关系是精神与物的紧张关系的再现。这把我们的讨论引向问题的本质。在事物与精神之间，本雅明并没有采取调和的方针。在他看来，那种调和的瞬间的诗意并不足以弥合现代世界的巨大裂隙。也许是这个原因使本雅明没有在象征的水平上停步。在他看来，寓言是我们自己在这个时代所拥有的特权，它意味着在这个世界上把握自身的体验并将它成形，意味着把握广阔的真实图景，并持续不断地猜解存在的意义之谜，最终在一个虚构的结构里重建人的自我形象，恢复异质的、被隔绝的事物之间的联系。

本雅明反对形而上学，但并不反对整体论；反对简单的决定论，但不否认有一种决定性的支配因素。他的思想是一种多元的思想，他的整体毋宁说是个体的纷呈迭现，是同一性与异质性的并存。在辩证传统中，本雅明无疑是个奇特的例子，他与马克思的联系与其说是经由黑格尔，不如说是经由歌德，①他的整体与其说是

① 诗人歌德比任何思想家——也许除了马克思——都更深刻地影响了本雅明。本雅明的第一篇批评文章就是论歌德的《亲和力》。本雅明直接从歌德那里继承的传统与盛行的黑格尔主义截然不同，这种传统强调以个别对象的自身的力量来展现精神的普遍性。

一幅世界图景，不如说是事物的关系网络，他的世界与维特根斯坦的“世界”最为相近，他的隐喻关系的形态也与维特根斯坦的“家族相似”不谋而合。他的批评概念来自康德，但他的批评技巧却与当代结构主义遥相呼应；两者都以一种差异的区分把事物（或词）从原有的一致性中剥离出来，把它从一种自我中心的状态移植到语境的边缘，使之在延宕中消解；两者都以一种踪迹的网络取代因果关系的整体；最终，两者都不屑于抽象概念的建筑学，而醉心于具体的战术，仿佛他们并不是高深莫测的哲学家，而是身怀绝技的手艺人。

但本雅明坚持“文人”的立场，这是他的整体观的内在组成部分。这使他避免了成为一个专门家，更不用说成为一个形式主义者。他在思考的领域像一个诗人那样走在现实的深处和时代的前头，他命定似的处在马克思主义与现代主义的交叉点上，这两者在他的心灵上留下了深深的印记。然而他像一个受惊的诗人一样，在殊死的逃避与追寻中指明了这个时代的深层机制，并在拼命维持住自我世界的时候，将体验的本质如此高明地描绘了出来。

五

本雅明同波德莱尔一样，“在这个时代里找不到什么他喜欢的事情”，从而，本雅明对这个时代最具特征的事物的反复的不厌其详的描述就必须从相反的方向来理解了。

机器。把机器作为文明的象征不是本雅明的首创，但他对机器的描述却无疑是一个首创：“19世纪中叶钟表的发明所带来的许多革新只有一个共同点：手的突然一动就能引起一系列运动。这种变化在许多领域里出现。其中之一是电话，抓起听筒的动作代替了老式摇曲柄的笨拙动作。在不计其数的拨、插、按以及诸如此类的动作中，按快门的结果最了不得。如今，用手指触一下快门就使人能够不受时间限制地把一个事件固定下来。照相机赋予瞬间一种追忆的震惊。这类触觉经验同视觉经验联合在一起，就像报纸的广告版或大城市交通给人的感觉一样。在这来往的车辆行人中穿行把个体卷进了一系列惊恐与碰撞。在危险的穿行里，神经紧张的刺激疾速地、接二连三地通过体内，就像电池里的能量。波德莱尔说一个人扎进大众中就像扎进蓄电池里一样。……他称这种人为‘一个装备着意识的万花筒’。”

本雅明随即把这个画面化入工厂流水线的场面：“在用机器工作的时候，工人们学会了调整自己的运动，以便同一种自动化的统一性和不停歇的运动保持一致。”马克思对此说道：“……不是工人使用劳动工具，而是劳动工具使用工人。”

流水线的节奏成为整个社会生活的节奏。它在大街和大众中得到了应和。本雅明借爱伦·坡（Allan Poe）的小说向我们呈现出那种行为和打扮的一致性，那些“面带微笑的一类”下面的机械操纵，这种机械操纵最终使人只剩下了“反射行为”。

本雅明把报纸也列为使经验陷于无能的证据。“如果报纸的意图是使读者把它提供的信息吸收为自身经验的一部分，那么它是达不到目的的。但它的意图却恰恰相反，并且这个意图实现了，它便是：把发生的事情从能够影响读者经验的范围里分离出来并孤立起来。新闻报道的原则——新闻要新鲜、简洁、易懂，还有最重要的，排除单个新闻条目之间的联系——对这个意图做出的贡献决不亚于编排版面所做的贡献。卡尔·克劳斯总是不厌其烦地向人们表明报纸的语言习惯能使读者的想象瘫痪到何等严重的程度。”

机械给本雅明的震动在本雅明对机械的关注中表现为两种方

式：美学的与心理学的，但首先是心理学的。对于本雅明来说，机械以它轰然的节奏打破了个体生活的整体，一如它侵损了自然的整体。在机械面前，人要么通过接受机械训练而变得合乎规范，要么毫无防备地陷入震惊。在此，经验与体验、意识与无意识明确地分离出来，这种分离无疑是现代主义的专利。而“震惊”则当之无愧地是本雅明的第一主题。

在弗洛伊德看来，意识的功能是防备外界能量的突然刺激。这种过度的刺激往往是在对焦虑缺乏防备的情况下造成心理伤害的原因。因而，意识储备起自身的能量来抵御这种刺激，它必须尽快地把意识以及尚未进入意识（潜意识）的材料登记注册。普鲁斯特认为，意识通过为理性服务的“意愿的记忆”来对个体的存货加以清点。通过这样一种清点，个体便在某种意义上“经历”过了某个事件。但这种“在清醒的意识上发展起来的训练”（弗洛伊德）的结果却是：“它使大脑皮层的某个部位如此经常地受到刺激的打击，以至于它提供了接受刺激的最好条件。”——在缓冲刺激的同时，意识已越来越被毁坏，越来越不中用，以致越来越成为敌意的外界的帮凶了。机械技术——新闻报道、照相等对人实施的日复一日的刺激已成为一种持久而固定的训练，它们直接诉诸感官，从而把个人从传统和经验的世界里分离出来、孤立起来——孤独的人群。因而“意愿的记忆”并不能帮助人们重建自我形象，把体验同自我的经验世界联系起来，在“成为有意识的过程中”，“过去一点痕迹也留下来”，这是“意愿记忆”的规律。这样，普鲁斯特便把“非意愿记忆”作为与之对立的因素引入意识与潜意识的对立之中。在他看来，潜意识的内容是“非意愿记忆”的材料，比如在一种气息带来的感受中，过去的时光浮现在人的面前。普鲁斯特的所有作品，从《过去的韶光重现》到《消逝的阿尔贝蒂娜》，更不用说《忆华年》，都可视为把握这种气息般的“非意愿记忆”的努力。本雅明则把普鲁斯特的写作理解为“在当今的条件下综合地写出经验的尝试”。本雅明强调这种努力的艰巨性，因为如今“用经验的方式已越来越无法同化周围世界的材料了”。技术手段不断扩大意愿记忆的领域，在技术对自然（同时也是对潜意识）的侵犯中，人只有在“形象后”才能找到一种真实内容，用柏格森的话说，便是一个“补偿性的自然”，但在积极的意义上，它却是重建自我形象的源泉。本雅明以一种深刻的同情领悟了普鲁斯特的劳动的意义，在他来说，能否把握住过去的事情，把握住一个活的自我形象是能否在这个时代有意义地生存的关键。本雅明在自己的作品《1900 年的一个柏林孩子》中同样是在召唤旧日的气息。①

震惊的体验作为潜意识的内容，通过“非意愿记忆”被赋予了一种诗的结构，这种震惊便成为震惊的形象。本雅明把“震惊”看作决定波德莱尔人格的决定性因素，同时也把它看作波德莱尔的诗的法则。在本雅明看来，正是“震惊”以及诗人试图躲避震惊的种种念头被诗人重造成诗的“虚张声势的攻击”。通过潜意识的桥梁，拥挤的人群，起义者，致人死命的交通，性的诱惑，商品的移情，机械生产的节奏等等这一切进入到诗里；正是通过这种体验的再现，本雅明把“抒情诗人”同“发达资本主义时代”联系在一起。

本雅明至此完成了一个历史性的战略合围：他把文学本文或艺术作品与意识形态的关系，意识形态与生产方式的关系，意识与潜

① 气息（aura，也有“光晕”的意思）是本雅明创造的一个极富内涵的概念。在本雅明看来，气息无疑是艺术最后的守护神了。它对立于感官的训练，把人直接带入过去的回忆之中，沉浸在它的氛围之中。同时，气息赋予一个对象“能够回头注视”的能力，从而成为艺术品的无穷无尽的可欣赏性的源泉，而现代机械文明带来的震惊却能使“气息”四散。

意识的关系在一种隐喻的意味上连结起来，使之在一种寓言的意味上向现实世界大范围地展开；一个直接的结果便是，上层与基础的关系不再被视作被决定与决定的关系，而是一个意识与潜意识的关系，一种分层，一种再现。这种再现也不仅仅是或完全不是反映论的再现，而是当弗洛伊德说："梦是被压抑的欲望的扭曲的再现"时的那个"再现"。

这样，本雅明寓言和隐喻的跳板便呈现在人们的眼前，而本雅明的思想毋宁说是被压抑的诗的梦想的再现。本雅明通过这种奇特的方式把现代主义的主题与马克思主义的主题融合在一起，而这绝不能说只是弗洛伊德、马克思的结果。本雅明到底是沿着体验与震惊的道路发现了马克思主义还是通过马克思主义揭穿了意识——无论个体的还是集体的——虚伪，从而以一种严酷的方式去阐明真实，这个问题在此并不显得至关重要。

马克思的经济基础—上层建筑理论、阶级斗争理论无疑是本雅明思想的有力支柱。但在这个支柱之上，本雅明有更富于个性和创造力的表演。首先，在批评实践中，他以一种起码是最接近马克思主义的方式阐明了现代艺术的特性，从小说到电影，从波德莱尔到布莱希特，在马克思主义批评传统中，没有一个人像他这样在具体的批评叙述中给我们那么多洞见。本雅明的理论意义也许更值得注意——他把隐喻的因素引入了辩证法。

本雅明强调媒介，强调中间层次，但这种中间环节的性质并非辩证的，而是一种隐喻性质的转换。隐喻的本质是把一个具体可感的形式赋予一个无形的存在，本雅明则正是以这种态度来理解马克思的上层—基础模式的，就是说，他从根本上把它视为一个隐喻。这构成了本雅明的模式与马克思的模式的不同，而这种不同的关键则在于隐喻关系同辩证关系的不同：

马克思	**本雅明**
上层建筑/经济基础	表层形式/潜层形式
决定论的，一元论的	非决定论的，多元的
现实的	寓言的
辩证关系	隐喻关系
间接的	直接的
哲学—政治经济学的	美学—心理学的

在此，本雅明把一种事物的关系——他的确是这样看待马克思的伟大发现的——移植到内心的事物之中，但他的思路却恰恰相反，他从内心事物出发，在一个隐喻的意义上捕捉了世界的关系。这给我们巨大的启发。它暗示给我们一个把心灵世界同物质世界放在一个语境里讨论的方式，尤其是一种理论的方式。这种方式在本雅明自己的批评文章里以其巨大的韧性和承受力包容了最最富于体验的意象和最最严于事物规律的逻辑。更重要的是，它在想象的国度和事实的国度之间架设了一道桥梁，这道桥梁为人们充分地认识两者之间的广阔的中间地带提供了可能性，从而极大地丰富了我们的思维层次和描述语言。而这便是本雅明的模式的意义。

六

然而，本雅明的意义并不仅在于他的模式，甚至不在于他的风格；他的意图无疑是伟大的，但把意图作为意义未免过于牵强。

本雅明的独特之处在于他专注地把体验（而非经验）作为思考的内容，从而，他使他的思想跨越了最广阔的领域。本雅明并不曾特别强调过表达的艰难，虽然他把自己的思想全部注入在行文之中，他总是面对“事物自身”，虽然他可能并没有受胡塞尔的影响。可以说，他以句子和段落为单位，也就是说，以某种现象为单位，通过他的隐喻构成了他的寓言世界——不是卡夫卡的寓言世界。这样，他做到了现代主义大师们殚精竭虑地想用某种材料——首先是语言——去做的事情，即在一个四散的物的世界里聚合起一个精神的整体，在一个缺乏意义和表达的方式的条件下说出话来，保持思想的活力。然而本雅明不是个形而上学家，甚至也不是个诗人。于是他不得不在第三种形式中容纳他的震颤和他的智慧，这种形式使他的作品带上了一层神话的色彩。事实上，本雅明的书更适于当作神话来读——世俗的神话，大城市的神话，现代人的神话，机械的神话，现代艺术的神话。

如果把本雅明的神话仅仅当作一种思维方式，那就无法解释它与体验的结合。但如果仅仅把本雅明归结为一个生存者，一个不成功的现代诗人和一个文化的自恋狂，那么我们便丢掉了本雅明呈献给我们的全景式的时代图景和极其精明的实证分析。

本雅明对这个时代爱极而恨极，但两者同样让他着迷。本雅明在这个时代没有任何自我保护的能力，像他的同类普鲁斯特一样，他死于一种“经验的无能”。但这个离时代最远的人却偏偏感到一种强烈的不可遏制的欲望，他要保留住这个时代，把它描绘出来，像古罗马的史学家描绘他的值得自豪的时代。因而，他以思想担负起诗的使命，又以诗担负起历史的使命，最终，他把历史变成了神话。而他的“文人”无疑是制作和流传这种神话的一类。

本雅明风格的魅力最终在于它承受着过重的负荷，本雅明的行文只能说是“草草记下了”他所看到的一切，因为他所看到的太惊人，太奇特了。本雅明戴的那副老式眼镜似乎始终使他透过一层古典的景仰的面纱来看待敌意的一切，这把他永远同现代经验隔绝开来，滞留在人生体验的层次上，这是他的思想的美学法则。

本雅明的一生只能说是书斋的一生，而他也是这样承认自己的，甚至他还充内行似的把这种“技能”当作他谋生的手段。在他的思想自身里，一种沉思的、优雅的成分同一种不安分的、嘲讽的倾向始终纠缠不休。而在思想之外，他始终面对着诗的精神的巨大诱惑，它像一个阴影，在他体内对他发出内在的召唤。这种召唤不啻也是一种震惊，一种压迫。为了抵御这种刺激，本雅明在思想里闪过了无数个念头，它们在他的思想的行文中到处都留下了痕迹。

本雅明的悲观的生存意识在他的寓言中变成一种乐观的、积极的东西，正如卡夫卡的寓言也是一种乐观的寓言——不是指它的心理内容，而是指它的美学形式。本雅明的一句话点明了其中的原委：“寓言在思想之中一如废墟在物体之中。”①在他看来，寓言不仅要说出人类生活的普遍实质，而且要“在最自然、最堕落的官能性质上说出个人的自传式的历史性。”②这样，通过寓言，本雅明把个体意识和潜意识的结构投射到普遍和历史中去，这无疑是他的美学的思想法则。

本雅明在自身结合着巨大的矛盾和痛苦，他聚合的方式像一个超越时代的深刻的观察者和伟大的局外人，但他的解决方式则无可避免地把他还原为一个具体环境中的个体，因而他的思想对于他自己如同对于他笔下的波德莱尔一样适用。本雅明的天才和他的悲剧也正在于此。

1987 年 5 月于北京宣武门内

① Benjamin, Walter. *Schriften*. Vol.1. 1973, p. 301.

② Benjamin, Walter. *Schriften*. Vol.1. 1973, pp. 289—290.

寓言批评

——本雅明《论波德莱尔》中的主题与形式*

《文学理论》的作者韦勒克在他的小册子《西方现代四大批评家》里并没有挑选瓦尔特·本雅明（Walter Benjamin）作为当代马克思主义批评的代表。从这本小册子的性质来说，这并不算一个失误。（显然，从这一传统本身看来，自普列汉诺夫以后，惟卢卡奇才是这个位置的“严肃的”候选人。）然而一贯严谨的韦勒克还是不惜笔墨加上了一句：“也许本雅明也算一位。”①无论如何，韦勒克的权威在这一领域并不那么可信；当代美国最显赫的“辩证批评家”杰姆逊教授的话更直截了当：“从今天的眼光看来，本雅明无疑是20世纪最伟大、最渊博的文学批评家之一。”②这里的关键在于“从今天的眼光看”。

---

* 原刊于《文学评论》1988年第4期，后收入《20世纪西方文学理论教程》，北京大学出版社1989年版。《论波德莱尔》一书的中译本由三联书店于1989年出版。中文版书名为《发达资本主义时代的抒情诗人》。

① 雷纳·威莱克：《乔治·卢卡契》，见《西方四大批评家》，林骧华译，复旦大学出版社1983年版。

② 詹明信：《德国批评的传统》，《晚期资本主义的文化逻辑》，张旭东编，香港牛津大学出版社1996年版，第186页。

从《德国浪漫派的批评概念》（1919）到《历史哲学论纲》（1940），本雅明的写作生涯不过十多年时间。那段时间，用阿伦特（Hannah Arendt）的话说，他“为人所知，但并不著名”。当本雅明在二次大战期间自杀身亡，他的著作遗稿也濒临埋没。战后西德出版了本雅明的部分作品，引起轰动。然而真正的高潮却始于60年代，从此他那为数并不算多的著作在西方被一译再译、一传再传，讨论研究纷至沓来，大有发现新大陆之势。但说实在，这个“身后功名”的故事并不恰当，因为在本世纪最杰出的文学心灵和批评意识的圈子里，或者说，在一种富于活动的传统中，本雅明生前和死后一刻也没有被忽视过。他与布莱希特的亲密关系以及他在西方马克思主义问题史中的始终的先锋地位便是明证。①新鲜之处在于本雅明批评思想的主题与形式同当代西方文学、哲学和历史理论之间出现的“视界的融合”；这在某种意义上为我们揭示出一种“形式的历史”与“社会的历史”（阿多诺）之间的重新结合。这个问题的复杂之处在于，一方面，我们必须看到两种本文在语言或理论范式上的融合，也就是说，看到马克思主义批评的形式方面的进展，这在某种程度上说明马克思主义作为一种批判意识又重新进入到资

① 本雅明早先的理论重点可视为卢卡奇《历史与阶级意识》中的总体论观点的延伸和在文学与日常生活领域的应用，然而却是以一种更激烈的形式出现的；阿多诺早年一直赞赏本雅明的思想，直到双方在辩证法问题上发生争执。但在今天看来，本雅明的思想却暗含着比阿多诺的“否定哲学”更为先锋主义的形式，即寓言形式。《机械复制时代的艺术作品》曾激发了30年代左翼批评将技术进步服务于无产阶级文艺的巨大热情。而在当今，这篇文章与“讲故事的人——论尼古拉·列斯托夫”及“波德莱尔的几个主题”放在一起又获得了新的意义，即大众传播模式的历史作用方面的意义。本雅明关于文学与生产、艺术与政治及关于现代主义艺术的论述在西方马克思主义传统之中至今仍不失其活力。在我看来，杰姆逊对于“后现代主义文化逻辑”的分析正是得益于本雅明的思想方法，并在某些方面可以认作是《论波德莱尔》一书的理论套路的当代形式。

产阶级文化的核心和精华部分的中心；另一方面，我们又必须看到这种融合的征候意义，也就是说，必须恰当地坚持马克思主义批评的有效性。在某种程度上，本雅明的理论正在一种寓言意义上成为资本主义精神现象史的预言，成为一种新的革命批评的形式，一种乌托邦的准备，而这种乌托邦是不能通过那种在历史统一体之中的幻想直接达到的，或者说，不是那种总体论想象所能想象的。

瓦尔特·本雅明的名字在最近几年随着对“商品社会”和“后现代主义文化”的批判进入当代中国的文化讨论。作为20世纪马克思主义文学批评乃至整个西方文化理论的一位重要人物，本雅明的思想连结着诸多层面的现象和问题。如果我们不仅仅从“爱智”的心境出发，而且还试图把我们自己的问题或自己所处的环境同一种思维方式联系起来的话，或者说，如果我们试图把我们自身所属的历史环境同一种形式自身的辩证结构结合成一种启迪性的思考的话，我们就必须从一种总体结构而不是局部应用上去把握本雅明的思想，也就是说，我们必须真正把握那种处在自身的历史之中的形式的意义，而不是首先受惑于这种形式的、部分的、具体的效果。本雅明的几篇文章如《作为生产者的作者》《讲故事的人》，尤其是“机械复制时代的艺术作品”都曾激发过巨大的反响，但也造成了很大的误解。限于篇幅，本文不讨论本雅明早期的神学—语言学理论，对他的“拯救”意旨也只限制在文学批评的范围之中。在此，我想以本雅明的后期主要著作《夏尔·波德莱尔——发达资本主义时代的抒情诗人》为基础，在一个具体的层次上分析本雅明批评的主题和形式。

在讨论之前，有必要对“寓言”概念做一番说明。在《德国悲剧的起源》一书的研究笔记里本雅明写道：“这本书的目的是要把那种不为人重视的‘悲剧’体裁同一种一直被人曲解、几乎被人遗忘的艺术形式的哲学内容联系起来，这种艺术形式便是‘寓言’。”寓言在本雅明那里不仅是一种艺术形式，而且还是一种哲学内容借以出现的形式。而寓言批评便是以艺术作品和“社会本文”为对象，在它们的“材料内容”中发掘出“真理内容”。在这种批评意旨之中，“寓言”不仅证明自己是现代艺术的基本形式，也为批评指示出特定时代的历史规定。“寓言”首先是一个文体学或者风格学的概念，它对立于另一个风格学概念“象征”。在“象征”文学中，含意完全包含在艺术作品之内，或者说，“象征”的艺术包含着一个完整的、自足的“世界”。而“寓言”则相反，它总是使作品的主题或寓言关涉到某种或某些外在于艺术作品的、彼此独立、互不依赖的对象，从而产生出多重的含意。应该说明的是，在此的“象征”和“寓言”与文学史上的分期无关，虽然从某种角度看也许能找出一些对应关系。本雅明从对 17 世纪巴洛克艺术的装饰风格的反思中引出了他的寓言概念，并通过日后的阐发和运用，尤其通过他的《论波德莱尔》把这个概念确立为一个时代的形式和它的内在经验的基本准则，成为一种表达和感知的规范。

在传统的“象征”观念中，世界是物质与精神的契合，无论是直接的还是间接的、世俗的还是神秘的。这体现了一种内在经验的圆满性。在“象征”的艺术世界之中，或者说，从象征的角度看，个别、特殊与一般、普遍是结合在一起的，内容和形式一道构成了艺术品乃至整个社会组织的“有机整体”——这里不仅包括了形形色色的唯心主义，也包括了传统马克思主义的认识论。在这种象征之中，一切异质的、暂时的、此刻的东西被纳入一个整体，一切历史的片断被纳入一个连续的统一体，成为一种精神或知识的逐步显现。也就是从这种连续统一体中，人们引申出了历史理性，引申出了希望的世界图景，在象征世界中部分的意义只有在整体中方能确立，此时的意义惟有在它被扬弃的时候方能显露。世界的直接存在统统以精神的名义出现，而人类全部的认识和理想也只能附着于历史统一体的运动之中。

如果说“象征”对应着一部理想的历史，那么“寓言”则对应着一部衰败的、破碎的历史。首先应该说明的是，这种寓言结构本身就是这种非精神的历史性的具体的、现象学式的（而非仅仅是抽象的）再现。在形式与内容分离开来的作品世界中，寓言的“形式”反倒具有“内容”的含义。本雅明思想的巨大的内在张力在于他总是在一种艺术形式中寓说了一种哲学内容，一种历史真实；而这种真理的出现过程又总是把艺术形式变成对它自身的批评。寓言批评总是在具体的战术活动中渗入到历史的“总体”中去，将一种“同质、空无”的时间割裂开来。由此可以想见，她的“寓言”本身也是他自身的一个寓言性质的再现，而把他的思想的含意引向自身之外的丰富的“事实性”（阿多诺语）中去的桥梁便是美学，或者说，批评。本雅明的美学或批评，对于他的历史哲学或革命理论的终极关怀来讲，只能是一种“形式”，是一种小规模的预演；尤如他说波德莱尔是一个用词句搞政变的人（“他在纸上调遣他的词句，掂量它们的分量一如密谋者在城市地图上分派暴动的人手”①），他自己也是一个退入书房的革命家。然而由于历史环境和文化历史的规定，由于那个“黑暗的时代”②（本雅明：“每一份文明的记载同时也是野蛮的记载”③），这场革命不可能发生在社会生

---

① 本雅明：《发达资本主义时代的抒情诗人》，张旭东、魏文生译，生活·读书·新知三联书店1989年版，第119页。

② Benjamin, Walter. *Illuminations*.

③ Benjamin, Walter. “Theses on Philosophy of History”. *Illuminations.* New York, N.Y: Schocken, 1969, pp. 253—264.

活领域——这是本雅明的“非总体论”的辩证法的历史根源，“寓言”既为它提供了理论，又为他提供了存在的直接性或现象性——它只能在一种巨大的压力下无声地发生在内部经验的深处。这种经验的巨大变化带来了全新的感知、接受、自卫、反应、同化、再现和寓意的问题；这种体验层次上的心理—感知—表达问题，表面上是一种美学问题，实际上则是一场深刻的经验变化的反映。在这场转变中，本雅明在现代主义和马克思主义的交叉点上收获了一份独特的观察。这是一种体验的寓言，震惊的美学和拯救的历史观。

在《德国悲剧的起源》中，本雅明由巴洛克艺术风格看到了为现代史明确无疑地确证了的精神的衰败。这个基点毋宁说是本雅明寓言批评的起源。关于寓言，本雅明自己有一个著名的比方：“寓言在思想的国度里如同废墟在物质的国度里。”①在伊丽莎白时期剧作家卡尔德隆以及 17 世纪德国悲剧作家的作品里，本雅明听到了精神的送葬曲。巴洛克悲剧（Trauerspiel）把历史视为编年，看作机运之轮的无尽的转动，把人生视为世界舞台上循环往复的来来去去；“巴洛克戏剧只把历史事件看作一种阴谋的腐败活动。那一时期的统治者摆出一副基督教殉难者的姿态，在他所面对的无数叛逆中没有一丝令人信服的真正的革命气息。行动的古典动机仅仅是——不满。”②在巴洛克剧作家笔下，信仰或信念同作品已经分裂开来，传统的悲剧冲突在此成为一系列空洞、绝少意义的行为；世界于是成为一个没有灵魂的躯体，一个过度外化却失去任何效用的外壳，但在这层物的过度所致的衰败下面，巴洛克悲剧的内心，那种心理经验和一种形而上的精神却仍让人感到在寻求一种表达；尽

---

① Benjamin, Walter. *Schriften*, Vol.1. 1956, p. 301.

② Benjamin, Walter. *Schriften*, Vol.1. 1956, p. 207.

管它仍是抽象的、模糊的，但却是一种实在的、敏锐的热情。丹麦王子哈姆雷特的形象寓言性地体现了那种忧郁与衰败的世界之间的共存关系。由于这种精神与外界的脱离，或者说，由于物的压倒优势，内容与形式的传统的二分也成问题了。在本雅明看来，巴洛克艺术的心灵让位于形式，而形式又最终让位于对象；这便构成了“寓言世界”，因为寓言正是那种物与意义、精神和人类的真实存在相割裂的世界的表现方式。

与象征所体现的有机整体相对立，寓言表现了一个分崩离析的无机世界；在这个世界里人性同历史一道经历着被埋没的命运，由于细节或作为对象的现象，已不在一个有意义的总体之中被规定并获得自己的意义，因而细节是可替换的；在一个寓言当中，每一个对象都可以代表其他的东西，反之亦然，这种寓意项的可替代性不仅瓦解了艺术形式表面的自足性，也瓦解了整个人类意义体系的完整性；唯一可感知和可把握的只是一种心理，一种潜意识的幻想。借用雅克·拉康（Jacques Lacan）的术语，寓言可以说是符号秩序被摧毁或尚未建立起来时的幻想之物的自由浮现。

这种自由在本雅明这里变成了一种痛苦，一种忧郁的沉思和体验；而本雅明思想中作为这种忧郁的对立面的唯智主义成分把它一举抬升为一种思考的原则。在下面这段话里，本雅明身上的神秘的方面和理性的方面，现代主义的方面和历史主义的方面奇异地混合在一起，这预示了他的批评主题和形式的复杂性：“当对象在忧郁的注视的笼罩下变成寓言，当生命从中涌出，那对象自身便落在了后面，死去了，它是为不朽把自己保存了起来；它把自己陈放在寓言者面前，把自己毫无保留地交给了他，不管后果是好是坏。换句话说，对象自身是不能把任何意义投射到自己身上的；它只能接受寓言者愿意借给它的意义。他把他自己的意义灌输给它，他自己则沉入其中，在里面寓居：这一切必须从本体论意义上而不是心理学意义上来理解。在他手里，在问题之中的事物变成了另外的东西，说着另外的事情，这对于他成为打开一个隐蔽的知识王国的钥匙，而他则把它誉为自己的纹章。这便是包含在作为经文（script）的寓言的本质之中的事情。”①

但源自德国古典悲剧批评的寓言理论的真正所指是现代主义文学及其社会历史背景。作为存在者，尤其作为一个写作者（在本雅明那里，散文写作与批评理论在“记忆”的氛围里融合为一体），本雅明的内在经验带有鲜明的现代主义烙印。这一方面把他同波德莱尔、卡夫卡，尤其是普鲁斯特联系起来，另一方面则使他的批评从语言和形式的根子上成为一种自我拯救的活动方式。这种后来为从海德格尔到德里达（Jacques Derrida）的解结构主义传统从诗的本源或书写理论上论证了的一切文本共同的语言特质（作为自我消解的踪迹），已在本雅明寓言批评中确立起来。作为马克思主义者，本雅明在自身的内在需要之外与时代的先锋相认同。在进行一系列关于当代进步艺术发展前景的正面描绘的同时，他着手进行了他短促一生中最为雄心勃勃的计划：以波德莱尔为中心的19世纪巴黎研究。通过这一规模宏大的战役，本雅明的寓言理论充分地与历史环境的具体材料结合在一起，展现出惊人的现象的丰富性和理论的启发性；在《论波德莱尔》的巨大的效果空间里，寓言批评作为一种精心策划的理论构思也更为显豁地敞露出来。

我们在前面讲到，寓言的特质在于“总体”的解体，在于内容与形式的分离；因此，在这种显现方式中，不可能存在一种一贯的、统一的理论形式，而惟有一种分裂的现象——异质性的对象的

① Benjamin, Walter. *Schriften*, Vol.1. 1956, p. 203.

寓言性的“关联”。《论波德莱尔》呈现给我们的正是这种隐喻性的非理论性、非关联的现象间的战略性的共时结构。通过这种结构，本雅明的主题学同他的“辩证法”或总体理论结合起来。可以说，本雅明身上的现代主义与马克思主义的融合正是体现为寓言与辩证法的融合；这种曾被法兰克福批判传统的代表人物霍克海默和阿多诺称为“非辩证的”①思维形式，“从今天的眼光看”，却正体现了这个时代的内在经验和审美形式的内在规定，并在深刻把握这个时代的历史性内容的同时，把辩证法同唯物主义在一个新的水平上重又结合起来。

我们首先试图从《论波德莱尔》一书②中抽引出一个现象系列，或者说是主题分布，此后，我们将追踪全书的战略意图并勾勒出本雅明寓言理论的框架；最终，我们将从这一框架及其具体现象自身的历史中汇总起本雅明的批评主旨。在此，美学理论已经同一种历史哲学难分彼此地融为一体了。

在“论波德莱尔的几个主题”的开头，本雅明分析了自雨果到波德莱尔以来的欧洲“抒情诗”的日益衰落；从那种“正变得越来越不适于抒情生存的气候”③中本雅明看到了读者大众的“经验结构的改变”。④人类集体经验的历史变化无疑是本雅明寓言批评考察

---

① 阿多诺：《书信录》，德文集，卷二，第793页。

② 《论波德莱尔》中译为《发达资本主义时代的抒情诗人》，为后人从本雅明题为“19世纪巴黎研究”的千数页手稿中整理成页，1973年由伦敦“新左书店”出版“定本”。计包括一、“波德莱尔笔下的19世纪的巴黎”，内含（a)波希米亚人；（b)游手好闲者；（c)现代主义；二、“论波德莱尔的几个主题”；三、“巴黎，19世纪的”，内含六篇独立的散论。

③ 本雅明：《发达资本主义时代的抒情诗人》，张旭东、魏文生译，生活·读书·新知三联书店1989年版，第125页。

④ 本雅明：《发达资本主义时代的抒情诗人》，张旭东、魏文生译，生活·读书·新知三联书店1989年版，第126页。

的基本对象。本雅明称这种新的经验形式为“文明化了的大众的标准化、非自然化的经验”。自19世纪以来的“生命哲学”一直尝试捕捉与这种经验结构相对立的“真实经验”，但是，“他们的出发点并不是人在社会中的生活”，①本雅明把经验结构视为社会历史转变的产物，在这个前提下，他以马克思主义传统中从未有过的方式探讨了内在经验同外部世界在其中结成某种关系的共时结构。

按照本雅明的定义，经验无论在集体存在和私人生活中都是“一种传统的东西”：“它与其说是牢固地扎根于记忆的事实的产物，不如说记忆中积累的经常是潜意识的材料的汇聚。”②然而在这个“大规模工业化的不适于人居住的令人眼花缭乱的时代”，③这种集体性的记忆（经验）已无法同外界的刺激或材料融合起来，从而这种经验“变成一种自然而然的事情的希望越来越渺茫了”。④因而恢复完整的经验世界便在于恢复一种记忆的延续性，恢复一种记忆中的完整的自我形象。在另一篇文章“讲故事的人”中，本雅明把传统、记忆同口传的叙事形式结合起来，因为外界的材料正是通过这种古老的叙事形式而成为“可记忆的”，“可流传的”。当今，这种经验的断裂（这已被证明是一种历史的断裂）在人们的内在体验或潜意识中造成了一种巨大的焦虑或“震惊”，也就在这个意义上，本雅明几乎是无保留地赞许普鲁斯特的将过去的生活转化为记忆从而捕捉自我形象的艰巨工作；在他看来，这具有“拯救”的意义，在“人用经验的方式越来越无法同化周围世界的材料”时，对于一

---

① 本雅明：《发达资本主义时代的抒情诗人》，张旭东、魏文生译，生活·读书·新知三联书店1989年版，第126页。

② 本雅明：《发达资本主义时代的抒情诗人》，张旭东、魏文生译，生活·读书·新知三联书店1989年版，第126—127页。

③④ 本雅明：《发达资本主义时代的抒情诗人》，张旭东、魏文生译，生活·读书·新知三联书店1989年版，第127页。

种新的叙述形式——通过这种形式才能重建传统和历史，才能明确人的自我形象——的要求成为当务之急，在本雅明看来，随同这个时代一同发展起来的新闻报道并不能帮助读者把外界信息吸收为自身经验的一部分，而是恰恰相反，它通过“把发生的事件从能够影响读者经验的范围里分离出来、孤立起来”，使得这些事件只在外在世界的空中互相置换，人只能通过机械的时间秩序去把握它们，这不如说是帮助人们“忘记”这一切。这种“评诸感官的报道”正“反映了经验的日益萎缩”,①这种由外界纷繁的事件构成的刺激对于人来说无疑是一种“震惊”，而对于“现代人”来说，则不啻是一种机械训练。本雅明敏锐地看到，资本主义新闻的节奏正是资本主义机械化生产的节奏。

“震惊”，这种传统经验与机械主义遭遇的直接结果正是本雅明的第一主题。借助弗洛伊德的理论，本雅明分析了“震惊”的内在结构。一个生命组织力求维护一种内外界能量的特殊的转换形式以抵制外部能量的过度刺激；“意识越快将这种（外界）能量登记注册，它们造成伤害的后果就越小”，“对震惊的接受由于在妥善处理刺激、回忆、梦等方面的训练而变得容易了”,②但它的代价则是在清醒的意识中“大脑皮层的某个部位如此经常地受到打击，以至于它成为接受刺激的最好条件”,③也就是说，这种理性的成就是以牺牲意识的健全完整为代价得到的。这种防范震惊的功能在于“指出一个事件在意识中的确切的时间点”，即把事件转化为一个曾经经

① 本雅明：《发达资本主义时代的抒情诗人》，张旭东、魏文生译，生活·读书·新知三联书店 1989 年版，第 129 页。

② 本雅明：《发达资本主义时代的抒情诗人》，张旭东、魏文生译，生活·读书·新知三联书店 1989 年版，第 132—133 页。

③ 弗洛伊德：《超越快乐原则》，转引自本雅明：《发达资本主义时代的抒情诗人》，张旭东、魏文生译，生活·读书·新知三联书店 1989 年版，第 132 页。

历过的瞬间。在这个过程中，“震惊因素在特定的印象中所占成分越大，意识也就越坚定地成为防备刺激的挡板；而这种变化越充分，那些印象进入经验（Erfahrung）的份额就越少，并倾向于滞留在体验（Erlebnis）的范围里”，[①]这段著名的分析表明了本雅明寓言理论的基础建筑。

在本雅明看来，震惊是波德莱尔诗歌的核心形象，并对于诗人的人格具有决定意义。把抒情诗与震惊联系起来的契机首先在于，在波德莱尔身上，“震惊的防卫以一种搏斗的姿态被图示出来”。[②]波德莱尔的伟大意义在于他有意识地去面临震惊，以他的经验去换取那种“体验”；但同时，他的肉体和精神自我又力求回避震惊，“他如此之深地卷入人群，只是为了在轻蔑的一瞥中将他们忘却。”[③]在体验的层次上，震惊作为抒情诗的标准被确立下来。

由震惊的这一方面引出了“论波德莱尔的几个主题”一文中的第二个主题：大众。大众可以说是当代文明的两组征兆之一，是那种机器主义的十足的对等物。震惊的外界刺激来源一是机械文明或者说技术的发展和普及，二是人口学上的大迁移，即大量人口流入工业化大都市。在本雅明的“视野宽广的事实性的呈现”（阿多诺语）中，这两种现象共同构成了一种新的美学原则的现象学基础。本雅明把波德莱尔置入这个大众之中，并在他的作品里“追踪他对（大众的）吸引、诱惑的防卫反应”。[④]本雅明摘引了一段恩格斯关

① 弗洛伊德：《超越快乐原则》，转引自本雅明：《发达资本主义时代的抒情诗人》，张旭东、魏文生译，生活·读书·新知三联书店 1989 年版，第 133 页。

② 弗洛伊德：《超越快乐原则》，转引自本雅明：《发达资本主义时代的抒情诗人》，张旭东、魏文生译，生活·读书·新知三联书店 1989 年版，第 134 页。

③ 弗洛伊德：《超越快乐原则》，转引自本雅明：《发达资本主义时代的抒情诗人》，张旭东、魏文生译，生活·读书·新知三联书店 1989 年版，第 143 页。

④ 弗洛伊德：《超越快乐原则》，转引自本雅明：《发达资本主义时代的抒情诗人》，张旭东、魏文生译，生活·读书·新知三联书店 1989 年版，第 138 页。

于伦敦的议论作为同这种大众的现代性的“过时的”但却是“正直的”对照，但本雅明在此注重的不仅是大城市大众的人性的扭曲，更是这种大众的非人化的齐一性下面的机械操纵人。“安逸把人们隔离开来，而在另一方面，它又使醉心于这种安逸的人进一步机器化。”①在分析爱伦·坡笔下的“过往者”和“当今的行人”之间的区别时本雅明写道：“当爱伦·坡的‘过往者’东张西望，他只是显得漫无目标，然而当今的行人却是为了遵照各种各样的交通指示而不得不这样。从而，技术使人的感觉中枢从属于一种复杂的训练。”②在机器旁工作时，工人们学会了调整自己的动作以便“同一种自动化的统一性和不停歇的运动保持一致”，③而在有产者那里，那种行为、打扮、举止和表情的荒谬的一致性也表明“他们已经使自己适应了机器并且只能机械地表现自己了”。本雅明在《论波德莱尔》中大量描绘了这种社会生活方面的机械主义症候；在他看来，对于那些“面部总是带着微笑的”上等阶层的雇员来说，“那些笑给思想提供了粮食”，“在那种环境里，他们起到了震惊的吸收器的作用。”④

拥挤的、无定形的大众成为波德莱尔诗中的无处不在的隐蔽的形象。波德莱尔并没有站在大众之外来认识它；他在大众之中，并且透过大众这幅“骚动不安的面纱”认识了巴黎——19 世纪之都。

---

① 弗洛伊德：《超越快乐原则》，转引自本雅明：《发达资本主义时代的抒情诗人》，张旭东、魏文生译，生活·读书·新知三联书店 1989 年版，第 146 页。

② 马克思：《资本论》，转引自本雅明：《发达资本主义时代的抒情诗人》，张旭东、魏文生译，生活·读书·新知三联书店 1989 年版，第 146 页。

③ 马克思：《资本论》，转引自本雅明：《发达资本主义时代的抒情诗人》，张旭东、魏文生译，生活·读书·新知三联书店 1989 年版，第 147 页。

④ 马克思：《资本论》，转引自本雅明：《发达资本主义时代的抒情诗人》，张旭东、魏文生译，生活·读书·新知三联书店 1989 年版，第 148 页。

本雅明分析了《恶之花》中的《小老太婆》《致一位交臂而过的妇女》等作品，他指出，在诗作者来说，“对大众的体验尽管包含着一种震惊因素，但却不是一种对立、敌视的因素。相反，正是这种大众给城市居民带来了具有强烈吸引力的形象。”①在“致一位交臂而过的妇女”中，城市诗人的爱情“不是存在于第一瞥中，而是在最后一瞥中，这是在着迷的一瞬间契合于诗中的永远的告别”这种“侵袭并缠绕着孤独者的性的震惊”。②只有在大城市生活中才能写出来。在本雅明看来，这种“贫乏的满足”揭示了“大都市生活使爱蒙受的耻辱”。这种大众对于“现代诗人”的决定性意义便在于，“如果他屈从于那种（大众的引诱）力量，被那种力量拉进他们中去，甚至像一个游手好闲者（Flânenr）一样成为其中一员，那么他就再也不能使自己摆脱掉那种根本的非人性的性质了。”④本雅明以一种同情者的忧郁注视着波德莱尔，并在一种寓言的碎片中艰难地组合起一种意义的连续体。从波德莱尔的诗“太阳”中的句子里，本雅明辨认出这样一幅在大众包围中抒情诗人的形象：诗人用他的剑所实施的出击是要在大众中为自己打开一条通路，并“在荒凉的街道上从词、片断和句头组成的幽灵般的大众中夺取诗的战利品”。⑤正是这种矛盾心理使波德莱尔说出这样的话：“一切对于我成为寓言。”⑥

---

①②③　马克思：《资本论》，转引自本雅明：《发达资本主义时代的抒情诗人》，张旭东、魏文生译，生活·读书·新知三联书店1989年版，第140页。

④　马克思：《资本论》，转引自本雅明：《发达资本主义时代的抒情诗人》，张旭东、魏文生译，生活·读书·新知三联书店1989年版，第143页。

⑤　马克思：《资本论》，转引自本雅明：《发达资本主义时代的抒情诗人》，张旭东、魏文生译，生活·读书·新知三联书店1989年版，第136页。

⑥　马克思：《资本论》，转引自本雅明：《发达资本主义时代的抒情诗人》，张旭东、魏文生译，生活·读书·新知三联书店1989年版，第189页。

如果说震惊的这一方面的结果最终导致了诗人为纷乱的大众赋予一个灵魂的企图的失败，或者说，导致独立的个体试图从集体性的对震惊的机械反应中摆脱出来以确证自我的个体性的希望的破灭，从而一切滞留在一种即时的、彼此分隔、毫无关联的破碎状态的话（这是这个时代的正面现象或主导现象），那么震惊的另一方面的结果则不同，它把人引向一个“完整的精神岁月”。①这个结果便是“重新树立讲故事的人的形象的意图”。

本雅明同普鲁斯特一样，试图通过确立个体的自我形象来把握住一种经验，而这在捕获这种形象的方式上便成为对过去的回忆。与新闻报道相反，这种叙述形式是把讲述人自己“嵌入故事的生活中去以便把故事像经验一样传达给听故事的人。因而，它带有叙述人特有的印记，一如陶罐带着陶工的手的印记一样”。②

让我们再回到震惊心理学的起点。弗洛伊德曾研究过记忆与意识之间的关联，在他看来，“意识只在有记忆痕迹的地方出现”，但由于意识的特殊性质在于“它的兴奋过程并不在它的成分中留下一种内在变化，而是在成为有意识的现象中消亡”，因而“进入意识和留下一个记忆的踪迹在同一个系统中是不能兼容的两个过程”。③这里弗洛伊德混用了记忆（作为意识的保护者和印象的瓦解者，作为理智的工作）和回忆（作为印象和外界信息的保护者，一种非理性的工作），而正是在这个区分上普鲁斯特作出了他的意愿记忆与非意愿记忆的区分，据普鲁斯特的经验，“过去是在某个非理智所

---

① 马克思：《资本论》，转引自本雅明：《发达资本主义时代的抒情诗人》，张旭东、魏文生译，生活·读书·新知三联书店1989年版，第156页。

② 马克思：《资本论》，转引自本雅明：《发达资本主义时代的抒情诗人》，张旭东、魏文生译，生活·读书·新知三联书店1989年版，第129页。

③ 弗洛伊德：《超越快乐原则》，转引自本雅明：《发达资本主义时代的抒情诗人》，张旭东、魏文生译，生活·读书·新知三联书店1989年版，第130—131页。

能及的地方”,①因而注意力逼迫下的记忆无法给他带来往日岁月的痕迹，却是一块玛德兰小点心的滋味一下子把它带回了童年时代，也就是说，只有那种尚未有意识地清晰地经验过的东西方能成为非意愿记忆的组成部分。在本雅明看来，“非意愿的”和“回忆”这两个词本身说明了它由以产生的情境，“它是这样或那样孤立着的个体的存货的一部分。在严格意义上的经验之中，个体过去的某种内容与由回忆聚合起来的过去的材料融合了起来。”②

回忆与记忆的对立从另一方面说明了抒情诗何以能把震惊经验作为标准的经验当作它的根基。当震惊被意识的挡板缓冲，即被在有意识的记忆的登记注册中直接变为一种经历，这个事件对于诗的经验就已是封闭起来了的。而当震惊突破意识的防护而在体验中留下的印象被非意愿记忆拾取，人便摆脱了时间的缠绕，进入了一个圆满的充满气息的精神的国度；因为在这一刻，记忆的闸门被打开，被囚禁的过去的幻影布满天空，这给予人一个把握住回忆，即把握住自己的真实经验的机会。然而这一切并非在一种适于抒情诗的环境中获得的，而是在一个要从根本上取消任何回忆的可能性的机械时代中获得的。因而这种灵魂的敞露本身也带上了震惊的色彩；这一切正是一种寓言形式，或者说，是精神生活之外的社会历史的规定。

这种由社会历史的“进步”带来的历史进程的假象把一种可怕的时间感强加于人们，本雅明把这种在历史连续整体中的时间称为“同质的、空无的时间”,③在“论历史哲学”中，本雅明讨论了拯

---

① 普鲁斯特：《忆华年》，转引自本雅明：《发达资本主义时代的抒情诗人》，张旭东、魏文生译，生活·读书·新知三联书店 1989 年版，第 128 页。

② 本雅明：《发达资本主义时代的抒情诗人》，张旭东、魏文生译，生活·读书·新知三联书店 1989 年版，第 129 页。

③ Benjamin, Walter. “Theses on Philosophy of History,” *Illuminations*. New York, N. Y: Schocken, 1969, pp. 253—264.

救，但这种拯救的可能性却建立在美学之中，在“论波德莱尔的几个主题”的最后几节里，本雅明同时引入了“通感”和“时间”。

通感（correspondance）在此并不只是一种心理学上的联觉（synaestheada），因为在本雅明看来，波德莱尔的通感概念并不是那种“同时的通感”，相反，它是“往事的喃喃低语”，是一种先前的生活的真实经验的重建（这把波德莱尔与后来的象征主义者区分开来）。在这种“通感”里，诗人同化了一种宗教仪式般的内在经验，从而在宗教仪式的范围里把自己建立起来，并通过超越这个范围而把自己呈现为美的事物。因此，“通感是回忆的材料——不是历史的材料，而是前历史的材料”，①只有通过这种方式，诗人“才能探寻他作为一个现代人所目睹的崩溃的全部意义”，才能“寻求在表明危机的形式中把自己建立起来”，这种回忆中的“与以往生活重逢”必然使日子变得伟大而重要，成为一种“节日”。因而普鲁斯特发现，“波德莱尔的时间总是奇特地割裂开来；只有很少几次是展露出来的，它们是一些重要的日子，因而我们就可以理解为什么诸如‘一个晚上’这样的语句会在他的著作中反复出现。这些重要的日子便是时间得以完成的日子，它们是回忆的日子，它们不是由经验标明的，它们与其他的日子没有联系，而是卓然独立于时间之外。”②

这种“时间的割裂”所得以完成的诗的形式仍然是一种震惊的形式，这种震惊动摇了波德莱尔的诗的结构，造成了词与物、词与词之间的裂隙。但正是这些词句在内在“通感”的力量下集合起往

① 本雅明：《发达资本主义时代的抒情诗人》，张旭东、魏文生译，生活·读书·新知三联书店 1989 年版，第 154 页。

② 普鲁斯特：《〈恶之花〉序言》，转引自本雅明：《发达资本主义时代的抒情诗人》，张旭东、魏文生译，生活·读书·新知三联书店 1989 年版，第 153 页。

昔的形象；正是凭借着“充满桅杆和火焰的港口”这样的句子使得波德莱尔的作品“把回忆的日子汇集进一个精神的岁月”。①

在这种“精神岁月”之外则是那种机械的、重复的、空虚的时间，本雅明把它称为“编年表”，“尽管编年表把规则加诸永恒，但它却不能把异质性的、可疑的片断从中删除出去，把对质的认识同对量的测量结合起来是日历的工作。在日历上，回忆的场所以节日的形式留给了空白。失去经验能力的人感到他像是掉进了日历。”大城市居民、赌徒、机器边的工人都懂得这种感觉，这种短暂刺激经验下面的空虚无聊（ennal）正是“时钟时间”的后果。

本雅明在波德莱尔的“理想诗”和“忧郁诗”中看到了回忆与虚无的辩证对立。如果说：

> 勾勒出深深的天空下面的古老岁月；
> 看那死了的离去的岁月，穿着
> 过时的衣服，倚着天空的露台；②

这样的段落表明波德莱尔“向那种在过时的伪装下从他身边逃走的心灵之外的时间表示尊敬”，那么像：

> 一分一秒过去，时间将我吞噬，
> 像无边的大雪覆盖着僵卧的躯体。③

① 本雅明：《发达资本主义时代的抒情诗人》，张旭东、魏文生译，生活·读书·新知三联书店1989年版，第156页。

② 波德莱尔：《忧郁》，转引自本雅明：《发达资本主义时代的抒情诗人》，张旭东、魏文生译，生活·读书·新知三联书店1989年版，第155页。

③ 波德莱尔：《虚无的滋味》，转引自本雅明：《发达资本主义时代的抒情诗人》，张旭东、魏文生译，生活·读书·新知三联书店1989年版，第157页。

这样的句子表明对那种具体可感的时间的震惊，它表明波德莱尔从“忧郁”和“过去的生活”中把握了真实历史经验的消散的碎片。如果说前者是诗的体验“披着借来的经验的外衣神气活现地四处炫耀”，那么后者则是“忧郁”“正把消逝的瞬间赤裸地暴露出来”，这时，地球回复到“没有史前气息包围的”“原本的自然状态”，①即非人性的状态。

从那种通感割裂时间的效果中出现了一种审美的空间，这在“同质的、空无的”技术进步的节奏的缝隙中为灵魂辟出了一小块栖居之所；本雅明以他特有的方式把它定义为“气息”（Aura），气息之所以是非意愿的回忆的庇护所，是因为“它极度地沉醉了时间感，并在它换来的同样的气息中引回了岁月”。②在由形形色色的技术手段装备起来的机械复制（印刷、照相等等）时代里，意愿记忆的领域被扩大了，人们只需手指揿一下按钮便可把事件以声、像的形式记录下来；这“缩小了想象力的活动范围”。③而在艺术里，只有那种“无形的虚幻的领域才给人一块地方来安放灵魂的印记。”④这种气息的效果在于它唤起感觉的不可穷尽性，因为花朵的馨香和一幅画的魅力本身都是滋养着审美的欲望的源泉。当人往相机里看时，相机记录了我们的相貌却没有把我们的凝视还给我们，而“气息”的经验则是赋予对象一种“回过来看我们的能力”，⑤因此，“气

---

① 波德莱尔：《虚无的滋味》，转引自本雅明：《发达资本主义时代的抒情诗人》，张旭东、魏文生译，生活·读书·新知三联书店1989年版，第158页。

② 本雅明：《发达资本主义时代的抒情诗人》，张旭东、魏文生译，生活·读书·新知三联书店1989年版，第156页。

③ 本雅明：《发达资本主义时代的抒情诗人》，张旭东、魏文生译，生活·读书·新知三联书店1989年版，第160页。

④ 本雅明：《发达资本主义时代的抒情诗人》，张旭东、魏文生译，生活·读书·新知三联书店1989年版，第159—160页。

⑤ 本雅明：《发达资本主义时代的抒情诗人》，张旭东、魏文生译，生活·读书·新知三联书店1989年版，第161页。

息经验建立在一种客观的或自然的对象与人之间的关系的反应的转换上”,①因此它与非意愿回忆的材料是一致的。本雅明从这个多少有些神秘的气息的光晕的概念里引申出一种关于美的现代概念。在他看来，这层气息的光晕像一层面纱，给现象带上了一种“不可接近的仪式的特征”;②而一切“美”的确立只能是通过这层面纱获得的;“纪念碑和绘画只从敬仰的薄纱之下展现出自己，而这层薄纱是由那些仰慕者几个世纪的热爱与敬仰为它们织成的。”③从而，气息把个体的精神世界与传统从而与人类整体重新联合起来。

但寓言批评却揭示出体现在波德莱尔诗作中的时代特征；在波德莱尔那里，气息越是为诗人的直觉所把握，气息的消散便越是清楚地表明在他的诗中。在波德莱尔饱受震惊的视野里，一切并未回报他的注目；相反，倒是诗人淹没在沼泽地一般荒漠、平滑的魔力之中了，这种魔力是典型的现代魔力，它取消了一切节制和距离，从而取消了一切神秘。本雅明把这种无人性的目光落实在“过多地负担着戒备负担的城市大众的眼睛”里,④其代表便是妓女的“一边仔细打量过往行人，一边戒备着警察”⑤的野兽躁动不安间或因警惕而绷紧的注视。

最终，在气息的消散中，本雅明完成了他的历史性的战略合围；它证明了物化世界里的主导地位和精神在这个世界里的“游手好闲者”的地位。在美的国度里，气息的消散最终把这个神秘的、

---

①　本雅明:《发达资本主义时代的抒情诗人》，张旭东、魏文生译，生活·读书·新知三联书店1989年版，第161页。

②③　本雅明:《发达资本主义时代的抒情诗人》，张旭东、魏文生译，生活·读书·新知三联书店1989年版，第162页。

④⑤　西美尔:《关系哲学》，转引自本雅明:《发达资本主义时代的抒情诗人》，张旭东、魏文生译，生活·读书·新知三联书店1989年版，第164页。

传统的王国暴露在它的外界条件即机械震惊主宰着的以大众为其特征的世俗世界面前。本雅明同他笔下的波德莱尔一样有一种难以调和的内心矛盾；他的心灵世界要以一种艰巨的努力恢复自身的形象，即通过气息召唤出一个完整的、适于人生存的精神空间；但他的观察却明白无误地向他指明了这种内在要求的外在条件已经丧失。在经验与体验的冲突中，本雅明同波德莱尔一样选择了后者。这是一种代价昂贵的交换，为此他将失去他全部的生存训练和在这个分工所统治的世界上的位置。同时，这意味着他以时代和体验的名义赞成那种气息的消散；作为思考和批评家，本雅明此举把他同他所属的职业传统永远割断了——他是一个体验的沉思者，而以往的哲学则力求建立在经验之上。这同样从内部反映了本雅明所面对的外部世界的反动努力的专横和强大。而本雅明同波德莱尔一样，把客观世界的非精神状态再造成精神的客观原则。

由于在体验的层次上连结起美和震惊，连结起艺术作品和这个时代的生产方式（技术及社会组织），本雅明创造出一个空前的精神史的现象学空间，以他的方式，这个空间向人们展示出它自身的寓言结构，因为它成为对象之于意识的多层含义的分布，成为形式与内容的交替和流动，成为个别与一般的分裂，成为特殊存在（灵魂或物）的直接的自我确证的意义的普遍化。在这个破碎的整体之中，本雅明的寓言批评把各个局部在一种悬置的意义平列起来，成为异质的共同性并存。同时，由于艺术作品第一次真正“直接”地与生存方式联系起来，或者说，由于“经济基础”第一次可见地（虽然是隐喻性、寓言性地）与“上层建筑”在一个系统（寓言空间）中结合起来，本雅明便也成为现代意义上的马克思主义文艺理论的开创者，并且从这个传统自身来看，它整个改变了问题的方式。在本雅明作品中诸现象（艺术作品、社会风俗、生产方式、政治气候等等）之间流动的空白为一种辩证想象创造了条件；这种辩证思维成为意识与对象，对象与对象间的媒介，但它们不是要弥合起差距，毋宁说是要把这个裂隙扩大，使之成为一种革命性的意识——革命的艺术或批评的发源地。在本雅明看来，这是革命或拯救的唯一可能性。这种马克思主义的现代寓言在它身前同卢卡奇代表的“本质决定现象”的总体性超越论及文学上的现实主义发生了根本的矛盾，在它身后则同阿多诺的强调中介的理论形式的“否定辩证法”形成了分歧。

在“论波德莱尔的几个主题”之外，寓言批评从主题学范围扩展弥散到更为广阔的现代生活世界和艺术世界，并在现象的层出不穷的丰富性中形成了一种超越主题的形式，从而成为一种可以从宏观上把握的战略套路。在这个巨大的现象空间之中，每一种对象都获得了“总体”之外的自身的历史性，并由此构成了一个乌托邦“星座”（Konstellation）。这使我们一方面得以深入细致地探讨本雅明的文学批评概念，另一方面也使我们有可能辨别和分析种种概念和现象之间的矛盾，这为我们准备一部马克思主义文学批评理论的问题史（文学与政治，文学与生产，艺术与复制，象征与寓言，现实主义与现代主义，总体论与否定论等等）创造了条件。本雅明的美学理论最终由寓言走向革命的神学——政治学，成为一种在历史中思考解放与拯救的可能性的努力。可以说，在历史的哲学中，本雅明达到了他的终极意旨。它展现出另一片视野，但这不能不说是寓言批评的延伸。

1988 年 2 月北京中央音乐学院

现代“文人”

——本雅明和他笔下的波德莱尔*

不妨先谈“名声”。

塞内加一句话道出名声这东西是一种社会现象：“至于名声，一个人的意见是无济于事的”。这正适用于本雅明。然而西塞罗也有一句话说的却是某种相反的东西：“如果在死后赢得胜利的人在活着时也是胜者，一切将会多么不同”。这也适用于本雅明。

读本雅明的人每每被这个问题吸引，仿佛这关系到本雅明最深的奥秘。美籍德国哲学家汉娜·阿伦特（H. Arendt）在她那篇令人钦佩的《瓦尔特·本雅明：1892—1940》（为英文版本雅明文选《启迪》所作的长篇序言）中开头这样写道：

> 法玛（注：希腊神话中的传闻之神）这个贪得无厌的女神有许多副面孔，名声便也以各种各样的面目出现，从千古芳名到一时臭名可谓应有尽有。而“身后之名”是法玛这里最稀少的货色，也是她最不情愿的一种，尽管这种名声不那么专横，

---

* 原刊于《读书》1988年第11期。

且往往比其他种类更加实在可靠——因为它仅仅是置于那些不过是商品的事物之上的偶尔的馈赠。由此获益的无非是死者，所以，它是非卖品。这种非商品的、无利可图的身后之名如今在德国顶着瓦尔特·本雅明的名字走红起来，而这个人不过是在希特勒上台前不到十年间为报刊杂志撰稿的一位德国犹太作家，他为人所知，但并不著名。而当他在 1940 年选择了死的时候，仍然知道他的人更是寥寥无几。

十五年后，厚厚两卷本《文集》在法兰克福出版，立即给本雅明带来巨大的名声。60 年代以来，激进学生、左翼知识分子以及批评界把本雅明越抬越高，近乎神秘，成了“说不尽的本雅明”，以此做论文也成时髦。在这方面，本雅明与他的同类卡夫卡有着相似的待遇。他们身后的巨大名声在他们生前的朋友们看来，不过是理所应当的事情。的确，身后之名往往在身前伴有来自极少数人的最高的论评。当卡夫卡于 1924 年死去，他的全部得以出版的作品（其中无一长篇小说）只卖出了两百册；但仅凭这些已足以让几个朋友和读者确信，这里有一位现代散文的大师。本雅明早也在一个难以描绘的圈子里赢得了这种承认。这种承认不但来自当时默默无闻的年轻人，比如格肖姆·肖勒姆（犹太神学家，本雅明青年时代的朋友）和 T. W. 阿多诺（本雅明的表亲，也是他的第一个追随者），也来自一些功成名就、好不显赫的人物，其中便有雨果、冯·霍夫曼斯塔尔和贝托尔特·布莱希特。当后者得知本雅明死于逃亡途中不禁仰天长叹，谓为“希特勒给德国文学带来的第一个真正的损失”。

诚如名声是一种社会现象，身后之名不过是一种奇特的社会现象，且就在这个“奇特”的意味上关系到历史。阿伦特把它比作

“置于不过是商品的事物之上的偶尔的馈赠”，而这给社会带来的只是一种不合规范，无从归类的存在。霍夫曼斯塔尔当时兼任《新德国撰稿人》主编，当他读完一个叫瓦尔特·本雅明的投来的长篇大论（即《论歌德的〈亲和力〉》）时，没能吃准自己是否读懂了，但仍以诗人的身份下了这么一个评语：Schlechthin unvergleichlich——绝对无可比拟。这丝毫不差地在字面上正确。没人能把本雅明写的东西——无论从“形式”上还是从“内容”上——同任何现有的东西相比较，也无法把它们纳入任何风格、类型、专业或传统的秩序之中。这种毫无遮掩的独特性给本雅明一生带来了许多麻烦，但谁又能说它不是本雅明处心积虑的结果。

“绝对无可比拟”的直接后果是确认的困难。把本雅明定义为一个文学批评家恐怕与把卡夫卡定义为一个小说家一样言不尽意。但如果我们要以通常的标准来衡量，恐怕得到的只是一连串否定：他学识渊博，但决非学者，顺便说，像《德国悲剧的起源》那样的著作竟没能给他带来在大学执教的资格；他对语言的考辨、诠释和发挥是他作品的重要组成部分，但他不是语言学家；他一生都在思考神学问题，神学式的说明弥漫在他的作品之中，但他亦非神学家，尤其是他对《圣经》并无特别兴趣；他是个狂热的翻译者，是他把普鲁斯特引入德语世界，此前他翻译了波德莱尔的《巴黎风景》（《恶之花》的一部分），他的译者前言讨论的是“翻译者的任务”，但无疑他不是翻译家；他的“巴洛克研究计划”（关于17世纪德国悲剧）和“拱廊街”计划（关于19世纪的巴黎）带有浓重的文化史、社会史色彩，并且他千百个无所不包的突兀的“摘引”也只能说是出于历史学家的热情，但没人会把他当作历史学家来读；他从体验的深层重新确立心灵的现象学结构、审视意识自身的种种变化的做法像出自一种哲学的训练，而他一生追踪的问题也只能说是哲学的问题，但我们只消一眼就可以看出他的作品同那些“哲学”本文是多么不同；他最深的梦想也许是那种“粉碎历史的连续体”的革命，然而他醉心的天地只是书房和书市；他念念不忘自己的文学抱负，并且完全有资格被称为散文和格言作家，但与他最高的成就相比，他只能算一个不成功的作家，本雅明一生最大的遗憾或许就是没能像卡夫卡或普鲁斯特一样在一种“更有力的叙事形式”中传达个体的内在经验。

我们大概只能在现有的分类之外方能找到本雅明的位置。瓦雷里说波德莱尔的问题在于要做一个伟大的诗人，但既非雨果又非拉马丁又非缪塞。本雅明懂得这种愿望，但他的问题却恰好相反。本雅明要做一个独特的批评家，但既是马克思又是普鲁斯特又是卡尔·克劳斯。这使他成为一个“收藏家”，因为他不会也不可能去谋求一个形而上学的总体，一个全知全能的绝对位置。可以说，本雅明对抽象的概念不满足，他的“野心”是在世俗世界的“堕落的具体性”中夺取思想的战利品，并由此把空洞的时间再造成充满意味的寓言空间。这迫使他在一种“物的意义上”去联结四分五裂的历史，征服异质性的“残片”。比诸黑格尔“走轻灵”的辩证法，这倒像是真刀真枪。在纷攘的地面上寻觅精神的路途，在承当这一艰难的使命时，本雅明看清了那照耀着自己命运的星宿。他好似随便给它取了一个精心选择的名字：homme de lettres——“文人”。

“文人”形象多少是由那些卖文为生的自由作家勾勒出来的。但也许只是很少的看到了他的关键特征。麦克斯·里奇纳（M. Rychner）说文人是以独特的方式靠笔生活：他什么都写，除了那些频繁惯常的东西，他发表文章的方式也是随心所欲，无规可循；最重要的是，“谁也不清楚他们究竟在多大程度上从别的什么源泉中获取材料和灵感”。

“文人”与“收藏家”不同，后者多少是个寓言形象，而前者则主要是个社会形象，虽然本雅明决计把它引入思想的殿堂。“文人”大概就是这样一种人，他们出没于稠人广众之中，游荡在社会的边缘；他们与任何秩序或分类格格不入，貌似无害，实则危险。他们确实生活在文字的世界里，被书籍包围着，但他们却从不会“职业性地”读书撰文。他们并不把自己视为那种以其专长服务于国家社会的“知识分子”，并在一切方面保持着“自由然而孤独”的权利。在商品社会里他们卖文为生，然而写作并不是他们的“工作”，反倒是他们的“不工作”；他们物质生活的基础便正建立在这种“不工作”带来的收入上。因而，无论多么忙碌，他们是“闲暇人”。可以说，文人的本质不在于他们的思维方式，而在于他们的生活方式，在于他同现实世界和精神世界的关联方式。这种独特性在法国传统中有其历史：从拉罗什福科对人类行为的洞察、蒙田的世俗智慧、帕斯卡尔箴言式的机智到孟德斯鸠大胆而开阔的思考，更不用说伏尔泰、狄德罗和卢梭。本雅明的写作年代正是德国魏玛共和国时代，这被称为德国文化的“黄金时代”，“巴黎时代”；本雅明这个在巴黎方感到如至家归的德国人也许正从这一源泉中汲取了力量。我们不难看到，18 世纪（大革命时代）把“文人”变成了“革命家”，而 19 世纪（发达资本主义时代）把“革命家”变成了“文人”，进入 20 世纪，这个一而二、二而一的形象便无可挽回地分裂成“文化人”和“职业革命家”（或职业政客）。卢卡奇正是这种分裂的牺牲品，某种程度上说这是老一代西方马克思主义者的共同命运（葛兰西是例外）。而萨特，尽管有些两样，也许倒还可以被视为这一伟大传统的最后传人。此中原因不必在此考究，但这一段历史却为本雅明的“文人”提供了背景。同时作为文化人和叛逆者，这正是“文人”的内在韵味。

本雅明笔下的波德莱尔无疑是“文人”的最地道的形象。这既非由于波德莱尔“什么都写”或在艺术主张上朝三暮四，也非由于他曾在烟雾弥漫的小酒馆里密谋策划，在二月革命的街角上扛着长枪高喊“打倒奥皮克将军（他的继父）”。在本雅明看来，波德莱尔今天宣扬“为艺术而艺术”，明天却又声称艺术与道德功利不可分，不过是在表明自己随心所欲的自由；而他的政治直觉也并没有超过那些满脑袋异念怪想的职业密谋者（马克思称他们为“革命的炼金术士”）。福楼拜一句名言：“一切政治我只懂一样：反抗”，而波德莱尔是这样解释这个意思的：“我说‘革命万岁’一如我说‘毁灭万岁’‘死亡万岁’。我不但乐于做个牺牲者，做个吊死鬼我也挺称心。要从两个方面感受革命！我们所有人血液里都有共和精神，就像我们骨头里都有梅毒一样；我们有一种民主的传染病和一种梅毒的传染病。”这种撒旦式的“文人”姿态也正需要从这“两个方面”来看。本雅明说寓言不仅要在精神的自由中提供事物的本质，而且要在事物本身最具体、最堕落的官能意义上提供一份见证。“文人”不啻是这种二元对立的“显以肉身”。本雅明指出了波德莱尔身上的这种两面性：一方面是个高深叵测的寓言者，另一方面是个诡秘的专事密谋的人。在这种意识的空洞和体验的充塞中，文明的一组征兆被揭示出来。

随着资本主义市场和大城市生活的发展，“一个文人与他生活的社会之间的同化作用就随着流俗发生在街头。在街头，一个文人必须随时准备好迎接下一个传闻、下一句俏皮话或下一个突发事件。在此他展开他与同类和城市居民的全部关系，他依赖这个关系网就如同娼妓依赖乔装打扮……甚至在街头展示其闲暇懒散也是他工作的一部分，此时他好像在告诉别人他已从马克思那里弄懂了商品价值是由生产它的社会必要劳动时间决定的。通过展示闲暇，他使自己的劳动力价值在人看来大得难以置信……”

随着报刊的迅速发展，各种每天必须被填满的专栏造就了大批“专栏作家”。本雅明精彩地分析了专栏作品、专栏作家与技术进步广告及城市生活的关系，从而为这个“文人市场”提供了一份基本的见证。为了使占四分之一版面的广告被尽可能多的人读到，报纸不惜一切地扩大订户，不择手段地引诱读者，这造成了专栏文章：闲话和连载小说的高额报酬。比如大仲马与《立宪党人报》及《快报》签订合同，每年提供十八卷作品，即可有六万三千法郎以上的报酬，欧仁·苏因《巴黎的秘密》收益十万，而拉马丁从 1839 至 1851 年间竟从报刊专栏上获得了五百万法郎的进项。波德莱尔亦非不谙此道，他对“文人”的真实处境看得比谁都清楚。他每每把某种人，首先是他自己，比作娼妓；在他看来，“文人”像游手好闲者一样走进市场，似乎只是来瞧瞧，但实际上却是想找个买主。在这方面波德莱尔同样直言不讳：“无论一幢房子有多漂亮，在有人详细道出它的美之前，首要的不过是高多少长多少。同样，文学尽管由最不可测的东西构成，但首要的却是填格子；而一个名声不足以保证其利益的文字建筑师必须什么价都卖。”然而他最终只占据了一个很糟的位置，他全部作品只为他挣来了一万五千法郎。

“文人”在拥挤不堪的市场里漫步，“张望”决定了他的思维方式，一如他在车水马龙的街道上穿行，“震惊”成为他沉思的唯一内容。这个漫步者在“波希米亚人”之外给文人增添了又一层含义。漫步决定了“文人”思绪的节奏和步幅。在本雅明笔下，波德莱尔步态的特点是“痉挛”，而据里奇纳回忆，本雅明步态的特征则是“向前却又犹疑，是迈步与耽搁的奇怪的混合”。作为闲暇人的“文人”与那种“人群中的人”不同，他始终要求一个“回身的余地”，最关键的是，他总是心不在焉。本雅明说，大城市并不在那些由它造就的人群中的人身上得到表现，相反，却是由在那些穿过城市，迷失在自己的思绪中的人那里被揭示出来。这为那些“被剥夺了生长的环境”的“文人”打开了一条精神的小径。英国评论家切斯特顿（G.K. Chesterton）关于狄更斯的一席话博得本雅明的激赏：

> 当他（狄更斯）做完苦工，他没有地方可去只有流浪，他走过了大半个伦敦。他是个沉湎于幻想的孩子，总想着自己那沉闷的前程……他在黑夜里从霍登的街灯下走过，在交叉路口被钉上了十字架……他来此并不是要观察什么——一种自命不凡的习惯——他并没有注视十字路口以完善自己的心灵或数霍登的街灯来练习算术……狄更斯没有把这些地方印在他的心上，但他的心却印在了这些地方。

游荡不仅为“文人”提供了工作和休息，更培养他的自我意识。在陷于最堕落的感官世界的同时，那种心不在焉的沉思默想却把他带入一片充满灵魂气息的天地。在此，“震惊”的伤痕正暴露为寓言世界的文字；而“文人”不但是发现者，而且是阐释者。一旦他像幽灵一样从世界侧身逃走，世界便会瘫倒在死寂无声的暗中。当他从这片废墟上飘然而过，那消失的一切却将以更加不可抵御的力量凸现在潜意识的深处，“像忧郁将忧郁者吞没”。

波德莱尔以诗人身份说道：“诗人享受着既保持自己的个性又充当着他认为合适的另外一个人的特权。他像借尸还魂般随时进入另一角色。对他个人来说，一切都是敞开的；如果某些地方似乎对他关闭，那是因为在他看来，这些地方本不值得审视。”但这种自鸣得意在本雅明看来就是另外一回事了：“如果说拱廊街是室内的古典形式——游手好闲者眼里的街道就是这样的——那么百货商品则是室内的衰败。市场是游手好闲者的最后一个游荡场所。如果街道在一开始是他的室内，那么室内现在变成了街道。现在他在商品的迷宫里穿行，就像他从前在城市的迷宫里穿行一样。”

这正是“文人”的历史境况。在商品社会里，“文人”逍遥放荡的个性是他对把人分成各种专业的劳动分工的抗议。波德莱尔感受到但却没意识到的东西，正是本雅明意识到却没能够摆脱掉的东西。波德莱尔一心一意地奉献于自己的使命，用经验去换取诗的体验在他不过是两相情愿的魔鬼交易。本雅明同样“赞成”灵魂气息的四散，但他把这归诸历史。他的“文人”姿态所针对的正是那种日益物化的历史统一体。在“寓言的最堕落的感官意义上”，食利者的闲散竟成为精神最后的庇护所。波德莱尔和本雅明都由此出发，对传统的队伍实施突袭。本雅明“拾垃圾的人”的形象由此便是“文人”寓言的最后一个形象：“他们或多或少都过着一种朝不保夕的生活，处在一种反抗社会的低贱的地位上”。甚至拾垃圾的人的活动方式也成为文人活动方式的隐喻：“两者都是在城市居民酣沉睡乡时孤寂地操着自己的行当；甚至两者的姿态都是一样的……诗人为寻觅诗的战利品而漫游城市的步子也必然是拾垃圾的人在他的小路上不时停下，拾起碰到的破烂儿的步子。”

如果说波德莱尔在街头人群中的漫游揭开了巴黎和“现代人”的秘密，那么本雅明在书籍文字中的漫游则消解了僵硬的壁垒，并捕捉住那些打着进步的幌子逃离了历史的“精神岁月”。在这个意义上，本雅明把拾垃圾的人比作编年史家，犹如他总是一再地在一个反讽的意义上把巴黎比作古代罗马：“他在大都会聚敛着每日的垃圾，任何被这个大城市扔掉或丢失、被它唾弃、被它踩在脚下碾得粉碎的东西，他都分门别类地搜集起来。他仔细地审查纵欲的编年史，挥霍的日积月累……”本雅明断言，在适当的时候，拾垃圾的人会同情那些动摇着这个社会的根基的人们，在他的梦里，拾垃圾的人是起义者的同谋。

如果说波德莱尔是“文人”里的撒旦，那么本雅明就是大天使了。这位抱着“把破碎的一切修复完整”的天使之梦的沉思者最终得出这样一个充满智慧和痛苦的结论：只有在断片中才有这个时代获救的唯一的希望。这个希望像一颗隐蔽的太阳，在“文人”每每出人意料的字句后面放出光晕。文人与一切现有秩序格格不入，但他曾是且或许将是未来的立法者；他把传统视为一片废墟，但却由此把它作为残片赎救出来；在现代都市里他一步步丧失了完整的东西，他却藏有真正的诗意；他不具备任何一般可称为英雄的那种人的特征，但或许是这个琐碎的世界里仅存的英雄主义者。

书房与革命*

——作为“收藏家”的本雅明

如果我们要为瓦尔特·本雅明寻找一个稍稍确定些的形象，我们也许只能在“收藏家”那里找到。那种笼罩着这一古老而不可捉摸的职业的神秘光晕，也正可以在这位西方马克思主义的难以把握的批评天才身上发现。本雅明时时以敬畏的口气谈起“收藏家”，仿佛并非在谈自己；他总是倾向于把“收藏”看作为一种不可言传的“热情”或“冲动”，也好似无关乎思虑的图谋。有一点是明白无误的，“收藏”并不在一个问题的意义上同本雅明的思想相联系，就如同本雅明自己的问题并不在一种历史统一体的意义上与西方形而上学的历史相关。然而这种“断裂”或许竟是全部意义的渊薮。没有人像本雅明这样处心积虑地在“纯然自在”的个别之物（比如收藏）中展开一个拯救历史、重建内在经验的思想空间，或在一种“纯然无机”的物与物、片断与片断之间的关系或不如说非关系（比如书籍的排列）中安置一个精神的乌托邦并确立思想的辩证历史。这或许是作为历史寓言的本雅明与那些“收藏家”的真正关联

* 原刊于《读书》1988年第12期。

方式。也就是说，“收藏家”对于本雅明说来不是一个隐喻（metaphor），而是一个寓言（allegory）；在这个形象的层出不穷的现象的丰富性和寓意的丰富性中，我们或许可以探入本雅明风格的内在蕴涵。

我们还是先从“收藏者”的经典形象开始，因为一开始这个类型就已被本雅明弄得多少有点玄玄乎乎。下面这幅肖像来自巴尔扎克的《邦斯舅舅》，或者说，出自本雅明的私人收藏：

> 人们常能遇见一位穿得破破烂烂的邦斯或艾里·马克。他们似乎对任何事情都既不尊敬也不关心。无论女人还是橱窗他们都全不在意。他们是在梦中行走，他们的口袋里空空如也，他们的凝视漫无目标，人们会纳闷，他们到底属于哪一类巴黎人。这些人便是百万富翁。他们是收藏家，是这个世界上最富于热情的人。

无论邦斯或巴尔扎克是否情愿，它都是本雅明的一件masterpiece；那么我们也不妨径自给这幅肖像简单归纳出几个基本的“要素”：超然于现存秩序和现实之物，与商品化势不两立，梦幻的气质、沉迷的热情以及不拘一格，无法归类。

本雅明自己则给这一类型增添了至为重要的几笔。他以同样的热情和迷醉述说自己如何在陌生的城市里“追踪”值得收藏的书籍，如何在昏暗尘封的旧书店角落里“救出”一本“或许永远也不会想到的书”——这是收藏家最美妙的时刻，如同一千零一夜中的王子从市场上买下（从而救出）美丽的少女。而下面这段话与邦斯相比，其热情可谓有过之而无不及：

> 对于收藏家说来，最心醉神迷的一瞬便是当他用一个神奇

> 的圆圈一举把那些零星散落的条目纳入他的国度，这时他会感到一阵喜悦的震颤通过全身，这是获得的震颤。可以记忆的一切，曾经思虑过的一切，所有意识中的事物都成为他财富的支座、框架和底基。收藏家是物的世界的观相术士，我们只要设想他那手把眼镜凝视物品的样子就不难理解为什么那些了不起的观相术士终会成为命运的阐释者。当他把收藏品拿在手中，他似乎透过它表面看到了它的遥远的过去……

在此，本雅明的热情是一种不折不扣的占有的热情，是在占有中重新评判一切的热情，这种热情穿透物的表面从而把它归于一种决定性的，但同样被悬搁起来的过去。如果我们注意到本雅明在其中追踪珍贵书籍的巴黎已不复为老邦斯在梦中穿行的巴黎，那么我们也就可以把这种热情理解为一种现代主义的热情。我们不难在一种保存和占有的欲望中觉察到一种破坏的、消解的欲望，它直接在自己的沉迷中指向记忆的重现，思虑的骚动和意动的解放。类似潜意识的作用于“收藏家”的一切使这种热情变得更为强烈，也更为“危险”了。

本雅明是“收藏家”这一古老行当的现代继承者，而他也正是以“继承人”的姿态去面对历史的。这使得他的收藏范围比邦斯的扩大了一千倍。他像一个有藏书癖的人那样收集各种各样稀奇偏僻的书籍，像一个苦于表达或殚精竭虑地要达到某种效果的超现实主义诗人一样收集只言片语或段落章句；他从报刊杂志上收集消息流言趣味轶事的架势仿佛他是一个民俗家，用他更喜欢的一个名词，社会的“相面术士”，而他从社会历史的活生生的川流中截取孤立静止的时代画面、从历史的动态中捕捉异化的征候的方式却又让人想起马克思——此时，他分明是一个“辩证唯物主义者”，一个历史批判者。犹如收藏家透过物的表面看到了它的“遥远的过去”，本雅明通过对这个时代的凝视看到了它的全部的历史，并由此成为历史命运的阐释者。在《论历史哲学》中，本雅明把一部真正为现在人所捕获的“圆满的、可占有的历史”称为“被提到议事日程上来的引证”，而这一引证也许正是收藏家的使命。把沉思的激情引入被囚禁的物的世界，把梦想的热情引入沉睡的历史，这样的收藏者也许是要在推动一件物品的同时推动它的觉醒，在占有它的时候赋予它生存的本真性和它自由的尊严。而把这种古老的热情引入一个“机械复制时代”，则在表面上的“怀旧”——这是包括杰姆逊在内的一些批评家对本雅明的思想气质所作的描绘——下面埋藏了一颗批判的重磅炸弹，它要求思想的法则为回忆的正当性作出解释，要求空间为时间付出代价，要求现在接受以“被压抑的过去”——而这又是不折不扣的“被现在的存在所充满的时间”——的名义进行的“末日审判”。收藏家在梦想中穿越城市，寻觅珍品的形象也正是“历史学家”在乌托邦的召唤中游荡于过去，拾取获救的历史碎片的形象。

还是让我们回到“收藏家”的世界。收藏家的热情是占有的热情，因为占有，用本雅明的话说，是同对象建立最深刻的联系的方式。然而这种占有却是世上最奇特的占有，因为一个“真正的收藏家”所关心的并非占有的东西，而是占有本身。他宣称“为占有而占有”，一如波德莱尔宣扬“为艺术而艺术”。这同那种多少有些经济头脑的收藏者不同。“真正的收藏家”绝不会把收藏视为带来利润的投资。他不知道也不关心他的收藏品的行市，而只一味地注重于看护。他把占有看作是他所占有的东西的复活。本雅明称这是一种孩子心理，因为在孩子看来，收集是一个更新复活的过程，也是一个给予生命的过程，就仿佛他画出一件物品，刻出一个形象便给予了它们生命。这种“孩子气的占有”是要“通过触摸事物而赋予它一个名字”。在《论历史哲学》中，本雅明把历史比作一个废墟尸骸越积越高、伸向天边的进程，而这种“孩子气的”收藏似乎是要越俎代庖地完成那个被“进步”的风暴吹击得合不拢两翅，以至未及停下来“唤醒死者，把破碎的一切修复完整”便被吹向“背对着的未来”的天使的任务。收藏者的占有是为历史的死者守灵，是对历史天使的期待，是生命的黑夜中的安慰，是历史沉默时的记忆，他在自己的占有中复活了历史。这样招魂仪式般的革命，浮士德式的劳作正是西方马克思主义几代人共同命运的象征，也许正在这个意义上，本雅明被奉为西方马克思主义的气质上的领袖。

从这种占有的本质中本雅明指出了这样一个听似离奇的事实：“在所有获取书籍的方式中，自己把它们写出来是最值得赞扬的方法”，而“写作者就是这样一种人，他们写作并非因为穷，而是因为对那些可以买到的书不满意”。（这也算是对“写作者”的一种定义罢。）无论如何，收藏家用来把那零星散落的条目划入他的国度的那个魔圈同资产者在收藏品上打下的私有记号是两种截然相反的东西。后者把对象作为商品禁闭在市场的阴暗处，而前者则是要把它们置于自己温柔的爱抚中，还以它们自身存在的理由。对于收藏者来说，一本书只有在他的书架上才是自由的，这让我们想起那个王子买回少女的故事。本雅明把收藏家比作那些向别人借书却早已打定主意不还的人，他把这种称为“最适用于收藏家的获取的模式”：“他狂然地看护着自己借来的财宝，对那些来自合理的日常世界、要他物归原主的提醒劝诫充耳不闻。”这里暗含了收藏家的另一种形象——掳掠者。但比借书不还更奇怪的是他经常是不读或没能够读这些借来不还的书，似乎他的任务只是“收藏”。

“一切热情”，在本雅明看来，都“与混乱相毗邻”，而收藏家的热情则“濒临记忆的混乱”；这把收藏同记忆从而与历史放到了一处。收藏家的世界由此成为历史学的世界，收藏的空间成为历史现象的寓言空间。近于混乱而又成为混乱的界限，消解了秩序而又不啻是秩序的重建，这也许是本雅明与混乱相毗邻的热情的意图所在。这位端坐在体验的深处凝望外界的沉思者似乎只有在高高的书架后面才能感受这个纠缠不休的世界，似乎只有透过那些参差不齐的藏书方能捕捉这个现代主义纪元的内在图景，这在一个恰好相反的意义上让人想起波德莱尔只能在游荡中透过“人群”的面纱注视巴黎。在更为决定性的意义上，作为“收藏家”的本雅明在他的书房里通过摆弄那些收藏品而把历史的“同质的、空洞的时间”变成了一个为现在的存在所充满的思想的构造。历史唯物主义就是通过这个“构造”颠覆了传统，并在这种“现在的时间”中为历史辩证的一跃作好了准备。我们不妨在最直接的意义上从收藏活动中领会本雅明式的唯物主义和本雅明式的革命。不难看到收藏家的宝藏正是寓言的事例，物的世界正是历史意识的现象学空间，而收藏家的“有借无还”正是毁灭与重建的绝好手段。

在他第一部也是唯一一部完整著作《德国悲剧的起源》（顺便说，译为“悲剧”并不恰当，本雅明所用的 Tauerspiel 绝非希腊意义上的悲剧——Tragödy，而是恰恰相反；不如“硬”译为“送葬游戏”，因为本雅明正是在这个意义上把 Trauerspiel 用作时代精神的寓言）完工之际，本雅明忍不住向友人夸耀书中收集的六百多条排列得整整齐齐的“引文”。事实上，从他第一篇论文开始，引文就占据了本雅明作品的核心；这些往往是突兀地矗立在本文中的摘引毫无疑问不是用来佐证或补充“正文”（本雅明的文章里似乎没有“正文”这种东西），相反它们就是作品的主体。本雅明在打定主意要做德国有史以来最了不起的批评家的同时，宣称要完全用引文写出一部伟大的书。这一近乎荒诞的念头在他毕生最宏大的计划（这一未完成的计划遗留下来的手稿被后人整理出版，即为《夏尔·波德莱尔：发达资本主义时代的抒情诗人》）中虽未完全实施，但却也向人证明了并非妄想。本雅明的收藏家的热情在此得到了淋漓尽致的发挥，从马克思到普鲁斯特，从尽人皆知的历史事件到怕是踏破铁鞋无觅处的只言片语，从国际劳工大会、巴黎世界博览到密谋者聚合的小酒馆，妓女出没的大街小巷，从建筑风格、技术革命到市场风情、文人密室，一切都像超现实主义的梦幻一样朝读者纷呈迭现，在一种无法归纳的现象性和层出不穷的寓意之上构成了一幅极富思想蕴含的历史的“辩证蒙太奇”（杰姆逊）。本雅明声称自己的摘引像路边的武装盗匪一样发起攻击，解放了那些被定罪的懒散的囚徒。《论历史哲学》中的一段话，可以告诉我们作为掳掠者的收藏家攻击的是什么目标：“登上胜利宝座的人在凯旋的行进中入主时代，现在的统治者正从匍匐在脚下的被征服者身上踏过。依照传统的做法，战利品也由凯旋的队伍携带着。这些战利品被称为文化财富，而历史唯物者看这些财富时带着一种谨慎超然的态度。他所审视的文化财富无一例外地有一个根源，对此他不得不带着恐惧去沉思。”的确，本雅明的“摘引”无一不像“武装盗匪”，劫掠着这支由过去和现在的统治者押送的队伍。他的每一条引文都把所包含的历史和语言从原先给定的环境中剥离出来，仿佛把一个特殊的纪元从同质的历史线路中剥离出来，把一种特殊的生活从时代中剥离出来，把一种特殊的工作从“毕生的事业”中剥离出来。在此，作为“收藏家”的本雅明不仅要把事物从“实用性的单调乏味的苦役中解放出来”，还要把它们从“物化的历史统一体”中解放出来。这不折不扣地意味着一种混乱。当本雅明在“打开我的图书馆”中欣赏翻倒得满地都是、还未加整理安置的“重见天日”书籍时所体味的心满意足也许正是基于这种解放感。这是历史的解放，更是哲学的解放。它意味着粉碎加于思考的框架和分类，粉碎传统的权威和意识形态的蒙蔽。这是一种政治的颠覆，更是一种认识论的颠覆。这种混乱由此在收藏家那里获得了一种美学意义。本雅明常常不无得意地宣称他从不把书分门别类按部就班地放置，而是“杂乱无章”地随意放置；他还时时劝告别人也如法炮制，并担保“定会享受到极大乐趣”。这让人想起毕加索说过，如果你想糟蹋一幅画，只需把它很好地挂在墙上，因为这样不久你就不见绘画而只见画框了——要欣赏它，只有把它放在不适当的地方。把事物从习惯的囚禁中摆脱出来，把这种复得的原始性、独特性和新鲜气息直接带入思想的行文中正是本雅明的“摘引”所达到的效果。在国家博物馆里，我们总是看到过去身披节日盛装，而在收藏家的天地里，我们却能撞见它只裹着一件破烂邋遢的工作服。这种揭示性在它的汇聚中集结起一股巨大的否定力量。收藏家正是在这种混乱中瓦解了那种形而上学的枷锁，在一种差异性中建立起一个“共时性”构造。本雅明在当代被“马克思主义”和“形式主义”一同“重新发现”，原因是不难理解的。

作为这种方法的结果，传统被粉碎同时又被拯救，一如时代被保存同时又被取消；在收藏家“同历史保持一种格格不入的关系”的态度中，历史的统一体崩溃了，然而又以碎片的形式被拾取、被保存、被弥赛亚的国度所接纳。这正如珊瑚的形成，是生命的遗骸，又如珍珠，是时间的孕育。

收藏家在他孜孜以求的寻访中为他的对象本身所指引，仿佛预言者为他的星宿所指引。对于收藏家来说，“幻想”正包含在事件的“象征”之中；历史在他并非坐落在空洞的时间之中，而是在那种特殊的生活、特殊的工作、特殊的时代中构造而成，或者说，它本身就是这种构造的对象。作为历史唯物主义者的收藏家在拉康主义者看来无疑是令人羡慕的主体，因为他先天地在他的对象面前“放弃”了那种沉思，而此时他的对象世界却成为他所沉思的东西的批判的构形，成为一件思想的作品。收藏家以他的梦想和激情，他的掳掠和区分使自己成为一个新的历史源泉的发现者。

至此，如果我们回头注视那个原先的仅仅为热情所驱使的收藏家，我们会发现我们在历史唯物主义的梦想中遗忘了收藏家的一个至关重要的特征：他的私人性质。私人性质是收藏家区别于公共博物馆的唯一规定。我们当然还记得本雅明关于“写作者”的“定义”；那么也可以说，收藏家收藏并非因为他一无所有，而是因为他对这个可以分享但却无法喜欢的世界不满。本雅明的收藏家在拯救湮灭的传统时也在为自己营造一个小屋，一个栖居在这个“技术时代的行星”（海德格尔）上的小小的“内在世界”。如果说齐一化的商品社会不但漫过了庭院而且侵入到人的意识深处，那么人便只有不惜一切地把外部世界再造为内在世界方能抵御这种灵魂气息的消散。收藏者不断把事物从市场带回到自己的居室，用自己的双手给这片天地打上经验和记忆的印记，这种居室劳动或许是“完整的人”的最后的抗争。居室是失去的世界的小小的补偿。而作为文人的本雅明则把居室变成了一间书房。

本雅明在书房里进行的无疑是一场硝烟弥漫的革命，这位“作为历史学家的收藏者”在这里为历史和思想勾勒了一个广阔的远景；但与此同时，他也越来越深地退入书房，最终消失在那些像砖石一样筑起的书籍后面，“仿佛这是唯一的适宜之所”。

1988 年 10 月，中央音乐学院

性格与命运*

——本雅明与他的卡夫卡

在给好友马克斯·布洛德（Max Brod）的信中卡夫卡谈起一类人，这便是“德国犹太作家”。卡夫卡说他们的生活乃处于三种“不可能”之间：不可能不写——他们只能以写来驱散萦绕不去的灵感；不可能用德语写——在他们，用德语只能是一种“公开的或暗地的，或许最终是自讨苦吃的僭越”，即便没有人能从他们笔下挑出一个语病，这种语言也不是且永远不会是他们自己的财富；不可能再有其他的写法——除此之外没有任何可以使用的语言。卡夫卡对此的总结是加上了第四个不可能：不可能写，因为那种绝望并不能通过写来减轻。

卡夫卡屡次把自己所属的这一类人称为“语言上的中产阶级”，而就在这个隐喻的意义上，这种困境变成了一种普遍的困境。而如果我们在这一类人中还想到弗洛伊德，想到胡塞尔，想到维特根斯坦（奥地利出生的犹太人），想到卢卡奇（用德语写作的匈牙利犹太人）和阿多诺，最终，想到本雅明，那么我们也许就会毫不迟疑

---

* 原刊于《读书》1989 年第 2 期。

地把这个困境就在它具体、直接的意义上看作现代思想的命运。然而，在我们把目光转向浩渺的过去与未来，转向思想在现时代日益细碎的分工和形形色色的现代作品之前，让我们怀着同情和好奇注视这些奇特的人们。

在语言的困境——广而言之是交流的困境——之外，“德国犹太作家”，或者用一个稍许宽泛些的称谓，德国犹太知识分子，还经受着一种来自内部的压力。这里所指的便是父子关系。汉娜·阿伦特说，正是父亲的精神构成了这一代人内心生活的基础。一个典型的犹太父亲往往是一个成功的生意人——我们不妨回忆一下卡夫卡对自己父亲的描绘——但他并不把自己取得的成就看得多重。他梦想儿子生来是为达到更高的目标。这似乎是犹太教信仰的世俗翻版：那些在学习神的法律的人才是真正杰出而高贵的人，不该让他们被赚钱之类庸俗的事务所打扰。但这丝毫不意味着父子冲突就不存在了。相反，在那个时代的文学里这一主题比比皆是；而若不是处于当时的社会环境之中，弗洛伊德大概永远也不会发明“俄狄浦斯情结”。但不管怎样，这场冲突最终的了结办法是儿子作出保证，去做一个天才，去做一个有益于人类幸福的人（像许多犹太富有人家出身的共产主义者）或投身于任何比赚钱更高的事业中去。而父亲会极为情愿地承认，奉献于这个目标是不去谋生的正当理由。但如果儿子并没有这样的誓言，或如此的保证未能被人承认，那么，可以说，灾祸就近在眼前。本雅明和卡夫卡正是这样的例子。本雅明的父亲（一个富有的画商）从未认可儿子的天才，而本雅明一生也未能使父亲，更不用说使社会相信他是个天才。他的“文人”的处境甚至不能保证他在经济上独立——他大部分时间住在父母的房子里，同父亲的关系一直颇紧张。至于卡夫卡，也许因为他的确是个天才，压根儿就未曾发过此类的宏愿。他在一家保险公司找了份平平常常的工作，使自己的经济独立有了保障。但此时他便会听到这样的声音："你必须自己挣自己的坟墓。"这声音在《判决》中以父亲的形象出现，导致了儿子的死。从那时起，卡夫卡就感到自己"开始在通向自杀的道路上飞跑"。

同父亲的关系在他们身上以一种命运的方式出现。俄狄浦斯，这个希腊悲剧中的牺牲者的名字给这种冲突投下了一层命运的阴影。父亲对儿子的指控——这在《判决》里达到了高峰——让儿子永远背上了一种负罪感，而这个罪——我们知道它什么也不是——便是原罪。

我们回过头来可以看到，即便是那种语言的困境也包含着这样一种命运的成分。这种成分把他们——"德国犹太作家"——从历史时间中分离了出来。无论在卡夫卡的日记里还是在本雅明的历史哲学之中，历史意味着"单一的灾难"；它甚至不可能被摧毁，而只能"被带到它自身的终结"（尽管这同样是不可能的）。这个终结以一种乌托邦的形式悬滞在本雅明的寓言世界之外，被他称为"末日审判"。他们终日毫无遮蔽地面对着最后的事情，这种最深的孤独使他们的每一个句子都同时散发着地狱和天堂的气息。

在 1921 年 10 月 19 日的日记里卡夫卡写下这样一段话：

> 任何不能在活着的时候应付生活的人都需要用一只手来挡开点儿那笼罩着他命运的绝望，但他可以用另一只手草草记下在废墟中看见的一切，因为他以一种与众不同的方式看，而且看到的更多；总之，他在有生之年就已死去，但却是真正的获救者。

在此，那些自相矛盾的不可能性，绝望与希望，痛苦与幸福取得了一种命运的姿态，或许在他，一如在本雅明，只有这种姿态才是唯一真实的姿态。在这种命运中我们看到的则是一种性格，我们也可以说，只有与命运同在的性格方算是一种真实的性格。这个古老的问题曾在古希腊悲剧舞台上大行其道，在丹麦王子哈姆雷特那优柔的心中喃喃低语，如今又在现代文人支离破碎的世界里发出阴森的笑声。可以说，每个时代——在巴尔扎克看来这不过是有四五千个人物的戏剧——如何以它自身的方式去迎接这个全然非历史的问题（如同一代又一代人迎接古老的节日），便也成为历史决定的明证。

本雅明是卡夫卡的无与伦比的读者。他读解另一个的命运如同读解自己的命运，并在这种读解中把它和历史的主体关联起来。在一次谈话中本雅明说，对于当时反叛的一代犹太青年，共产主义和犹太复国主义是仅有的选择。然而我们可以清楚地看到，这两种选择可以提供一种活动方式，但却无法提供那个唯一适合于本雅明的位置，那个“文人”的位置。在卡夫卡的国度，借尸还魂的“忧郁者”的心灵得到了一处宽绰的住所。如果我们用柏拉图的“英雄”与“诗人”间的古典关系来看待两人，我们会发现在两人之间，“英雄”和“诗人”神奇地互相补足了，正如同在两人共同的世界里，写与不写，绝望与希望总是互相占有。在本雅明的寓言时空里，卡夫卡是一个不可企及的象征，一个末日审判的具体引证。而透过卡夫卡迷蒙的视野，正是本雅明在这个世俗世界上完成了卡夫卡自己在梦中无数体验的事情，从“在世俗世界堕落的官能意义上再现寓言的意义”到最后对生命的绝弃。在两人之间，一切可以如此自由地进出，就像活与写不过是一而二、二而一的事情。

让我们回到命运。在给神学家肖勒姆的信中本雅明写道：“我们读卡夫卡时带着这样一种单纯的认识：他是一个失败者。”在另一处本雅明提供了更为详细的阐述：“如果我们要公正地评价卡夫卡的形象的纯粹性和独特的美，我们不能忘记一样东西：它是失败的纯粹性，失败的美。导致这种失败的环境是多种多样的。我们可以说，一旦一个人认可了最终的失败，所有的事情便一件接一件地出现在他面前，仿佛出现在梦中。而再没有什么有如卡夫卡强调自己的失败时的狂热那样令我们难忘。”本雅明不能不把这种失败命运联系起来；他在一首儿歌里为这种命运找到了一个偶像。它就是“小驼背人”。在德国—犹太传统里，每当小孩跌跤或摔破了东西，妈妈便会说：“笨先生瞧你呢。”孩子们知道，“笨先生”正是小驼背人；每当他溜进房间从角落里望着你，你便只能把一切都搞糟：

当我走进厨房，
那儿羹汤只待盛满，
小驼背人已经在那里，
我的小勺一下子折断。
当我走进房间，
去把床儿铺好，
小驼背人已经在那里，
浑身颤抖着哈哈大笑。

当我在凳子上跪下，
当我正准备祷告，
一个小驼背人正呆在屋里，
开口对我说道：
我亲爱的小孩子，求求你
也为小驼背祈祷。

本雅明在卡夫卡的小说里同样听到了小驼背人的笑声（卡夫卡自己把它形容为“像落叶发出的瑟瑟声”），并在这个意义上把卡夫卡的作品视为一种“灵魂的自然状态的祷告”。在这种全神贯注之中，一切生灵都被包括进来，“如同在圣徒祈祷时一般”。然而这的确也是在为小驼背人祈祷，为坏运气祈祷。我们可以说，卡夫卡对命运逆来顺受的狂热丝毫不亚于强调自己失败的狂热。在笔记里卡夫卡这样写道：“……和我与生俱来的是人类普遍的弱点。我用这种弱点（从这一点上说那是一股巨大的力量）将我时代的消极的东西狠狠地吸收了进来；这个时代与我可贴近呢，我从来未与之斗争过，从某种程度上说，我倒有资格代表它。”也许这是一个命运和性格在一种自我意识中相辅相成的绝好例证，然而本雅明在此看到的也许正是一种谬误。正是这种谬误在卡夫卡身上造成了这样一种效果，以至于卢卡契把他称作“堕落的作家”，并视为历史性的“国际非理性主义”的代表（需要特别指出，卢卡奇在此并不全错）。卡夫卡的自白在本雅明意味着另一种东西。在《弗朗茨·卡夫卡——逝世十周年纪念》一文中（那在当时还是一个不太出名的批评家纪念一个远非名噪天下的作家，卡夫卡的六卷集直到1935年才开始出版），本雅明写道：“卡夫卡生活在一个互补的世界里，他为这个世界提供了补足性的东西，但却对包围着他的事物毫无意识。”

把生命置换成生命的表达，把完整的经验置换成残缺不全的体验，最终，在一种绝望的反抗中把自己视为命运的同谋，这一切决非始自卡夫卡。早在波德莱尔那里，这种现代主义纪元的诗的法则已然登峰造极。卡夫卡身上特别的东西——除了他那独特的智慧——也许是对命运的过分的意识和对性格的过分的怀疑（这使他成为在思想上最接近东方的西方大作家）。它的结果便是一种近于自虐的负罪感。我们或许可以说，他强调失败时的狂热和强调对命运逆来顺受时的狂热都不过出自那种体味负罪感的狂热。从格奥尔格（《判决》）到格里高尔·萨姆萨（《变形记》），从流放地的军官到猎人格拉胡斯（更不用说地洞里的我，城堡下的 K），这种负罪感已变成命运最耀武扬威的场所。这首先引起了本雅明的怀疑。

作为卡夫卡的无与伦比的读者，本雅明不但把他的寓言作为具体的真理接受下来，还把它作为一个亟待拯救的现实消解在“历史唯物主义”的视野之中。作为一个奇特的马克思主义者，或不妨说，作为一个卡夫卡式的辩证论者，本雅明在“命运与性格”的范畴里进行了一场与“颠覆历史统一体”遥相呼应的突袭。

不管怎样，我们都可以认为本雅明把这篇文章题献给了他的精神同类。他以一种不容分辩的逻辑上的严格性逐一分析那些古老的概念，而在这种极度的唯智主义下面我们也许能体会到那种无边的愤怒和同情，它在许多年后由一位希腊诗人以一种惊人的简洁表达出来：“无辜者，你的命运就是我的命运。”

本雅明向我们证明，我们不能通过获取和积累一种关于性格的知识而达到预言命运，这如同我们不能通过掌握过去和现在的种种迹象便预知未来。甚至我们无法确立一个不自相矛盾的“人”的概念（性格）和一个同样没有矛盾的外在世界（命运）的概念。一切从身体特征和外部世界的种种特征来断言性格和命运的尝试都是在理论上无法成立的。因为最终，“内心世界和外部世界在它们的相互作用中是可以被任意抬高或贬低的”——它们本来只能是同一桩事情。尼采说：“如果一个人有一种性格，他便有一种不断重现的经验。”本雅明引申为：“如果一个人有一种性格，他的命运便在本质上说是恒定不变的。”这意味着：“他没有命运。”

因此，正确的说法是：“哪里有性格，哪里就没有命运；而在命运的国度，性格是不存在的。我们已经能感觉到在此包含了一种对命运的全新的认识。”

通常，性格被放置在伦理的范围里，而命运被放置在宗教的范围里。本雅明说，我们必须把它们从这两个领域里驱逐出去，就是说，我们必须揭示出把它们放置在那儿的错误。“这个错误的原因便是我们把命运同有罪联系在一起”，就是说，命运安排的不幸被我们视为神对我们罪过的反应。然而我们看到，与有罪相应的“无罪”却与命运没有任何联系，这不禁使我们进一步怀疑：“我们还想再问：命运同幸福有关吗？幸福是命运的一个内在范畴吗？”

再没有比卡夫卡和本雅明自己的写作生涯更能促使本雅明得出这样的结论：“幸福不过是把幸运儿从各种命运的纠纷和他自己的命运之网中解脱出来。在这个意义上，荷尔德林把赐福的神祇称为‘没有命运的神’。”

本雅明下面这段话绝不是卡夫卡或历史唯物主义者可能说出的，但它以一种奇特的方式把两者的命运——把两者的性格——连结在一起：

> 但如果有这样一种秩序、它的唯一的内在概念便是不幸和有罪，而我们在这个秩序中又看不出任何解放的途径，那么这种秩序便绝对不是神的秩序，无论有罪的概念怎样试图把问题引向反面。
>
> 在某个天平上，赐福、无罪与不幸、有罪相比就太轻了，以致不得不荡在空中。这个天平便是法的天平。命运——在此仅意味着不幸和有罪——的法由世俗的法高扬着，成为每一个人的尺度；但如果我们相信在法的条件下只存在有罪就错了；我们可以证明，所有法的意义上的有罪不过是不幸。通过把自

> 己与正义混为一谈，法的秩序不但决定人与人之间的关系，还决定人与神之间的关系……
>
> 在悲剧中——而不是在法中——天才方能第一次从有罪的迷雾中抬起头来，因为在悲剧中，恶魔的秩序被冲破了……在悲剧中，不信神的人意识到，他比自己的神更好，只是现实夺走了他的语言，从而使他无法说出。

卡夫卡在有罪的重负下把世界认作人的迷误，并认为它是不可摧毁的，起码摧毁它不是人的能力所及。而本雅明，或许因为他能从另一个源泉中汲取力量，则寻找着走向获救的更为积极的途径，尽管他在整个西方马克思主义传统中仍是一个悲观的象征。无论如何，他在命运中看到了一种性格，犹如他在历史自身之中看到了乌托邦的存在。因而他最终在悲剧概念里确立了他的历史。如果这也可以从伦理学的意义来理解，那么关于它最好的表述也许只是卡夫卡下面这段话：

> 受难是这个世界上的积极因素，是的，它是这个世界和积极因素之间的唯一联系。
>
> 受难只是在适里受难，这并不是说，在这儿受难的人在其他地方地位会提高，而是说，在这个世界上叫做受难的，在另一个世界上情况不变，只是没有了它的对立面：极乐。

如果不考虑那种“积极因素”，本雅明对自己的历史使命的意识就好似卡夫卡的回声：

> 像一个随着船骸漂流的人朝着业已瓦解了的桅杆顶端爬

去，在那里他还有一个发出信号从而导致获救的机会。

最终，在悲剧的层次上，两人的形象再一次站到了一起。在悲剧里，他们令人信服地把自己证明为天才，并且“比他们的神更好”。卡夫卡在这个命运的国度以一种最内在的坚韧不拔追寻着已经日益暧昧不清的性格；本雅明说这像是在倾听一种最遥远的声音。“努力听着的人是什么也不看的”，这解释了卡夫卡所有的不幸。本雅明说他以一种真理的可传达性取代了真理的实体，而这不过是说他在最后一道防线上确立尊严、正义和智慧的法则。而这种替代也出现在本雅明的寓言批判之中，并成为一种有意识的甚至是精心策划的东西：本雅明要在可传达性之中重建真理本身。这最根本地规定了本雅明的方法。在现代世界的破碎性和非真理性中找出这个世界通向赎救的道路，这使得本雅明自觉地走向他的命运。因而，不论带着怎样的理智的完美、修养的优雅和历史的具体性，本雅明的作品都可以被视为一种殊死的尝试，用卡夫卡的说法，这便是“朝最后的尘世边界冲击”。

1988 年 12 月中央音乐学院

拯救是我个人的展现*

——普鲁斯特与历史哲学

莱昂·皮埃尔-坎在《普鲁斯特传》的开头把马赛尔同帕斯卡相比，就是说，把前者由纵情声色到幽居著书比作后者一夜之间抛弃世俗生活，“流着快乐的眼泪奉献于上帝。”只是皮埃尔-坎说，这种比较并不恰当。首先因为在马赛尔的生活中并没有这么一个决定性的转折点，用皮埃尔-坎的话说，“绝没有什么严重的精神危机作为标志”；其次，也许更重要，因为“普鲁斯特无需改奉宗教”。

《普鲁斯特传》的作者这样描绘主人公的居室：“这是一套看似无人居住的房间，仿佛主人出门旅行去了。在一间大客厅里，杂乱无章地堆放着一些扶手椅以及带有绒线挂毯和金色木质的长沙发……一幅年轻的花花公子的肖像，仿佛来自一个久远的年代：这是马赛尔二十岁时由雅克-艾弥尔·布朗肖画的；对面也挂了一幅像：贝拉斯克斯绘制的一位上了年纪的公主。有一个房间全部用软木镶壁，以免外界声音传进来。这些软木板本该用布料覆上，

* 原刊于《读书》1989年第7、8合刊号。

但——是来不及？还是因故搁置不管呢？——裱墙工人一直没有来过。窗户从不打开。只要一闻到奥斯曼林荫大道上的栗树气味，马赛尔就会感到难以忍受的窒息……只有一盏灯在天花板上射出微弱的光线，浅棕色的软木使光线更为暗淡。屋角放着一架巨大的三角钢琴，地方便显得有些拥挤。几张椅子上，随便扔着些精美的书籍，还有一些照片。有一间盥洗室，门敞开着，里面塞着几只装银餐具的大箱子，是双亲的遗物。因为无法安放，这些箱子就搁在地上。”

有趣的是，皮埃尔-坎把这间极富于个人风格的房间称为“毫无个性的屋子”。他的理由也许是：屋子里的这个人对他的房间是视而不见的。的确，在普鲁斯特的幽居生活里，任何外在的装饰都没有意义。他生活在另一个世界，更确切地说，另一种时间里，于是，“他在这间密室里的模样活像传说中的招魂巫师”；而他唤来的鬼魂正是他自己的过去。

希腊人把回忆视为创造之母，犹太人在《旧约》中以回忆指导人们去思考未来，而普鲁斯特却把回忆作为一个个体把捉自我形象的全部技巧而以毕生的精力去把握。这种殚精竭虑的方式是所谓“现代主义时代”的特产。柏格森曾强调“活动的生命”（vita activa）与“沉思的生命”（vita contemplativa）之间的冲突，而普鲁斯特这个哮喘病人却在自己身上讽刺性地把两者结合起来，就是说，使前者完全臣服于后者。这是普鲁斯特的惊人之处，但还不是他最惊人之处。在柏格森看来，把“生命的川流”“现实化”是我们可以自由选择并为此努力的事情；普鲁斯特却向我们证明，个体能否形成一个自我形象并把握住在时间中流逝的经验完全凭机遇。普鲁斯特十三卷《追忆逝水年华》正是寻找这种“机遇”的记录，而这部巨著的第一页便是对哲学家柏格森的内行的批评。普鲁斯特为我们区分了两种记忆：意愿记忆（memoire volontaire）与非意愿记忆（memoire involornaine）。在进入这种区分之前，不妨让我们再听听普鲁斯特那段著名的“小玛德兰点心”的故事：

> 正当我对那阴晦的白天和必将如期来临的明日愁眉不展，我便机械地舀了一勺泡着点心的茶送往唇边。当它一碰到我的上颚，我禁不住猛然一惊：我身上正发生着奇妙的事情。一种美妙的快感通遍我全身，让我飘然超脱物外。我不知道这快感从何而来，但它令我视人世沧桑如过眼烟云，对生命的短暂也泰然处之——它像爱情一样给我灌注了一种珍贵的本质。这种强烈的欢乐从哪里来？它意味着什么；我又在哪里才能把它抓住？

普鲁斯特告诉我们他原先对贡布雷镇（他在那儿度过了童年）的回忆是多么贫乏，然而小玛德兰点心却为他开启了回忆的闸门。在此之前他一直囿于注意力的提示，但这种理智的尝试却徒劳无益。这种为理智服务的记忆正是“意愿记忆”。在他看来，它所提供的过去的信息不包含一丝过去的痕迹；因为“过去是在某个非理智所能及的地方，在一些物体或这些物体引起的感觉中显现出来，而我们并不知道是哪一些物体，我们在有生之年能否同他相遇也全仗一种机遇”。

能否成功全仗机遇，而普鲁斯特也的确向我们淋漓尽致地展现出这种工作的艰巨。困难在于，用他的话说：“每当理智对自身茫然不解时，它便正处在一片漆黑之中，但作为探索者，它又必须去寻找；在此，已知的一切对它毫无用处——这不只是寻找，而是创造；理智面对着的是一些远未成形的东西，但又只有理智能够意识到它们。”

在写作技巧的范围里，普鲁斯特谈的是理智的困境；从而，普鲁斯特的“解决”也有着更多、也许还更为重大的意味。普鲁斯特转而去捕捉那种“非意愿记忆”，它曾在一种“滋味”里为他唤回了一段逝去的时光。瓦尔特·本雅明一个关系到历史转变的美学概念 aura（气息）正是在普鲁斯特这里获得了它自身的具体性：“气息是非意愿记忆的庇护所……它并不需要把自己同一个视觉形象联合起来；在所有感性印象中，它只与同样的气息结盟。或许辨别出一种气息能比任何其他的回忆都更具有安慰的优越性，因为它极度地麻醉了时间感。一种滋味能在他唤来的气息中引回岁月。”

普鲁斯特的“滋味”在同代人里与柏格森的“纯粹记忆”相通，在他的先辈里则同波德莱尔的“通感”（correspondance）建立起联系。他说再也没有谁能像波德莱尔那样“以从容不迫的兴致，挑剔但又若无其事地捕捉着内在相关的通感——诸如在一个女人的气味里，在她的发式或胸脯的芬芳中——这种通感使他写出了像‘蔚蓝的广袤’‘穹隆的天空’或‘充满桅杆与火焰的港口’这样的句子”。普鲁斯特理解波德莱尔诗中“某一天”，“某个晚上”这样的词指的是某些“重大的日子”，它们是时间得以完成的日子，是回忆的日子，它们与其他日子毫不相干，而是卓然独立于时间之外。

在《普鲁斯特的形象》一文中，本雅明解释了这种“捕捉通感”的方式对于重建经验整体的意义：“对于经验来说，事件是有限的，无论如何，它由一个经验的范围禁闭着；然而回忆呈现出来的事件却是无限的，因为它只是开启在它之前之后发生的一切的一把钥匙。”于是，“气息”唤来的一切被证明是“在‘逝去’的伪装下从心灵逃走的经验”，这种经验不但是一种个人经验，更是一种集体经验，因为回忆“不仅在时间维度上，而且也在空间维度上瓦解了经验范围的禁闭”。在这个意义上，本雅明把那种“回忆的日子”比作节日，它“不是历史的材料，而是前历史的材料，使节日变得伟大而重要的是同以往生活的相逢……没有同时的通感，它们真正的经验存在于先前的生活之中”。

在此，普鲁斯特纯然“私人”的写作方式反倒成为复活传统、经验和集体生活的途径；而那间“毫无个性的屋子”里的“招魂巫师”唤出的不仅是他熟悉的琐事，还是一个被历史遗弃的“精神岁月”。这暗含了一种历史哲学的要求。

历史哲学每每是一种神学的世俗翻版，而我们提及的历史哲学，在这个现代世界里的另一个源泉恰恰是马克思主义。而这种历史哲学的神学意味，正在于它的世俗方面的具体构造。

马克思主义与普鲁斯特，在这远得不能再远的两极之间，“辩证的想象”恐怕并不意味着以什么别出心裁的方式联络起生产方式与沙龙闲聊、意识形态与小玛德兰点心、剩余价值与哮喘病人密不透风的暗室。两极相通。普鲁斯特式的马克思主义指向具体的历史现实；在此，历史哲学的基本主题——拯救——获得了崭新的含义。

“真理与智慧的史诗性方面正在死灭”。本雅明的这个观察针对一个普遍的环境。大规模工业化进程改变了人们的生存方式，在这个“不适于人居住的令人眼花缭乱”的世界上，对象世界和人的经验结构的变化把人变成了自己家园里的陌生人；一切传统、价值和意义的整体在那种“历史的进步”下分崩离析，这进一步导致了与过去和他人之间的隔膜，导致了个体经验世界的枯萎。波德莱尔在诗中不但描绘了“输得精光的赌徒”，也一笔带到了那个“缩在角落里的诗人”。对此本雅明写道：“他同样被骗掉了他的经验——他也是一个现代人。”在此，写作与历史哲学具有类似的使命；它们不但要寻找证明危机的形式，而且还要寻找救出自己和他人生活的途径。

“真理与智慧的史诗性方面正在死灭”，这个观察透入了时间的本质。生活成为彼此孤立的现象堆积，同时暗示了时间堕落为空洞的、原地打转的分分秒秒。这种机械时间造成了经验的瘫痪，因为人已无法在时间中以经验的方式来同化周围世界的材料了。本雅明说现代都市居民的生活仿佛掉进了无穷无尽的日历之中；而波德莱尔则更为刻毒地把“大众中的人”称为“一个装备着意识的 kaleidoscope（万花筒）”。

在这样的环境里，拯救意味着重建人的真实经验，而这种“美学的拯救”不如称之为普鲁斯特式的拯救。早在上个世纪，哲学就试图为这场世界性转变提供解答。狄尔泰的《体验与诗》也许是这种努力的最早表现。这种“生命哲学”在柏格森的著作里达到顶峰。“绵延”（durée）在时间中说明经验，同时也在经验中说明时间，它意味着摆脱空洞的、机械的时间的缠扰，而在一种视觉化的事物呈现中进入永恒的川流。这种在绵延中把握经验的方式让我们只能得出这样的结论：惟有诗人才是能够胜任这种经验的主体。而正如我们所看到，真就有这么一位诗人在自己的作品里对这种理论加以检验。这种历史性尝试直到今天也没有结束，而且我们可以断言，只要这个世界仍对人的真实经验构成威胁，这种努力就将以各种各样的方式继续下去。

普鲁斯特对历史哲学的启发在于：我们或许无法把个人生活像历史那样拯救出来，但可以把历史像个人生活那样拯救出来。这打破了机械主义、决定论、神秘主义、虚无主义乃至政治独裁，文化禁锢等一切对经验的统治。正如本雅明所说："尽管编年表把规则强加于永恒，但它却不能把异质的、可疑的片断从中剔除干净。把对质的认识同对量的测量结合起来是日历的工作。但在日历上，回忆的场所却以节日的形式留给了空白。"这个空白犹如一道致命的裂隙，把那个"历史统一体"引向解体。那种"在一个生机勃勃的瞬间唤醒整个一生"的写作在历史哲学眼里正是乌托邦想象的本质，它在"现在"的废墟之上汇入过去的时间，并把这种"前历史"的完美无缺的永恒铭记于心，一直保持到历史的尽头。普鲁斯特对"气息"的描绘也正道出了乌托邦的特征："……当人亡物丧，昔日的一切荡然无存时，只有气息和滋味长存，它们比较脆弱，但却更强韧，更无形，更持久，更忠实，好比是灵魂，它们等待人们去回忆、期待、盼望，当其他一切都化为废墟时，它们那几乎是无形的小点滴却傲然负载着宏伟的回忆大厦。"

历史哲学的终极形象只能是一个神学形象：拯救者。但在此，拯救并不是那些无家可归的灵魂的终极家园。本雅明在《论历史哲学》中写道："我们知道，犹太人是被禁止研究未来的。然而犹太教的经文和祈祷却在回忆中指导他们。这去除了未来的神秘……这并不是说对于犹太人来说未来已变成同质的、空无的时间。因为时间的每一秒钟都是弥赛亚（Messiah）由以步入的狭窄的门户。"这改变了历史哲学的传统立场。历史地把握过去并不是"按照它本来的样子"去认识它（这是兰克学派的信条），相反，它意味着在回忆中体验过去，在时间中发现蕴含，在过去的意象闪现出来时将它一举捕获。阿多诺在此是富于洞察力的，他说当我们思考普鲁斯特时，我们必须把对幸福的渴望确立为基本的动机。而本雅明每每显得有些神秘的话语必须放在同普鲁斯特的关系中来领会："我们关于幸福的意象完全是由我们自身的生存过程指派给我们的时间着彩上色的……换句话说，我们关于幸福的意象牢不可破地与赎救的意象联系在一起。这同样适用于我们对过去的看法，而这关系到历史。”而“没有任何历史的东西能够以自身为理由建立起同获救之间的关系”，这意味着我们必须以自己的权利，用本雅明的话说，用自己那“一点微弱的弥赛亚的力量”去构造一个真实的，被我们自身的经验所充满的历史，犹如普鲁斯特在一个眼前的瞬间把握住完整的一生。虽然只有弥赛亚一人“拯救历史、完成历史并创造历史同获救之间的关系”，但我们如果把“此刻的时间”浸入过去，我们便为拯救准备了条件。而马克思主义者，至少是普鲁斯特式的马克思主义者眼里的“革命”，就是那个“被现在的时间所充满的过去”在历史的天空下的“辩证的一跃”。本雅明说法国大革命把自己视为罗马的再生，而马克思就是这样理解革命的。

普鲁斯特与历史哲学的关联并非一种偶然的、个人的关联，而是内含在思想的历史命题之中。青年卢卡奇在《小说理论》里写下的这段话不但间接地提供了一幅时代的广阔画面，而且也直接地提供了诗与历史哲学在这幅画面里的相关性，从而可以作为我们进入这个问题的绝好参照。

> 只有当同先验之家的纽带业已丧失，时间才能变成一种构成性的东西。只有在小说里，意义与生活，本质与时间才是分割开来的；我们简直可以说，一部小说不过是一场反抗时间威力的斗争……在此，出现了关于时间的真正史诗性的经验：希望与回忆。只有在小说里才能出现一种创造性回忆，它刺穿了它的目标，把它固定住加以改造。这种回忆浓缩了过去生活的川流，在此之上，主体看到了他全部生活的单一体……而捕获这个单一体的洞察也就成为那种尚未达致、因而是不可表达的

生活意义的先见的、直觉的把握。

在一个经验日益堕落的时代里，普鲁斯特伟大的历史意义在于通过一种无与伦比的坚韧和技巧告诉读者：拯救是我个人的展现。

1989 年 1 月于北京中央音乐学院

第二辑

理论的历史性

重返80年代*

《幻想的秩序》里的文章除一篇外都写于1985年至1990年间的北京，讲的则大多是西方文学批评理论。想来80年代后期一批初出茅庐的年轻人在报刊杂志上放谈西学，所感所思，倒往往是土生土长的中国问题。自1990年负笈美国，读书和写作遂进入英文世界，置身于西学的后院，却又禁不住要回头来眺望中国了。两种思维方式或“姿势”也许都有些奇特和尴尬，但对于某种特定的历史经验而言，它们却或许不失其真实，尽管这种真实性并不总是来自透彻的思考，而经常是带着震惊的印记、由幻想的过剩和形式的不完美传达出来。

但无论如何，这个姿势或位置的移动暗示了一个超越个人的变化过程：80年代“援西入中”的一代人想象中的西方和西学，如今已同商品一道成为许多中国人（而绝不仅仅限于海外的中国学人）日常生活直接现实的一部分。这不是说作为意识形态概念的“西方”或“西学”已成为我们知识批判的历史对象，而是说今天的现

---

* 本文为《幻想的秩序》（牛津大学出版社1997年版）一书的序言，并刊于《读书》1998年第2期。

实已经同意识形态的神话打成一片、难解难分了。当代中国令人眼花缭乱的经济、社会变动使我们首次得以在消费时代的条件下重新思考“现代性”的基本问题，并在“小康社会”的物质空间和自我幻象中重写“改革时代”的意识史。此时我们不应忘记，这个新的政治经济现实曾是“80 年代”中国人集体移情的“彼岸”、知识分子“现代主义”快车的终点。而作为这一时代想象的巨大背景的“西方”，既是地理上的异域、文化上的“他人”，也是学术、观念乃至私人生活“内部风景”的透视法则。只是在今天，欲望的空间正以迅雷不及掩耳之势将自己现实化和体制化。全球资本的大举登陆给 90 年代的中国带来了种种“本土化”的想象，而与国际市场的“接轨”却让思辨领域的移情显得多此一举。这一切也许正为这些旧文的发表或重刊提供了恰当的背景。

对于那些在 80 年代尚未迈出大学校门即被“文化热”推入话语漩涡的一批年轻人来说，“十年”是一个大得难以置信的时间单位。它好像只属于宏观历史，而与我们一心追求的当代个人生活毫不相干。如果说“十年动乱”是现代中国集体经验的最近参照物，那么对于我们这些人，“文革”不过是史前史，其存在和流传方式限于小说、电影、民间传奇、平反文人的回忆录，以及被健忘、怀旧和自恋弄得似是而非的童年记忆。那些打着父兄辈思维习惯和语言风格烙印的种种话语同我们沉溺于其中的物质环境、社会风景和心理氛围形成了奇特的反差。在“新时期”文化时尚的频繁更迭中，我们既忘我地追逐嬉戏在每一轮新潮的最前面，又时时陷入一种儿童式的忧郁和心不在焉，仿佛这一切不可救药地偏离了我们幻想深处的目标。这种体验的双重性使我们所经验的一切带上了一种寓言性，仿佛每一个瞬间在沉溺于自己的同时都在梦想着下一个时代，每一个词语在寻找指涉物的同时都暗恋着另一种语言。德国批评家本雅明评论卡夫卡小说世界的一段话鬼使神差地为我们这个时代提供了一幅肖像：

> 在此，没有任何事物在世上有一个确切的位置，没有任何事物具有稳固的、不可分割的轮廓。每一个存在物不是在上升就是在堕落，一切都在同自己的邻人或对手交换着特征。那些已该寿终正寝的事物都还没有发育成熟；那些早已精疲力竭的生命还仍处在其漫长生涯的开始。在此根本不可能谈论什么秩序或等级。我们希望这个世界在神话世界中得到拯救，然而比起这个世界来，神话世界却不知要年轻多少。

对这种比神话世界还要古老的混沌状态的恐惧、对生活的“这里”和“此刻”的空间和时间性含义的疑虑在“传统与现代”这一命题中找到了哲学表述。毋宁说，那种恐惧与疑虑本身正是“传统与现代”这种现代人思维和世界观的产物。这种思维方式和世界观决定了以“中国与西方”为坐标系的文化讨论。

十年后的今天重读这些带着“文化热”余温的文字，恍然间像在经历一场意义的招魂仪式。离开活生生的时代氛围，离开特定的交流空间，意义便失去了直接的、不言自明的有效性，当言论作为“文本”再次试图进入公共领域的时候，它内在的多义性或歧义性与其说让它摆脱了时间的纷扰，不如说把它全盘交付给它自身尚待言明的历史性。任何恢复那种意义的直接性的企图都会沦为制造神话。但任何把言说作为文本来阅读的举动都必然是在搜寻过去经验的微弱的史诗色彩，仿佛只有这样才能把那些偶然、转瞬即逝、本质上可有可无的事件置入因果律和必然性这样的叙述框架之中。只是在今天，这种把过去历史化的努力本身亟待为自己找到历史的坐标，因为甚至连“历史”本身也在市场、资本、消费以及全球意识形态的单维化和无时间化状态中被宣告“终结”。收入本书的文章以谈论文学批评、审美和哲学观念的方式同它们所处的时代保持一种自在而非自觉的对话状态，这些文章注定带有今天的现实同我们昨日对她的想入非非之间的出入以及由此而来的窘迫。但把它们汇集在一处并不是要讲述一个感伤的爱情故事。相反，它是要抓住一个机会，以便在“主体的历史”的废墟上，回顾一个集体神话如何在特定条件下，由无数个别的“欲望的象征”构筑起来。这本书与其说是要解释什么，不如说是想开始整理那些本来就含混不清的事情。

就个人写作而言，脱离汉语语境的遗憾是巨大的。但就将“80年代”中国文化经验历史化和理论化的努力而言，英文写作却每每带来一种激发思想的“陌生化”或“间离化”效果。更确切地说，英语所代表的现代西方知识传统和学术体制无时不对现代中国个人和集体经验的真实性及其表述提出正反两方面的挑战。这是我在写作两卷本《改革时代的中国现代主义》和博士论文《审美主义的现实政治学——周作人与中国新文化的危机》过程中的切身感觉。当这两个计划于1994、1995年相继完成时，当代中国文化生产方式和日常生活领域都已发生了戏剧性变化，“80年代”这个“未完成的现代性规则”已成为“后新时期”都市风景中无家可归的游魂。对目前中国日常生活领域的爆炸性扩张的追踪描述、对90年代商品文化和政治文化的分析探讨、对“大众”在当代中国文化领域（生产和消费两方面）的历史性登场的及时回应，理应占据大批理论批评工作者的主要精力。但这种介入当下的可贵姿态却不可能躲过种种群体的、国家的、特别是全球化的（在相当程度上，后者仍旧意味着“西方的”）意识形态及其话语体制的火力网，也无法将自己搬离其所属的思想史范式。事实上，以大众文化研究为代表的90年代文化批评在多大程度上能够批判地、历史地介入当下并不取决于它与当下“贴近”与否、而是在相当程度上取决于它如何在更为宽广和复杂的经济、政治、社会和文化空间里批判地、历史地处理同种种体制化意识形态及其话语主导权的关系，取决于对自身问题史的反省和把握。在我看来，理论上全面、具体、积极地介入西方思想话语，问题上回到中国现当代史乃是80年代“文化讨论”的自然发展和必要延伸，是把被1989年政治风波打断的当代思想和知识脉络恢复和继续下去的有效步骤。有一个信念一直在写作过程中鞭策着我：90年代学术思想不但是80年代“文化讨论”的发展，更包含着一个文化思想史上的未完成时代的自我赎救。

换句话说，如果80年代西学讨论为某种隐晦的“当代中国文化意识”提供了一个话语空间，那么90年代中国文化批评的题中应有之义就是：通过对西方理论和意识形态话语的细致分析去破除思想氛围的幻想性和神话色彩，从而为当代中国问题的历史性出场及其理论分析提供批判意识和知识准备。告别80年代的姿态或许有助于中国知识思想界摆脱种种话语的桎梏和政治的阴影，从而积极地迎接90年代的课题；但它同时也容易使人有意无意地回避种种当代中国文化思想的与生俱来的立场困境和理论匮乏。经济增长、市场繁荣、信息、时尚和消费同国际潮流“接轨”，一方面使久经闭关锁国之苦的中国人第一次在日常生活层面成为“世界性民族的同代人”（普希金语），另一方面，日益凸显的民族经济、政治、文化和地缘利益的特殊性也通过“普遍的现代性文化”的中介而表现为新的自信和自我肯定。而大众通过经济领域进入历史舞台更和盘改写了以往由“国家”和“知识精英”垄断文化生产的游戏规则。与此同时，“小康”社会的踏实感和“小康化”过程本身产生的自我中心的世界观同时也给思想生活带来了影响。与 80 年代的忧患意识和开放心态相比，90 年代的文化生活似乎带有更多的保守性和封闭性。80 年代所特有的“一切都四散了，再也没有中心”（叶芝《重返拜占庭》）那样的现代主义“震惊”体验在 90 年代的今天变为了种种关于“本位”或回归本位的幻想，仿佛“欲望”“国学”“个人”“市场”“大众”“学术史”“写作”“自由主义”或“中华性”之类的符号本身可以替代对这些出现于此时此地的历史现象和社会神话的分析和思考，仿佛对某种意识形态的本体论膜拜不但保证了存在的稳定性和恒常性，而且还显示出思想的成熟。这里我们失去的是一种知识学的激进性，是对真理的热爱，是对历史的无限可能性和开放性的活跃想象，是在时间的激流中领会有限的“现在”之伟大意义的智慧和勇气。

无论过去十年我们有什么经验上的收获，在理论坐标上我们看到的却是一种退化。这种退化可由这两个十年中有代表性的两种理论倾向表明。在《改革时代的中国现代主义》一书讨论“文化热”的章节中，我着重分析了以甘阳、刘小枫等为代表的《文化：中国与世界》丛书编委会所倡导的“阐释学”理论作为一种思想模式和文化姿态在那场文化大讨论中的核心意义：

> 在文化热中，年轻一代学人面临的问题不仅仅是援引西方理论来突破正统意识形态的叙事框架，更重要的是探索如何在新的语言空间里担当起中介的角色，如何作为“主体”而非“客体”来经验新的时间秩序（或失序）。文化讨论的动因来自社会生活，它的理论和话语结构亦是现代化转型过程中的中国社会问题的缩影。这个问题就是如何在穿越一个外在、异己的领域的同时探讨自身内在的历史；如何在转化前现代社会文化

结构的同时把纯然外在、直接的现代性规定转化为自身有机的而非创痛性的一部分。……而当代中国阐释学思维的理论重要性在于它为两种不同的文化系统作中介时并没有把它们看成是两种静止的文明类型，而是把它们当作动态的时间秩序，并在主体对这种时空交叠的经验过程中把握和调解差异性。在此，伽达默尔的“视界融合”论不仅适用于“中西”文化交流，更适用于“传统”和“现代”之间的转化。而阐释学立场的独到之处，就是把正待生成的当代中国文化话语视为与当代西方人文学范型处在同一历史时空之中；而两者的基本问题都是从对现代性问题的批判反思中生发出来。同时，阐释学的“文本”概念亦预设了同社会意识形态之间的距离，从而使源自新的社会经验的思想观念得以在“语言学”的层面上展开，并最终在社会经济的现实及其历史想象，以及这种历史想象同发达资本主义的符号世界之间的解释性关系中得到理论实现。

这种阐释学立场的理论创新在于它以激进的当代人姿态介入全新的历史格局，同时又对中国社会特殊的历史、文化规定，对国家、地域和个人的境遇保持高度的自我意识。这一切并不来自某种安全、舒适、抽象的综合。恰恰相反，它来自一场进入“西学”文本的充满风险、迷惘和痛苦的长途跋涉，如果说西学对于中国人来说代表着现代性的直接的、未经中介的阶段，那么任何当代中国文化的建设都必须经过从“理解”到“自我理解”的道路。因而对当代中国的思考者来说，真正的问题，用伽达默尔评论《存在与时间》的话说，“不是存在如何被理解，而是理解何以本身就是存在。”

不难看出，支持这种由西（学）返中（国问题）的理论探索路径和文化普世主义态度的是一种开放进取的时代精神，是敢于越出“自我同一性”的樊笼，在“他者”中最大程度地“失掉自我”，以便最大程度地收获更为丰富的自我规定的勇气和信心。在老黑格尔眼中，此乃自我意识发展的辩证坦途。这是所有《精神现象学》的中国读者都耳熟能详的。这种带着80年代时代特色的文化战略无疑有其意识形态的天真和理论的幻想性，但它的积极意义是无论如何不能被一笔勾销的。

进入90年代，“新时期”思想文化话语的种种意识形态前提、推设和期待，在新的政治、经济和国际关系环境里，面临种种自然或强制性的筛选、分化、淘汰和重组。商品时代的职业化分工、消费社会对“思想”的冷淡、国家意识形态和宣传机器为“稳定”而作的种种一体化努力，造成知识话语同“公共空间”之间的脱离，而知识思想的内在理路也要求90年代的中国知识界在“新时期”思想观念的激荡后总结得失，辨析正误，着手新的学术和理论积累，开辟新的研究领域。任何人都不应低估这一过渡时期的长期性、艰巨性和思想文化潜力。但90年代知识界引人注目的却既不是知识学方面的更为开阔的视野和更为深入细致的准备，也不是对种种遗留或新生的理论问题的复杂性的批判性思考，反倒是一系列把问题简单化甚至庸俗化的二元对立，诸如“本土”与“海外”、“国学”与“西学”、“民间”与“官方”、“精英”与“大众”、“学术”与“思想”、“文本”与“理论”、“保守”与“激进”、“自由主义”与“理想主义”之类泛政治性的价值判断和正反命题。尽管当前的学界给过去十年扣上了一顶“束书不观，游谈无根”的帽子，但眼下知识圈里最为流行的文体却偏偏是以“专业”面目出现的“学术随笔”和座谈记录。90年代的人文思想主流似乎举着反“大叙事”和“新理论”的旗帜投向了实证主义和经验主义，从而有意无意地参照第一世界知识分工和文化等级创制出一种反理论、反历史的“新国家”。这一现象本身有待放回到其复杂的现实条件中去加以分析。无论这种“学术”建立在多么庞杂的现象和材料的堆积之上，其思想的萎缩程度却由其理论上的倒退所标明。如果说 80 年代对“文本”和“形式”的狂热追求旨在为尚未言明的新的社会经济关系和集体经验开辟语言的空间，那么 90 年代对“文本”和“形式”的实证的、职业主义的强调则带有明显的异化或“体制化”特征。历史变成了编年录，辩证法变成了寓言故事，“阐释学（hermeneutics）走向了“注释学”（exegesis）。

目前知识文化圈里流行的自恋、返祖和观念拜物教症候虽然为回顾 80 年代提供了背景，却不应让我们把那个十年简单地想象为一个天真时代。如果拉康所谓的“无意识是他人的语言”也可以应用于历史过程的话，那么 90 年代的话语和词汇或许比人道主义和现代主义的行话更适于描述改革时代的心理现实和意识形态景物。种种嘈杂的、未经中介的“他人的语言”——这里既有哈耶克式的冷战自由主义，也有当代西方学院的最新时尚，诸如后殖民主义、女性主义、后马克思主义、后结构主义、精神分析和“文化研究”——像一个话语的万花筒，它解构了虚幻的时间感，从而把不可再现的语言经验还原为一系列物的关系。80 年代的文化新潮每每以“美学”或“哲学”的方式展开攻势，而今天我们的兴趣不但包括形式，也包括形式的“政治无意识”。

从这种兴趣出发，80 年代的“西学热”或“理论方法热”（诚如许多人所指出的，这是“文化热”的核心）不是一个文化怀旧的话题，而是当代思想史上有待澄清的一个问题。具有讽刺意义的是，只有当新的知识生产和消费方式使“西方理论”变成经院哲学的今天，它往日的社会政治含义和企图才变得昭然若揭。一般而论，“新时期”对种种西学思潮和理论话语的译介无不以摆脱“极左思潮”、开拓当代中国社会和思想生活的语言空间为目标。对新的思想空间的渴望是如此强烈，以至于人们下意识地赋予那些新颖的符号、叙事、话语和意识形态表述以一种感官的丰富性和刺激性。换句话说，“文革”后中国的社会欲望在寻找其象征的表达时发现了“西方理论”，而这种“欲望的象征”的物质规定和意识形态内容都要求将其自身以“审美”的方式重新创造出来。然而80年代文化热或西学热所带有的强烈的审美冲动和哲学色彩无法掩盖这样一个事实：“文革”后中国思想生活追求的是一种世俗化、非政治化、反理想主义、反英雄主义的现代性文化。这种世俗化过程及其文化形态在如今的“小康社会”或“社会主义市场经济”中获得了更贴切的表现。但在历史展开之前，其抽象性和朦胧性却找到其美学的、本体论的形式。在这个意义上，80年代变成了90年代的感伤主义序幕，正如“文化热”暴露出一个反乌托邦时代本身的乌托邦冲动，标志着一个世俗化过程的神学阶段。

把80年代文化范型历史地描述为经济主义世俗化意识形态的乌托邦幻觉，尚没有触及到这场思想文化运动的唯物主义内含。意识形态的集体表述不仅为自身制造出种种神话，它也必然对应着某种文化生产方式的变化和变革。从符号生产和符号消费的经济学角度看，“文化热”揭开了当代中国符号资本“原始积累”的帷幕，其规模之浩大，足以作为近代史上继洋务和“五四”之后的又一高峰。大批20世纪西方哲学、史学、文学批评、政治学、社会学和经济学基本著作的译介带来了当代中国话语生产的一次飞跃。它不但使中国知识分子在世界性的当代背景下反思和“重写”历史和想象未来，更通过具体的话语操作和语言习得将当代中国的经验表达紧密地编织进以西方话语为中心的国际符号生产的分工和秩序网络之中。没有“现代主义”这样的国际语言，当代中国的诗歌、小说、电影和学术论文不可能顺畅地进入由西方精英文化体制（大学、电影节、文学奖，等等）主导或包办的“全球文化”中去。同样，没有80年代的形式实验和创新，90年代中国文化时尚同国际市场的“接轨”也不会这样水到渠成。始于80年代初期，终于90年代的国际电影节和商业发行网的“第五代”电影为此过程作了一个绝好的注脚。眼下中国“自由知识界”向西方主流意识形态和保守学术方法的认同则为80年代的符号—话语经济基础的暧昧用途提供了新的说明。如果说物质资本的积累不可避免地导致阶级分化，那么符号资本的积累也必将在符号和话语空间的内部为自己作出日益明确的意识形态和政治立场的说明。

这种利益和立场的分化为重读“80年代”提供了绝佳的背景。因为新的社会物质环境和国际交流方式使我们得以探讨“纯哲学”或“纯形式”的物质和欲望的所指，追究“诗化”或“本体论”、“海德格尔”或“维特根斯坦”这些特权符号所承载的社会、政治信息和文化策略上的功利性。它使我们能够开始把80年代视为一个自在的而非自为的感知、选择、认同和表达过程。在此，卢卡奇、本雅明、阿多诺、弗洛伊德、拉康、德里达等名字不再具有唯名论的自足性和神秘性，而成为一场复杂的语言游戏中漂浮的能指。它们的意义不再由“西学”这个想象中的文化本体一劳永逸地决定，而是随同当代中国文化讨论和思想论争的历史性而不断地生发出来。在《译作者的使命》中，本雅明把译作称为原作的“来生”，并把寄身于一种陌生语言的原作和它在其中“听到自己的回声”的译作一道视为内在于“真理的语言”。在本雅明看来，作品的“可译性”本身暗示了“上帝的语言”的存在：在语言的天国里，原作和译作相聚在一起，如同一只被打碎了的花瓶回归其完美的整体。然而作为文化社会学家的本雅明无非是在提醒德语文学的读者，路德翻译的《圣经》并不属于上帝，而是属于世俗的德国人。德文的《圣经》并没有把德国人带近上帝，而是让一个陌生的文本进入了德国语言的历史，并成为这部历史中的一个路标。路德的翻译顽强地指向《圣经》的可译性，但恰恰是这种对原作的忠实打破了译作者母语中种种陈腐的障碍，从而拓展了德语的可能性疆界。如果在隐喻的意义上当代中国文化是一部巨大的译作（这里的“原作”不仅仅是西方，也是失传的传统和种种被现代文明压抑、扭曲的文化和记忆），那么它的真实性就来自不断的“阐释”和批判，来自对自身语言历史性的忠实。

1997 年 10 月，新泽西

辩证法的诗学*

——解读杰姆逊

今年夏天弗雷德里克·杰姆逊再次访华。距他 1985 年秋天的北大演讲，整整 17 年过去了。可以毫不夸张地说，17 年来，他的存在不仅影响了当代中国文学批评和文化理论的外部轮廓，更改变了它内在的问题意识，进而成为一种想象力和理论激情的佐证。这种浸润式的作用是常规西方学院话语无法企及的。杰姆逊在美国和西方批评理论界固然享有崇高的威望，但只有在中国，他在许多问题领域（比如后现代主义）里具有笼罩性、决定性的影响。这种影响常常使来访的西方学者感到吃惊。

然而，与此同时，人们也看到，这种熟悉感丝毫没有使得作为"文本"的杰姆逊变得更容易接近。今天的中国读者也许和 17 年前的一样，在他天马行空的理论雄辩面前感到眼花缭乱，无所适从。更值得关注的是，随着 90 年代中国经济转型、社会分层、知识界分化，随着新一轮话语引进（集中于自由主义社会理论和政治理论），当代中国"知识生产场域"已经被全面改造。杰姆逊在 80 年

---

* 原刊于《读书》2002 年第 12 期，发表时名为《詹明信再解读》，刘锋译。

代带给中国读者的理论上的兴奋感和知识上的全局观已经逐渐消退，至少他的理论没有能像福柯、哈贝马斯等人的著作那样产生跨学科的、对知识界总体性的影响。从另一个角度看，这种变化未免带有些讽刺性：在日益“全球化”和“后现代”的中国，“晚期资本主义文化逻辑”的首席批判分析师的地位反倒日趋式微。杰姆逊目前在中国的“接受”呈现出这样一种悖论：一方面，几乎他所有的主要著作都有了中译本，新的翻译几乎和他的写作同步进行；另一方面，他的理论活动本身，哪怕对于一些常常把他的名字挂在嘴上的人来说，不知何时变成了一本“尚没有打开就已经合上了的书”。

任何文本和思想体系的接受并不取决于它的“内在规定”，而更多由历史的“多元决定”所左右。杰姆逊在中国的“命运”当然也不例外。然而，一旦某种话语符号以自身的方式进入到一种历史性关系中去，它也就同时获得了形式和社会的双重意义。在这两方面的相互阐释过程中，人们得到的不仅是有关某个文本、作者或话语体系的“精确的知识”，而是对文化生产的历史性的认识。这种历史性活动不仅仅关乎知识生产的“外部条件”，而是本身就是知识生产的内部规律的组成部分。它揭示给人们的，是种种社会性冲动、意识形态幻觉、政治大气候以及物质经济环境的变化如何凝聚为“符号”和“文本”，而这些不纯的符号和文本的碎片又如何在历史地表运动的巨大压力之下成型和结晶为所谓的“作品”。杰姆逊大量的批评理论写作就是这一思路的不懈的示范性努力。而这种方法同样适用于分析和理解杰姆逊本人。

面对杰姆逊庞大的理论体系和广泛的“批判介入”活动，我们首先应该看到，在当下多元的、各种理论话语和意识形态体系并置的语境之下，很少有人有能力和意愿去试图穿透各种孤立的“形式自律性”的屏障，以便把各种理论语言融会贯通起来，形成一种总体性的东西。在这方面杰姆逊是独树一帜的。人们很容易看到在这种努力里面马克思主义“从外部”对种种问题的批判分析、综合和扬弃。由此杰姆逊往往被视为当代英语世界里最杰出的马克思主义文学批评家和文化理论家，同时也被视为一个“黑格尔主义”的另类。但这个问题的反面，或者说同一张纸的背面也同样重要。这就是当代林林总总的“理论话语”本身如何相对于历史形成一种理论性的“叙事”，如何在历史逻辑的层面上形成一种时代性的整体性。所以杰姆逊的“整体性”是一种非常特殊的综合。它不是化异为同，不是“和而不同”，也不是“求同存异”，而是以一种历史性的思维“进入”各种差异内部，用他们各自擅长的方式去参与和把握那些被这种特殊语言所把握的特殊经验，从而形成总体性的更宽阔、更深入、更丰富的叙事。所以他曾打过一个比方，说理想的言谈方式是在只能用法语才讲得清楚的地方说法语，在只有用德语才讲得清楚的地方用德语，在只有用中文才可以讲清楚的地方讲中文。而杰姆逊的行文的确掺杂有大量的其他“话语体系”（比如精神分析、后结构主义等等）的“行话”。对于不熟悉他的理论论述风格，也不了解它所“使用”或“借用”的各种理论“方言”的读者来说，的确会产生出一种目不暇接、疲于奔命的感觉。这也是何以有人只能作印象式批评，指责杰姆逊在理论语言上搞折中主义的原因。

实际上，杰姆逊的文风非常有特色和感染力。他总是积极地调动起一切可以调动的概念、符号和情感资源。虽然有时文章审美和风格上的韵律会损失掉一部分论述的明晰性，但这其中有某种能够打动人的东西。这是一种现代派文化精英的乌托邦式的东西。风格的统一性或个人色彩容易给人一种将各种理论“熔于一炉”的假象，但这里面我们可以看到杰姆逊的良苦用心。他的不甘于局部的、学院的、专业分工森严的立场，他总是试图与他人发生关系，试图不断吸收、包纳、扬弃他人。当然，这使得杰姆逊的写作看上去进攻性极强，有时甚至可能让人感觉难以对话，但他的这种批判扬弃的立场是非常可贵的。这是黑格尔式的否定之否定的辩证法在当代理论化与实践中的复活。将他人的东西变为自身内部的东西，然后克服这个自我内部的矛盾，从而最终将其他的话语包融进来。至于从一种语言跳到另一种语言的写作方式，反倒是一个技术问题，因为常识告诉我们，有的问题只能用特定的语言才能言说。一种理论意识可以介入不同的语境，与不同的特殊性发生关系，但由于受到的学术训练的影响，每个人都只能使用特定的、局限的学术语言。所以，杰姆逊试图用独特的、突破正规学院语言的行文方法，来达到某种总体性的效果。他的写作风格是不折不扣的“理论”时代的产物，在此，批评的抱负是在哲学和艺术的终结处成为创造性思维的最为得心应手的文体。

于是，超越了技术的层面，杰姆逊的文风本身在形式的层面上带有一种强烈的寓言色彩。因为从资本的角度来看，而且往往只有从资本和商品生产的角度看，整个社会经济和社会生活的各个部分才是丝丝相通、环环相扣的。在这被物的过度、分工的复杂性和发展的不均衡性割裂的世界上，似乎只有通过这个拟人化的资本，即马克思所谓的“商品的拜物教的灵魂”，批判的意识才能够看到整个人类社会的连续性。整个社会的被割裂和各种看似局部性的问题，如果从资本和商品的角度切入，是能够全部打通的。在这个意义上，资本的逻辑，是贯穿社会整体的各个局部的逻辑。这是从本雅明到杰姆逊的西方马克思主义批评传统一以贯之的思路。这里我们可以看到，理论往往跟不上它所针对的对象。理论被囚禁在局部的学院语言之中，而资本活动的空间却是不受限制的。资本所及之处，囿于自身局限性中的种种批判话语未必能够抵达。资本出于自身的利益，倾向于把社会分割成各个部分，而生活在资本主义历史条件下的个人，却由于自身的局限，只能面对局部，而无法去批判作为整体的资本。所以，理论的风格问题反映出杰姆逊在这方面的考虑。他希望突破学院语言的局限，进入各种理论语言的语境，来讨论各种理论所各自针对的问题。这绝不是在不同理论体系中作者注意调和的问题：在当下的语境中，如果要进行有效的宏大叙事，就必须先进入后现代的破碎状态。

美国现在的学院，分工细而专。杰姆逊对此非常反感。他认为，理论思维应能够超越理论的局限性，处理这个理论所不能解决的、甚至掩盖起来的问题。真正的理论思维是把每一种个别的理论话语当成意识形态，然后去分析其产生的根源和语境。把它们还原到历史中去，然后去分析它们被割裂的共同的历史背景。通过中介(mediation)、斡旋、谈判，去发现它们背后问题脉络的相关性和总体性。只有以此为基础，才可能产生理论。在这个意义上，杰姆逊的理论思维的形态的确是“元理论”的。与此同时，美国学院的专业化及其“过度理论化”倾向，无疑是越来越背离理论本身的抱负，把理论引向它自身的反面。在这个环境里，杰姆逊的思维和写作方式的叛逆性和颠覆性是不言而喻的。标榜学术自由的美国学院主流对此的应对招数就是将它专业化、学术化、边缘化；这样一来它就又一次被变为学院市场里面的一个品牌。作为美国学院体制中的一员，杰姆逊对此无能为力。但由此而言，他在中国的接受史也就有了特殊的意义。

杰姆逊的理论思维追求理论性，一如黑格尔的意识追求自我意识。这是任何严肃的理论话语必须在其“内部”面对的问题。在文化史和意识史的意义上，它超出了马克思主义的一家之言，虽然这种超越性正是马克思主义批评理论自觉地追求的。在当代西方学院，这是马克思主义文化批评理论的独到之处和力量所在。

这种穿透语言和形式的物化和体制化的思维活动性本身需要一个命名，杰姆逊把它称作叙事。叙事所坚持的历时性是将种种空间性的幻象还原为时间中的有限性的努力。这种有限性是一切意义的丰富性的条件。有时杰姆逊会用海德格尔式的语言向学生讲解这一点：死亡规定人生此在的有限性，从而赋予人生以意义。“长生不老”的生活是绝对的虚无，因为离开时间的压力，一切行为和决定都失去了急迫性和唯一性。同样，有限性也规定了“当下”的乌托邦含义，因为时间中的有限性不是要将自身物化为时间之外的东西以求不朽，而是指向时间之流中无穷无尽的意象和希望的一个通道。西方马克思主义历史批判所依托的存在论的根据曾是它在“文革”后的中国获得广泛影响的因素之一。而“存在与时间”的问题在商品化和市场经济的条件下又一次被“悬置”起来，被“遮蔽”的不仅仅是存在论意义上的“体验”和“艺术”，同时也包括作为一种“希望的哲学”（恩斯特·布洛赫）的马克思主义。

不过若是仅仅停留在“存在论”或“诗”的层面上，就难以触及到杰姆逊理论思维的内在核心，即其根本的、强烈的政治性。在彬彬有礼的西方中产阶级学院精英中间，谈论理论的政治性就像斯汤达所说的“在音乐会上放枪”。但以历史真理为终极目标的理论活动无法避免理论话语和意识形态、阶级立场、生产方式的关系问题。在知识生产内部，意识形态维度的引入必然导致谁取代谁、谁克服谁、谁代表过去、谁代表未来这样的竞争性、辩论性话题。这里的仲裁者不是武断的历史决定论，而是“谁把自己的意识形态立场推到了极致”这样的问题。也就是说，杰姆逊的理论针对了其他的所有立场，但他认为，其他立场都是有限的、暂时的，是意识形态的，虽然他自己寻求的那个历史的真理，最终也是一种意识形态，也是以一种主观去克服其他主观，但他认为，这种意识形态必然是完成了某种更高层次的超越，从而为一种历史真理的明晰化做好了准备。

现象界有连续性也有非连续性，理论的虚构也并非不合法。既然大家都是叙事，那么知识思想的论争，就是叙事与叙事之间的论争了。如果是这样，那理论之间的高下又该如何区分？杰姆逊认为，理论立场是有高下之分的，并且只能通过知识内部的争论来确立高下。而这个确立的关键，就是看这个理论体系能否应对真正的矛盾。举例而言，哈贝马斯谈“交往理性”，其实是把很多矛盾挡在了理论之外，因为西方人中有一个比较普遍的看法，认为阿拉伯人、非洲人基本上是没有理性的，中国人实用理性好像是有一点，但因为没有“法”的观念，所以还不能进入真正的“人类理性交往”。可以看出来，这个透明的理想交往活动实际上依赖于一个社会经济政治上的预设，它的“人类共同体”在其普遍主义的修辞下面，实际上有一个特殊的界限和排他性。这个规定在实质上相当于西方“市民社会”或“资产阶级社会”。所以从这点上说，理论往往掩盖了理论本身的有限性。杰姆逊之所以认为马克思主义更厉害，是因为马克思主义不但要处理矛盾，而且还要主动去寻找矛盾，包括自身的矛盾。这样，现实世界的矛盾就推动了理论的发展。理性自身的矛盾、界定理性的人类共同体之间的矛盾，西方与非西方世界的矛盾，阶级矛盾，这一切外在的矛盾引导为理论自身内部的矛盾。这就是马克思主义与黑格尔一脉相承的地方。我们必须要勇于面对理论不可调和的矛盾，勇于承受摧毁我们自身的谎言、假象时所感受的痛苦。马克思一直认为，人一定要从这种假象中挣脱出来，这其实是一个非常激进的启蒙立场。只有真实中的自由才是自由，否则就是欺骗，不是自由。杰姆逊认为，理论之间从未有过像后现代所宣称的那种平等的关系，它们彼此间的高下之分就在于应对矛盾的能力。在此他拒绝后现代主义将相对主义绝对化。超越并存的连续性和不连续性是一个不断自我突破的过程，是一种对客观真理的表述、描述和信念。理论之间竞争的关键，在于谁能意识到自己是意识形态，并在此基础上实现突破，创造出一个新的意识形态论述。这个过程本身就是一个批判和创造的过程。

在“历史终结于自由市场”的今天，杰姆逊的理论看起来确实会让人感觉有些不合时宜：他在一个不讲政治的时代讲政治，在形式主义思维的时代讲辩证法，在讲求空间的时代强调历史，但正是这种与时代的有意错位，使得他能够始终作为一个清醒的批判的声音而存在。虽然杰姆逊如此讲究历史化，以至于使他看起来更像个卢卡奇时代的人物，但由于他能够与当代的各种理论对话，并将之包容、改造、吸收，这就使得他非常具有当代性。这也导致了，当80年代杰姆逊来到中国时，中国学界似乎看到了一条研究西学的捷径；但后来，随着对西方理论了解的增多，中国学界又渐渐发现，这诸多理论所面临的问题，似乎并非如我们原先想象的那样，能够一劳永逸地解决。

处在现代派和后现代性的转折点上，杰姆逊既强调风格的统一性和内在的乌托邦指向，同时又从不怯于有意识地、主动地分隔和阻断风格、形式、象征和能指的空间，从而使不同领域的“半自律性”得以充分地吸收经验世界的养料。杰姆逊有意识地把自己的写作方式和经验方式分为三个层面，因为这个缘故，他也被人戏称为“红色康德”。这三个层面一是描述的层面，即在经验、感知上把握住对象，感受它带给写作者的快乐（enjoyment），如果对象不能给写作者带来快乐，那这写作本身会变得没有想象力，甚至不能被称为是创作。杰姆逊非常强调从感官上接受对象，要有对对象世界的迷醉和好奇（wonder）。二是分析的层面，即在知性的层面上说明对象来龙去脉和内在构造，这个层面要靠技巧、理论和方法打开；只有在此基础之上，批评写作才能够进入第三个层面，即价值判断的层面，即试图回答好与坏、有意义与无意义、激进还是保守等问题。三个层面各自有半自律性，彼此间并不能直接地、简单地切换，有时甚至是彼此相对立的。杰姆逊认为，之所以要分三个层面，是因为现象界、物的世界的复杂性，要求我们从不同的角度、在不同的层面上多次进入对象的世界。

这从另一个方面回到我们前面提到过的问题：资本的世界有一个整体性，但这个整体性是看不见摸不着的。这个问题意识是西方马克思主义理论叙事的前提。马克思自己也非常清楚，清楚地意识到资本虽然有运作的整体性，但却不是一个具体物。杰姆逊认为，这种整体性只能靠叙事去"再现"。比如，马克思在《路易·波拿巴的雾月十八日》中，就发明了一种讲故事的方法，把历史事件千丝万缕的头绪细致入微地描述出来，从而，用故事、用现象的寓言性的东西，来把握住它。无穷复杂的现象世界充满了各种各样的假象、陷阱，面对这个既有非连贯性、又有连贯性的现象世界，我们无法要求我们的理论是清晰的、连贯的，因为这种所谓清晰、连贯的理论，是无法把握现象世界的复杂性的。现实是第一性的东西，作为第二性的意识必须和现实发生关系，并介入现实，这种经典的马克思主义思维，被杰姆逊运用在了错综复杂的当代现象上。当代思想的破碎性，是由思想和现实的关系决定的，而非思想本身所决定。这背后，同时创造出连续性和非连续性的，是资本。所以，杰姆逊强调黑格尔式的总体性和马克思主义的立场，他特别强调打破文章内在逻辑所易导致的异化倾向，要让现实来冲破文章自身的逻辑，使文章与现实时刻发生关系，这样的结果，就是使文章支离破碎、充满紧张。这当然也是本雅明和阿多诺的行文风格。

随着文化多元主义和“后殖民主义”的兴起，杰姆逊这样的西方马克思主义者也不时被戴上“欧洲中心主义”的帽子。但事实上，杰姆逊心目中的“中心”只能是美国。所谓的“美国梦”正在使整个世界渐渐变得只有一种社会理想、发展模型、生活方式。这种生活方式，并不能简单地被理解为一种消费方式，美国生活方式的具体表现方式是个人，它为我们提供了各种各样生机勃勃的意象：嬉皮、小资、白领、IT 英雄。在这种种充满诱惑力的幻象背后，其实是“最无情的资本主义制度”。而正是这样的美国生活方式、生产方式，在全球逐渐地建立起了日愈巩固的霸权。杰姆逊对这种霸权的批判，并非是对美国模式的简单否定，只是他认为，人类应该具备关于另外一种生活的想象力，保有一种不同于美国生活方式的可能性。知识上的欧洲中心主义，主要指的是区别于英美经验主义、实证主义传统的德法知识传统。法国的知识分子是典型的公共知识分子，可以向整个社会发言，并积极参与政治；在德国知识传统中，对历史的关注、辩证法构成了当代批判理论的另一个思想资源。杰姆逊对中国的兴趣一直很大，在于他，所谓“欧洲中心主义”更多是一种修辞，针对的是美国，而非第三世界。其实，作为一个美国的知识分子，能够对自己的国家一直保持这种尖锐的批判态度，在这个具有深刻的商业传统和民主传统、强调爱国主义的国家里，是需要勇气的。

事实上，在美国，杰姆逊并非严格意义上的公共知识分子，而是一个非常学院化的学者，但他知识话语的指向，却是重建公共的政治概念。杰姆逊似乎担心，在美国，知识分子一旦进入公共领域，进入与主流的对话，就会变得几乎无法言说，因为美国的主流意识形态太强大了，知识分子无力与之抗衡。而美国的情形与中国的情况不一样，美国的公共知识分子，在知识分子中的地位是最高的，在商业出版社出版非专业性的书（自传、随笔等），或在电视上亮相，在报刊上开专栏或效力于政府机构，是许多学人眼中所能享有的最高荣耀。杰姆逊对此不屑一顾，并与之划清界线，好像他与体制没有任何调和的余地。

杰姆逊面对的批评，来自各个方面。从某种意义上讲，他似乎成为了一个公共的知识坐标。社会民主主义者、哲学家罗蒂曾批评杰姆逊不爱国。后殖民主义和女性主义批评家斯皮瓦克曾发问：通过策略性地重建资本的整体性来重建批判话语的整体性，是否容易让西方知识分子觉得只要研究西方资本主义先进国的问题，全世界问题就迎刃而解，而非西方世界的社会、文化、历史和政治结构本身不足以提出任何历史性的问题？她点出了启蒙以来西方思想的一个通病，即误以为解决了西方的问题，就解决了一切欠发达地区的问题。西方理论大多会有这种盲点，它们并不能有效地解决世界发展的不均衡性。将这一思路颠倒过来并不解决问题。简单地把资本主义市场经济关系不发达地方的社会组织、政治文化和日常生活形态理想化为“集体性社会存在”的模型，既解决不了由资本主义当代形态决定的“西方”理论问题，也无助于“非西方”社会对自身发展道路的探索。我们应该看到，期待西方理论解决非西方世界的问题，也是非西方世界知识分子自身的问题。真正富于创造性的理论，只能产生于“本土”知识分子将西方理论与本国实际相结合的社会政治实践过程中。在这一点上，当代中国文学批评理论是不应苛求包括杰姆逊在内的任何西方知识分子的。

西方马克思主义知识分子的批判矛头所指，最终是无处不在的资本。资本主义的强大在于其巨大的生产能力和灵活性，这种生产能力和灵活性不但显示在商品上，而且显示在文化、符号、表象、欲望等诸领域里。所以，西方马克思主义知识分子对资本的分析和批判，必须先突破资本的种种自我表象、自我认识和自我辩护，方才能触及到资本本身的问题。西方马克思主义始终在同资本主义产生的形形色色的表象或意识形态做斗争，这种斗争几乎消耗了他们所有的精力。这往往给非西方世界知识分子留下了这样的疑问：我们能够从他们的否定和批判中引申出建设性的思想纲领吗？这个问题值得我们深思。但与此同时，我们不应该低估西方批判知识分子在其自身特定的历史条件下进行的艰苦的理论工作。这种工作在一个缺乏历史远景的时代保持了思想的活力和尊严，也为在不同的生活世界中展开的历史性思考提供了参照和启示。

2002 年 9 月于纽约

东方主义和表征的政治*

——在他者的时代书写自我

在过去几十年里，资本不断加剧的多元中心和多国的运动，通过生产、消费尤其是通过社会劳动分工和信息流动的令人吃惊的繁复程度，创造了全球资本主义的日常经验。由于市场的力量冲刷了第一世界的社会政治地貌，现在又在不平衡地扩展的资本主义世界体系的外围，许多文化的、民族的和社会的差异和边界都遭到了质问，而它们似乎一直是和一种较为古典的工业化或“发展”的模式共存着的，即便并非真是出于这一模式的要求。一种新国际主义（neo-internationalism）在西方（及非西方）都市的平民话语和学术话语里的同时兴起，回应了新型资本主义及其带来的世界图景。在本文中，我把与民族、表征（representation）和主体性相对的新国际主义话语，看作是受其与全球资本主义的经验的或意识形态的或积极或消极的结盟所限制的。这种新国际主义话语阉割了自启蒙主义时代以来的许多陈旧的假想，同时提出了一个“东方主义之后”①

---

* 原刊于《视界》第6辑，倪伟译。

① 例如，近年来亚洲研究界举行的几次会议都用“东方主义之后”作为会名或是中心议题。伯克利会议就以“东方主义之后”为名。

的时代，而被“东方主义之后”视为其根本问题的是，不仅要超越由西方现代性（包括诸如帝国主义、殖民主义和普遍进化论等范畴）所附加的世界图像，而且也要超越萨义德在其出版于1978年的《东方主义》中所界定的关于他者的西方“知识”的体制权力。

一　文化全球化和东方主义的残余

对一种新的话语范式的想象当然并不只是一种妄想。在过去16年左右的时间里已经发生了许多事情。在美国，许多少数民族族群越来越多地开口表达他们的关怀和利益，也更加维护他们自己的历史和文化遗产；多元文化主义一直不断地在学术界和一般社会上获取地盘，它不仅是作为文化感受性和“政治正确性”的一种形式，而且还多多少少是作为某种构成我们日常生活的东西。在全球语境中，非西方工业社会的兴起和新一轮的文化民族主义（及宗教原教旨主义）已经对传统的欧洲中心主义的现代世界观提出了挑战。除了外围的变动外，世界资本主义的中心也经历了一个内部的不断加速的离心化和多样化的过程。最终，卡尔·马克思在一个半世纪以前所预见的那一景象，即资本主义全球市场在创造一个由商品统治的社会的、政治的、文化的环境的过程中会冲垮一切的“万里长城”，已经成为了现实。资本主义生产模式内部的这一变化也为真正具有全球性的后现代文化引发了一种文化洞察力。

在这点上，正如许多人所雄辩的那样，地方的在同一时期里只能也是全球的，反之亦然。但是，我想在此提出的问题，与对资本主义的当代发展的话语描述/叙述无关，而是与这种描述/叙述的思辨性的政治及所隐含的意识形态的和理论的意义有关。换言之，在下文中我想探询的，完全是在地方的或非西方的文化中介与全球的或西方的文化中介之间在理论化和叙述化经验上的对照：任何地方的、民族的边界和文化的、历史的自主统一体，现在被宣称为不可能的、无意义的，因而必定要越来越丧失其价值；相反，全球资本主义的文化体系——它在历史上是西方的，在传统上是帝国主义的——却始终稳如泰山，不管对此体系的批判性诘问怎样增强，它已从其隐含的然而不容否认的连续性移变为其历史性的霸权。围绕着现代性与后现代性之间的连续性和非连续性而展开的哲学的和理论的论争（哈贝马斯、杰姆逊、利奥塔、罗蒂等）可以阐明西方文化——它不断地在生产关于其自身历史的不同叙述，或是在变动的时代里改写其历史经验（确实如此）——它的文化政治中介。也许正是出于对这种不断地重建历史经验的理论和话语强权——不管它是马克思主义的、后结构主义的。还是自由人文主义的不正确理解（以及由此而来的挫折感），因此一些第三世界的知识分子才对理论（包括批判理论）本身发出了深刻的怀疑和不满之声，我稍后将对这一立场提出质疑。①但是西方文化中的批判知识分子从来就没有试图隐瞒在一种霸权性的文化生产体制和其最具批判性（也即自我批判）的功能之间的反讽性的合作关系，当弗雷德里克·杰姆逊提醒其读者：不管“我们”怎样看待自己，“在我们的世界资本主义的总体系里，我们自己还是（也许没有充分地认识到）在有力地维系着旧文化的构成性力量”，②上述那种情形就揭示得更为清楚了。

---

① Ahmad, Aijaz. *In Theory*. London: Verso, 1994.在一篇发表于中国的先锋文学刊物《钟山》上的文章中，一群中国知识分子对全球文化中的理论的作用发出了相似的气馁的声音。

② 弗雷德里克·杰姆逊：《多国资本主义时代的第三世界文化》，《社会本文》1986 年第 4 期。

另一方面，正如杰姆逊在同一文章的稍前部分所评述的那样，第三世界的知识分子——以及他们试图保存和延续下去的社会的、文化的价值与潜能——“都以各种不同的方式闭锁在一场与第一世界的文化帝国主义展开的生死之战中，这种文化斗争本身反映了这些地区被资本的各个阶段所渗透的经济状况，或者就像有时委婉地所称的，是现代化的一种反映。”①

在此语境中首先要面对的是这样一种自相矛盾的观念，即后现代带来了人类历史的一个崭新时代，它以其与现代性本身的决定性断裂为标记。但是当人们重新思考东方主义时，却很难无视这一事实，即后现代性——新国际主义话语即以其为基础——是由欧美经验所界定的，它在每一方面都是现代性的延续，因而也可以被认为是内在于现代性之中的。比之于其破坏，后现代的碎片化和播撒恰恰是现代性时间的普泛化和“世俗化”的历史过程借以达到其狂欢时刻的形式。后结构主义提供了此一时刻的符号学真理，而后殖民时代的去国离乡者（diaspora）则给此一普泛化和“世俗化”过程添加了一种作为一出人类戏剧以及一种“流亡的诗学”的经验的（倘若不是生存的）“真实性”（霍米·巴巴）。

这种“游牧国际主义”（nomadic internationalism）（主要是由出身于第三世界的跨国文化精英提出的）——它曾主动地和被动地与一种被激活的多国资本结合在一起——许诺了一种最终的全球非领土化（deterritorialization），那时东方主义就完全可能无疾而终了。在后冷战现实中，老一套的帝国主义修辞学极为活跃，而西方的左翼力量——它在前苏联崩溃之前就早已落到了低点——除了一种染

① 弗雷德里克·杰姆逊：《多国资本主义时代的第三世界文化》，《社会本文》1986 年第 4 期。

上失败感的世界主义话语外几乎提不出什么东西来，而这种世界主义话语对西方世界的他者而言，暗地里却是自满的和霸权性的。

在新国际主义话语拟想的新时代里，内部——也即资产阶级的——历史的观点不仅是由流通的形象、概念、范畴和范式所有这些暗示着其西方起源的东西符号化地予以估定的，它还常常在政治上被赋予了支配后冷战世界的意识形态。因此，后现代世界不只是代表着对某一特定群体的人而言的另一个解放的时代，它可能是在更为根本的方式上——以其前所未有的（也是巨大地成功的）对大多数人的操控为特征的，这种操控是借助其暗示的“生活方式”、其文化工业以及扼杀任何其他选择的政治意识形态的同质性空间而得以实现的。它与传统的西方资产阶级文化的勾搭，可以以它对由福山的臭名昭著的“历史的终结”论所总结出的一种狭隘堕落的资产阶级世界图像的暗地里的赞同——及眩人耳目的庆祝为证。因此说，“历史的终结和最后的人”①这种幻想以一种可鄙的方式暴露了全球化的消费社会和现代资产阶级西方的系谱之间的秘密的（或竟可说是神圣的）关联。

被后现代文化所拥有的与现代性的历史发展相关的、深刻的连续性和非连续性强化了的境况给非西方文化提供了机会，但同时也向他们提出了新的严峻的挑战。在这些挑战的压抑的、扭曲的和非人化的形式中，有些只不过是帝国主义的同一套老花招而已，它们略施“后现代”的脂粉重又粉墨登场。而有些挑战则是由跨文化的消费社会的新的物质和政治环境所创造的，在这个消费社会里，霸权趋于内化，而且采用了合作、挪用、消费、自我流亡、自我离散

① Fukuyama, Francis. *The End of History and the Last Man*. New York: Perennial, 1992.

和自由等形式。在此境况中需引起注意的是破坏程度的不平衡，它是由全球霸权与其形形色色的地方性伙伴所占有的物质的、文化的和主体的资源上的不平衡所造成的。地方性（主要是非西方的）历史和文化不得不内化其自身的离散——此时，祈求于一个集体的过去或是关于未来的乌托邦形象的任何企图都会由于种种原因和禁忌而变得彻头彻尾的可耻——以便被接纳进后现代的、全球文化（一个现代历史的盛大聚会）的多元文化协奏中，而西方由于拥有根据历史的新变化反思自我和重新表达自我的权力和能力，却抵达了现代性的另一阶段，这一现代性在过去半个世纪里在普泛化和世俗化上已经获得了前所未有的发展。这一境况使我们想起亨利·路易斯·盖茨（Gates）对他的一些同事的著名的抱怨：当黑人准备去建构他们自己的主体性和文化史的时刻最终来临之际，他们却被告知主体性和历史早已被除他们之外的每一个人认为是毫无意义的了，而且在理论上已被丢弃在一边了。人们也许会通过提出这样一些问题来质问后现代文化的政治和意识形态，即：是谁或是什么要支撑（并从中获利）所谓的主体、民族、文化和历史的解构，又是谁或是什么可以高踞于不断变化的符号之上一再重复。在历史的连续性和非连续性内，西方文化，携其政治意识（它常常作为一种政治无意识发挥作用，由“市民社会”的半自主的组织器官——其自由的出版业、独立的学术以及商业化取向的文化工业付诸实施），仍然是更加破碎的、异质的形象世界（world-as-images）汇拢所向且能意识到的唯一主体，那也就是说，它成为了被消费的对象。

由此我们面对着全球文化时代的权力的奥秘，在此时代里，“全球的”和“地方的”双体似乎已成为（若非一种较为巧妙的修辞的话）“欧洲”和“世界的其余部分”这一传统双体在当代的替代物。“全球的”和“资本主义”之间常常是以未经反思且不加限制的结合给人一种错误的印象，即东方主义的问题基本上是一个地理政治问题和文化问题，而现在则已被一种全球文化削弱了。这种西方的——尤其是美国的幻觉或狂想本身，揭示了“全球的”同那种在政治经济和经典意义上加以理解的老式帝国主义西方之间的血肉联系。

在“全球文化”的意识形态保护伞下，不同的“地方性”文化和社会的主体性（或自我身份）在全球化面前被迫悬置起来，这些文化和社会的本体论的（也即是精密地建构起来的）生存模式和价值体系也被迫化简为种族“身份”的一种标签，然而，西方的神话——以其“解构”的形式和形象——却成为一种更加抽象也更为活跃的攘夺有利位置（position-taking）及横加干预的能量。这一能量的社会经济对手很可能会被“自由”以及国际资本的流动所俘获——暗示着而且的确保证着资产阶级时间和世界的普泛化或“世俗化”，届时每个人都能跻身中产阶层，或者还要更好，即成为一个美国人。因此，我们必须认识到全球性概念的双重性。一方面，它是一种社会经济——但越来越变为意识形态的和文化的现实，但另一方面，它也在成为一种新的话语神话，这种话语神话牢牢地扎根在资产阶级历史的主体、核心、起源和显现之中。因此，关键问题不在于谁将被视为他者，而是在于这一事实本身，即在此时代里，每个人在理论上都是一个他者，他者性作为一个哲学概念变成了一个寓言，它把资产阶级主体的意识形态——借助它他者才在文化上和历史上被想象和生产出来——重新放回了首位。正是这一主体的后结构主义的结构标示了帝国主义加强了控制和普遍化的权力。放松和回归自身的后现代感觉——它伴随着一种自我摧毁任何别的可供选择的主体位置内化了的危机——似乎流播了对于这种资产阶级的西方主体性永恒不移的最终认可，而这种主体性不仅是在社会经济上界定的，同时也是在文化上界定的。

二 后殖民主义和民族的真面目：新国际主义话语的两个例子

在他者的时代，哈贝马斯所预想的那种真正的“主体间”的交流，似乎只是一个乌托邦而已。相反，无权无利的他者的历史如今离其直接的自我认识是加倍地遥远了：它是复制的复制，形象的形象，一个穿过关于他者的神话般话语的投影，其功能就如同是凝视的眼睛、认知的主体，以及将晦暗的生存带入一个被照亮的世界的光。瞥一眼这一对比，便使人不禁怀疑东方主义的时代是否已真的走到了尽头。或者说，东方主义是否转而进入了其成熟的阶段，也即是后现代的阶段，作为表征（representation）的普遍原则本身，也作为不仅是书写他者而且也书写自我的法则而发挥作用，这一书写法则并不是通过殖民的或政治暴力的强制，而是通过许多第三世界知识分子（及西方的左翼知识分子）对现代世界中的支配性文化的有意识或无意识的认同和移情而得以施行的。

非西方文化（比如现代中国文化）研究中的某种西方主义所凸现的问题可以证明：东方主义超出了其直接的社会文化和意识形态的背景继续存在着并产生了某些变体。因此，必须在一般的社会经济变化（在某种程度上还有文化的转型）——我们称之为全球资本主义——和全球文化话语内的意识形态和权力关系之间划清界限。我认为，资本主义的全球化并没有消除东方主义的问题，反而使它变得更为抽象（辩证地看，在琐细的程度上也变得更为具体），更为复杂，并被在一个全球混流的空间里运作的五花八门的权力关系所缠绕。继续诘问东方主义的问题，并不是要忽视由全球资本主义所造成的社会文化上的巨大变化，而是要用东方主义残存的拓殖精神来检验我们这个时代的文化政治。因而在这篇论文中，我最关注的是这样一个问题，即是否有可能存在另一种可以选择的话语，也即一个论证的、批判性的自我形象，而朝向这一话语/形象的努力是否对我们有所裨益，使我们在参与到一种新的世界文化中去的同时，又能建构性地超越东方主义/西方主义的模式，这种模式按照普遍化的——也就是说多多少少是每个人自己的——社会、文化和意识形态制度来生产关于他者的知识。

为使我自己的论据更为可信，我将集中讨论“后东方主义”文化话语生产领域里的两种特殊类型，即着重于第三世界主体性的“播撒”（dissemination）的后殖民话语，和西方都市里的一些左翼知识分子正在从事的对民族主义和国家的批判，比如本尼迪克特·安德森的受欢迎的著作《想象的共同体》（1983）。这两种类型显然应归入那些在探索一种新的国际文化理论方面理论精妙、颇具影响的努力之中。在同情地检视他们的一些观点的同时，我也有许多与他们相左的看法。我想表明，在他们向关于他者的传统构造发起挑战或是书写自我的同时，他们都没能从经验的和理论的观点出发来对东方主义的一些基本问题作出回应。这并非真是要以在萨义德书里直面和解释它们的方式，把东方主义的问题加在它们头上。当然，这两种书写模式都有其情境参照和论述性的理论前提，它们在某种程度上积极地或消极地把东方主义的问题带到了一个新的前沿。但是它们都面临着建构其对象（不管是民族主义的他者抑或无根的自我）的问题，同时也要批判性地思考那种可能有的社会的、政治的和符号的条件——它们自身的书写赖此被称为是向前的，它们的精心论述又在论述上和意识形态上纠缠其上。两位作者的政治立场和知识立场实际上可能不一致，他们的研究对象和修辞策略也可能是相抵牾的。这就使我们更有兴趣去观察两者之间的家族相似，这种相似把他们置入相同的新国际主义的范畴中，对此我将通过对东方主义的重新阅读加以质疑。他们两人都以奇异的书写方式强化了一种“世界史”的幻想，而所谓的“世界史”，正如附属群体（subaltern group）给我们所展现的那样，浸透了在现代性修辞的伪装下的西方资本主义。在安德森的《想象的共同体》和巴巴的文章中所能发现的解构民族和主体的冲动，记录了西方都市左翼知识分子和尊重其自身的社会、文化和政治使命及议程的后殖民主体的内部危机。这种认同危机可以通过检验这些生活在第一世界的日常生活和文化的、意识形态的建制内的主体自我定位的具体而又抽象的过程及策略来加以理解。它说出了他们是谁，又想成为谁，这比一种清晰连贯的陈述（似乎很困难，若是可能的话）更有效。在这里，主体的概念比个人的概念更巧妙，而这个个人是由关于他者的强势话语，更准确地讲，是由按照构成西方的世界图像和永恒的资产阶级的主体性之基础的时间概念来加以理解的这一话语的结构真相所组成的。出于我们与东方主义相遇的部分经验，其中也不无些微隐喻式的扭曲，我们可以假定，甚至是在其最尴尬、最不可能的境况下，这个主体——作为在时间概念而非空间概念上理解的东方主义的一个主体——是特殊的资产阶级的（及西方的）知识模式的一只锚，并将总是准时地、无法抑制地在其关于与己相对的他者的形象（是它的投射物、支配物、占用品或破坏对象）中显现出来。

危险不仅仅是经验上的，也不只是生存论上的，而是植根于具体的社会政治环境中并以理论化的方式出现的。以后殖民话语为例，它与社会的文化的压抑和结合有关，它们诱发了一种内在的强烈欲望，要去自我摧毁任何可以维系的——也就是在理论上可以防卫的在实践上又可以持久的——关于自我、主体性和集体性的概念。萨义德是一位颇具声望的文学批评家，但不管他在美国学界的地位有多么稳固，由于他对巴勒斯坦人的奋斗目标的热忱，他基本上还是被看做是一个矛盾、固执，特别是痛苦的人物，与萨义德相反，作为群体形象出现的后殖民批评家则被认为挣脱了他（她）的母国的物质贫困从而被染上了流动、自由、快乐和享受等色彩。对社会政治的（不可避免的还有文化的）自我身份的强制性毁坏意在取消在个人自我和他（她）的集体背景之间的任何支撑性联系。在这方面，当我们认识到这种毁坏要采取自由和快乐的形象时，就不会感到丝毫的惊讶了，而这种自由和快乐又是通过后结构主义的对中心、起源、本质和意义等诸如此类之物的离散的庆祝而吐露出来的。在此，我的兴趣当然不是要复活这些形而上的范畴，而是在于怎样用这些范畴来重新思考具体的历史过程。“附属”（subaltern）必须通过自身的播撒、①边缘化以及在霸权话语内的最终的体制化来坚持要求自己的权利得到承认，这一事实表征着无处不在的霸权加诸“落后”国家和人民的压力增强了。说得极端点，后殖民主义——正如阿里夫·德里克最近在一篇文章中所述，若是没有后殖民地的主体在西方都市特别是在学术界的露面，它是难以令人相信的②——与其说是一种“文化”现象，倒不如说是一种社会意识形态现象，尽管要分析其社会的、意识形态的建构就不可避免地要牵涉到如今谁都可用的符号资本的艰苦的分配。作为一种修辞的和政治的策略，后殖民话语可能给我们留下了一些宝贵的经验。同时，它也表明，对于在历史上和文化上处于次等地位的民族和人民来

① Bhabha, Homi K. “Dissemi Nation: Time, Narrative, and the Margins of the Modern Nation”. *Nation and Narration*. London: Routledge. 1990, pp. 291—322.

② Dirlik, Arif. “The Postcolonial Aura: Third World Criticism in the Age of Global Capitalism.” *Critical Inquiry*. 20.2(1994):328—356.

说，要建构和想象任何与给定的关于世界历史和作为他者的自我的教科书不同的历史和文化，是非常困难的，即便这在“理论上”并非绝无可能。在实践上和理论上，后殖民话语都为其在西方学院课程中站住脚而付出了昂贵的代价：通过表明一个非西方的主体在语言学上说是不能成立的，也即说，它是无法在论述上和在理论上加以表征的，后殖民话语使人对欧洲中心主义的世界观重新产生了信心，即迟早每一个人都会变成一个欧洲人（尽管这也免不了要给中产阶级的起居室里温暖安逸的闲聊带来一些刺耳的不满、修正、批评有时甚至是痛苦的声音，就像发自一个资产阶级同伙的抗议有时也会蛮横地陷入泥淖，遭到资产阶级世界内部历史的、残存的不公和暴力的破坏）。通过证明后现代、后殖民的世界是内在于——而非外铄的——晚期资本主义的社会文化程序中的，后殖民主义提供了欧洲中心主义内部的、历史性时间的一个新的边界。正是在这一神圣时间世俗化、普遍化的最新篇章里，它对他者的表征隐含并假定了“后殖民主体”的边缘位置。人们被诱引着去把这种新的主体性——在其明显的是“非中心的”形式上——认作是某种弗雷德里克·杰姆逊在讲到“我们美国人”时所说的“无场所的个人性”（the placeless individuality）或是“没有集体性的过去和未来，因而丧失了任何把握社会的整体性的……孤离单体的个人经验”①的空间性再生产。

殖民地话语和后殖民主体之间的后结构主义式的遭遇，伴随着发生在西方都市话语（后殖民话语现在已成为其中的一部分）内部理论的和文化政治的论争。我在此所想到的是传统的——也是因循相袭的——关于他者的左派话语，它常常被认为也是种族中心主义

① 杰姆逊：《多国资本主义时代的第三世界文化》，《社会文本》1986 年第 4 期。

的、自以为是的和潜在的帝国主义的，而且一点儿也不比它自己家里的政治的和意识形态的对手逊色（替自由主义者和右翼人士说句公道话，只要不超过他们的阶级和政治利益以及他们分析和实证的“理性”允许的程度，他们对他者的评估有时反倒显得更为直率和诚实）。更多的时候，我们看到它所隐含的东方主义是由一种激进的修辞所估定的，这种修辞掩盖了而且的确增强了它对现代性普遍价值的特殊假定，它恰恰是以一种对其展开的批判来维持它对这种普遍价值的忠诚的。当它落到异己族民、异己社会和异己文化的民族情境中时，它对现代性微恙的批评——在马克思主义思想中它本身就是一个丰富的、建构性的传统——就会哗变为一种屈尊俯就式的和自我欣赏般的演说，说为什么他们建设一个带有他们自身特性的现代社会的努力注定要失败，以及为什么人们竟把这些努力仅视为乱哄哄地步武西方经验的“另一种”情形。当它将其奥林匹亚式的目光转向芸芸他者时，它在针对自己家里的或第一世界的问题时表现出来的批判姿态和政治的深刻性却常常无从展现。

在此，我关切的并非是指出在西方左派的某些著述中缺乏对他者的同情，而是有关知识及其可能性条件的问题，这是东方主义的症结所在。本尼迪克特·安德森虽然自己承认“无法给民族下一个‘科学的定义’，尽管这一现象早已存在并且还继续存在着”，可他还是给民族性（nationality）下了个结论：

> 民族性——或是人们考虑到该词的多义性而可能更愿采用的民族特征（nation-ness）——和民族主义，是一种特殊类型的文化人造物。要准确地理解它们，我们需要仔细思考它们是如何在历史中产生的，又是以哪些方式随着时间的迁移而改变

其含义的，以及为何在今天它们能获得如此深刻的情感的合法性。①

这就是安德森在《想象的共同体》中审查民族性的出发点。在此，他似乎没有多费心思去关注这一事实，即把关于民族、民族特征和民族主义的问题放置在“文化人造物”的范围内，也就潜在地把这个问题抽离了作为当地的始源和系谱的具体的社会历史环境。一旦在“文化”和“人造物”上赋予西方以绝对的支配权，用多多少少是审美性的术语来审视这些问题，就已经是一种政治性行为了。不管是否被充分地认识到，这剥夺了当地的需要和理想——它们是物质的和政治的，而非安德森所谓的“情感的”——借以自我吐露并对本地主体言说的质实而细微的具体性。从其出发点安德森作了一个逻辑的移动，对此，他在导论中许诺道：

我将试图论证 18 世纪末这些人造物的创造是由许多分散的历史力量之间的复杂的“交错”自然地蒸发而成的；但是，它们一旦被创造出来，就成了“组件”，可以携着程度不等的自我意识，被移植到千差万别的社会领域，嵌入或是被合并进相应的种类繁殊的政治的和意识形态的星座中。②

初看上去，这是对被颠倒了的关于民族和民族主义的现代概念的一个不错而且也确实是直率的解释，它在理论上听来像是拨开了笼罩在这些建构之上的意识形态层云。然而当我们从重建他者的东方主义策略的角度再看一眼这种解释时，问题就冒了出来。《想象

①② Anderson, Benedict. *Imagined Communities*. London, 1984, p. 4.

的共同体》并非一本关于民族和民族主义的一般概念（那是在这个术语的欧洲意义上说）的政治哲学著作，而是更接近于一部目的在于检视及解构第三世界的关于民族、民族特征和民族主义的概念的文化人类学著作。这本书的理论上的瑕疵不一定在于其对人造物或是这些民族的被构造性的明确的表述——这应该联系这本书及其作者所属的直接的社会的、政治的和知识的背景和前提来阅读。据我所见，其瑕疵就在于它对隐含的权力关系和意识形态的探讨远不够彻底，而这些权力关系和意识形态既构成了第三世界的民族、民族特征和民族主义理念的历史形成（及当代实践），也构成为作者重新建构它们的策略。

如其副标题所指明的那样，《想象的共同体》的主要论题可以大致分为两个部分，即民族主义的“起源”及其“扩展”。安德森认为民族主义起源于“18 世纪末分散的历史力量的复杂‘交错’的自然蒸发”，在这里，“18 世纪末”这一表时间的词指的显然是欧洲人的时间或是时间本身，由此他把民族主义的扩展看做是一个调适、移植和想象的过程。在这里，时间被空间所替代，即所谓的“千差万别的社会领域，嵌入或是被合并进相应的种类繁殊的政治的和意识形态的星座中”。

民族主义概念的“哲学旅行”被安德森有意无意地描述成欧洲人的自我意识（而且是“程度在变动的自我意识”）的普适化过程（如“组件”一词所暗示的，它也是一个具体化的过程）。安德森在处理民族主义的意识形态和合法性的话语或“审美的”建构时，表现出了令人敬佩的批判的严厉和精致，但是他对欧洲现代性及其笼盖迥然相异的广大地域的普遍化的宏大叙事却撒手不管。这种因循顺从的态度削弱了这本书原本具有的揭露民族主义观念（或非理性）的批判的含义。若是用本雅明那句著名的话“给历史掸去灰尘”作为题词，这本书仍然让人不免产生疑惑，即它掸去的是什么灰尘，它是否真是彻底掸去了资产阶级历史（本雅明称之为“空洞的同质性的时间”）的灰尘。

讨论像民族和民族主义这样的“文化人造物”的概念并将其构造重新置入把这些概念当作第一需要的社会历史现实的型构中，并没有更多地引向“想象的共同体”，而是引向了“想象的他者”。举例来说（这不在安德森书中），要是说菲律宾在西班牙人和美国人通过殖民化教给他们对民族身份及所谓的民族主义的情感方式的现代（应当作“西方的”来读）“想象”以前，就不是一个民族，这里面显然有自相矛盾之处。但是这确实令人难以相信，菲律宾的反抗者们在他们的独立战争中会为一些“文化的人造物”而死，因为民族和民族主义都不过是西方的产物而已。实际上，菲律宾和许多以前的殖民地和半殖民地一样，是被迫进行了一场战争，而这场战争是欲变其为殖民地的“世界史”力量所规定条件下的战争。然而，断言当地社会、历史、文化和价值必须接受这些强加给它们的条件或是被它们所表征，仍然是有疑问的。

有时人们会禁不住认为，东欧集团的崩溃以及人们私下里承认的作为一种历史运动和人类规划的社会主义的“破产”，给这些左翼知识分子提供了一个便当的前提，去把他们自己的失败感读进他者的历史之中，并且把他们自身的挫折总结进后者可望而不可及的境况之中（西方中心之外的境况确实总是极其艰难的，更不用提严酷和“丑陋”了）。主流媒体和自我宣称的左翼学术界在它们对许多第三世界的前社会主义国家的描述、兴趣和姿态上引人注目的相似，让人怀疑东方主义作为一种知识和权力的体制化的政治，是否根植于一种社会的和意识形态的土壤之中，它比生发左翼和右翼学术政治的土壤要远为深厚得多。

我并不是想嘲讽西方（特别是美国）左翼内部的学术政治，我只是想强调，在我们谈论像东方主义这样跨社会的且充满政治色彩的话题时，正是人们以理论上的严格和批判性的反思方式运作的政治，而非任何其他的直接因素，即地方性地或话语性地确立的政治姿态，关涉并造成了“政治的”和“文化的”差异。这就是为何马克思主义——暂且撇开对其固有的欧洲中心主义和霸权性的指责——被证明是一种比其他任何理论选择都更为有力也更为有效的道德的和理论的参考框架的原因所在。批判知识分子细致的理论努力，特别是在人类学领域（马歇尔·萨林斯、约翰内斯·法比安、克利福德·格尔茨、詹姆斯·克利福德、迈克尔·陶西格）和文化理论上（弗雷德里克·杰姆逊、爱德华·萨义德、查尔斯·泰勒、诺曼·乔姆斯基），不仅给我们提供了重新思考现代性的历史和文化的理论（及政治的）空间，而且这些作者还通过质疑理性、发展、表征和样式等西方概念，通过诘问在任何文化细节上都打下标记的意识形态，从而树立了批判性——常常也意味着自我批判——思考我们在其中建构他者和形塑自我的时空框架及具体的社会和意识形态环境的范例。实际上，这些“理论”问题不应当全都留给第一世界的知识分子去面对。若要批判东方主义，建构一个历史性的自我形象，“我们东方人”自己也必须批判和自我批判地思考。

三　重访东方主义

粗看上去，萨义德的《东方主义》让人怀疑还有没有人会去读它，尽管它包含有形形色色的“后殖民”“后东方主义”的暗示。

然而从旨在超越它的当下谈论的角度去仔细地重读，也可以证实它早已过时。且不管这本书的环境的和理论的限制——这在近 16 年之后显得更为醒目，萨义德毕竟是以一种特别的方式解释了东方主义的问题，这种方式不仅和其后出现的此一领域内的著作不同，而且在许多地方，它还预示了对它的当代挑战的回应。在下面，我只涉及萨义德对东方主义的界定的基本方面，并通过我对他的系统阐述的阅读，把它们和一些当代问题联系起来。

作为一种样式的东方主义：

> 东方主义是一种基于“东方”和“西方”之间的本体论和认识论（此处强调是我所加。——作者注）差异之上的思维样式。

倘若我们赞同萨义德的这一初步界定，就不可避免会碰到这样的问题，即由后殖民谈论所展开的话语和修辞策略是否在其最深处对生存和知识的统治模式构成了真正的挑战。还有一个问题是，当前的许多关于少数族群或第三世界文化和历史的“后东方主义”研究——它们一般都只搬演理论却常常短于对所借助的理论、话语和意识形态作批判性的反思——是否在“本体论”和“认识论”术语上标示了任何突破。这并不是要恢复一种形而上的、哲学的尺度，把它置于当代文化研究著作之上，而是要质疑作为这些著作之基础并常常起决定性作用的具体的社会政治境况。我想问的是一些传统的区别——“我们”和“他们”之间的区别，“西方”和“世界上其余部分”之间的区别，某一历史时代和陷于停顿或恶性循环之中的杂乱的时间之间的区别，最后是认知主体和其对象（它只有在西方目光的注视下才存在）之间的区别——是否还在发挥作用，是否还在第一世界的传媒、政府的或商业的体制以及学术中活跃地建构和重构着对于他者的知识和表征。也就是说，这些区别是否或隐或现地给意识形态和不断地由对他者的制造所再生产和再保险的主体位置的利益提供了养料。简言之，我提出我们要诘问在后殖民、后东方主义的话语中运作的政治，那些并不总是清晰或是不断地受到为其文饰的现实所承认的一种批判性自我反思所观看的政治。

作为一种话语的东方主义：

> 东方主义可以当作一种团体制度来予以探讨和分析，这种制度是用来处理和东方之间的关系的——通过对它的陈述，将对它的看法权威化，描述它，教育它，安置它，统御它：总之，东方主义作为一种西方的样式，是用来支配、重构和威压东方的。……不把东方主义当做一种话语加以检视，就不可能理解欧洲文化在后启蒙时代里，在政治上、社会上、军事上、意识形态上、科学上乃至想象上赖以操控——甚至是生产——东方的巨大的体系化的律令。

这个最频繁地被人提到的定义引出了一个问题，即在福柯的话语理论和萨义德的东方主义论之间有何关系，我在此不准备讨论这个问题。代替这一问题，我想提醒读者，即使是在福柯的框架之内，关于体制条件和后东方主义话语的政治也仍然有许多事可以做。人们可以就这样问，后殖民主义和后东方主义关于他者话语的社会的、政治的、体制的和学科的基础是否（或在哪种程度上）已发生了结构性的变化。人们还可以问，就后殖民主义而言，（后）殖民主体是否已在与第一世界的语言和学术相异的空间里建构了自身。悬想后殖民话语能否存在于一种非欧洲语言中，这会是很有趣的（也有点儿让人发笑）。同样有趣的是去思考后殖民主义是否本身就是一种东方主义话语——是对东方主义的东方主义式的解构，它似乎是从萨义德的界定中推演出来的机械的（但仍然是逻辑性的）结论。这的确不是要质疑所谓的去国离乡（diaspora）的生存方式，就像斯皮瓦克在《后殖民批评家》中所精巧地论说的那样，这种生存方式在“真实性”和历史性上并不亚于任何其他的生存方式。这儿的问题完全在于一种话语可能被政治化地理解的社会的、意识形态的和体制的条件。由于这些可能性条件，后殖民批评家和他们的西方同事们用形象的话来说，就是“在同一条船上”，在此情形下，强调种族起源就近乎是惹人厌烦了。但对我来说更为重要的不是后殖民知识分子是首批走向“国际化”的第三世界知识分子这一事实所暗含的“文化”含义，而是与生产的空间相关的政治性问题。

作为一种知识体系的东方主义：

> 因而，东方主义不是一种虚无缥缈的欧洲对东方的幻想，而是一个创造性的理论和实践的实体，许多世代以来，已有相当可观的物质投资加诸其上。不断的投资使东方主义作为一种知识体系成为一个将东方滤入西方意识的公认的网络，这一投资也同样繁衍——也确实真能生产了——源出于东方主义并扩散进一般文化之中的种种陈述。

萨义德对东方主义的第三个界定应该更多地和西方关于他者的话语联系起来，而不是和关于像后殖民主义这样的中间性主体建构物这样的话语联系起来。实际上正是在这里，大多数后殖民话语的非西方特性才闪耀出来。就世界范围看，因为民族仍然是分割和交换集体财富（物质的同时也是符号的）的基本单位，而且在此经济基础上，由于民族主义依然表征着当代生活中最为强大的意识形态现实之一，民族和民族主义仍旧是全球图景中的文化政治的构成部分，有时它甚至还穿透了诸如性别和阶级这样的其他的类型学。东方主义作为一种知识体系既揭露了这一旧现实，也预示了其许多当代变体。现代（应读作西方的）世界主义反映了资产阶级的特殊的民族利益和个人利益，这必须在全球规模上予以关注。相似的是，第一世界学术界特殊的反民族主义情感也反映了后者自身的早已被作为其学科需要而内化的“（国际）民族”（〔inter〕national）利益。令人遗憾的是，在西方学术界被视为天经地义的个人学术自由和那些归属于权力中心及其劳动分工组织的人的“集体”利益之间被隐匿的关联，却常常被抛在许多知识分子的视线之外，不管他们是中国的人道主义者还是美国的左翼知识分子。对我来说似乎是这样的：倘若不能批判地认识到这一关联，就会是一场被对（某一特殊类型的）知识及对构成这知识的社会、政治和权力关系的批判性反思的“内在”需要所撕裂的灾祸。

作为霸权（或一种关于地位优越的策略）的东方主义：

东方主义从未远离丹尼斯·哈伊（Denys Hay）所说的欧洲理念，一种将“我们”欧洲人认同为与所有非欧洲人的“他们”相对的集体观念，而且的确可以争辩的是，欧洲文化的主要成分正是那些使这种文化在欧洲内外赢得霸权的东西：即欧洲在和所有非欧洲的人民和文化相比时作为优胜者的欧洲人的身份理念。此外还有欧洲人关于东方的理念的霸权，他们自己不断地重申欧洲优越于东方落后民族，而常常无视这一可能性，即一个更独立或更具怀疑精神的思考者可能会对此有不同的看法。

（1）这种霸权的社会物质基础

以一种相当恒常的方式，东方主义依靠这种灵活的地位优越来维持这种策略，这种优越感使西方人可以在和东方的一系列可能的关系中始终绷着脸而从不失去其相对的优势。为什么就不该这样呢，尤其是当欧洲处于自文艺复兴晚期迄今的非同寻常的优势时期？科学家、学者、传教士、商人或士兵开进或是算计东方，就因为他可以在那儿或是可以算计它，而很少遇到来自东方的抵抗。在关于东方的知识的总标题下，和在自18世纪末迄今西方雄踞东方之上的霸权的保护伞下，出现了一个复杂的东方，它适宜于供学术界研究，在博物馆展览，在殖民地办公室里重建，为关于人类和宇宙的人类学、生物学、语言学、人种学和历史学论文提供理论例证，为关于发展、革命、文化人格、民族或宗教特性的经济学和社会学理论提供实例。

（2）霸权的“内在”资源：意识形成和对象构建

此外，对于东方事物的想象性审察多少是孤傲地以一种至高无上的西方意识为根据的，而正是在其未受挑战的中心之外出现了一个东方世界，这首先是依照一个东方人是谁或是什么的一般理念，然后是依照一种不仅由经验现实而且也由一套欲望、压抑、投资和投射等组件所控制的详尽的逻辑。

（3）霸权的政治资源：作为集体利益的东方

对一个研究东方的欧洲人或美国人来说，无法否认这一关于其现实的主要境遇：他首先是作为一个欧洲人或美国人来面对东方的，其次才是作为一个个体。而且在此境况中成为一个欧洲人和美国人绝不是一个消极的事实。不管是多么模糊，在过去和现在这都意味着是一种赏赐，即他属于一种在东方拥有明确利益的势力，而且更为重要的是，他属于世界上的某一部分，而这个部分拥有一个自荷马时代以来就和东方相关联的确定的历史。

最后，东方主义作为一种文化和政治现实，正如萨义德继续所说的，东方主义作为一种“文化支配的可怕结构”，它引起了——“特别是给前殖民地人民”——“将此结构加诸自身或加诸他人之上的危险和诱惑”。

萨义德在其《东方主义》中的系统阐述的扼要的——也必然是机械的总结迫使我们去思考，后殖民主义或关于第三世界文化和历史的左派话语是否——或准确地说，是在何种程度上——就像萨义德所描述的那样，已经使他们以像东方主义在文化、历史和政治上赖以建构起来的那种根本的方式摆脱了东方主义。上述的萨义德的所有观点都指向一个结论：东方主义是由西方资本主义的社会文化现实所历史性地和结构性地生产出来的政治体系和话语体系。东方主义本身就是一种社会文化现实，它是一种集体的、制度的成就，而非一种个人的主观性的歪曲，尽管前者必须通过后者才能被认识到在同样的程度上，后者也受到前者的迫使。正如萨义德不断提醒的那样，东方主义的权力是从两种东西的历史结合中获取的，这种结合在理论上是武断的，但在历史上却是被视为理所当然的：一方面我们看到自文艺复兴以来，人类活动、与自然相对的干预和生产力及人类生活的前所未有的巨变，我们看到了资本主义生产方式的兴起给人类生活带来的人的潜能的巨大解放。另一方面，我们则看到了快速的意识形成和主体建构——且不管其确实隐含着的世界历史含义——仍然是植根于一种特殊的政治地理环境中的，并受到错综复杂的具体的社会经济关系的制约，被一整套特殊的文化的、宗教的遗产和假定所缠绕。因此，东方主义作为一种话语的复杂性在于：它是特殊的社会历史境况的一种表征，也是一种特殊的政治和意识形态体系的吐露。其复杂性还表现在这一事实上，即这些表征和吐露都只有在由欧美资本主义/殖民主义/帝国主义的巨大的物质和符号投资之内才有可能实现。这就像萨义德所说的：

〔东方主义〕就是一种把政治地理意识塞进美学的、博物学的、经济学的、社会学的、历史学的和哲学的文本之中的分配；它的精致复杂不仅在于基本的地理区分……而且也在于一系列“利益”上，通过诸如学问上的发现、哲学的重建、心理分析、地理景观和社会学的描述等方式，它不仅创造着而且也继续维系着；在某些情形下，它想要控制、操纵甚至吞并一个显然不同（或是可供选择的和奇异的）世界，而不是只表达某种想理解的愿望和打算；首先，它是一种绝非和天然的政治权力有直接的、相应的关系的话语，而是在和形形色色的权力进行的艰难的交换中产生和存在的，并被与权力政治（如带有一种殖民的或帝国主义的建制）、权力知识（如拥有像比较语言学和比较解剖学等为统治服务的科学）、权力文化（如携有关于趣味、文本、价值的正统和经典）、权力道德（如挟有“我们”能做什么而“他们”不能像“我们”那样去做和理解的诸种理念）的交换形塑至某种程度。

在其对萨义德的批评里，阿伊贾兹·艾哈迈德发现萨义德对东方主义的界定不仅仅是一种“风格”，而且也是某种用艾哈迈德的话来说是颇为“奇异的”和“强化的”“本体论的”东西。[①]照艾哈迈德的话说，萨义德可能断言“欧洲对于非欧洲世界的全部知识都是很糟糕的，因为它们已经遭到了这种侵略性的身份形成的玷污”，与此相反，艾哈迈德评述道：

许多作者此前已经证明了在殖民事业中的欧洲文化产品的

① Ahmad, Aijaz. *In Theory*: *Classes*, *Nations*, *Literatures*. London: Verson, 1994, pp. 178—179.

> 共谋性，但是只有那些最顽固的反启蒙的本土主义者和文化民族主义者曾争辩说——当然具有知识责任感的作者从来就没有接受过这一看法——在“本体论上”说欧洲人根本就无力生产任何关于非欧洲世界的真确的知识。①

然而，艾哈迈德的评述可能并不像初看上去那样令人信服。萨义德的要点当然并不是说欧洲人就因为他们是欧洲人，所以永远都不能生产出关于非欧洲世界的任何“真确的”知识。若是那样的话，这一本质主义的观点也可以自行反过来用在非欧洲世界所生产的关于欧洲的知识上。这儿的问题显然不在于是否曾有过关于他者的任何“真确的”知识，而是在于知识作为历史性的建构物是从其具体的语境中产生的。就此而论，我觉得萨义德对“本体论”和“认识论”的运用是值得认真对待的，这不是因其哲学的饰辞，而是因为它能帮助我们明辨一种关于人类理解限度的宿命论现实和卷入为某一特殊社会群体的利益构建一种“普遍文化”的活动之中的社会政治权力之间的微妙而关系重大的不一致。东方主义话语的“审美”性也可作如是观。我认为，正是东方主义的“自然史的”和“审美的”向度从根本上揭示了通过使其服从于自己的话语来表征他者的社会和政治中介。《东方主义》从其特殊的角度，给我们展示了与文化研究相关的根本问题不是要去想象或是去努力争取一种政治中立的话语，而是要介入视所有知识都必然是一种政治行为的正确的文化政治。

然而艾哈迈德也抓住了一个要点，他指出萨义德对东方主义知

① Ahmad, Aijaz. *In Theory*: *Classes, Nations, Literatures*. London: Verso, 1994, pp. 178—179.

识模式的质疑在材料上（还远不止于此）是以和西方文本的话语遭遇为基础的。艾哈迈德暗示道，正是在此文本空间里，更确切地说是在构成关于东方的帝国主义话语的西方合法规范内，萨义德教授展开了他对东方主义的批判。如此，被忽略的就是西方文本之外或与之所述不同的历史，也即它所容纳的历史。正如艾哈迈德所评论的：

> 东方主义的一个显著特征就是，它只检视关于非西方世界的西方文本的历史，而在相当程度上回避了这一问题，即这些文本可能会如何被殖民地国家的知识分子所容纳、接受、修饰、挑战、颠覆或是再生产，他们不是作为一个没有明显特征的群体，而是作为被我们自己的在阶级、性别、地区、宗教结盟等等上——由此也在书籍的建筑学上产生了一种奇特的分离——的冲突、矛盾对立、不同的社会政治位置所驱使的境遇化的社会行动者。①

然而，艾哈迈德没有沿着这一方向深究下去，也没有解释“东方”的从属史（他忙活着分析《东方主义》的“文类性”）。但是这段话却触及到了对萨义德这本书的主要缺点的评判和重新思考东方主义的一个新的方向。因为《东方主义》如其作者所言，是一本旨在编辑一份西方权力和叙述加诸东方主体之上的无穷踪迹的清单（葛兰西的一个观点），这一主体在其自己的文化历史生活中的缺场便有点令人沮丧（尽管也可以理解，如萨义德就明确地专注于“其支配在所有东方人的生活中已成为如此强有力的一个因素的文

---

① Ahmad, Aijaz. *In Theory*: *Classes, Nations, Literatures*. London: Verso, 1994, p. 172.

化”。)①在这方面，我赞同艾哈迈德的看法，他说：

> 联系到印度来看，这种源自葛兰西的表述〔“踪迹的清单”〕至少是意味着殖民主义无疑是一个关键的“时刻”——在某些特殊地区，甚至是一个决定性的“时刻”，但是构成印度文化形成的沉积史却包含了除殖民主义本身之外的许多内容。我在此澄清这一点是要强调，至少还有一个在萨义德的影响下发展出来的文学理论的较大的流派——“殖民地话语分析”——它以“殖民地踪迹清单”从其他种类的清单和踪迹中分离出来，而引人注目。②

当考虑到东方主义在其于当地的冒险中的接受、再生产、修饰、拒绝、挑战和覆灭时，它确实必须被视为一场带有政治历史性质的巨大的阐释游戏的一部分——萨义德告诉我们，它常常不是较活跃、能动和建构性的部分，尽管它因背后有权力支撑而通常占有优势。这场阐释游戏——是生死之战一类的游戏，非西方世界是在生存的根本上也就是在政治的层面上介入的，因为这个地球上的大多数人仍然必须在西化、发展或现代性的现实中求取生存。而正是因为这种生存还没有被西方资本主义完全构成，对未知之物的探索、这种阐释的冒险才具有世界历史的意义。没有一个历史主体的在场，或者更确切地说，没有对这种起作用的在场的批判性解释，东方主义就只能成为一种神秘的力量和一种理论的抽象了。东方主

① 参看萨义德：《东方主义》。

② Ahmad, Aijaz. *In Theory: Classes, Nations, Literatures*. London: Verso, 1994, p. 172.

义的抽象和神秘的气息是任何文本或话语分析都无法穿透的，不管它们如何艰苦地努力，又如何具有理解力。要理解它并去除其神秘性，我们必须把东方主义的巫术放在它与活生生的人（他们的社会，他们的历史，他们的文化）的现实的遭遇之中，而后者正是它试图当作他者予以表征和支配的。在萨义德对东方主义的历程的叙述中偶尔流露出来的宿命论论调和人的缺场有关，也和这段历史的混沌昏暗有关。当我们把那些关于他者的“精致叙述”当作他们自己的社会政治环境和危机的一种自白来阅读时，东方主义实践的“认识论的”和“本体论的”向度就可以用更加清晰的术语来察看。

萨义德没有精细地阐述东方主义的文化制度和这一体制化的权力得以在其中成为一场自以为是的历史剧的社会政治背景（既有殖民者一方的，也有当地一方的）之间的关系。但是他屡屡提到可能产生一种特殊的作为东方主义的意识形态和心理基础的欧洲的主体性和时间的物质（有时是阶级的）条件。在萨义德对东方主义的起源及其日常运作的分析和经典马克思主义对资本主义的批判之间的关联——至少是在一种隐喻的层面上——是不应该忽视的。我认为，东方主义和资本主义本身的家族相似可以用马克思对资本主义的经典分析和批判来解释：其固有的人类中心主义，其明显的非人性，把它所遇到的一切转变为征服对象（通过物质力量和精神力量）的异化的力量，将宇宙（包括人类自身）视为一个现实的或潜在的利益或者干脆说就是利润的场域的本能倾向，最后，是对其自身生活方式以及将自己的私人和家庭秩序当做唯一必不可少的文明观念强行投射成为一个普遍性世界图景的资产阶级的顽固观念。萨义德的《东方主义》的马克思主义倾向尽管有时是自发性的——由于还掺杂有他思想中的自由人道主义气质，甚至还有点儿含混——而非系统化的，但还是任何一个积极且富有同情心的读者都肯定能捕捉到的。

因此，我建议我们对东方主义的重读和重新思考，应该建立在移动的社会历史分析性的“文化涵化”框架和意识形态及文化政治批判之上，而不应建立在人种志的“文化特质”框架和权力关系之上（这并不是说后者不构成为前者的重要部分）。我想提醒的是，东方主义恰恰是因为其具体的政治地理的、社会的和文化的起源（不是置之不顾），可以被视为一种特殊的资产阶级知识模式。换言之，我想说东方主义的“文化的”和“政治地理”的限定带有某种寓言性质。与其说它们是以地理和人种（欧洲，白人，等等）的本质为基础的，毋宁说它们是被资产阶级的阶级的、社会经济的和政治的利益所缠绕、所影响。资本主义的全球化或繁衍并不就暗示着能够增进交流和理解并由此形成多元的、互为主体的文化和时间。最为重要的是，它暗示了资产阶级利益的“世界化”，如今这确实已成为一个全球性的问题。它暗示着这种利益不仅是一种经济关系，而且还是一种构成为资本主义的多元民族化或“消费社会”的晚期阶段之基础的文化需要。

认识到东方主义是在欧洲学者们因为一个现代性自我的出现而创造一个他者的集体努力下历史地形成的，这很重要。他者的形象因而也多少是自我形象的投射，而这个自我从历史上和文化上理解，是采取了支配的形式（就像中国封建官僚在英国炮舰将天朝之梦变为一场噩梦之前所相信的那样，如果欧洲只不过是文明的遥远边陲，谁会关心那些红头发、蓝眼睛的蛮子们如何谈说“我们自己”呢）。作为一种“本体论的”“认识论的”和“审美的”程序，作为一种跨文化的霸权话语，东方主义可以在马克思的这一论断中发现其自身的社会政治的真理内核，即“占统治地位的思想不过是占统治地位的物质关系在观念上的表现，不过是以思想的形式表现出来的占统治地位的物质关系”。①

① 马克思：《德意志意识形态》，《马克思恩格斯选集》中文版第 1 卷，第 98 页。

符号空间与历史*

——从第三世界文化实践角度看布迪厄的社会哲学

皮埃尔·布迪厄的“社会哲学”（布迪厄有时也称之为“作为实践的实践理论”）近年来在西方学术界激起了许多讨论。自解构主义运动在大西洋两岸衰微以来，单个人的著述不仅对当代“理论话语”的核心层，而且对诸如历史（包括艺术史）、人类学、文学批评和社会学等范围广泛的知识领域产生如此强大的影响，这还是第一次。此外，布迪厄的“社会哲学”通过运用从某些具体学科中发展出来的程式，其中最主要的是社会学的程式，重新勘定（re-addressing）了西方人文科学的核心问题，似乎也由此把一些异质的、自发的（在一种极为布迪厄式的意义上甚至是“已构造的”）和相对“粗糙”的要素从边缘吸纳进中心。除了其直接的社会学上的意义（确切地说，现在被理解为一种批判性的方法论）外，它还通过给抽象的理论中心开辟出一片更新了的实实在在的场地，以及引入新的阅读经验及其精细的“鉴赏力”或“感受性”，给当代话语注入了新的活力。这一切皆可被认为是某种业已被投入一

---

* 原刊于《东方文化》2000年第6期，发表时名为《符号空间与时间性》，倪伟译。

个充分制度化的意义与分类（classification）之场域（field）的符号资本。

布迪厄数量宏富的著述充满了理论上的精致描述和经验例证，并且常常能发人启迪，尽管如此，他的热心读者有时在掩卷之余还是会感到意犹未尽，并常常被诱引着去追本溯源，就作者的出发点提出一些根本性的问题。布迪厄明确宣称其理论目标是要同时超越结构主义和现象学，有时略为不同的说法，是要超越客观主义和唯心主义。为此，他期望将自己的“唯物主义的”思想精练为一种可说是后结构主义时代的辩证超越。正是因为这双重的否定，其社会哲学才以“田野工作”（field-work）或实践之名被界定为哲学上的另一路径。然而，我们要问，在何种程度上它是“哲学性的”，又是在何种程度（及何种意义）上是“社会性的”；换言之，即在何种程度上布迪厄的理论乃是一种“作为实践的实践理论”，又是在何种程度上它是一种业已被组成次构空间（a secondarily constituted space）的社会本文逻辑而非被其对象域所“理论上地”（theoretically）建构或预先设计（pre-programmed）的理论之实践。

布迪厄同时在两个疆场上展开的战斗没有获得同等的成功。他对知识分子的唯心主义的一般批判，特别是对现象学思想的批判，具体而有说服力（他对海德格尔的形而上语言的批评是最精彩的例子之一），然而，他与结构主义——确切地说，它是一种理论，但从历史的、意识形态的角度看，它又是一种世界观（Weltanschauung）——的战线却相当地纷乱复杂，有时模糊得近乎陷入双重矛盾。然而，这种“理论上的”不平衡却能揭示出妥为遮护的“社会哲学”的社会政治内涵，而这正是布迪厄始终犹犹豫豫不肯吐露的。

本文打算以批判的和元批判的方式来透视布迪厄的理论。通过批判，我将试图把布迪厄的位置（position）放在他所提供的理论架构中，以显示它怎样不时成为它自己的经典结构主义意义上的审查的俘获物：它是如何察看其对象的（在社会学领域里），却没有意识到自己也是“被看”的对象，没有意识到自己实在是受同一社会意识形态结构内的他者法则所操控的。通过用布迪厄来解读布迪厄（如果还不算反布迪厄的话），我想提示，在他的“社会哲学”和由当代法国理论体制的惯习（habitus）所具象化了的晚期资本主义的经济符号资本之间，可能存在着一种致命的同构性。通过元批判，我还打算把布迪厄的位置从其被赋予一种内嵌的（built-in）理论自律性的政治视野中突现出来，并且把它放在被理解为社会变化的实践的大屏幕上，来加以检验。我将把中国80年代后期的“文化讨论”作为“落后”地区文化抗争与文化生产的例子，在这些地区，社会文化的惯习必然包含着时间的跨度、历史的连接和意识形态的合流/冲突，它们把“能构造的结构”（structuring structure）强制性地推向无穷尽的运动，从而把这些“能构造的结构”弄得更加复杂。我将论辩，在中国的情形下，全球资本（经济的和符号的）和本地政治中介不仅以结构的方式而且也以历史的方式携手合作，因而也接受它们之间的一种政治阐释学的辩证法（a political-hermeneutical dialectic）的调停。我试图揭示社会的和符号的“事件”都服从于这种政治阐释学，它把“结构”转变为一种社会文化动力和一种历史性的将临之物，在此方面，布迪厄对社会“区分”（distinction）的令人信服的分析占有一个不可或缺的文化的和批判的位置。在此意义上，80年代后期中国的文化实验（伴随其社会经济领域里的实验）就不单单是中国的，而是暗含了一种历史的可能性。在创造一个新的社会和文化体系的集体努力中，抵抗和重建，正如在中国的努力中具体表现出来的那样，是真正从国际符号空间引出的，它们沿着本地中介与全球霸权之间的战线展露出来，并预示了一种在危急的社会内变化着的惯习。布迪厄的著述之所以打动我，是因为它切中了第三世界文化建设的内在分化这一要害，同时，它从此一预期过程中可能获得的批判性反应也应该能使人联想到一种“挪用”布迪厄的批判性策略的可能方式。

一

皮埃尔·布迪厄可被恰切地描绘为他所说的战后法国理论活动之惯习的产儿。作为米歇尔·福柯和雅克·德里达的同辈，布迪厄深深地植根于法国的学术环境，这种环境使他注定要成为一名既是文化的又是社会的建设者。作为巴黎文化精英的一员，他的最基本的理论（及政治）选择由他所说的惯习的性情倾向（dispositions）暗示出来，并被限定在一个业经构造的论述（discursive）空间里。这并不是说像布迪厄这样的人除了隐藏在他/她的直接的社会文化背景之中的立场外，就没有任何政治立场。我试图论述的是，通过选择留在继承下来的论述结构之中，并由此观察作为一种社会存在的法国学术的意识形态代码，布迪厄建构了其与该场域（field）内的一般的社会立场相对立的立场，由此赋予其知识革新的立场一种符号权威。布迪厄的介入基本上是关联性的和再现性（representational）的。称他的世界为一个“可能之解决的结构的宇宙”（用他自己的话说），并非忽略不顾他对其符号环境及他在交往和互动的一般关系范围内获得的相对自主性可能保持的批判距离。作为一个具有敏锐的自我意识的理论家，布迪厄的著述可按其与他的同辈之间的竞争关系来予以精确的解释，而且也只有通过与他们或隐或显的对话，它们才能表述清楚。

布迪厄击败（假如这个词在此不是太严厉的话）了相对老式的保罗·利科——他在先前的竞争中败给了福柯，被授予法兰西学院的教授席位。作为当代阐释学大师，利科的不走运说明“社会哲学”作为一门可以被制度化的学科得到了认可，其成功也是意料中事。这两位名人的思想其实并不是截然对立的，事实上，他们享有一些共同的知识倾向。两人都探索能够超越科学、哲学和文学之间的分立的另一种话语模式。利科的阐释学和布迪厄的社会哲学都坚持本文是有“意义”的，尽管对此也不无怀疑；换言之，他们都穿越了被意识形态批评和心理分析批评标示为“废墟”的地带，寻求一种意义的建构方式。就此而言，利科的本文和“作为本文的社会行为”之间的拘谨的辩证法，在布迪厄的“实践理论”中得到了更为清晰的表露，就如同“隐喻”在“换喻”中发现了自己的叙述（也包括其解构）。利科试图将英美语言哲学和德国的阐释学传统及法国的本文分析方法结合在一起的潜在努力，也反映在布迪厄的原创性的社会学工作中，在其工作中，一切“合法的”资源都得到了谨慎的承认。利科的阐释学理论暗示有一种整体性植根于人类的理解之中，这就从当代“理论”的论述的（和政治的）前沿往后撤了，与之相反，布迪厄的社会学细察的剖析的锋刃却是无比的犀利，它对虚幻的文化建构的“自足性”带来了毁灭性的打击，而且锋芒直指任何教条化的社会，这种社会把一切都看成是自然的（因而也是神秘的）、无暴力的。

承上所言，有一点也不容忽视，即布迪厄个人思想的内部空间是高度“自律的”和“连贯的”，从而形成了一个同构性体系，一幅外部宇宙具体而微的缩微图。这一基本政治特性并不显现在“内容”领域，而是显现在“形式”领域。很多人认为，布迪厄通过其作为一名“社会学教授”的迂回曲折的个人知识道路，把由罗兰·巴特、米歇尔·福柯和雅克·德里达所标示的学术前沿又往前推进了一步。在此程度上，我们有时应该把他的社会学语言，连带其双重的意义和精妙的强调，和德里达的哲学语言紧密地联系起来阅读。德里达关注于文本域（textual domain）里西方形而上学中的“白种人神话”内部的“书写”与“差异”，布迪厄则努力于“区分”在一个自我封闭和自我反观（self-reflexive）的社会世界（作为有闲阶级的生活世界，或者简言之即第一世界自身）里文化资本的活跃的运动，他们之间的这种类同实际上已经远远超出了“家族相似”的范围。倘若布迪厄的“社会哲学”如陶丽·莫娃所机警地称作的那样，是一种“关于社会权力的宏观理论”,①那么这正是因为它内在地包含了古典意义上的社会文化结构的缩影。

和马丁·海德格尔相比②——布迪厄令人信服地把他作为自己的根本上是社会学式的审查的一个对象，布迪厄享有难以置信的广阔而宽松的论述空间，但是与近来的集体的政治的流动性（mobility）所意指的社会世界（social world）之间的联系的萎缩，也使他遭受到损失。海德格尔将其形而上思考视同于纳粹主义，从而把他对存在的探询转变成德意志国家的一种政治本体论，与其相反，布迪厄似乎把社会学空间——或者说是现已后现代化了的“公

---

① 陶丽·莫娃：《女性主义理论与皮埃尔·布迪厄的文化社会学》，《新文学理论》1991年第22号。

② 在后文中，我打算采用布迪厄对海德格尔的社会学的阅读方法，把它当作一个批评框架，在这一框架里，布迪厄的社会哲学属于一种本文社会学批评。Bourdieu, Pierre, and Peter Collier. *The Political Ontology of Martin Heidegger*. Stanford: Stanford University Press, 1991, pp. 1—54.

共空间”的社会学上的形态，[①]一个充满了形形色色的社会的、文化的“区分”的相对平缓的空间，而非一个承负着历史性冲突的惨烈的战场——变成了一个滑动的符号分化的场所。对海德格尔来说，知识（还有艺术以及语言的诗意化运用）仍然是真理——或存在，在某一特殊时刻则是德意志国家意志——的栖身之所，因此没有必要分门别类；而对布迪厄来说，经由对趣味和行为的日常运作中的差异细加辨别、分类和配置（disposition），来仔细地检验那些社会地相学（social topology）上的“区分”的形成和运作，目的就在于使自己孤离在外，成为与福柯的知识考古学不无相似的东西。布迪厄最大的兴趣似乎在于把日常生活的外表从里到外翻转过来，把它当作被其全部的社会学特性平等化的个人性“产品”，而不隐含任何总体结构。这样，古典马克思主义意义上的意识形态批判（它仍由阿尔都塞延续着）就在一个业已形式化因而也就是抽象的层面上被简化为一种社会模式在理论上的重建。如果历史——有着诸如阶级、种族和性别等一切严重的矛盾冲突，更不用说资本主义本身和使另一种选择保持活力的努力之间的集体斗争——只有用一种实验意义上的模式（此处布迪厄的“田野工作”听来像是一个委婉的说法），才是“可言说的”，那么，“社会哲学”就会滑变为经济系统在社会学上的摹写，并因而作为一个权力的静止的迷宫和社会“进程”的资产阶级内面而垂之不朽。这应是布迪厄加以区分的领域，即便他也许并没打算要这么做。

---

① 哈贝马斯正确地指出，资产阶级的公共空间即便在其自身历史空间里，也仍然是一个未完成的方案，然而，他似乎不承认这一事实，即在一个后现代世界中其历史已告终结，而在全球资本主义的核心地区，“批判理论”作为一项政治议程，其任务已被策略性地转变为文化批评。我在此所指的是他的《公共空间的结构转型》（斯坦福，1990），第53页。

与海德格尔的形而上学——它毋庸置疑地包含有“第三条道路”［即超越资本主义和社会主义，这在桑巴特（Sombart）的社会思想中已得到详尽的表述］的政治暗示——不同，在布迪厄那里暗含着的知识分子的激进主义可以说是由一种话语姿态而不是在社会变化平面上的政治议程所支撑的。因此，不同的各方都可以出于不同的政治的和意识形态的目的来借用它，例如：或是强调由“被构造的结构”（structured structure）（布迪厄常常提醒我们，它们依然会作为“能构造的结构”①而发挥作用）所组织成的惯习的历史已告终结，或是强调惯习的历史作为“被遗忘的历史”②以及一种“创造着更多历史的……历史的产物”，③仍然留存着。在多数情况下，当把历史指述为一种缺席的存在时，“社会哲学”的论述结构就内在地重建了其所由产生的社会空间现存的（尽管常常是无形的或是意识不到的）符号秩序。与此同时，文化与社会的“活的”结构，或是布迪厄所说的“思想与表述的图式……［它们］向外构成为那些带有受节制的即兴发挥（improvisation）性质的无目的创造的基础”，④赋予我们一个缺乏可赖以干预和搅乱既存经济—符号语言的时间向度或想象向度的封闭的空间。“惯习”或“能构造的结构”被跨越不同领域的如此众多的人所称颂，因而近乎成为德里达所称的自我指涉（self-referential）和自我分立（self-differing）的符

---

① Bourdieu, Pierre. *The Logic of Practice*. Stanford: Stanford University Press, 1991, p. 53.

② Bourdieu, Pierre. *The Logic of Practice*. Stanford: Stanford University Press, 1991, p. 56.

③ Bourdieu, Pierre. *The Logic of Practice*. Stanford: Stanford University Press, 1991, p. 55.

④ Bourdieu, Pierre. *Distinction: A Social Critique of the Judgement of Taste*. Cambridge: Harvard University Press, 1984, p. 79.

号——它们（快乐而又痛苦地）再现（represent）了晚期资本主义的主流逻辑——在社会学领域里的回声。布迪厄在对海德格尔的阅读中，指责——这一指责并非全无道理——阿多诺在形式史和社会史之间制造了一种“短路”①（但公平而论，阿多诺也满怀忧虑地提醒人们注意形式的自主性，并使这种自主性成为现代艺术在现实世界中的辩证法的内在组成部分，）②其实这一指责也可以反过来用在布迪厄身上，因为在布迪厄那里，社会学的辨别（discrimination）和“哲学的”重新证实（re-affirmation）之间存在着一种同构关系，阿多诺所探寻的社会的和形式的之间的异质辩证法被布迪厄简单地置换为一种自足的社会学方案。就布迪厄的事例，我们可以套用萨特的充满机智的话说，“实践”是那些以理论为耻的人的“理论”，或者说，“社会学”是那些对哲学怀有矛盾情感的人的哲学。

我们可以试着把布迪厄所谓的“区分”置于趣味本身的历史变迁之中加以理解。布迪厄对趣味判断的社会性构成和调节功能的分析，确实部分地，但也是策略性地，瞄准了一个历史对象：欧洲的贵族传统及其现代残余，它们在这个所谓的美国人的时代里，既被资产阶级的文化和社会分类体系（classification）所同化，同时也扩伸进它们之中。在此层面上，布迪厄的方案具有政治上的批判性和文化上的敏锐。布迪厄称海德格尔及其同侪为“德意志知识界名流”（the German mandarins）（这个词是从F.瑞恩格尔那儿借来的），③从而在他著作中提出了二战后欧洲文化实践和文化消费中的

①③　Bourdieu, Pierre, and Peter Collier. *The Political Ontology of Martin Heidegger*. Stanford: Stanford University Press, 1991, p. 3.

②　在此意义上，阿多诺选择音乐批评（论瓦格纳、马勒、勋伯格和斯特拉文斯基等）作为一种理论类别，开启了在几乎是“纯形式”的艺术形式和直接的社会之间的艺术辩证法。

一个新形象。可一旦在当代环境中予以语境化，布迪厄的著作，包括其形式特征及政治内容，似乎并没有在中产阶级的价值或趣味（在一个中产阶级社会里区分这两个概念不再具有任何意义）和一种批判的观点——它不仅站在现在来看过去，而且也从一种历史性的未来的制高点来看现在——之间并没有划出一条看得见的界线来。布迪厄似乎并没有为如下这一事实而感到多么困惑，即欧洲贵族传统——在其堕落了的形式上——的合法继承者正是平民消费主义（democratic consumerism），它是作为唯一可以想象的生活方式在后现代世界中建立起来的，又作为文化的和社会经济的霸权横行于不发达地区。法国理论在自身系统阐述结构上的价值中立和普泛化，使其完全成为美国文化工业的欧洲伙伴。布迪厄与当代世界的实证主义本性，简言之就是和中产阶级意识形态的心照不宣的妥协，没有在其社会学策略——它对被认可的秩序明确地表示了不恭——中表露出来；然而，这已经悄悄地被编码进他对时间和历史的哲学态度中。

当布迪厄迫切地要求必须用历史性来限定惯习这一概念时，他也深切地意识到了其理论的悖论处境。但是他的努力似乎更像是一种辩护，而不是一种挑战。在《实践的逻辑》中，他把惯习界定为一种历史的产物，它“依据由历史生成的图式……制造了个人与集体的实践”。他写道：

> 性情倾向的体系——它是现在的过去，并将通过再度激活相似地结构化了的实践，存续到未来，它又是一种内在的法则，通过它，不能化约为直接的强制的外在需求的法则，得以不断地施行——是连续性和规律性得以运作的原理，客观主义在社会实践中发现了它却无力予以解释；它又是有规律的转变

> 的原理，无论是机械论的社会学主义的外部的瞬间决定论，还是自发论的主观主义的纯粹内部但同样是瞬间的决定论，都没有能力解释它。①

尽管布迪厄看到了在实践的结构中过去是“现在的过去”，但他却没有提出必须把眼前的现在看作是一个过去的现在，就仿佛是被一种来自在连续性与非连续性的历史链条中构成的未来的批判观所捕获似的。

在这方面，布迪厄一点也没有隐瞒他的观点。他把时间向度归类为“客观的潜在性”，争辩说所有那些“被假定为将过去的影响转变进入一个预期对象的偶然性”已经充分地铭刻在现在的结构之中，它们只有在其与惯习的关系中才能被认出并被重新组织。布迪厄反对黑格尔或萨特意义上的作为“绝对可能性”的未来概念，他争辩说：

> 就其客观真相而言，刺激因（stimuli）并非为实践而存在，作为有条件的、习以为常的机钮，它们只有在遇到对其有所认识的行动者时才会起作用。实践的世界是在与惯习的关系中构成的，作为一个认知系统和能动的结构而发挥作用，它是一个已经认识到的目的——遵循的程序、采取的途径——的世界，也是被赋予一种“永久的目的论特征”的对象的世界，用胡塞尔的话来说，就是工具或者是制度的世界。②

---

① Bourdieu, Pierre. *The Logic of Practice*. Stanford: Stanford University Press, 1991, p. 54.

② Bourdieu, Pierre. *The Logic of Practice*. Stanford: Stanford University Press, 1991, p. 53.

布迪厄把黑格尔式的“绝对可能性”当作一个不加限制也未经深思熟虑的形而上的反历史的范畴予以拒斥，这当然是对的。然而，他的理论方法——在这一点上，它似乎从结构主义和现象学那里汲取了灵感——特别是强调其理论乃一种历史哲学的世界图像，却没有隐含任何别的选择。布迪厄再次把“消极自由”（在他的描述下更像是一种自由的否定性）送回到由一种已构造的观点所设计的“建构空间”中，由此他排斥了“将临之未来”的急迫性以及这一未来对依然飘浮在其内在颠覆性因素之上的现在的权利。这个将临之未来作为一种集体欲望，要求一种自然史的而不单单是“社会学”的变化。（在这点上，本世纪试图同时超越实证主义和主观主义的其他较突出的理论尝试，也即是本雅明和阿多诺所探索的自然史的观念，为重新思考布迪厄提供了一个有趣的参考框架。这能证明，当我们为布迪厄对海德格尔的政治本体论的尖刻批评心仪神迷之时，我们对海德格尔生出一丝古怪而短暂的同情，也是正当的。）

和发展出一种连续性和非连续性之间的辩证法（人们可能期望布迪厄以一种比托马斯·库恩论科学的范式革命的著作更为历史化的方式发展出这种辩证法）相比，布迪厄宁愿转向另一面，攻击“决定论与自由、限制与创造、意识与无意识或是个人与社会”这些“常见的矛盾悖论”的“敞开”与“先验”。①因此，惯习的“生产力”注定是“无穷尽的但又是受到严格限制的”：就历史而言是受限制的，就结构而言则是无穷尽的。即使是与皮亚杰和拉康那样的结构主义者相比，布迪厄的模式在活力上和生产性上也要稍逊一筹，但是却更规范也更具静止的结构主义特性。“社会哲学”可以

① Bourdieu, Pierre. *The Logic of Practice*. Stanford: Stanford University Press, 1991, p. 55.

是一种实践的理论，但是其实践却是一种由结构所制造并受其管治的知识的“田野工作”。因此，即便我觉得莫娃把布迪厄和弗洛伊德联系在一起是极其恰当的，①但当她乐观地把布迪厄的社会学阅读的本文间性（intertextuality）特征视为直接地有助于批判理论时，我仍然难以表示赞同。因为本文间性自身在哲学上和在政治上都是含混不明的：它在没有引进必不可少的批判的（在莫娃那里，是精神分析的）距离的情况下，再现了交往和生产的网络。本文间性只有当其构成性地与一种社会的、历史的主体间性编织在一起时，它才具有启示性和颠覆性。布迪厄所说的惯习，其批判中介没有清晰地和在现存权力结构中无法详尽阐述的立场联结在一起，它只是客观地重新证实了一个自我封闭的社会空间和心智空间（这儿是指20世纪晚期巴黎的景观）的霸权秩序。在这个特殊意义上，我们可以说，恰恰是因为布迪厄比福柯的知识考古学又跨出了一步，它才又吊诡地回落到德里达那里——唯一不同的是，分延（differance）的印痕是由映衬在被作为“真实的活动本身”的社会符号建构的背景之上的社会学工具所刻下的。

二

在作了上述交代之后，现在我想求助于布迪厄的工作中对我来

---

① 在她的文章里，莫娃援引了布迪厄的说法：“除了碰到诸如趣味这样的对象外，社会学极少与社会精神分析学相类似”（Bourdieu, Pierre. *Distinction: A Social Critique of the Judgement of Taste*. Cambridge: Harvard University Press, 1984, p. 111.）；她接着评述道：“和弗洛伊德一样，对于布迪厄来说，改变的途径在于说出并分析那些控制着我们行为的未经言说的压抑原则。然而，有一点需要记住，即这些话语本身正是其试图解决的危机的产物。”陶丽·莫娃：《占用布迪厄》，第1029页。

说似乎是最积极也最具启发性的那一面。在下文中，我将从布迪厄发人警醒的社会学诊治方法出发，来试着再现（represent）中国前几年的“文化讨论”(1985—1989)，它常常被主观地看作是一个民族在文化上构造自我的努力；与此同时，我也打算，从那一社会文化实验——它导致了一种在民族寓言层面上的阐释学政治的兴起——出发，来“挪用”布迪厄的社会学策略。

1985年至1989年间的“文化讨论”，有时也被称为“文化热”，标志着当代中国文化界在后革命年代的“重建”热潮，此时毛泽东的后继者指定了面向西方的“开放”政策，同时在某种程度上也调整了国内的意识形态管理。作为一场波及全国的“自发性的”文化反思，“文化讨论”可以大致分为三个阶段：第一阶段以其对“科学与民主”——这是1919年的五四运动及其后的中国启蒙运动的一个口号——的倡举为标志，特别是可以其与对民族传统的彻底的虚无主义态度相伴而来的科学技术进步论的世界观为标志。第二阶段可以认为是对第一阶段的反动。它关注的焦点是有关传统的问题，传统被看作是一个“创造性转化”的过程和一种延伸到现在的“深层结构”。第三阶段也被另称为“全盘西化”的时期，它实际上热衷的是通过西方“文本”的迂回曲折之路来获得一种阐释学上的自我认知，因而可以被认为是对前两个阶段的批判的综合。这三个阶段全都是以一种共时性方式并存着的，而不是历时性地相互接续的。每一个阶段都受到了某种社会思潮的衬垫并因其特殊的社会环境而得以成为可能。例如，所谓的中国文化学派对传统的强调看似颇为“怀旧”，其实际所指却是儒教与“儒家”亚洲，也即是东亚的新兴工业化国家和地区（中国香港、中国台湾、新加坡和韩国），经济上的成功之间的结合。倘若说更年轻的一代大量地介绍引进西方书籍标示着中国在文化领域的一种殖民化，那么，民族主义者的文化阐释学也标示了毛主义（它被理解为一种通过群众运动的方式同时超越西方模式和传统的神秘主义的社会方案）在其后的年代以及邓小平改革的快速“发展”中的复活。经济改革旨在通过引进西方的技术、管理尤其是市场机制来增强社会主义体制，在此背景下，官方意识形态——它被作为大叙事而遭到拒斥——的空缺，以及西方文化资本——尤为突出的是被中国读者当作“方法论”而备受欢迎的“理论”——在这些年里迅速的扩张，使新的文化实践得以兴盛起来。这一切从根本上改变了当代中国的文化语言，它被一种后革命的惯习所重新塑造。然而，文化讨论的“能构造的结构”并不仅仅是那些当代西方理论话语，它们在一个很短的时期内通过许多雄心勃勃的翻译计划被引入中国。上面提到的在文化讨论时期涌现出来的每一种学派都有自己的翻译计划。其中最为重要的是处于文化讨论第三阶段中的“现代西方学术编辑委员会”的翻译计划。除了一套旨在翻译诸如韦伯的《新教伦理与资本主义精神》、胡塞尔的《逻辑研究》及萨特的《存在与虚无》等现代经典、总题为“现代西方学术文库”的译丛外，该编辑委员会还出版了名为“文化：中国与世界”的一份文化批评季刊和一套“人文研究丛书”，它包括了许多和翻译工作密切相关的独立的研究计划。这个翻译计划的第一波通过《光明日报》上的宣传引起了人们的注意，其选题多达 109 个，涉及的范围从尼采、胡塞尔、舍斯托夫到福柯、德里达和 C.G.亨普耳。如此大量地、系统地翻译 20 世纪西方著作，这在中华人民共和国历史上是前所未有的。在中国社会里，“文化问题”从来都是与国家政治及每个人的日常生活不可分割的，因此它几乎立刻引来了人们的极大的关注。在某种意义上说，正是引进的文化资本为文化讨论的最新（也最具理论雄心）学派奠定了基础。

中国文化传统作为一个生产图式也在新的惯习的形成中扮演了一个尽管不易察觉但却是决定性的角色。然而，毛之后的中国的文化建设也并非总是消极被动地受全球的或传统的教育体制的随意摆布。革命史的延续既是一种潜伏于当前社会之下的历史的连接，又构成了直接的社会政治境况，从而以一种阐释学的方式限制着文化的反思，并将此符号互动的社会空间转变为一个中国问题之表征（representations）得以在此滋长的巨大的场。就对前一种情况的（社会）地相学（topology）研究而论，布迪厄的著作可以首先作为一个理论参考框架介入其中；而就后一种情况的（社会）地相学研究而论，当它与一种集体的文化实践联结在一起时，它本身即可被置入符号性的语言和历史性的言语两者之间的辩证运动之中。

“文化讨论”有两个系谱：即文化哲学的系谱和社会政治的系谱。这两个系谱没有只按照线性连续的方式来排列事件，而是按空间的关系将事件结构化。文化史与社会史的重叠和缠绕制造出一个空间，在此空间里个人事件被语境化为文化表述或是社会动力；不仅如此，那两个系谱中的任一个都为一种在根本上空间化了的历史分化所内在地限定：在文化上，它一如既往地呈现为中西冲突，而在意识形态上，它呈现为社会主义和资本主义的对抗。这两种历史中的任一方都视另一方为自己的可能性空间，同时又自居为社会变化的推动者和时间（Zeitgeist）的真正形式。然而，它们在本质上都是历史地建构成的异质体，每一方给对方提供的并不只是一个呼吸的空间，而且也还有一种生产的模式。

布迪厄的权力再生产模式在此境况中得到了例证，同时也变得更为复杂。中国现代史业已融进作为外围空间或地理上的他者（geographical other）而存在的全球史之中，我们惟有在此视野中，而不是将其视为一个民族历史——它为其神话般的起源所推动，并从其同质性（种族的、社会的和文化的）物质中汲取养分——的封闭空间，才能把握中国现代史的发展轨迹。此时，我们无需还原组成现有型构的无穷尽的次级二元（sub-binaries）和次级矛盾（sub-contradictions），就能通过提出下列问题而接近最主要的矛盾冲突：与“文化讨论”相伴出现的社会化组织成的形式——它随着社会空间和心智空间的变化而调整了历史的自发性和中国的“内在”（in-wardness）并使其显形——是什么呢？受制于中国那时具体的社会经济条件的历史中介——它占用了文化上的自主性并给语言权力的显现设计了另一种选择——又是什么？针对这些问题，我试图将文化讨论视为历史的自在本体（historical being-in-itself）的一种自发性的表现，其中“文化重建”的社会的、符号的独断成为了后现代世界的资本和通往另一种现代性的社会主义的公共空间的自然史形成之间的权力斗争场。

诚然，在此方向上，资本（经济的及符号的）是我们首先遭遇的对象。在文化讨论期间，复杂精细的西方话语与关于中国社会和文化的巨大问题纠缠在一起，它背叛了携带着自身全部的“抽象感官性”（abstract sensuality）（保罗·瓦雷里）的全球资本主义的多元中心的逻辑。不用看这种资本在社会的和形式的领域里的历险，我们就能对文化讨论洞若观火。经济资本是“社会主义市场经济”的先决条件，而对于后革命时代的中国的文化生活之惯习的建构和调整，文化资本同样不可或缺。搬用维特根斯坦、拉康或弗雷德里克·杰姆逊，并不只是迫于那些在今天相应的社会文化现实中有用的主题的因素或技术的因素的需要；最重要的是，它在渴望依据全球范围的现代化来界定其社会和文化地位的中国知识分子当中，给“趣味判断”贴上了一种社会区别的标签。它不能只被看作是一个隐喻式的比照，而应该和历史过渡时期的本质关系联系在一块看。

中国的经济改革和文化反思这两者的共同特征似乎在于：首先是一种深刻的含混性，它是由历史过渡的动力所赋予的，这种历史过渡在其自身空间中包含有葛兰西所谓的“非共时的共时”（dis-synchronic synchronism）；其次是彻底的实验性，一种基于受大语境（在地理的和历史地理的两种意义上）制约的历史偶然性之上的社会的或文化的创造性，或是某种用葛兰西的惯用语可称之为独断的未定性的东西。借助一种较少纠缠于理论思辨而是更接近于社会学阅读的方式，经济资本和文化资本在整个80年代塑造中国社会新景观的过程中的积极作用，就绝不会被忽略了。这两种资本与毛泽东的中国留存下来的秩序的斗争，在一定程度上导致了这一秩序的解体，至少是把它黜回了较低的地位。然而，它们也强化了集体的流动性，拓宽了那种集体性视野的范围，并最终激起了它欲集中国的、现代的和社会主义的三种构成要素于一身的意识。

然而，这里面存在着一个悖论，即究竟是社会主义的国家机器出于政治目的利用资本主义呢，还是干脆说，是世界资本主义利用当地的发展计划来扩大其市场。布迪厄的理论与此宏大结构上的冲突并非毫不相干。这一历史性悖论在文化的系统阐述上和社会经济领域里都已找到例证，它只有在作为可能性空间的具体的社会和文化现实中才能得到证明。在此空间里，我们迫切地需要一种布迪厄式的对社会本文的阅读，需要穿越耀眼的西方术语和理论的世界性冒险所划出的根本上是社会历史的地带，义无反顾地去追寻。从空间距离上看，西方话语在中国人的接受中似乎是非政治化的（比如，“方法论”具有纯技术的意味，而“哲学”也带有超绝的形而上意义），而布迪厄对“区分”（即便它被限制在其自身的意识形态空间里）的社会形成的批判性审察，有助于切中肯綮地显现一种历史性差异，更为重要的是，它能显现一种在文化讨论中强调传统话语和西方话语的“创造性转化”的类分意识（class-consciousness）。

因为社会主义国家（携其所有的意识形态教育机器）的客观调停，以及对“普遍秩序”（正如布迪厄告诉我们的，它常常作为一种依照社会化建构成的“趣味”或“区分”所作的无意识的自我操练而产生）的主观的、移情认同，中国知识分子——他们处于其自身语境中，并为一种追寻民族主体性的“内在探求”所驱使——没有始终充分地意识到嵌入文化互动过程中并常常操纵这一过程的权力关系。比之于一些体现了某种普遍秩序的“自主的”本文单元，这些形式更必须在其自身的意识形态空间里予以解构，并通过阐释重新聚合成一种不同的社会关系丛。详细解释那些在文化讨论中涌现出来的、表面上（被西方话语）“充分地结构化”的文本制品实际的政治阐释学意义，超出了本文的范围。但是这一领域的社会历史限定已经暗示了对布迪厄的努力的一种不同的接受和评价。

谈论这些根本上是当代的型构，中国革命和现行的中国的社会主义方案是重要的、不可或缺的参考框架。在认识自1979年始的改革行程中种种事件的社会的和文化的意义时，通过中国革命建立起来的经济和政治主权，以及在国家的内部空间形成的社会织体（social texture），是两个至关重要的因素。正是在最近的过去——简言之，即毛泽东时代的中国——的显现及其效力范围内，和当代语境（或者简单地说就是全球市场）的融合制造了历史的意识和实践的意识。而且也正是通过双方盘算精细——有时是打错了算盘——的相互合作，迄今为止，邓小平才得以削弱了（而不是延缓）那种“姓资还是姓社”的挑战性争辩，使中国改革（不能轻率地说成是“他的改革”）的历史性目的在普遍的社会和意识形态含混中不言自明。

说到底，热烈的文化讨论同甚至更热的经济所包含的目的是一致的：即积累足够的资本和技术以增强一个历史的、业经内部测量的社会文化建设方案。这一实际目标决定了许多论战的兴衰沉浮，而首当其冲的就是文化讨论，它决定了文化讨论的整个进程。①但是恰恰是在这一意义上，惯习作为全部过去——主体间（或简单地说是国际的）的文化迷乱以及普遍的理论困窘正是其间的产物——的活跃显现，才被转入一个特殊的空间，这一空间内化了一种特殊的社会关系丛并体现了一种历史的动力。这一模式本身绝无半点虚构。80年代后期文化讨论鲜明的当代性在其基于两方面因素之上的展现过程中尤为引人注目，这两方面因素是：一方面，是一种在后革命的年代剧烈地释放出来但从根本上遭到遏制的历史危机，及一种仍然被过去的经验所限定和导引的向“前进”的集体冲动；另一方面，是在性质上作了修改并再度产生活力的全球市场和通讯网络，它们命名一切，根本看不到任何分化。

然而，在文化讨论期间，当地文化政治中介在其显露上的社会学特性加入了一般意识形态的疆域，揭示了社会的与本文的、日常的与自主的、本地的与普遍的之间的构造的辩证法。这不过是两类内在组成部分之间的辩证统一的一个变体，这两类组成部分是：即一种发达的文化——意识形态在其“精致的形式”里展开斗争（如葛兰西所暗示的，它同时也是一种阶级斗争和民族斗争）②——一

① 中国文化讨论的最初阶段是由其对“科学技术”的虔信尤其是其未来学的取向所划定的。随后是所谓的方法论的热潮，它把五花八门的“理论”抓过来纯粹作为操作工具，用来打开一个文本或是炮制论者自己的观点。甚至中国传统文化的抵抗也争辩说儒教实际上是有利于甚至能开出工业文明（工业化的东亚），从而也落入了技术实用主义的窠臼。由更年轻的一代所提供的对主要趋向所作的批判的、文化政治的综合得以成为可能，至少在语言学上，得力于纯欧洲的理论公司，也就是由海德格尔、伽达默尔和保罗·利科所界定的当代阐释学。

② Gramsci, Antonio. “On Intellectuals”. *Selections from the Prison Notebooks of Antonio Gramsci*. New York: International Publishers, 1971, p. 10.

方面反对霸权，另一方面又反对流行的生活世界，这一生活世界是历史的另一面表现和再现的器官。倘若意识形态霸权也就是文化霸权，那么，布迪厄的“宏观理论”就能很好地服务于社会区分的领域里的政治斗争的目的。但是似乎逸出布迪厄的批判焦点之外的恰恰是“非经典化”（decanonization）或“经典的极端化”（radicalization of the canon）①的过程，它与占支配地位的（外国）惯习将自己强加于第三世界国家中的一般社会关系之上的过程相伴而生，并参与了趣味和文化再生产的意见（doxic）空间之构建。这就给在中国的文化实验中既作为一种社会实践也作为一个社会调停空间的语言概念提供了一种寓言式的理解方式。在这里，语言并不只是在言说行为中将自身现实化，而且言说本身也可以是一种业已在历史运动中建构一个先在之物（a priori）的令人可望而不可及的方言。②这个语言学模型可以在某种构架中重新加以思考，在理论上，这个构架是由拉康提供的，他对弗洛伊德和索绪尔两人作了充满活力的修订，也就是说引入了黑格尔意义上的时间性；在社会历史上，这个构架是由中国革命的经验和后革命时代的探索另一条现代化道路的改革实验所提供的。换言之，“普遍结构”只要在结构上是异质性的，就得服从于其构成性质上的修正和变动。恰恰因为资本主义宣称自己是普遍性的，它就必须“永远”在权力结构和即将诞生的历史实体（the materiality of historical coming-into-being）之

① Gramsci, Antonio. “Marinetti the revolutionary?”. *Selections from Cultural Writings*. Cambridge, Mass: Harvard University Press, 1985, p. 51. 亦可见于 Luxemburg, Rosa. “On Russian Literature”. Solomon, Maynard. *Marxism and Art: Essays Classic and Contemporary*. New York: Knopf, 1973, pp. 149—150.

② 在此意义上，阿里夫·德里克似乎抓住了毛的历史实践的一个最为重要的方面，他把毛主义称为“土语化的马克思主义”，并认为它体现了一种“非霸权的普遍性”的可能性。

间，在普遍的与本地的之间，在瓦尔特·本雅明所说的“空洞的同质性时间”或“历史的连续统一体”与一种“被现时（Jeztzeit）的显现所充塞”的新型时间——它在一种新的集体经验的鼓荡中获取养料——之间寻找自己的位置。

作为一种试图借助在根本上异质的惯习之中的文化性情倾向来获得自我意识的阐释学努力，中国的文化讨论以一种自发的常常是无意识的且带有如此显明的惯习运作特征的方式，调整着后社会主义的文化世界中的每一单个话语的冲突。在此特殊事例中，布迪厄通常武断地加以描绘的“自律性”向度的内在结构，因其在形式上认同于一般的后现代生活世界（或者说因其在结构上模仿了全球性的体系），本身并非唯一的文化社会的支配因素。相反，它不断地要面对日常世界并受其分解和重塑，这一日常世界基本上是由异质的现实存在物所组成的，并通过集体的斗争而运行，以创造一种新的生活形式及新的文化世界。在这点上，为语言的/社会的二元辩证特性辩护，将给“语言自律的日常文化”或“作为日常文化的自主性文化”这些可能出现的概念铺平道路，而这正是文化讨论所引起的。在文化讨论的进程中，这被转化为意义的普遍主义和关于社会的、文化政治的中介的历史主义之间的一种张力。然而，当它们出现在地平线上时，却都不能化约为一个界定清晰的连贯一致的构架。受其所由产生的社会条件的限制，它们作为后革命时代的中国文化生活的两种既相互对立又内在地联结的趋向，在实际的社会文化实践中遭到了扭曲和“玷污”。在更多情况下，它们包含了一种赋予全盘性结构以辩证特性的社会的和文化的偶然性。

布迪厄没有将其理论活动只界定为一种“实践的理论”。他也认识到任何关于实践的理论都必须付诸实践，理论本身决不仅仅是理论。但是联系其著作看，这种实践却是维特根斯坦式的，而非马克思式的。布迪厄经常征引维特根斯坦的话，认为他“大概是在我困难的时刻给我帮助最大的哲学家”。他曾经这样告诉一位采访者：

> （维特根斯坦）是知识万分危殆的时代的某类拯救者，在此时代中，你必须对诸如“遵守规则”这样的显明之事提出疑问，或是必须描述诸如把实践置入实践之中这样的简单（但，因记号相同，实际上难以用语言形容）之事。①

事实上这是和布迪厄把社会学视为“哲学的田野工作”（一个取自奥斯丁的概念）的观点相一致的。在此意义上，布迪厄的眼界其实并没有真正超越语言本身；因而，“诸如‘遵守规则’这样的显明之事”或是“诸如把实践置入实践之中这样的简单之事”，在既由结构主义也由现象学所明确而详尽地解释了的图式中，是被内在地规定的。

从当代法国理论的语境来评判，布迪厄通过结构主义的调停来重新激活唯物主义思想的姿态颇为引人瞩目。但是，这一姿态是由欧洲特别是法国学术（作为全球时尚的中心之一）的小气氛的变迁所决定的，而不是由任何外在的社会历史变化或破裂所决定的。对结构主义——结构主义不止是一种理论，更为重要的是它还是一种关于本文的意识形态以及某个特殊历史时刻的时代精神——所作的任何一种严肃的反思，都必须或隐或显地包含一种方案，去重新引入结构与历史（或简而言之即事件）之间，符号秩序和遭到社会压抑的集体乌托邦想象之间的一种辩证法。任何对“社会化建构的空

---

① Bourdieu, Pierre, and Matthew Adamson. *In Other Words: Essays Towards a Reflexive Sociology*. Stanford: Standford University Press, 1990, p. 9.

间”的真正诘问都必须冲击并动摇人类生活每一层面上的语言和言语之间的等级制。在布迪厄圆熟的著述中，所有这些徘徊不去却又遭到压抑的欲望，在征候上却都是离散分立的。

把布迪厄定为文化—历史的挪用对象，并不意味着因为站在第三世界思考者的立场上建立一种论述活力的缘故，而在认识论上将这一话语僵固化。调整事件结构的毕竟是历史的活动而非观点。同时，将布迪厄引入中国语境，也并不意味着要把一种方法论秩序置于具有文化和意识形态双重冲突的场域之上。境外的文本只有当其在一个由本土话语史所提供的相对自足的话语空间里言说，才有意义。正是通过作为一种社会实践——它涉及两个区域即其自身处境中必要的部分和附加的部分——的批评，布迪厄才被突现的主体位置（subject-position）——它正是在那一实践过程中产出的话语的补充——并在此位置内所挪用。考虑到这一历史根源，布迪厄的著作显现为一个需要自我否定与自我超越的认知场。只有在此语境中，暂时如下总结我现在对布迪厄的阅读，才是可信的。尽管布迪厄的工作有助于对某一特定的社会空间里的惯习作社会学的考察，也因而对某种社会的生产的关于资产阶级文化的神话具有解构力，但它决定性地被现存的符号秩序所纠缠。布迪厄的工作提供了对资产阶级文化大厦的追名逐利的内部图样的熟稔的（由于这种熟稔它又能去除神秘感）知识，它宛如一个构造精巧的看台，耐心地等待着被他人援用，然而它本身却仍然是与这一社会性的建筑连在一块的。

1992 年 11 月于杜克大学

后现代主义与当代中国*

英国文学理论家伊格尔顿（Terry Eagleton）在其新著《后现代主义的假象》（*Illusions of Postmodernism*）中简明扼要地归纳了“后现代性”的“后现代主义”的特征，他写道：

> 后现代性是一种思想风格，它质疑客观真理、理性、同一性和客观性这样的经典概念，质疑普遍进步或人类解放，不信任何单一的理论框架、大叙事或终极性解释。与这些启蒙时代的规范相左，后现代性认为世界充满偶然性、没有一个坚实的基础，是多样化、不稳定的；在它看来，这个世界没有一个预定的蓝图，而是由许许多多彼此不相连的文化系统和解释系统组成……

他指出，这种思潮的“物质基础”是“资本主义的新形式”，诸如瞬息万变的、非中心化的技术领域，消费社会和文化工业；这种新的物质环境造成了传统的制造业被服务业、金融业和信息产业

---

* 原刊于《读书》1998 年第 2 期，发表时名为《后现代主义与中国现代性》。

取代，也促成了传统的以阶级为核心的政治领域向各式各样的（基于族裔、性别、社区等的）“身份认同的政治”转化。与此相应：

> 后现代主义则是反映这种时代变化的文化风格。它无深度，无中心，漂移不定，自我指涉；它是游戏性的，往往从别处借来观念和意象加以折中调和；它是多元主义的艺术，它无视高雅文化和通俗文化的划分，也模糊了艺术与日常生活的界线。

诸如此类的对“后现代”和“后现代主义”的概括性描述早已不是什么新东西了。但我们必须承认，这种基于当代发达资本主义社会经济和文化现实的理论话语，是任何有关“后现代主义”讨论的知识论上的出发点，尽管我们只能在具体的中国社会经济文化现实中寻找“中国后现代”的定义。伊格尔顿说他无意在“后现代性”和“后现代主义”之间划出严格的界限。事实上，后现代主义的国际话语（包括中文世界的有关讨论）从来都是借助两者间概念上的模糊性跨越种种现实的限制而进入问题。不妨说，后现代话语的具体性和抽象性、统一性和多样性赋予它某种“普遍性”，尽管该理论本身是以反普遍性起家的。

但是，后现代主义思潮在其西方的原生态环境中的含义在非西方或“衍生态环境”里会产生种种变异，带来复杂的社会、政治、文化和意识形态的暗示和影响。旅美日本文学理论家酒井直树（Naoki Sakai）在一篇谈日本后现代文化的文章中说：

> 前现代—现代—后现代的序列暗示了一种时间顺序，我们必须记住，这个秩序从来都是同现代世界和地缘政治构造

> 结合在一起的。现在众所周知的是，这种秩序基本上是19世纪的历史框架，人们通过这个框架来理解民族、文化、传统和种族在这个系统里的位置。“后现代”作为这个序列的最后一项是最近才出现的，但“前现代”和“现代”在历史和地缘政治上的配对组合却早已成为知识话语的主要的组织手段之一。因此，这个谜一样的第三者的出现证明的也许不是一个阶段到另一个阶段的转移，而是我们话语范式的变化；这种变化的结果是，我们以往认为是不容置疑的历史—地缘政治秩序，即前现代—现代的秩序，变得越来越成问题了。

酒井的语言有些抽象，但却明确地指出了这个“越来越成问题”的认识论等级秩序的历史条件，那就是19世纪帝国主义、殖民主义和种族主义世界体系。基于这样的历史记忆，“后现代”就不仅仅是“现代性普遍历史”的昙花一现的新时尚，而是从西学内部和当代日常生活现实两方面提供了一个反思我们自身现代化进程及其哲学前提的机会。酒井对“后现代”问题的理解在非西方知识分子当中是有代表性的，因为对这些知识分子来说，现代化的历史同时也是一部被某种外来势力和影响压迫、征服、同化、改造的历史，是一个融入由西方经济、政治、军事和文化主导和支配的世界格局的痛苦过程。酒井的话还提醒我们，从现代主义到后现代主义的过渡并不意味着物质世界里的霸权格局的根本改变，更不意味着“现代性”的终结（曾在太平洋战争期间提出“近代的超克”、到头来却在战后的废墟上重做“现代性”的小学生的日本知识分子，对此也许有特殊的体会）。它只是说，我们对“现代”“自我”和“他人”的理解，我们对未来的想象，都可以放在这个新的历史背景和思想背景上来看。这在世界史和文化史的层面上暗示了后现代主义话语的潜在的解放性。

我赞同把中国后现代问题放在中国和世界近代史的长时段中考察，在这个意义上，后现代性和后现代主义的激进的价值相对主义、认识论上的反本质主义和文化上的折衷主义就并不天然具有历史合理性。相反，任何“超越现代性”的努力必须考虑到自身立场同这个历史长时段中尚未解决的问题的关系，否则，中国后现代就会从当代中国社会思想文化的脉络中游离出去。另一方面，我想强调中国现代性本身的特殊性：它并不是对19世纪世界秩序的臣服，而是对它的反抗。以辛亥、“五四”为起点的中国现代史本身就是对“近代”世界秩序的激烈反抗，是对中国19世纪下半叶以来的“近代化”努力的批判的超越。可以说，中国现代性经验的“近代化”部分（相当于日本明治维新时代“文明开化”的现代化意识形态）本身就包含着一个悖论，因为它是以近代工业、军事和宪政体系的追求来抵抗和吸收以西方殖民主义和帝国主义为核心的近代世界格局。这个悖论的“解决”就是中国现代性的激进化。

没有人能够否认，到目前为止，中国现代性的集大成者和最高形态是中国革命和中国社会主义国家体制；其历史意义在于大众通过社会革命而成为历史的主体。从人的解放这个启蒙价值观的角度看，中国革命无疑构成了法国大革命和俄国革命以来的现代性普遍历史的又一里程碑。但从人的自由和“从（物质）匮乏中解脱出来”的现代性理想的角度看，中国革命和社会主义现代性却始终面对物质生产、技术革命、消费和日常生活领域的巨大压力。“改革开放”的“新时期”于是不仅成为中国社会主义现代性迟到的“理性化”阶段，更在物质积累和社会生活的“世俗化”层面上为中国现代性的新阶段做好了铺垫。在这个意义上，中国现代性从来都具有某种与生俱来的“后现代性”。更严格地讲，我们可以说中国古代文明的巨大的连贯性和相对的自足性使中国人本能地把“现代”理解为一种阶段性的、暂时的规范。也就是说，在接受现代性的洗礼的同时，中国知识分子和民间社会都会自觉不自觉地带着一种对“现代之后”的想象和期待——在这个“现代之后”的世界，现代不再是外在的、异己的、强加的“时代要求”，而是多元化的生活世界的自得其所。这个把现代性无所不包的体系视为某种历史、文化和主体的异化阶段（哪怕是必要的异化）的集体无意识，把中国现代性的“自在自为”的形态同中国“后现代”视野融合在一起。这种“过去”和“未来”在“现在”的时空里交汇，它造成的历史思想构造是中国“后现代”问题的蕴含所在。

在进入“后现代”问题之际，我想首先区分“中国后现代”和“后现代在中国”，尽管实际上往往难以避免两者之间的交叉和借用。

“后现代在中国”在我看来指的是中国学者（特别是外国文学、文化理论界的学者）对西方“后现代主义”文艺作品、思潮和理论表述的移译。引申出去，它也包括知识界和新闻界对当代西方和东亚“后工业社会”（或曰“信息社会”“消费社会”）生产、生活方式和社会、文化、心理结构的一般性介绍和描述。而作为特定的思想文化、审美和意识形态倾向，这种“话语引进”首先是中国80年代“现代主义”思潮的延续。因为不但“现代”和“后现代”在一般观念史和社会史内部有其连续性，而且“后现代”话语系统的中国移植者们在相当程度上是在有意无意地继续“新时期”文化的未竟事业，那就是向当代西方寻求理论上的灵感与能量，争取中国和西方发达资本主义社会之间话语上的同步化或“接轨”。在此意义上，后现代主义理论在中国（同在其文化原生环境一样）是学院派的精英话语，只在小圈子里流通。在社会分化和分工日益明确的今天，这种精英话语的局限性并不等于它没有任何现象上的“真实性”。它在物质世界里的对应物（但未必是对等物）便是90年代中国都市空间里的“全球化”飞地，比如豪华酒店、购物中心、乡村俱乐部和各种昂贵的娱乐消费方式场所。更重要的是，作为一种当代中国社会的意识形态和社会想象，“后现代在中国”美学上的兴奋点和社会政治视野是同对中国经济日益融入国际市场的期待和信心分不开的。在这个意义上，“后现代主义”和“后现代性”这样的符号资本可视为中国经济和文化的不均衡发展同全球资本主义乌托邦之间的一个游移不定的连接点。

“后现代主义”国际话语在中国登陆的滩头阵地虽在文化领域，但其社会经济基础却是资本、信息和市场的多极化和跨国化，是生产方式、消费和社会结构的深刻变动。而中国社会的极度不均衡性往往使得任何来自上层建筑领域和消费领域的时尚变化显得缺乏历史根基和常识上的说服力。但如果以此为理由将后现代在中国贬为无稽之谈，则忽视了全球范围内的“后现代状况”（利奥塔）对发展中国家和社会主义社会带来的新的挑战和机遇，忽视了全球性的后现代文化环境对消费大众和社会个人产生的深刻影响。打个简单的比方，一个特区打工妹固然不因为唱一晚卡拉OK就“后现代”了，但无论她的物质要求和精神渴望如何与“现代化”与“现代性”息息相关，她个人生活和社会生活的环境已不是19世纪或20世纪上半叶，而是由20世纪末的国际经济、政治关系决定的。也就是说，“后现代”在中国始于改革年代中国知识分子对外部世界的感知，而终将落实在更多的中国人当前对自身历史境遇和文化可能性的意识和探测。这样，问题也就从“后现代在中国”转化到

“中国后现代”。

与前面的问题相比，“中国后现代”是一个模糊得多、但同时也远富于理论潜力和创造性的范畴。它的基本问题是把当代中国不但视为世界性“后现代”历史阶段及其文化的消费者，同时也视为这种边界和内含都不确定的历史变动的参与者和新社会文化形态的生产者。由于当代中国的历史境遇和文化可能性成为问题的核心，“后现代主义”或“后现代性”就不再是一个西方中心论的观念，也不再是一个历史目的论的观念。在实践上，中国的经济改革（比如不同所有制的混合，市场与国家间的重叠，乡镇企业）、政治体制（比如“一国两制”、基层民主选举）、社会形态、文学艺术风格都突破了经典现代性形态的框架，处于一种混乱而微妙的无名之境。因此我们可以说，在当代中国，严格的、技术性较强的后现代主义理论话语基本上是西方理论的寄生物，因为这套理论体系的具体分析对象是西方的。其犀利的理论运作（比如现在在西方几乎已经家喻户晓的“解构”），无论怎样“反传统”，都牢牢地吸附在西方思想观念的历史地形上（比如从柏拉图到尼采的形而上学传统；启蒙运动和法国大革命；实证科学，等等）。这并不是说这套理论在中国就没有用武之地。事实上，中国有大量的文艺作品和文化现象，即便按最拘泥的西方学院式定义，也符合“后现代”的戴帽标准。而更值得中国批评家分析的不是当代中国的文学艺术创造如何借鉴了西方文艺的风格和潮流，而是这些在西方转瞬即逝的风格和潮流如何通过在中国文本里的转世获得了前所未有的历史性。这种历史性并不来自抽象的观念和审美自律性，而是来自当代中国具体的经济、政治、社会、文化现实。我们要追问的不是理论概念体系与现象的机械对应，也不是作为权宜之计的概念的借调，而是现象和理论，或实验和理论间的有机的、辩证的关系。毕竟中国人谈后现代主义，不是为了满足这套理论话语的内在欲望，而是要对当前中国社会文化做出有效的分析，对自己所处的历史空间具备反思和批判的能力。

一旦我们的视线转向中国的具体现实，我们就会感到后现代主义理论的抽象性甚至空洞性。然而，这种抽象性、空洞性和不确定性也许正是我们探讨“中国后现代”的切实出发点。因为在中国，“后现代”首先是一套来自西方的话语系统。它所指涉的全球性的经济、政治、社会和文化状况同中国当前的社会变化有着错综复杂的关系，但这种关系并不都是直接的、透明的。它们必然要经受中国现代性的特殊经验和既成体制的筛选和制约。在此，中国革命的社会主义不仅仅是全球资本主义体系的“不均衡发展”的结果，同时还是对这种霸权体系的抵抗和挑战。其次，后现代主义全面质疑以西方为中心的“现代化”（工业化，都市化）和“现代性”（启蒙、理性化、民族国家等），更对帝国主义、殖民主义、男性中心主义这些内在于西方资本主义历史的价值观念体系大加挞伐，但这种当代西方知识分子针对现代西方传统的批判并不能代替中国（或任何非西方）知识分子自身的文化、政治和意识形态立场，更不能被当作思考本国社会经济、政治、文化前途的现成答案。因此，在中国语境中，“后现代主义”目前只能是一个过渡性的、开放的、蓄意的“能指”符号；因为它的“所指”是某种延宕已久但却悬而未决的集体经验的分化和再组合。在那个激发想象的“后”字前面，是一部沉重的百年史；贯穿这部历史的主题是革命、国家、大众、现代化。

目前，中国后现代的理论表述也许还失于粗疏，但它却传达出一个重要的社会价值观和文化取向上的变化：中国社会财富和个人自由的逐渐增加，全球资本、生产和消费的“多中心化”和中国社会主义国家的继续存在使得普通的中国人第一次感到，要过好日子并不一定要变成西方人。在中国进入“小康社会”之际，中国大众消费文化的兴起在国家与社会、日常生活领域和精英文化领域、公共空间与私人空间、国内主流意识形态与国际主流意识形态之间造成了一个新的文化和意识形态的中介面。它是一个交流层，也是一个防火带；更重要的是，它的种种表象和话语为当代中国人提供了个人想象和集体自我形象的氛围。这个氛围既是商品化和全球化的产物，又反过来在商品、资本、国家和国际意识形态主流之间创造出一个呼吸的缝隙。

从中国当代文化史的角度看，这个在 90 年代商业化条件下出现的新的文化空间是继 80 年代“现代主义”哲学话语和形式实验之后的又一整体性、范式性变化。“新时期”知识话语的“半自律性”虽然有强烈的现代主义、国际主义倾向，但它的政治经济学基础和社会意识形态前提却来自国家推动的改革，或不如说来自改革中的国家体制。尽管国家权力系统和知识分子阶层之间存在着矛盾，有时甚至形成激烈冲突，但两个精英集团的相互依赖却是根本性的。它是 80 年代社会共识的基础。如果暂时撇开两者间的利益和意识形态的差异（这种差异往往被似是而非地描绘成“左与右”“官方与民间”的冲突），那么 90 年代中国社会文化的根本冲突并不是“左与右”的对垒（这多多少少是精英知识分子自怜自爱的想象），而是现代性精英集团（国家权力及依附于它的知识分子群体）同兴起于市场和日常生活领域的无名的消费大众之间的紧张关系。中国后现代文化是反精英的大众文化。精英知识分子本能地在其中看到了“国家”的影子，但这只不过表明，在当代中国，“市场”本来就是在国家的计划、引导和保护下形成的（而这并不是中国或社会主义独有的现象，在现代世界资本主义市场的发展过程中这样的例子比比皆是)。而从现代国家理论和社会学理论的角度看，消费大众及其文化同国家的直接认同是当代民主的商业化社会的一般特征。美国就是一个最突出的例子。在这个意义上，中国后现代主义客观上提出了当代中国的文化民主问题。这个问题在毛泽东提倡革命的大众文化之后就被搁置起来。今天，它在世俗化、日常生活领域、社区意识、个人主义、商品、消费、文化工业、全球化意识形态的上下文里重新浮现出来。这既是一个严肃的问题，也具有一层历史的反讽意味。

在此，问题不是消费大众及其雏形文化领域同国家的一般关系，而是这种文化认同潜在地依附于什么样的国家。于是乎中国后现代主义讨论最终变成了一个社会政治问题。大众文化和娱乐工业内在地肯定现实、复制现实的特性与中国社会主义国家体制的重叠无疑给“中国后现代主义”涂上了一层政治色彩。有意思的是，在中国的激进自由主义者眼中，中国后现代主义是一种“新保守主义”。但这样的“保守主义”定义反过来暴露出中国的“自由主义”者在市场化、私有化和认同全球资本主义乌托邦等问题上的激进的“全盘革命”立场。对于这种立场而言，任何同现实调和，质疑绝对真理（比如“绝对市场”的福音），或试图从现实和过去的经验中找出合理因素的努力都必然是“保守”的，因为新的“历史必然性”早已表明，只有一条路通罗马，那就是自由市场外加议会民主（只是在后一点上中国的“自由派”对“新权威主义”依然恋恋不舍）。在此，一切“反总体论”“反大叙事”“反理想主义”的姿态都让位于一种新的独断论：任何对“现代性普遍真理”（这不过是“新古典主义经济学”的哲学护身符）的怀疑都是不允许的，因为它们会把中国带回“文革”，带回黑暗。

然而对中国现代性历史经验的具体分析表明，现代性在中国从来不是铁板一块，而是充满了内部的矛盾、多重性和异质性，包含着不同形态、不同阶段；它们之间本身有着错综复杂的、尚未解决的矛盾。中国后现代主义的历史定位取决于它与中国现代性的哪一个特殊阶段和特殊形态形成特殊的紧张关系和传承关系。换句话说，在中国，任何“后现代”立场必须阐明自己“后”的是哪一个“现代”，哪一家“现代”，怎么个“后”法，“后”的前面是什么，“后”了之后又要往哪儿走。以 19 世纪西方殖民主义、帝国主义及其认识论体系为靶子的“后现代”与力图摆脱 20 世纪中国“从‘五四’到‘文革’的噩梦”（周蕾）的“后现代”的无法兼容于同一个“后现代主义”的理论框架里的。同样，以“新时期”人道主义和现代主义话语为“文化弑父”对象的“后现代”与矛头对准社会主义“官方话语”的“后现代”在趣味上不会投机。试图借“后现代”的西风弘扬“东方文化”的“后现代”与立志沿“全球化大趋势”顺流而下的“后现代国际主义”更是风马牛不相及。

然而，日益明显的国内矛盾和国际间竞争和利益冲突让越来越多的中国人认识到，一切都在变化中，世上本没有永恒的真理；中国的问题没有谁可以开出万灵的药方，中国的未来只能由生存在这片土地上的人用自己的智慧和不懈的努力换来。“从来就没有救世主”，这句《国际歌》里的唱词本是现代性的世俗化启蒙观念的代表性口号（西方历史上的共产主义者从来都是启蒙主义信徒和现代性的鼓吹者），但大多数中国人却好像注定要在“后现代”的天空下真正领会到它的含义。这从反面提醒我们，“中国后现代”这个问题的出现本身就包含了双重的历史意味：它一方面表明“现代性”过程在中国还远没有完成，还将以不同的形式反复地回到我们面前；另一方面，它也暗示，中国现代性一定程度上的展开正是

“中国后现代”问题的客观条件；而在此条件下出场的“中国后现代”必然包含了对现代性经典理论的再思考和“重读”；必然包括对现代性的客观现实的反省和批判。对中国后现代的初步分析和把握必须在中国现代性和现代主义传统内部探讨“后现代”与其历史前提之间的关系。而对中国后现代的价值判断必然涉及对当代中国社会，特别是对中国社会主义现代性的政治经济学分析。

1999 年 10 月，纽约

理论与历史性*

——与杰姆逊的一次访谈

张旭东：我的第一个问题是关于您个人"理论语言"的全貌以及您"方法论"的构成。一般人看来，您结合了马克思主义与广义的结构主义—后结构主义，继而创造了一种兼容并包的批评风格，您能否谈谈当代"理论"发展中不同取向相互渗透的过程，以及这种渗透在您本人工作中的表现？

杰姆逊：这里有几桩事情需要交代一下。首先，我们所泛称的"后结构主义"不是一个精确的概念，而是包含了从语言学到精神分析的一系列内容。它是一个历史概念，而作为一个历史概念，它又是从马克思主义的问题性中生发出来的。我说的不是马克思主义本身，而是马克思主义所致力探讨和解决的问题。以法国情形为例，二战后主导法国思想界的当然是存在主义。但它很快变成了马克思主义的存在主义。而结构主义的问题性正是在此刻开始凸显的。我所指的不是结构主义本身的立场，比如语言是人类意识活动

---

* 原载张旭东编：《读解·历史·文本——杰姆逊批评文选》，香港牛津大学出版社1996年版。

的最终决定因素之类，而是它所探讨的语言在社会文化生活中的作用和位置。这一问题是从马克思主义的框架中生发出来的。战后，马克思主义在寻求一种更为贴切精微的关于文化和意识形态的概念。而所有具体的后结构主义题旨都来自对于这一问题的探讨。

还要补充一点：我近来还对另一种重要的影响来源深感兴趣。这便是布莱希特的影响。布莱希特在四四、四五年间在柏林布莱希特剧院的出现是一个重大事件。尽管人们一般并不把布莱希特视为哲学家或理论家，但他的辩证思想却为日后的后结构主义明确了任务，这就是反人道主义。在布莱希特的作品里人们可以看到对两种事物的猛烈攻击。一是对经典资产阶级传统的攻击（而卢卡奇则为这一传统辩护）；一是对所谓的社会主义人道主义的攻击（卢卡奇显然又是这一观念的倡导者）。这种反人道主义在阿尔都塞等人手中得到进一步发挥。阿尔都塞写过关于布莱希特的文章，两者间的联系是清楚的。人们也都知道一些问题是由布莱希特提出的。

我所要强调的是，人们当然可以脱离历史而谈后结构主义文本本身的价值，但如果你想在更大的语境中弄清楚问题的来龙去脉，你就得注意马克思主义框架。在战后法国，百分之八十以上知识分子自认为马克思主义者，至少是认为马克思主义的问题——基础和上层建筑的问题，意识形态的本质的问题，表象的问题，等等——是他们各自议题中的基本因素。

这也可以说明另一个让某些人感到吃惊的现象，即德里达为何要介入马克思主义的主题。一两年前我们都看到了德里达读马克思的书［按：指德里达的《马克思的幽灵》（*The Spectres of Marx*）］。我认为原因是在法国知识界非马克思主义化以后——现在只有不到百分之二十的人自视为马克思主义者——大理论家们更为明确地意识到他们自己的工作是如何建立在马克思主义问题性（再强调一次：不是马克思主义本身）之上的。德勒兹的情形亦是如此，尽管不幸的是德勒兹生前未能写成他的马克思主义巨著。此外还有许多其他人。德里达的补救工作带有一种多重性：一方面他评论马克思的著作；另一方面他又要介入一个目前已没有激进派选择余地的政治环境，再者，他也在试图历史地拯救马克思主义的基础。他本人的思想也是以一种奇特的方式从这一基础发展出来的。这一切把他和马克思主义联系在一起。

至于你的问题在当前理论界的具体反映，我想这同“理论”的本质有关。理论出现于伟大哲学体系的终结点，出现于一种市场环境。在这种环境中，理论总不免要变成不同的理论商标。如果有人觉得这么说太不恭敬，那么我们可以说理论往往以各种“名牌理论”“个人习语”或“私人语言”的方式存在。哲学体系的特点是将现实中形形色色的观念统统吃进，再赋予其一种单一而自成一体的语言、概念和术语系统。在这个意义上，哲学的终结意味着没有人再认为这是可能的了。这也就是说，我们不得不同时操起各式各样的理论语言。我们找不出什么将这些语言综合在一起而变成一种万能语言（master language）的办法，而我们甚至连这样做的欲望也没有，这就造成了你问题中所暗指的局面：一个人现在用的是马克思主义语言，可是一转眼又说雅各布森的语言，或列维·斯特劳斯的语言，或拉康的语言。人们常常指责我在这一点上搞折衷主义，但我觉得我们还是应该在语言上着眼。这就好像有些事情只有用法语说才清晰有力，有些事情只有德语才讲得明白，到了法语里就一塌糊涂，而又有些事就非用中文不行。理想状态应该是随你所讨论的问题而从一种语言跳到另一种语言，但这几近于不可能。从这一角度看，我也认为马克思主义同某些后结构主义理论的关联极为密切，尽管这种关系并非一眼就可以看破。

讨论这类问题必须重构具体的历史环境，否则很难有令人满意的答案。我希望在我说明这些复杂问题的同时，这些说明也可以用来引导我们进入一些更为基本的理论、哲学问题。但我必须标出各式各样的名字，否则就像是我把这些观念都算在了自己的份上。事实的情形并非如此。毫无疑问在这些哲学指涉的镜像中，不了解原始材料就会晕头转向。

张旭东：人们通常觉得您一半是“法国”的，一半是“德国”的——前者指后结构主义，后者指法兰克福学派。现在您告诉我们这个“法国”并非只是同“辩证批判”相对立的种种语言学、符号学和“理论”，而首先是马克思主义问题性的一部分。

杰姆逊：对，是这样的。我在学生时代就可以说流利的法语和德语，并接触到法、德两种学术思想传统。但这纯属个人背景上的偶然因素。人们往往习惯于在法、德两种传统间选择，或扬“法”抑“德”，或扬“德”抑“法”。我一方面觉得这种做法可以理解，另一方面也觉得它非常古怪而可悲。前面已经说过，我并不认为严丝合缝的综合可行。同时我也不觉得借用来借用去是个成功的办法。以阿多诺在法国七十年代的借用为例，人们当时把“反同一性”的阿多诺列在后结构主义的名下来反对马克思主义。在我看来，这是对阿多诺思想的歪曲。此类结合并不如意。如何在不同立场间对话实在是一种很复杂的事情。人们不妨回忆哈贝马斯与福柯的对话，或乔姆斯基与福柯的对话。除了在一些基本的政治、文化问题上，在这些语言间对话几乎是不可能的。我相信德、法传统两者都是伟大的哲学—理论传统，在这个程度上我或许可以算一个欧洲中心论者。我的思想只是碰巧形成于这样一种氛围。因而英美思想——经验主义，日常语言哲学，维特根斯坦，诸如此类——对我来说多多少少是一种障碍，用保罗·德曼的话，是“对理论的抗拒”。所以客观地讲，我对这些东西并不热衷。我认为自皮尔斯以来在英美传统中有极为有趣的东西，但我的基本理论框架仍然是来自德法的。

张旭东：这里我想打断一下。我相信把您当前的理论框架放在历史语境里谈会对读者有所裨益。但在西方理论中心之外，人们仍倾向于用一种更为粗疏的意识形态眼光来看问题，把各种立场按激进主义、自由主义和保守主义的分野来安排。您能不能谈谈西方马克思主义同战后自由主义思想或立场的关系？

杰姆逊：战后西方的自由主义立场在很大程度上是为反共和反马克思主义所界定的。在这一点上，苏联式的共产主义本身是什么并不是很重要。因此，对于西方左派来说，自由主义从来都是信誉扫地的。不过目前出现了形形色色的自由主义的回潮。它们身上的污点相对较少，因为至少它们不用在口头上口口声声反共了，无论它们在更深一层的政治信仰上有什么变化。但很清楚的是，我们（按指西方新左翼）从来不指望自由主义能提供任何激发思想的东西，因为它本质上是一种冷战自由主义，英美式的经验论不过为其披上一层哲学外衣而已。

张旭东：我想您理解问这个问题时我们关心的并非马克思主义理论与自由主义理论的结构性关联，而是人们乐于从激进—自由—保守的立场分歧看问题的旧习。

杰姆逊：我完全理解。这是生存的策略，人人都会这么做。但我认为最好还是从哲学问题本身开始，然后，或者说最后，再来决定这些问题是出于激进主义立场，还是自由主义立场或保守主义立场。所有这些后结构主义问题都可以在所有这些方向上反映出来。最终人们必需做出政治上的判断，我认为这至关重要；但问题应该首先从其内在的观念性上予以分析和讨论。对艺术作品亦是如此。

我历来主张从政治社会、历史的角度阅读艺术作品，但我决不认为这是着手点。相反，人们应从审美开始，关注纯粹美学的、形式的问题，然后在这些分析的终点与政治相遇。人们说在布莱希特的作品里，无论何处，要是你一开始碰到的是政治，那么在结尾你所面对的一定是审美；而如果你一开始看到的是审美，那么你后面遇到的一定是政治。我想这种分析的韵律更令人满意。不过这也使我的立场在某些人看来颇为含糊，因为他们急不可待地要求政治信号，而我却更愿意穿越种种形式的、美学的问题而最后达致某种政治的判断。

张旭东： 在您的哲学—理论构成方面，我想问问海德格尔占有什么样的地位。同时也想请您谈谈海氏在整个西方马克思主义批评理论中的地位。

杰姆逊： 各国的情形很不一样。我 50 年代在德国求学。海德格尔好像是在一九五一年被重新允许执教的。我那时所了解的德国在思想界由海德格尔的思想支配。法兰克福学派的影响来得要晚得多。在法国，海德格尔也有他的信徒，连前往德国黑森林拘捕海德格尔的法国士兵都要求他签名留念。但海德格尔对整个法国思想界的渗透要慢得多。在此必须提到德里达。是他把海德格尔的某些方面提上议事日程的。这个海德格尔并非德国人了解的本体论的海德格尔，而是“颠覆形而上学”的海德格尔，其角色非常不同。把德里达视为海德格尔主义者实在有点不伦不类，因为德里达绝对不持有任何本体论方面的立场。他对此不感兴趣。在他看来那是海德格尔可悲的一面。然而海德格尔对于消解哲学的运作却是必不可少的，因为海德格尔也置身于同样的历史性问题之中。这一切很复杂。我看海德格尔目前在德国基本上是过眼烟云了。眼下的德国几乎完全笼罩在哈贝马斯的影响之下。当然现在有美国的海德格尔主义者，在美国海德格尔是个颇为景气的行业，不断有新的文稿面世。我本人的思想形成受萨特的影响很大，因而有许多海德格尔的东西我并不需要，因为我已从其萨特版中了解到了。

不过我觉得海德格尔思想中某些成分同马克思主义并行不悖，这就是所谓的实用的海德格尔：这个海德格尔大谈工具和生产。这为“日常生活的现象学”打开了局面。而这一领域，由于众所周知的历史原因，一直是马克思主义理论的空白。这一问题在马克思主义中一直没能得到发展。（不过阿尔都塞及其学派认为“日常生活”这个概念本身也是意识形态性质的）但这毕竟是海德格尔的一个方面。海德格尔还有另一方面对马克思主义的“实践”概念颇具吸引力。在萨特中这一方面有其不同的表现形式。在海德格尔的《存在与时间》中，整个对“定在”（Dasein）的看法，即把它视为能动的、第一性的因素（它只在后来才具备“思辨”的特质）在马克思主义的框架里显得生动而有益。

张旭东：您如何描述海德格尔在您著作中的体现，或许我应该先问您是否认为海德格尔存在于您的作品中。

杰姆逊：我在德国读书时念海德格尔念得十分认真。不过我一直更倾心于《存在与时间》，即存在论的海德格尔，而非后来的“本体论”的海德格尔。但我一直认为海德格尔的本体论极具魅力，只要你把它理解为一种乌托邦精神，而非对世界的描述。顺便一提，我认为这是整个现象学的问题。现象学的目标是乌托邦，而非事实存在之物。但海德格尔也有一个大问题，即有关现代性和技术的问题。在海德格尔的著作里，对这一问题并没有哲学上的答案，而是作为一个问题标明在那里。他的“Ge-stell”概念是如此神秘，以至至今无人能敲开这个硬壳而找到某种现实的问题与观念。但这的确是海德格尔觉得很重要，很需要思考的方面。显然，整个后现代性问题及其新的技术形式，比如控制论之类，使得以不同的方式思考这一问题变得更为紧迫。但这也许并不是海德格尔所想到的。总之，我或许可以说在我一生的不同阶段，我都是海德格尔的同路人，而在最近几年里，我对他的兴趣变得更强烈了。不过我不能说海德格尔对我工作的影响最为强烈，除了他的有关主动性、生产、实践等概念。

张旭东：所以人们应该把散见于您文章中的“存在”“去蔽”等字眼理解为某种乌托邦观念的标记。

杰姆逊：对，正是如此。我想我是用这些字眼来戏剧性地标示出一个乌托邦的空间。不过这不是我唯一可用的语言。这种语言当然也有其不利的一面。从乌托邦的角度看，“存在”在根本上说是人类存在和自然存在，因而社会领域就被剔除了。这对我们来说并不是很有用。

张旭东：近来人们似乎越来越有兴趣讨论和描述您的学术生涯和思想发展。在不少人看来，它们简直是奇迹。比如柯林·麦克埃布（Colin MacCabe）在为您的《地缘政治的美学》（*Geopolitical Aesthetics*）一书所做的序中，就以一种很有意思的方式描述或总结了您的治学道路。大体上说，他把您的经历分为两个阶段：头20年是通过评介德、法理论传统而“耐心”地建立起自己的理论前提，然后以《政治无意识》为转折，则是一场“爆炸式”的文化批评攻势。按他的说法，这一切是一场精心的自我设计和理论战略。

杰姆逊：我很感谢柯林为我的工作提供了一幅整体画面。目前这样做的人并不多。但我有些疑心柯林有意对我著作中的马克思主义方面或政治因素轻描淡写。我无意自己讲自己的故事，而且我看得出他的描述自有其说服力。但我自己恐怕不会这样讲。在我看来，方法论问题之间的张力与冲突总会打开通向更大的哲学问题的大门。最终这会导向基础和上层建筑的关系，也就是说如何把文化、意识同语境或形势联系起来。对个别文本的探讨总是由理论上的冲突为前提的。因而“爆炸式的文化分析”也可以用在我的文学工作方面。也就是说，在哲学—方法论方面与阅读个别文学文本方面之间的冲突同哲学—方法论与阅读大众文化文本之间的冲突并没什么不同。所以在我看来这并不是从某种经典看法向某种更倾向于大众文化、文化研究的方向转变。也许近年来我在电影和大众文化方面写得较多，但同时我也有好几篇很长的文学和理论分析尚未发表。这些文章的路径就非常不同。我并不想把这两方面合二为一，不过我认为真正的摆动可以说发生在普遍与特殊之间，发生于具体的读解与更为一般的理论探讨之间。我并不觉得我是先把自己的理论功夫修炼到家，然后再转向具体分析。在目前的全球资本主义环境中，在这个后现代时代，人们以往在现代性的世界里所进行的理论思考本身必须予以重新考虑。而这亦是我们目前的理论工作。许多思辨性的问题还远未解决，现在还不是沉溺于“阅读本文”的时候。理论仍在途中，它还需要进一步的理论工作。

张旭东：在您的批评文章中“政治”和“美学”两者都是无时不在、无处不在的。在许多人看来这正是您文章令人信服之处。但我还是要问，“理论”在您的工作中是不是一个核心环节，在此，您不但获得了一种“哲学”形式和个人风格，也获得了某种权力、主体性，某种思维的原则。这使您能够以一种居高临下的姿态对事物进行读解和编码，并在叙述中保持某种一致性、连贯性和能动性。人们能说现在的文化语言是一种精神分裂的语言，而您却似乎不受此约束。这一切能不能反过来在理论中得到解释呢？又能不能同您在理论上的潜心研读联系起来呢？

杰姆逊：在此，我们同样只能给一个历史性的回答。我的早期理论著述（按：指《马克思主义与形式》及《语言的囚笼》）似乎是为我后来的文化分析铺平了道路。但当时它们却也产生于特定的语境中。那时，法国和德国的批评传统在英美世界都远非为人熟知，因而我的任务在某种程度上讲是将这些理论大众化。现在，有关这些理论的种种翻译介绍层出不穷，传播甚广，美国知识界自七八十年代以来也在理论上变得不那么肤浅幼稚了。像我那两本书那样的东西已经不是必需的了。要说新理论，如果新理论可以被不断制造出来的话，比我更适合这种工作的也大有人在。这是我要说的第一点。

第二点是，具体的阅读只有当它包含理论要旨的情况下才令我感兴趣。因而在我的工作中理论与阐释的关系一直是非常紧密的。当然我以前所写的东西并不是我所感兴趣的一切。也有许多我觉得更有意思、更有价值的文本我一直没机会写到。并不见得你对什么感兴趣，你就有资格写什么，这真是很奇怪的事情。一般人总觉得只要你对什么感兴趣，就可以对这些事情发发议论的机会，我对一些伟大的文化新闻工作者深怀敬意。伟大的文化新闻写作总是能够对时下所发生的事情作出立即回应。但我自己的情形不同，让我觉得谈起来精神振奋、言之有物的作品得让我能全神贯注于具体的理论问题。反之亦然，在我谈理论问题时，也从不愿脱离对具体作品的阐释，尽管有些人觉得我有时候过于抽象。我对许多哲学问题兴味索然，因为它们无法同具体作品和具体环境相结合。

从更大处着眼，你所说的我的方法上的一贯性只有在一种新的意义上才有可能，这也是我何以思考后现代主义与后现代性的原因，80 年代以前的语境同目前相比显得更为清晰、稳定。在我刚刚开始思考这些事物的时候，至少我所描绘的那种后现代一下子同一些非常基本的基础结构性变化勾连起来。这些变化当然主要是经济社会方面的，比如全球化的趋势。这便给了我一个融会贯通的框架来审视一切，把它们理解为某个特定历史阶段的文化逻辑。也许别人手边上并没有一套现成的历史分期理论。

张旭东：但这种历史分期论的框架来自马克思主义。

杰姆逊：当然是这样。它从根本上讲是马克思主义的历史分期论。我的一些同事和同志认为对后现代主义作历史阶段论的分析是向资本主义花里胡哨的趣味妥协。但这种历史阶段论是基于这样的看法：即资本主义的发展经历了现实主义阶段，民族主义阶段，帝国主义阶段，资本的全球扩张（尽管这还不是我们目前意义上的"全球化"），最终达致目前形式的全球化的资本主义动态。我认为这些是资本进化的不同阶段，对这些阶段的思考带有深刻的马克思主义的印证。所以我很高兴看到有人刻意避免使用"晚期资本主义"这样的字眼，因为这恰恰表明他们了解有关资本主义发展的不同立场，了解这些立场的政治含义。有人指责我在以阶级观点看问题方面做得不够。这也许是事实，但我相信阶级、阶级动态和阶级斗争的存在。在我看来它们总是活生生的。但是它们在今天的存在方式非常复杂。现在不存在界线分明的工人阶级意识形态，也不存在一清二楚的统治阶级意识形态。整个局面比以前复杂得多。我并不认为马克思是经济决定论者，但我认为谈马克思主义就不可避免地要这样那样地谈经济，这是马克思主义的一个内在的、历史的、不可逾越的特征。它要求你最终触及经济结构。如果你总把自己局限于阶级，你就会很快陷入有关权力的政治考虑，这反而会让人丧失同经济结构的联系。因而我对福柯等人强调权力的做法未敢苟同。我觉得这把事情看得太简单了。在我眼里，有关后现代的理论最终是一种经济理论。也就是说，不管你从何处着手，如果你的步骤正确，你最终会谈及资本主义。因此，贯穿我著作的框架来自我们所处的时代本身。其马克思主义的成分来自这个历史阶段的根本的经济动态。

张旭东：是不是在这个意义上马克思主义变成了一种哲学了呢？

杰姆逊：不，我不这样看。德里达在他的近著里反复强调马克思主义既不是本体论也不是哲学。我同意他的观点。马克思与弗洛伊德两者的独到之处就在于，它们都致力于马克思主义传统中所谓的“理论与实践的结合。”也就是说，世上并不存在任何可以写在纸上的马克思主义哲学体系。当然，有很多极为重要的哲学思辨或理论建设给人以一种马克思主义哲学的感觉，比如卢卡奇的《历史与阶级意识》就是这样一本书。我还曾大逆不道地说海德格尔的《存在与时间》未必不能这样读。这样的著作还有不少。我觉得苏联马克思主义，或者说马克思主义的“东正教”最可悲之处就在于它抱着这样一种观念，即人们可以绘出一幅世界整体的无所不包的画面。这幅画的名字便是辩证唯物主义。其写作方式与陈旧古老的哲学论文的写作方式如出一辙。你从“物质”出发一步步往前走，如此等等。我对这种观念一直是强烈抵制的。也许在一个非常空泛模糊的意义上我们仍可以把马克思主义称作哲学。但我不会在任何实质意义上把它当哲学来看。

现在有许多人讲马克思主义不是哲学，更是一种非常不同但却更为糟糕的东西：它是一种历史哲学。对此我们应有不同的思路。无疑，马克思主义在历史方面颇有一番抱负，而我个人对所谓的历史哲学也极有兴趣。这里面的确有许多令人兴奋的东西，包括资产阶级的历史哲学，第三世界的历史哲学。但我的感觉是将其中的种种特殊的问题概以历史哲学的名称并不妥帖。这同马克思主义是不是哲学自然是两个问题了。

张旭东：您在美国创立的“元批评”（metacommentary）概念如今已被人广为接受。但这个概念所揭示出的问题的领域，甚至这个概念本身的功能，都预设了马克思主义的思考方式和批评路径。在这个意义上，马克思主义似乎并不甘于做理论市场中的“一家之言”或一种品牌。在马克思主义传统之外的人看来，马克思主义似乎自有其源泉，在与其他立场交手或介入整个文化领域的时候，马克思主义往往把自己放在了别人之上。

杰姆逊：这要从几方面看。首先我们可以从不同的理论话语的角度看：在此人们会说，不管你怎么大讲理论话语的多样性，到头来马克思主义还是一家独尊，以势压人。但我们不应忘记如今马克思主义并不是只此一家，别无分店。事实上有形形色色的马克思主义理论话语。因此这样的说法并不能成立。那么是不是马克思主义中还残存着以往哲学的基础，因而让那些反本质主义者们看得疑心重重呢？要是马克思主义当真是一种他们意义上的哲学的话，这么想倒也情有可原。可事实上不是这样。这样的指控并没有击中要害。我倒要说有许多事实上在做元批评工作的人没有意识到他们干的正是马克思主义。我不认为人们一定要有意识地在思想上信仰马克思主义方能够获得马克思主义的世界观。再说，马克思主义业已充分渗透到各个学科的内部，在各个领域存在着，活动着，早已不是一种专门化的知识或思想分工了。

至于有人觉得我占有某些别人无法占有的秘密真理，那我们只好诉诸于思想言论的公共空间（public sphere）了。这个“公共领域”的全部含义便是各人作各人自己的阐释，公众或取或舍，或信或疑，悉听尊便。我觉得真正的问题倒可能在于当今许多人没有把自己的立场、观点发挥到淋漓尽致，因而在理论、意识形态的竞争中被淘出局。问题或许在于有些人压根就没意识到自己所说的是意识形态。在此，我认为马克思主义就是一系列意识形态，而我们都受到各自国家的、民族的、个人的以及心理的特定处境的制约。总的来讲，有许多根深蒂固的意识形态或阶级信念是我们自己意识不到的，马克思主义亦不例外。所有著名的马克思主义者都来自特定的个人、阶级和民族背景。他们生产出来的是一些马克思主义意识形态。我一直愿意对各式各样的意识形态感兴趣，在它们之间穿梭走动。我自己并不知道如何描绘我本人对马克思主义的看法。尽管我能够理解它们的意思，但我认为上面提到的种种诘难并不公允。对这个问题也许很难有令人满意的回答。

张旭东：但这样的看法恐怕依然存在。这是不是同马克思主义理论话语的“整体论”（totality）、“大叙事”（grand narrative）有关呢?

杰姆逊：让我回到原先讲到的理论变成了个人语型或“私人语言”这一点上来回答这个问题。我的感觉是，如果你打算对一系列由不同学科专业造就的人发言，那么你就得在某种程度上在不同的语言间翻译，在某种程度上说他们的语言。即使你随后就要批评并颠覆这种语言。用这个例子作比方，我看人们以为的将我作品统一起来的信仰或哲学成分，不外是这样一种翻译机制。不过我要捍卫这一点：在其微妙与灵活方面马克思主义是一种远胜于其他系统的在不同语言间翻译斡旋的模式。那些伟大的带有普遍性的体系莫不如此。天主教思想就曾经是，或许目前仍然是这样一种体系。某些天主教神学家，像耶稣会士，曾经在各种哲学语言之间游刃有余，其方式极具威力。就我所知，在这些普遍性体系中，马克思主义是唯一的世俗思想体系。像结构主义符号学之类的体系则没有这样的抱负，因而我觉得它们并不成功。不过它们用存在主义和马克思主义间的联系值得以用历史的眼光去加以分析。这里面有很精彩的故事。但马克思主义的确是唯一一种包罗万象的迻译转换的技巧或机制。

如果说马克思主义是一种与众不同、得天独厚的思维模式，原因不过在此，而非因为你自己一口咬定发现了真理。马克思主义的“特权”在于它总是介入并斡旋于不同的理论符码之间，其深入全面，远非这些符码本身所能及。齐泽克想告诉我们说拉康主义也是这样一种转换模式，甚至是一种优于马克思主义并包容马克思主义和辩证法的模式。我一直对拉康心醉神迷，对这样的看法不妨姑妄听之，但在这方面比起齐泽克来我还是自叹弗如。我认为最重要的是，在不同符码间进行“中介”，而不是哪种符码或“哲学”比别的更强。

张旭东：也许人们印象中的马克思主义的“强力”。（您的写作便是一个例子）也同“创造力”的概念有关，因为马克思主义的思维方式总在不停地吸收外界因素再对之加以理论转换。在西方知识界普遍呈现疲惫之相的今天，也许并不是人人都有这样的能量、兴趣和动力去拓展更大的空间。

杰姆逊：我想人们在自己的工作中都有激情，而当这种激情获至其形式上的表达时，人们已经相对地筋疲力尽了。从这一点看，我同马克思主义的联系并非出自信仰或出自某种“真理”概念，而是出自兴趣。政治和政治立场会使人产生一种内在动力去不断地向新问题挑战。西方左翼的许多人在苏联共产主义终结之后深感乏顿，因为他们一时不知道这种内在动力向何处去，有的则转而致力于地域性或局部性问题。但在我，资本主义以及不同于资本主义的选择的可能性一直是迫在眉睫的问题。

目前的世界同二十年前相比出现了很大的变化。这就给我的工作提供了推动力。我一如既往的工作就是吸收和消化这些新事物。我希望我不会有一天对这些问题失掉了兴趣。但这种事常有。我更愿意把我自己的内在驱动力作为兴趣，而非政治介入来看待。因为政治的议题常常变化，人们也并不是一直处身于同样的政治环境中，或一直了解问题的关键在什么地方。在当今尤其如此。但把文化同经济勾连起来的兴趣却是恒常的，至少在我是这样。当然，文化和经济都在变，因而这种兴趣的性质、结构也在变。我们谈创造性，这也许是创造性的活动领域。

张旭东：但马克思主义的迻译、中介活动是否也生产出自身的一套符码系统和理论规范呢?

杰姆逊：马克思主义固然是一种符码体系，但我觉得它更是一个有待探讨的问题领域。我所做的一切都围绕着这个问题，这个问题在我看来仍然意义深远。如果我们谈的是同其他理论的对话，那我们有从性别理论到后殖民主义的一系列理论，它们提出了非常不同的理论取向。

张旭东：我盯住这个问题不放的原因是这样的：中文读者难免或多或少地从一个西方提供的眼镜看世界。因而要了解自身所处的社会历史的境遇，就不能同时去了解“西方文化”“西学”或“西方理论”这个媒介或机制。在寻求某种历史性答案的路途中，某些理论方法上的“真理性”有时会被非历史化，以便满足人们在概念的层面上了解西方思想文化结构的强烈愿望。在这样的情形下，您的一些著作，也许整个西方马克思主义话语，都获得了不少人的偏爱，因为它似乎让人能够在忙于吸取的同时保持一个较为全面而积极的主体立场。

杰姆逊：这对我来说是个自己的作品在其他国家里传播的问题，我相信环境的第一性。我认为民族国家业已消亡的说法非常愚蠢。我认为当今不同的思想社区和团体间的交流越来越多，但我觉得知识分子是附着于自己的民族情境的。由此我们可以看到两方面的问题。首先，美国是当代资本主义最发达，但也是最凶残的形式。在现阶段，美国人的立场较之欧洲人或者中国人的立场也许有某种特殊之处。比方我注意到某些知识界的问题在德国就不会或不用被提出来。我的看法也许有点沙文主义，但比起别国知识分子来，我觉得美国知识分子有义务有责任正视更多的问题，尽管我们有时觉得别国的思想环境更为可爱。这是其一。

第二点，我总是以一种论争的方式构思我的文章。作为马克思主义知识分子，除了对文化及其运作机制作一番理论探讨，我们还得与其他的思想意识形态交锋。我肯定在中国或在整个亚太地区有着形形色色不同的意识形态立场在不断形成，但我在此地探讨这些事物的方式会与人民共和国，或香港和台湾，或其他地方的知识分子的处理方式非常不同。对手会不一样，有的时候意识形态的发育程度也会不一样。我想这一切赋予我作品以一种特殊性。

我们都对某种理想的精神生活形式油然而生思古之幽情。在包括我个人在内的许多人看来，法国的知识界堪称典范。但我们在这儿的处境不一样。我们由此而思念法国知识分子所扮演的社会角色，不过这种角色现在亦陷于深重的危机之中。这种处境可以说明我的工作的特殊之处。在美国的文学、美学和文化界，与理论的兴起相伴而生的是一种多元论，形成了许多小团体，个人自行决定在哪种理论语言或团体中活动，而无需与小圈子以外的立场碰面。这是一种典型的美国形态。而我的立场是我觉得我必须这样或那样地与所有不同的立场进行对话和接触。当然，有时我做得好，有时做得并不好。如果你认为马克思主义就是从内部去吸取别的语言体系，同时揭示这种语言的局限性，那么这也许的确是马克思主义的一种特征。这与其他的文学或文化的意识形态或哲学形成了对照。

张旭东：一般读者，特别是非西方读者，在探索某种理想的精神生活形式的同时，也在寻找一种叙述或表现的形式，以便用它来组织自己的个体的或是集体的经验。这种经验不加组织，就会变得脆弱而零散。马克思主义是不是在这个领域向人们作出了保证呢？

杰姆逊：当然是这样。后现代主义时代的叙事及其同晚期资本主义的关系是全部问题之所在。无论在世界的哪一个角落，人们都无法逃避晚期资本主义的引力场。而在我看来这正是我们组织经验的能动因素。人们并不一定要在存在论的意义上面对破碎的现实。人们既不是要把破碎的世界标示得一清二楚，也不要还其某种统一性。人们只是为破碎的世界提供其理论形式。

我所提供的框架是一个历史的框架，我认为它最能让人去获取一个连贯的叙事，即便这个叙事说明的只是不连贯性。我觉得这是我们当今的任务。然后我们可以回过头来谈其他问题，比方说谈失败的形式。有人觉得因为历史上曾有过伟大而成功的表现范式，我们如今也得努力奋斗去造就一个新东西出来。我认为这种想象方式不对。我们如今完全可以强调表现的不可能性，有时正是这种不可能性给我们提供了认识世界和组织经验的线索。我觉得我的全球叙事比自由主义的叙事，市场的叙事或其他的政治叙事更适合于这种工作。

张旭东：所以当代经验的叙事并不是某种新兴的内在性或主体性的庇护所，也不是怀旧或集体主义的栖身地。可是无论从文化上讲还是政治上讲，这些因素都在叙事中起到一定的作用，不是吗？

杰姆逊：是这样。如果人们继续用这类的术语，人们能生产出不同的话语。卢卡奇对我提出的问题是：如果连贯的东西才是叙事，那么你如何应付顽固地、倔强地拒绝叙事的材料呢？在我看来，辩证思维同样可以把它变成叙事，只是这种叙事与传统的叙事方式不同而已。

张旭东：在许多地方，中国包括在内，某种积习仍旧让人觉得一旦你有了一种叙事形式，你就更接近真理；而为了要获得一种强有力的叙事，你首先得有一种强有力的主观性。

杰姆逊：我们必须指出连贯性不是来自主观性，而是来自现实世界。并不是你在自我上面下功夫，或抓住某种信仰或信念，你就能让世界变得连贯起来。同时制造出连贯性和不连贯的是现实世界，是资本主义。因此我们注意的焦点也应该在这些地方，而不是在这样或那样的主观源泉上。当然，为了要驱逐自我，我们得首先创立某种与自我的关系。

张旭东：这并不是说新的语言和叙事不能构建出新的空间与立场。在中国的文学、文化批评界，在美国的东亚研究界，许多新的问题和立场同种种理论话语的进入有着密切的关系。

杰姆逊：当然不是这个意思。但我并不认为我们单凭意志力便可使这些事情从无到有。密涅瓦的猫头鹰只在黄昏才起飞。这也就是说人们虽能够体察新的世界中的存在（being-in-the-world）的降临，但注意到它，将它加以理论上的发挥并不意味着你可以将它进一步带入存在，或使世界有所变化。我不觉得个人可以从自身中产生新的东西。

另一个问题是我们在当今如何看待理论。对此我有一个复杂的回答，一个黑格尔式的回答：我们在辩证法或主客观对立中看到的是这样一个事实，即主观是客观世界的一部分。主观是由客观造就的。我们可以就理论持同样的观点：理论并不是来自子虚乌有，然后由喜欢理论的人接过去肆意发挥。理论来自特定的处境。理论是这个全新的晚期资本主义环境的一个有机产物。因而它本身是一种新现象，然后，作为世界的客观现实的一部分，它自会循着其自律性的发展道路并对现实产生反作用，带来思想上的变化，带来大学体制内的变化，改变知识分子的角色，以致影响整个文化生产本身。

如果人们把理论视为某种主观性的东西而与我们所谈的客观的文化、历史与社会现实对立起来，人们就是以一种非历史的方式看待理论。但理论是形势的一部分。因而理论的兴起本身成为一个关键的有待探讨的文化历史问题。比起早年这些理论刚刚出现时，目前则是进一步探讨这一问题的时候。我们要问理论何以在那时出现，结构主义或后结构主义何以在那时出现。这的确是一个社会、文化的事件，它不是出自某人的异念怪想，不是出自主观或技术性领域，更不用说技术本身亦是社会现实的一部分。

另一方面，马克思主义中确有一种糟糕的、简直是灾难性的倾向，说我们想要的新事物应是这种或那种，而你们艺术家就得给我照着样子创造出来。如果借用密涅瓦的猫头鹰的比喻，艺术家不过是新现实的记录仪。你不能事先预定好他们会做什么。作为知识分子，如果你看到了新事物的出现，你就把它变成你研究的客体，你就能做出些新东西。如果没有新东西出现，我们便依旧我行我素。我认为理论生产与此并无不同。艺术作品是记录仪，理论也是，以往的哲学在它们存在的时候亦不过如此。

张旭东：马克思主义作为一种更为自觉的记录仪，是不是能在工具理性或"人类欲望与社会工程"之类自由主义公式外提供给人新的答案呢？

杰姆逊：马克思主义不是包治百病的灵丹妙药。有许多马克思主义型态在这方面做得十分糟糕。我个人认为理性的言辞在此于事无补。在德文中有两个意为"理性"的词：一是 Verstand，一是 Vernunft。你所指的是 Verstand。相反，把自身理解为世界之一部分，而不是对立于这个世界的理性是 Vernunft。我没有把握说我们现在能达到这一步。这是一个极为复杂的观念。但在艺术、感知、理论等方面我们所能谈论的最关键的一点便是走出自我，让自我变成一种记录仪，一个捕捉现实内容的机制，我不愿过早地判断事情是否“理性”。事物本身总是理性的。它们存在在世界上，他们是真实的现象，它们自有其历史根源并为自己作出终极的说明。但理性或非理性这样的词汇并不是一个非常有效的讨论办法。

在 70 年代的法国，“欲望”是个颇为流行的字眼，德勒兹的信徒们比德勒兹本人更喜欢用它，这类概念在我看来代表了一种要发现一个一举解释所有事物的根本概念的企图。诸如“权力”“经济学”“欲望”“理性”。之类都是这种企图的表现。这就是人道主义。它是要提出一种人类本性或人类实质的理论。然而我却更强调境遇，这意味着世界自有其发展的逻辑和节奏，而这一切无论对于个人还是对于民族国家都很神秘。但这正是我们必须面对的问题。就这个问题而言，那些有关终极性动机的言辞变得大而无当。

张旭东：作为现代性的产物，马克思主义总是寻求世俗化和非神秘化；但与此同时，它是不是也提出了自己的本真性或整体性概念呢?

杰姆逊：我们先来看宗教。我正在重读科耶夫（Alexandre Kajève）关于黑格尔的讲演。他的论点是，黑格尔是位激进的无神论哲学家，但绝不是个反宗教论者。因为在黑格尔看来形形色色的宗教是现实存在的、真实的社会现象。宗教的确将社会现象神秘化了，但却并没有矢口否认这些现象的存在，或将它们归于纯粹的幻觉和谬误。我对当代宗教一直很有兴趣。比方说，伊斯兰原教旨主义在社会主义缺席的环境里一直把自己树立为对抗美国生活方式的根本性的出路，我们应该看看究竟是什么使得它能够这样做。这里面有很多问题。不过我觉得这些新的宗教运动与以往生产方式条件下的无所不包的伟大宗教体系非常不同。

回到欧洲来看，更为具体的问题是乌托邦契机变得越来越关键了。我指的是意识形态与乌托邦之间的辩证关系。非神秘化总是有价值的，即使有时进行这种工作的人本身毫无社会理想可言。我们人人随时随地都被各式各样的假象所包围，我们头脑中的幻想也每每流溢于社会，将这些幻觉击破很有必要，也很痛苦，因为不痛苦就达不到效果。马克思主义自然是一种十分有力的非神秘化的形式；它以后仍会继续如此，因为经济往往是人们最不乐意谈的。而阶级更为许多人避之不及。对这些事情进行具体的非神秘化会是马克思主义的一项长期工作。但要获得这种非神秘化工作的真正的、最富创造性的成果，我们就必须把它同探索不同于资本主义的社会发展道路的广阔视野结合起来，我们就必须把非神秘化同某种乌托邦的因素或乌托邦冲动联系在一起。在我看来，马克思主义的这两种驱动力是结合在一起的，而非它在进行非神秘化的同时暗中有一套半宗教的宗旨。

我还想在两类不同事物间作一区分。一是我们在目前历史阶段和日常生活中所称的宗教性质的东西，一是关于未来的乌托邦憧憬。对于后者你自可以称之为宗教，如果你非要这样说不可。但我认为它本质上亦是政治性的。也许我文章中那些海德格尔式的瞬间就是要猛烈地强行灌输一种乌托邦观念，把它设置在我那些消解性的、非神秘化的行动旁。我觉得只有更为广泛的、马克思主义的乌托邦内驱力才能与种种宗教冲动相抗衡。难道市场不也有它自身的乌托邦吗？在某种思想意义的确如此。但这种乌托邦并不是目前这个地球上大多数人所能享有的。目之所及，我还看不到其他的能够替代马克思主义的乌托邦形式。

最后我想告诉你我对解放神学（liberation theology）推崇备至。在一些国家，解放神学比起某些形式的马克思主义来是将社会政治同日常生活现实联系起来的更为有效的方式。但我仍偏爱乌托邦这个字眼。我们得记住斯大林主义以及整个庸俗马克思主义传统同种种宗教运动间的关系。这段可悲的历史不会不留下任何痕迹。故而迄今对于许多人来说马克思主义仍不过是一种狭隘的排斥异己的启蒙主义理性。我则不这么看。有些伟大的马克思主义者的确能把马克思主义同其他问题联系起来。恩斯特·布洛赫（Ernst Bloch）是一个最引人注目的例子，但此外还有许多人。

张旭东：您如何在乌托邦观念和人道主义之间画清界线呢？

杰姆逊：这些概念的含义常常是游移不定的。在阿尔都塞学派和布莱希特等人所限定的意义上，对苏联的有关资产阶级伟大传统以及资产阶级思想本身的攻击是一种全然不同的事情。而在西方，人道主义的观念是组织在个人的连贯性以及个体经验的自律性价值这些概念周围的。整个后结构主义运动就是反自律性主体，是对哲学上的人道主义个人主义的批判。它使得我们去设想一个社会领域，一个集体，一个生活共同体。目前出现了一种所谓的社区主义，是一种右翼的有关集体性的人道主义，值得加以批判。

张旭东：您给我们说明了马克思主义的社会政治性质。但在中国，马克思主义，确切地说，西方马克思主义，首先被视为对消费社会的异化和庸俗化现象的审美的抗议。在一个引申的意义上，这也启发人们对所谓极权社会种种僵化的教条进行批判的反思。当代中国对西方马克思主义的大量引进始于80年代，其阅读方式亦打上了那个特定时代的印记。举例来说，在刘小枫的《诗化哲学》里，阿多诺、马尔库塞这样的西方马克思主义者有时与谢林、荷尔德林、尼采或海德格尔这样的“诗意哲学家”相提并论。在此，“诗意”成为西方马克思主义的一个引人入胜的特征，并使之在中国市场上与其他当代西方理论话语的竞争中获得了不少人的青睐。您怎样描述西方马克思主义的“存在论”或者“诗意”的方面呢?

杰姆逊：近来出现了一股把谢林重新定义为马克思主义思想源泉之一的趋势，齐泽克的文章就是一个例子。我认为这也是在建造马克思主义的乌托邦特色。其目的是从狭窄的经济决定论中解脱出来，去寻求一种存在论的诗意的景观，去探讨世界存在及人类生活的种种可能。在这个意义上，这种趋势是颇有意义的。

不过我要再次强调，我们必须强调这种你所谓的诗意马克思主义的种种影响；我们必须历史地看待这种影响及其出现的阶段。它在美国60年代当然激起了阵阵回声，马尔库塞的著作便是见证。这些影响在更大的意义上是政治性的，政治有不同层面上的表现。有的是直接的经济层面，比如这次法国的工人罢工和游行示威。但一种互关紧要的政治却是对更为合理的社会制度的憧憬和描绘。我们有充分的理由去致力于这种远景，去思考这种现象和期待为何在此时此刻出现，为何出现于特定的民族国家境遇之中都不是偶然现象？它在这些特定的阶段自有其具体的政治、社会和历史功能。日后也许会出现不同的社会环境，在其中对于替换性选择的想象会变得不太重要，或用布莱希特的话说是，不太有用了。但我们必须不断地取代历史境遇中的理想，并不断地揭示其意识形态的功能。

在我看来这种理想总是非常重要的。不过这并不意味着这是人们唯一要做的思考、分析，并不意味着这是唯一的政治。在目前环境下，人类生活业已被急剧地压缩为理性化、技术和市场这类事物，因而重新伸张改变这个世界的乌托邦要求就变得益发刻不容缓了。

张旭东：您似乎更多谈到了马克思主义是怎样取决于它所处的环境。您能不能也谈谈马克思主义的能动的——如果我们得避免使用“主观的”这个字眼——方面？无论如何，马克思主义是一种认识世界和组织叙事的有力机制，这同其能动的方面是分不开的。也许谈这个问题就不能不谈到辩证法。

杰姆逊：辩证法的问题是个复杂的问题。有些马克思主义理论主张我们干脆甩掉这个概念，因为它太唯心论，也太难向一般读者说明了。阿尔都塞就持这种观点。我也觉得在哲学讲座之外谈辩证法显得有些过分。但我认为辩证法可以以多种多样的形式现身。

我同时认为辩证法从来没有真正实现过。当然我们有黑格尔的卷帙浩繁的著作，我们有马克思的较为零碎但却同样数量惊人的文字。我更愿意以一种乌托邦的方式把辩证法视为一种未来的思想模式，而不是在 19 世纪 20 年代出现在柏林，19 世纪 70 年代存在于伦敦的现成品。我看我们可以有更简明实用的探讨辩证法的方式。目前我感兴趣的有三种。第一，强调环境本身的逻辑，而不是强调个体意识的逻辑或诸如“社会”这样的异化了的实体的逻辑。强调环境的逻辑，就是强调环境的恒常的变化性，强调这种变化的首要性以及这种变化所带来的可能性和不可能性。我想这种思维方式会走向我所认为的辩证思想。

第二，就所谓的哲学或历史辩证法而言，辩证思维寻求不断地颠覆形形色色业已在位的历史叙事，不断地将它们非神秘化，包括马克思主义历史叙事本身，比如社会主义之必然性等等。这并不是将因果性也一股脑抛开，因为有叙事就会有因果，而叙事的逻辑说到底是一种因果逻辑。但辩证思维总是要瓦解已为人接受的叙述形式和历史因果律。读读马克思的《雾月十八日》，你就会发现你看到的并不是简单的综合，而是形形色色的新事物和社会历史的更为错综复杂的因果关系。而这一切如何在马克思手中自然而然地归于一种叙述历史的简洁方式真是让人百思不得其解。

第三，是对矛盾的强调。只要你坚持以矛盾的方法看问题，你的思想就总会是辩证的，无论你自己意识得到还是意识不到。我看人人都有某种生存论上的患得患失，这使得我们宁愿对矛盾视而不见。我们总希望一切稳稳当当，我们总希望时间是德里达曾痛加批判的那种“在场”的实存，我们总乐于把自己设想为统一完整的主体，我们也总乐于相信我们面对的问题相对好办。要是每当我们把自己表现为整体时我们都能起而打碎这一幻觉，正视矛盾和特殊经验的多重性，我们就正是在以辩证的方式思考问题。

这些也许都只是对辩证思维运作方式的较为实用性的描绘。我从三个角度看，即如何考虑具体的环境，如何考虑历史，和如何考虑现实。

张旭东：您把辩证思维的运作描绘成思想与现实的缠斗，而到头来事物存在的方式成为思想观念的形式。这令人想起本雅明对巴黎城市空间所作的批评测绘，而本雅明本人又师承《雾月十八日》。那么辩证法同寓言（allegory）的关系又是怎样的呢？在阿多诺看来，本雅明的思维模式是“反辩证法”的。

杰姆逊：我们可以作些尝试性的回答。首先，不少人一直把辩证法描述为一种方法或体系。在某种意义上我同意。但这样说也很误人子弟。因为说到方法，人们往往会觉得只是学一套处方。一旦学到手，你就万事大吉，真理在握。辩证法不是这个意义上的方法。它含有方法的因素。这使得很多人常常这样来形容它。卢卡奇也是这么做的。

至于寓言，我想这是不同的事情。这是一种再现事物的模式。尽管我们说要抓住历史变化中的环境、打破旧有的关于变化的叙事形态、并着眼于活生生的事物间的矛盾，但这一切没有一样是实物。随之而来的问题便是怎样描述这些事物，怎样为你的意识找到一个模型。寓言就在此刻出现。它提醒我们，告诉我们即便我们强调环境，环境却并不是一个实在之物供我们简单地“再现”。即便我们信奉叙事，叙事却不是一件轻而易举的事情。说世界自有其叙事结构不等于说你能够以一个小故事就把它说得清清楚楚，不等于说世上有现成的表现技巧可供人调遣。同样，重视矛盾并不意味着矛盾是看得见摸得着的东西，或我们可以画出一幅矛盾的图示。强调寓言因而便是强调再现深层现实的艰巨性甚至不可能性。我的确认为这种再现是不可能的。不过你一旦这么说，就给各式各样有关沉默混乱和不可知论的意识形态提供了口实。这并不是我想看到的情况。寓言是一种知其不可为而为之的再现论。

张旭东：您提出的“认知探测”（cognitive mapping）概念是不是要用个体在陌生的城市空间为自己定位和定向的比喻来建立辩证思维同寓言表现方式间的桥梁？

杰姆逊：这个说法很有意思。我自己以前还没这么想过。

张旭东：在您看来，辩证法从来不是一个纯粹的思想或思辨行为，而是一场不停的搏斗。它把一切都卷了进来：经济、政治、个人背景……

杰姆逊：以及你自己的意识形态。对，我同意。成功的辩证思维所带有的标记是震惊，是惊异，是固有观念的倾覆。你可以在一瞬间洞察真理，但你自己的意识形态会卷土重来，把你湮没在有关世界的种种假象以及你自己的主观愿望之中。于是你又被逐出了真理。在此，精神分析给我们提供了一个很好的类比。在精神分析看来，真理的瞬间是一种倏忽不定的、痛苦的瞬间。你注定失败，但有时却出其不意地夺回了阵地。

这是为何不能把辩证法视为哲学的另一个原因。因为一般人认为在哲学里一旦你把握了真理，你就可以从容地将它见诸文字。黑格尔觉得自己做的正是这么一件事。然而资本主义却复杂得多。马克思就很清楚资本是看不见摸不着的东西。于是这一切成了一场极为有趣的文学实验。再现（Darstellung）的问题就是人们如何把事物以某种方式拼凑在一起以图窥见无形的东西。如果辩证法是如我所描绘的，它就不可能成为系统哲学。

从“资产阶级世纪”中苏醒

——本雅明文集《启迪》中文版导言*

德国文化批评家瓦尔特·本雅明（Walter Benjamin，1892—1940）在西方思想界的地位和影响，自60年代以来一直蒸蒸日上，目前已毫无疑问地跻身于20世纪最伟大作者的行列。而在这一小群杰出人物之中，本雅明又属于更稀有、更卓尔不群的一类。对此，早在60年代末，当“本雅明热”横跨大西洋在北美登陆之际，汉娜·阿伦特（Hannah Arendt）就在她为英文版《启迪》（Illuminations，纽约，1968年）所作的长篇导言中详加阐述。在80年代后期“文化热”期间，本雅明也已进入中国年轻一代学人的视野。《读书》杂志曾在1988至1989年间连载有关本雅明的介绍，《文学评论》和《文化：中国与世界》都发表了长篇评论文章；《世界电影》和《德国哲学》分别刊载了其名篇“机械复制时代的艺术作品”和“历史哲学论纲”的中译；而本雅明的代表作《发达资本主义时代的抒情诗人》亦作为“现代西方学术名著”丛书的一种于1989年由三联书店出版，90年代又数次重印。从那时起，本雅明

---

* 原刊于《读书》1998年第11期。

的名字，连同“震惊”“灵晕”“寓言”等等带有他独特标记的批评术语，就回荡在当代中国先锋批评的行文中，并同巨变中的中国社会文化现象碰撞出引人注目的思想火花。

十年后的今天，本雅明主要文章的合集终于同中文读者见面，但阅读的语境无疑已与80年代的大为不同。在“文化热”期间，本雅明是随同尼采、克尔凯郭尔、韦伯、海德格尔、维特根斯坦、萨特、阿多诺以及从俄国形式主义、阐释学直到女性主义和解构主义的当代文学批评理论一同抵达改革开放的中国的。这样一个爆炸性的理论话语空间自然同当时中国复杂的社会、经济、政治环境密切相关、更与80年代特定的意识形态氛围和知识分子心态彼此呼应。但是，正因为新的文化空间直接回应着当下的社会期待和想象，传达着“新时期”的集体欲望和政治热情（它们又都带有巨大的历史补偿的压力），它更多地成为80年代中国变革的一种此时此刻的文化表象和症候。结果是，80年代“文化热”虽然通过大规模的翻译、介绍为人们打开了一个崭新的视野，但却未能真正建立起自己的问题史框架，更没有为新的知识话语和风格形式找到其现实历史中的落点及其成熟的意识形态表述。在这个语境里的本雅明，更多地是作为一种情愫的象征、思想的姿态留在热情、诗意的读者的心目中。也就是说，80年代的本雅明（乃至整个“西方马克思主义”批评家群体）并没有超出其“文人”形象而给我们留下一个深远而严格的理论坐标。

不言而喻，当代中国历史境况和集体经验的特殊性使得中国读者能以令西方学者感到吃惊、甚至难以接受的方式创造性地阅读西方文本，跨越西学内部不同的理论传统和意识形态立场为我所用地选择和组合。80年代后期，对包括本雅明在内的西方马克思主义者的接受，就常常同中国读者对德、法浪漫主义、存在主义、和“诗化哲学”传统的“同情的理解”交融在一起。尽管在 20 世纪西学语境中，马克思主义唯物史观和批判立场同这些传统形成尖锐对立和长期争论，有时达到势不两立的白热化程度（比如阿多诺就宣称海德格尔的哲学“每一个毛孔里都渗透着法西斯主义”），但在中文读者的“期待视野”里，这些不同的话语却可以摆脱其具体语境中的理论和政治迫切性，相对独立地诉诸他们自身的历史经验、人文背景和思想旨趣。在 80 年代的特定背景下，对马克思主义种种“存在论”的、“诗化”的、结构主义的、或精神分析的理解，尽管有粗浅生硬之嫌，却都绕开了一般读者对庸俗、教条、公式化马克思主义的冷漠和反感，开启了年轻一代读者对这一批判传统的新的知识学兴趣，从而为中国知识界在“全球化”的今天有效地分析市场化、商品化、跨国资本主义及其文化、意识形态霸权作了初步的理论铺垫。本雅明及其他“西方马克思主义”作者在中文语境里的短短的接受史，只有放在这一知识社会学背景里，才有明确的意义。

在很大程度上，本雅明吸引当代读者是因为他的思考和文字的独特性和神秘性，但这只不过是我们阅读和理解的一个方便的起点。尽管他更多地是作为一个现代主义批评家被人欣赏，尽管不同背景的读者都为他的睿智和文笔所折服，本雅明却既不是神秘主义者也不是形式主义者。在“西方马克思主义”的中文接受史上，本雅明并不是一位“代表性人物”。与卢卡奇、葛兰西、阿尔都塞、萨特和阿多诺相比，本雅明缺乏一种作为思想领袖或知识路标的明析性、单纯性和系统性。而他那罕见的深奥、犀利、广博、跳跃的思维和文风也根本无法顺利地通过教育、宣传等文化再生产机器而制造出大量的复制品和追随者。但唯其如此，本雅明的著作才变成了一个知识和信念的小小的圣地，吸引着一批又一批的读者，并逐渐形成了一个自成一体的概念、意象和指涉体系。在二十世纪众多的理论、思想流派之中，除精神分析学派，恐怕没有哪一种理论话语（更不用说单枪匹马的个人）具有这样的自足性和思想魅力，以至于能够支撑起一个叙事、表象和诠释的小宇宙。用本雅明偏爱的莱布尼茨的哲学术语，这就是“单子”；思想变成单子，是本雅明知识论的理想。

同所有具有耀眼的个人风格的作者一样，本雅明只有在社会史和“形式史”（更不用说两者内部的众多潮流）的错综复杂的交会点上，并作为这一特定局势的“象征性解决”才能被认识。若对一次世界大战后的欧洲精神危机和魏玛共和国特定的阶级、社会、和政治矛盾缺乏总体的把握，就可淡化本雅明和一大批欧洲知识分子认同马克思主义和共产主义的坚定和明确（对于进步的自由知识分子来说，这种选择的对立面只能是法西斯主义）；如果不了解本雅明作为德国犹太富商的儿子，在世纪之交迅速变成现代大都会的柏林度过的童年的良好教养，也许就无法把握他对“资产阶级世纪”的终其一生的研究兴趣和其中的精神分析意味；不了解中学时代的他在反叛布尔乔亚身世，继承浪漫主义传统的德国青年运动里的学生领袖角色，也许就会对他冷静、审慎分析中涌动的桀傲不驯和浪漫激情感到陌生（值得一提的是，本雅明日后在瑞士伯尔尼大学的博士论文，题为《德国浪漫主义的艺术概念》）；不了解他在弗莱堡、柏林、慕尼黑的游学时代所深受的新康德主义哲学训练和影响（以及日后他对这一当时占统治地位的认识论和历史哲学传统的批判），也许就无法领会他的认识论批判方面的功力及其在文化批判中的地位：不了解他在犹太宗教哲学、犹太神秘主义、甚至犹太复国主义方面的复杂的心路历程（在此他同肖勒姆的思想交流和终生友谊尤为关键），就会觉得他行文中常常出现的犹太文化、宗教、神学、和法律术语诡异而神秘；不了解他对达达主义、超现实主义、未来主义、先锋派电影等现代主义流派，特别是布莱希特的戏剧实验及其理论的贴切领悟和积极参与，就会低估本雅明艺术、美学理论上强烈的先锋派倾向。可以说，在他自己的著作和大量书信里，本雅明对几乎所有当时的社会、政治、思想和文化的重大问题和潮流都作出了直接或间接的回应。而他的写作，也正应该放在这个还原的历史空间里来审视。

本雅明为自己确立的目标是在"智慧的史诗性方面已经死灭"的时代找到"艺术"和"理性"的最富成果的存在方式；是要在寓言的真理中最大限度地展现现代性历史"堕落的具体性"；是在一个看似无法逆转的灾难过程中提示赎救的微弱的、但却是值得期待的可能性。对这一目标的一心一意的追求使本雅明终其一生拒绝对任何一种文体或知识领域宣誓效忠。他的文章既是个人随笔又是哲学论文，既是美学分析又是社会学调查，既是直面当下的时论又是鸟瞰宏观时空的历史研究，既是源自个人经验的自传性思考又是批判的客观性的最无情、最彻底的实践。通过这种灵活多变、极具内在张力和包容性的独特文体，本雅明把一个时代问题变成了一场大胆的文学实验的主题。

作为现代性的文化批评家，本雅明从没有放过"现代"这个标签后面的政治经济学关系。资产阶级文明在创造出巨大的、前人所不可想象的物质、文化财富的同时，也把人放在了自然的对立面。在通过知识、技术、和社会组织征服自然、掠夺自然的过程中，资本主义社会更进一步把人变成了资本、生产、商品和消费的奴隶。一如人创造出上帝的偶像，继而对它顶礼膜拜；现代人创造出商品，随之让自己臣伏于它的神秘的魔力之下。与此同时，资产阶级为自己的阶级地位和生活方式构造出一整套价值的、意识形态的和历史观的理论体系。通过“主体与客体”“历史与自然”“进步与落后”“意识与无意识”等等价值的二元对立，人把理性同理性赖以存在的物质和社会基础割裂开来（因而卢卡奇就把资产阶级现代性所标榜的“理性”称为“非理性”或“理性的毁灭”），把工业文明时代的社会生产方式和生活方式同环境、资源、和大自然的内在平衡割裂开来，把意识的功利性谋划同意识自身的经验、理想、记忆、遗忘和压抑割裂开来。本雅明的文化史研究和认识论批判，无论其具体课题和方法如何变化，总是同重建技术时代的“史诗性智慧”，同为批判的历史意识找到观念和风格的形式这个目标息息相关。本雅明的“自然史”概念，就是这种努力的表现。所谓“自然史”（Naturgeschichte，这个德文术语在西方语言里同样找不到对应），并非字面上的“大自然的历史”，而是一种批判意识的时空框架，它在自然的进程中看到人的因素，也在技术、社会、文化的进程中看到自然的因素。它是人与其环境之间的辩证法，是过去在现在之中富于教益的存在，也是现在对过去的充满记忆的承诺。在此，主体和客体互相包容、互相占有，而非互相排斥。历史作为“人化的自然”，同自然作为“自在的历史”，都在对方的存在中看到了自己的“合目的性”（purposesiveness）。如果说这种“史诗性智慧”带有强烈的乌托邦色彩，那么这种乌托邦憧憬总会通过批判的意识和行动而变得现实而具体。

本雅明指出，现时代有关“进步”的种种神话所依据的只是对工具理性的无穷威力和人类自身的无限完美性的自以为是的、盲目的信赖。这种神话总把自己说成是不可抗拒的历史必然规律，仿佛它能自动开辟一条直线的或螺旋的进程。在本雅明看来，真正的批评必须穿透这些信条的论断而击中其共同的基础，这就是现代性的时间概念。线性的、进化论的历史观只有在“雷同的、空洞的时间中”才成为可能。形形色色的历史目的论总是试图把丰富复杂和不可穷尽的个人与集体经验从时间中剔除出去；它们总想把充满矛盾、压迫、不满和梦想的人类历史描绘成一个量化的、机械的时间流程，好像时间后面不过是更多的时间，好像历史不过是一串可实证的孤立事件的念珠。这种时间概念无视个人和集体经验的完整性，却在追逐工具理性目标的同时制造出越来越多的残垣和尸骨。因此，在人类能够在自身的手段与目的间建立起和谐、合理的关系之前，所谓的“进步”只能是一场持续不断的风暴，甚至连天使也无法在它的袭击中合拢翅膀，停下来唤醒死者，把破碎的世界修补完整。

这样的批判史观必然在生活的具体实例中寻找一条摆脱机械时间、突入经验、回忆和对未来想象之精神整体的途径，这样审视历史的眼光不仅是忧郁的，而且必然带着寓言家的洞察。在本雅明的世界里，堕落、衰败、遗忘和停滞总是在它们自身的存在中预设了赎救的可能。而所谓的赎救，不过是指这样一种似乎仅仅属于上帝的记忆，它不但是生者记忆的总和，还包括了死者的记忆；它不但注视着当下的时间，也听到过去和现在所有被迫陷入沉默的时间与生命。换言之，赎救是这样一种批判意识的制高点，在此我们忧郁的凝视得以瞥见那个包含了现在的过去之整体。用本雅明的话说，任何发生过的事情都不应视为历史的弃物，但“只有被赎救的人才能保有一个完整的，可以援引的过去，也就是说，只有获救的人才能使过去的每一瞬间都成为‘今天法庭上的证词’”。通过这种拯救性的记忆、现在与过去结成了一个“历史的星座”，而过去未酬的期待构成现在的、指向更理想的未来的动力，一如当下为了更美好未来的斗争反过来给过去灌注了意义，使之变成活生生的、负有赎救使命的现在的内在构成部分。本雅明借用《旧约》里“末日审判”的意象来传达批判意识所承担的“微小的救世主的力量，”而真正的批评家，会在资产阶级文明的长夜里感受到来自下一个历史纪元的“破晓前的清风”。正是在这个意义上，本雅明把现代视为“救世主时代”的模型。

以赎救意识为核心的历史观不但是一种再现方式，也是一种知识理论。在这个结构中，历史事件的悬置被视为一种拯救的标记，用本雅明的话说，它是“为了被压迫的过去而战斗的一次革命机会”。因而认识历史、描绘历史并非像实证主义所说的那样意味着“按它本来的样子”（兰克）去把握。相反，这意味着“捕获一种记忆，意味着当记忆在危险的关头闪现出来时将其把握”。本雅明一再强调，知识的保管人不是某个人，也不是某地人，而是斗争着的被压迫阶级本身。那些仅仅在风格的层面上欣赏本雅明的审美趣味和批评智慧的读者，或那些认为可以在这位作者的“哲学深度”和“政治立场”间作轻易的取舍的读者，都必须面对这样一个事实：本雅明的哲学和认识论批判的核心正是他政治立场表现得最明确、最充分的地方。

对“资产阶级世纪”的批判的文明史研究衍生出两条意义深远的路向：一是对资本主义大生产和商品交换时代的技术（本雅明特别提到现代物理学，现代战争武器和技术，以及现代社会的官僚行政管理技术）和大城市生活经验的穷形尽相的“面相学”或“生理学”考察。二是对日渐衰败的传统，对消失了的自然、对前工业社会生活方式和交流方式，以及对以否定的方式存在于现代之内的人类时间和经验的整体所作的“自然史”重建和历史哲学的沉思。本雅明在这两个方向上都为人们淋漓尽致地展现出新的视野，为当代批评带来了至今难以穷尽的活力和可能，他论波德莱尔、普鲁斯特、卡夫卡、列斯科夫、布莱希特、超现实主义、和先锋派电影的篇章都是生动的例子。

这种思考和问题无疑带有20世纪的普遍性（这部分解释了为何西方右翼保守主义者和左翼先锋派都在本雅明的作品中寻找灵感），但本雅明面对历史境况的道德、政治立场和他切入问题和“文本”的方式都将他置于“西方马克思主义”、特别是法兰克福学派的传统之中（虽然他犹豫再三，最终未加入共产党，同法兰克福社会研究所的关系也一直若即若离）。在对现代主义的分析和评价上本雅明（以及深受他影响的阿多诺）同以卢卡奇为代表的西方马克思主义主流有明显的不同，但在某种意义上，他的写作一直在以自己的方式回答青年卢卡奇在《小说理论》中提出的问题。这就是，当人同传统这个“先验之家”（transcendental home）的纽带被割断，“孤独的个人”如何重建人与历史的关系。在社会政治领域，两人都坚定地认同被压迫阶级的集体斗争，并以此为实现个人价值的唯一途径（尽管本雅明从未像卢卡奇或葛兰西那样把政治理念付诸行动）。在文学艺术领域。两人的分歧表现在对写实主义和现代主义的表象或再现概念（representation）的不同侧重上。在卢卡奇看来，现代主义用静止的真实性（其外在表现方式是自然主义“细节肥大症”；内在表现方式是以“意识流”为代表的内心孤岛的风景画）取代写实主义的动态的真实性；用“空间的在场性”顶替“时间的在场性”。即使卢卡奇转而强调陈旧的亚里士多德式的“人物—情节”的叙事原则，从而未能贴切地体察现代艺术伟大的丰富性和创造力，但这丝毫不损伤他提出的问题的深刻性和迫切性。因为卢卡奇向我们指出了这样一个事实：写实主义旨在把握社会生活的整体性真理，其“人物—情节”的叙事方法通过主人公的戏剧性经历，即通过“典型环境中的典型人物”向读者展现广阔的社会生活画面，揭示出以阶级关系、社会关系为内容的历史真理。只是在二十世纪，随着物质和技术的空前膨胀，发达资本主义生产分工的日益细密和专业化，以及由此而来的文化、社会、心理方面的复杂化、个体化和内部割裂，写实主义的再现原则已成为一个难以企及的思想抱负，同时，作为一种文学创作方法，它也不再具有垄断地位，甚至在许多人眼里失去了吸引力。在这些人看来，巴尔扎克笔下的英雄，能否通过完整的个人行动去上演20世纪后期的“人间喜剧”，实在是大可怀疑的事情，倒是越来越多的证据表明，主体的整一性和历史在人类意识中被再现的可能性，原来都是19世纪特有的神话。

本雅明的“寓言式批评”则是要在一个不连贯的、非整体的、缺乏时间动感和历史意义、没有任何价值确定性的时空里，在物的过剩、形象的雷同、重叠和灵魂的无家可归的状态中耐心地搜集、捕获和阐明那些看似彼此无关，但却以各自的方式同经验、回忆和拯救暗地里相通的具体、发人深省的实例。在本雅明的视野里没有英雄，或者说，现代主义的“英雄”本身只能是反英雄，因为资产阶级的价值和道德早已站在了人类自由的反面；在一个由物和金钱统治的世界里，洞察真理或仅仅是体验真实的角度并不是人的角度，而是物的角度，商品的角度，是“异化了的人的角度”。

在波德莱尔现代主义自我形象中，本雅明看到的是新时代的寓言诗人第一次“以一个异化了的人的目光凝视巴黎城”；而整夜在拱廊街上游荡的妓女和闲汉更挑明了这个“异化的人”茫然凝视的具体的、历史的、物质的对象：商品。在“为艺术而艺术”口号的遮掩下，发达资本主义时代在马克思所谓的“商品的灵魂”中找到了其真实性的第一个叙事角度（这是波德莱尔寓言技巧的核心机制）。同时，在从人到物的移情过程（即马克思所谓的“商品拜物教”）中，支离破碎的人则在商品无孔不入的流通旅程中体验到种种有关主体和艺术的“自律”和“自由”。在这样的凝视下浮现出来的巴黎城时而像阳光下的一块破布暴露着错综复杂的织纹，时而像一座沉入地下、有待考古发掘的古代城市。波德莱尔那代人面对近代巴黎时的震惊和用来抵挡震惊的种种古典意象，则把“十九世纪的都城”变成了自然史旷野上的一片废墟。因而本雅明告诉我们，资产阶级文明的丰碑，早在树立起来之前就已坍塌了。

同样，在普鲁斯特的作品里，本雅明看到的不仅是“非意愿记忆”作为一种文学实验如何使个人生活得到拯救，更是资产阶级时代及其私生活如何在一种比这种生活本身更致密、更专注、更绵延不绝的形式中暴露出这个时代自己无法认识的“颓败历史的具体性”。在本雅明看来，19 世纪与之窃窃私语的不是阿纳托尔·法朗士，而是年轻的普鲁斯特。而这个看似随波逐流的病怏怏的阔少若无其事地捕获了这个颓败时代最惊人的秘密，好像它不过是又一场喧哗而空洞的沙龙闲谈。本雅明说普鲁斯特为记忆把 19 世纪孕育成熟。一方面，他那浸润着怀旧和乡愁的文字“像语言的尼罗河，泛滥着，灌溉着真理的国土”；另一方面，他所展现的“复得的时间”却揭示了无情的阶级关系和政治经济学秘密。

本雅明毕十年之功研究巴黎，以其寓言式的空间批评突破了 19 世纪的以时间为主轴的表象或再现理论，为我们在 20 世纪的条件下有效地思考“历史”“表象”和“整体”开辟了方法的道路。因而像保罗·德曼这样的形式主义者反倒比别人更清楚地看到了本雅明在整个现代批评传统中的分水岭位置。在当前西方“文化研究”的热潮中，本雅明的文字更从德国研究领域大举进入文学和文化批评、艺术史、哲学、电影研究、建筑理论、史学理论和政治学领域，成为一个独特而持久的灵感源泉。目前，在对“德国思想”反应迟钝的英文世界，几乎每一两个月就有一本研究本雅明的专著问世，哈佛大学出版社更是雄心勃勃地计划翻译出版多达三千页的本雅明文集，第一卷（收本雅明在 1913 至 1926 年间的作品）已于 1996 年底出版。

本雅明的中文读者自然会面对这样的问题：为什么在 20 世纪行将结束，过去一百年的历史在思想领域重新受到更苛刻检验的今天，一位生命和写作终止于法西斯主义肆虐欧洲的“最黑暗的日子”的作者，却通过他作品的越来越多的译本和数量急速增长的研究专著，成为西方学界和出版的热点？在世纪的转折点上阅读本雅明，我们不能不在一个“自然史”的坐标上测量我们的时代同他的时代以及同他所阅读的时代的距离，并思考这一距离的微妙的含义。商品时代在中国姗姗来迟，随即却以复仇的激情横扫城市的大街小巷。我们能在购物中心的橱窗旁注视着商品的行人身上认出本雅明笔下的“游走者”么？我们能在王府井或淮海路的广告牌和霓虹灯影中感受到 19 世纪巴黎“拱廊街”“把室外变成了室内”的梦幻色调么？在流行歌曲的唱词和没有读者的诗行中，我们能看到那种“异化了的人”凝视自己的城市时的激烈而茫然的眼神么？我们还能在已变得像一张花里胡哨的招贴画一样的城市风景面前感到那“灵晕”的笼罩，并想起这是我们父辈生活过、并留下了他们的印记和梦想的地方么？我们能在自己的日益空洞的时间中感到那想“停下来唤醒死者，把破碎的一切修补完整”的天使的忧郁，感到那“狂暴地吹击着他的翅膀”、被人称为“进步”的风暴吗？这个由跨国资本，股票指数、温室效应、遗传工程、卡拉 OK、好莱坞巨片、房屋按揭、仓储式购物、牙医保险、个人财务、身份认同、高速路、因特网维持着的时代，究竟是资本的来世，还是“一个阶级的最后的挣扎”呢？在这个历史和意识形态据说业已“终结”的“后冷战时代”，这个“美国时代”或“亚太时代”，重访波德莱尔笔下的巴黎或超现实主义者们在梦中巡视的欧洲还会给我们带来什么教益吗？在这个传统、集体、记忆、价值和语言的整体都被无情地打碎的变化过程中，重建个人和集体经验的努力从何开始？对于当代中国的社会和文化矛盾，我们能否作出寓言式的描绘和分析，甚至为“赎救”的审判准备好今天的证词呢？阅读本雅明自然无法为所有这些问题找到答案，但或许能为它们在思想和语言中的成熟找到最初的、朦胧的形式。

早在80年代，新一代中国学人就已认识到西学讨论本身就是“当代中国文化意识”的有机组成部分。十年后的今天，也许更需要强调，深入、细致、批判地研读“西学”是形成和阐明当代中国的问题意识的必要条件。当代中国的社会财富在市场经济条件下的再分配正在造成越来越明显的意识形态的分歧和对立，理论和学术讨论必然通过知识生产领域日益发达的自律性和内部分工来反映、回馈社会政治领域的分化。在这样的“当代中国文化意识”面前，“西学”再也不可能是一个非意识形态化的、中立的观念符号仓库；也就是说，其自身的历史性、社会性和政治性必将通过与当代中国文化思想历史性、社会性和政治性撞击而呈现出来，在这种情况下，对不同思想、理论传统的诠释，不能不带有特定的意识形态功能，折射出迅速成形中的中国社会各阶层的利益和立场。而对西学内部各种不同视野、声音、和选择的细致辨别和分析也极大地关系到中国知识分子对个人和集体命运的思考的成熟性，关系到对当代中国社会经验的表述和总结的有效性，关系到我们能就自身和人类共同的历史处境提出什么样的问题，寻求什么样的答案。

自从中国社会和文化被推入现代性的历史大潮，一代代“向四方寻真理”的人，从未停止过在西方思想不同传统和立场相互间的冲突、斗争、和交融之中，为复杂多变的中国社会现实矛盾寻找理论表述的基本框架、并由此而逐步创造性地发挥出中国现实问题自身的理论潜力。这正是现代中国知识分子的激进阐释学传统。这一传统经历了“冷战时代”的封冻期，在“改革开放”的80年代以“文化热”这样的天真方式迸发出新的热情，在90年代，我们有责任去恢复和发扬这一传统（在这方面我们还远不如30年代的知识分子，特别是30年代的马克思主义知识分子），而绝没有理由让这一宝贵传统湮没在全球市场和消费的单一化的意识形态神话之中。在历史仍充满不均衡和动感的今天，这种批判的阐释学态度也更适于知识内部的生产和更新，因为它能够积极地、批判性地回应复杂的社会历史变化。如果说本雅明在中文语境里的意义来自中文读者自身的问题，那么阅读本雅明则能为这种问题性创造一个思考的氛围。而作为相对稳定的观念和表述体系，伟大的文本总是为我们体验和测绘变化中的历史事件和内心生活提供了必要的支点。

1998年8月，新泽西

附录：二十年的忧郁和理想：《发达资本主义时代的抒情诗人》再版感言

《发达资本主义时代的抒情诗人》（第一版）中译始于1985年秋，成于1987年春。当时国内外文图书资料相对匮乏，译者生活和工作状态也不稳定，翻译工作时断时续；大部分译稿，是在六人一间的北大学生宿舍里或新华社新闻发稿的间歇中完成的。这样“不专业”的翻译虽然浸透着业余者的激情甚至狂热，但在质量上却难免不均匀。时值80年代“文化热”，这本书早早被收入三联书店《现代西方学术文库》丛书，但到第一版问世，已是1989年仲夏，离我去国求学，只有一年多一点的时间了。

某种程度上，这本书的翻译完整地伴随我亲历了20世纪80年代后期中国社会文化思想生活，因此，在译文的肌理里，自然包含了种种80年代特有的气质、理想、感受方式和语言风格特点。用一种本雅明的方式来形容，或许可以说它不仅传达出一种思想的流动，也暴露出种种思想的梗阻，因此可以被视为一个捕获了某种历史和个人“震惊”的结构。

更重要的是，这本书的流传史或接受史，贯穿整个20世纪90年代以来的中国社会文化思想转型：从最早的西学同好小圈子（特别是“西马”和“现代派诗学”小圈子）里对它的激赏，到建筑理论界、电影理论界、艺术评论界对它的发现；从校园诗人和“地下文化”叛逆者的人手一册，到新兴半商业化媒体和“自由撰稿人”阶层对其文体的模仿；从80年代文化精英象牙塔里的一件秘籍，到21世纪初城市小资白领恶补“波西米亚”“都市游荡”和“颓废”的识字课本，《发达资本主义时代的抒情诗人》一步一步地完成了从“艺术”到“商品”的成长史。用一种本雅明的方式来形容，“如果它能开口说话”，其自身的异化或物化，当远比所有对它的学术讨论更能给我们提供思想的原料。

在过去的二十多年间，中文世界在本雅明研究方面似乎并没有长足的进步，许多基本著作和文本至今没有中译，倒是这本书的重译在坊间见到不止一种。但既然这个译本已经同某种集体记忆和集体经验缠绕在一起，它似乎也就应该在市场卖点和学院专业化之外，继续它的生命。当这个译本在20世纪80年代的尽头面世时，中国读者用以迎接它、理解它的是一种哲学和诗的激情，但对它所包含的历史内容、理论信息和方法论示范的把握，却仍是抽象而朦胧的——我们当年还在透过“文化”的面纱去领会“现代”的意义。在今天，当哲学和诗的激情业已退潮，“发达资本主义时代”对中国人来说已是一种具体而复杂的感性认识，我们或许第一次作为本雅明问题意识的“同代人”面对这个早早被打开的文本。不言而喻，都市人的异化、商品拜物教、忧郁和理想、寓言与自然史等等现代性的基本母题，也只有到今天，才变成中国人必须在自己日常经验里予以处理的“创伤”和“震惊”。在“现代”的尽头，文化本身变成了一个历史问题、变成了有关自身历史性的思考——这要求我们以一种前所未有的严格和严肃去重读那些构成我们自身意识史的文本。

第二版除改正了个别明显的误译和误排之外，对行文没有作大动干戈的修改，以求保持原来的面貌。这样做也是为了尊重另一位译者魏文生先生——这位当年的合作者，后来音讯杳然，未能参加这次的修订。为便于读者更好地把握本雅明、波德莱尔研究和19世纪巴黎研究的旨趣和原始语境，我根据最近出版的英文和法文资料，编制了一份人名注释。有心的读者，自会发现它的用处。第一版的译者序按自己现在的标准看，未免有幼稚之处；但由于目前正在修订2006年暑期在国内所作的六次关于本雅明的演讲，计划近期出版，因此不另作长篇导读。

最后，借此机会，向所有帮助过这译本的问世和喜爱过它的人表示感谢。

第三辑

文学经验

据为己有：解释学的本文—读者理论*

“据为己有”是支配着解释方法论的关键概念。解释学认为，作品（或本文）与读者的写—读关系不同于说话人与听话人的说—听关系，在写—读关系中，接受者的潜力已不再是对话的一部分，而是本文所指向的未知的读者；同时本文作为一个自足的世界也从即时的对话关系中摆脱出来。这样，读者与本文的关系从根本上说便是他同作品所表现的那个世界（而非作者的主观精神）的关系。从而，据为己有的理论所包含的领域也由主体与主体之间扩展到主体与作品所表达的世界之间。理解并不是把自己投射到本文中去，而是在对一个浮现出来的世界的理解中领会一个扩大了的自我，这是解释的真正目的。

“据为己有”是德文 Aneignung 的翻译，它的意思是：“使先前异己的东西成为自己的东西。”根据这个词的内涵，解释学的一切努力都在于同文化的距离和历史的疏异作斗争。解释带来并促成了当代性和相似性，它把不同的文化实体（一个本文，或一个读者，或某种观念）放在一起，使它们平等，通过所谓“视界（或边界）

* 原刊于《文艺研究》1987 年第 2 期。

的融合”使它们彼此朝外界打开。然而，只有当解释把意义具体化（或客观化），这个目标才能达到。而据为己有的概念正是把意义像某人说话似的具体化了，在此它代替了回答，正如本文的“揭示”代替了对话中的原始的所指。只有当阅读把事情解释为一个事件，一种话语的、现在的事件，解释才是完全的。而作为据为己有的解释就是一个事件。意义的据为己有为作者与读者之间的中介提供了一个更具有存在特性的活动。

自19世纪中期以来的文学批评一般都把文学作品（推而广之，把所有的文化文献）的内容与产生这些作品的社会条件或作品所涉及的社会环境联系起来，解释一个本文从根本上就是把它视为对于一种特定的社会文化需要的表达，或是对置身于其中的混乱迷茫的反应。这便是所谓的“历史主义”。与此相反，本世纪初，在弗莱格的逻辑著作及胡塞尔的《逻辑研究》中出现了一种新的意义理论。在他们看来，意义并非一个人心中的观念，而是这个观念的对象；它既非物理的实体又非心理的内容。胡塞尔把所有意向行为的内容描述为意识活动的对象，并以“所指”（这个词来自弗莱格）来确定意义的内心现实性。“转向客体”的现象学口号就是要把所有的意向活动——知觉活动、意志活动、情感活动等等都在其意识活动的对象的方面来描述，把它理解为与意识活动相应的“对等物”。这场命题理论的转变给予解释学深刻的启发，早期解释学大师狄尔泰便是以此原则把意义视为通过书写对生活的表达。可以说“逻辑主义”在近百年来比历史主义更大地影响了理解活动，影响了整个人文科学。

与这场哲学变革相应，文学批评方面也出现一种反历史主义的新的态度。按这种观点，一个本文并不首先是一种向具体读者传达的信息；它不是历史链条上的一环，而是一种时间性的客体，摆脱了同所有历史发展或所谓传统的牵扯。书写的兴起意味着历史过程的“悬搁”和交谈向观念性领域的转变，这种观念性为交流范围的无限扩展奠定了基础。这是欧洲及美国文学批评和理论的一般趋势，它为展开据为己有的概念提供了一个背景。

据为己有作为解释的目的，首先同文化的界限与距离作斗争，同历史的疏离性作斗争，同世界的异化作斗争——在解释学意义上，这一切便是同来自意义本身的离异，即同来自支撑本文的价值系统的离异作斗争。它通过把原先是异己的东西变为属于自己的东西而把它们聚拢在一起。本文本身的召唤在此得出了一个具体的回答，从而与一个新的交谈联结起来。这种本文的自我更新能力是其开放性的表现，解释则是这种联结与更新的具体结果。因而，解释的最高表现是一个主体的自我解释，他由此更好地理解了自己。在自我理解中理解本文具有思辨哲学的特征，具有辩证法的特征：一方面，自我理解要经过理解文化符号的曲折，在这个过程里，自我以文字为自己提供了证明并且形成了自己。另一方面，被理解的本文并非就此终结，它在自己和一个主体之间充当媒介。在此，自我构造是同意义的构造同时发生的。融合本文解释和自我理解是据为己有的一个特点。

据为己有的另一个也是最重要的特点，是它强调解释的“现时性”特点，这是前一个特点的条件。阅读就像演奏音乐总谱，它标志着本文的语义学上的可能性的实现。就是说，它在一个类似言语的领域里完成了本文的交谈过程。言语之所以能在这里保存下来，不是因为它事实上是被说出来的，而是由于它是个事件，如本韦尼斯特所说，是一个交谈的实例。本文的句子说出“此时”和“此地”。“完成了的”本文是能找到它自己的环境和自己的听众的，它重新开始了一个所指运动，一个被终止、被悬搁起来的运动，并由此朝向一个世界，朝向一个主体。这个世界是读者的世界并且就是读者自己。在解释中，阅读很像语言。原先，本文只有一个所指，即它的内在关系或结构，现在它有了一个意义，这是在与阅读主体的交谈中实现的。这样它便由一种符号转变为一种语义。

作为解释的关键的据为己有概念本身是一种活动方式，而这种活动方式的存在模式，伽达默尔告诉我们，是“游戏”。“游戏”在当代哲学和文学批评中是一个极为重要的观念，甚至可以说是理解当代思想的“逻辑”的钥匙。伽达默尔把本文的“启发性的虚构”视作一种游戏。游戏不是由做游戏的意识决定，它有它自己的存在方式。游戏是一种改造和重塑参与者的经验活动。因而审美经验的主体便从游戏者——人，转移到游戏中所“发生”的东西上去。游戏像舞蹈，是能带走舞蹈者的运动，就像叶芝的诗里所写的那样，随着音乐的摇晃，在一种陶醉中，人无法区分舞和舞蹈者。它是一种异于主体活动的东西，它的来回运动好像是由它本身毫不费力并且不掺杂任何意图地发生的。这种游戏“在其自身中”人在游戏中（即便只有他一个人）总有对手。在与这个未知的对手游戏的风险中有着游戏的“魅力”。只要人参与游戏，他便也成了“被游戏”的人，游戏的规则把他们改变为游戏者，同时也划出了游戏事物的疆界。这样，游戏瓦解了功利的全神贯注的严肃性。在这种严肃性中，人总是有所依赖，有所凭恃，而在游戏中，主体却忘了自己。

一部艺术作品对一个世界的展现是游戏性的。在游戏的模式中世界被呈现出来。但同时，正因为它是游戏的，它又是真实的，所有的游戏都揭示出某种真实朴实的东西，从而超越了种种观念的说教和意识的遮蔽。伽达默尔指出，做游戏就是做某事的游戏，人们进入游戏须把自己交了出去，交给了支配着读者的意义空间。在游戏中发生了某种变形，这是一种形象王国特有的想象的变形；又是一切事物进入真实存在的转换。日常现实被废除了，每个人都成为他自己。游戏者在“真实之中”变形，在游戏的表现中，“本质”浮现出来。但本质已不是我们所说的日常现实了，而是真正的存在，它包含着种种不确定的可能性，充满恐惧和希望是未曾设定的东西。艺术废除了未变形的现实。因而真正的模仿是基于真实的变形。在这个意义上，再认识比认识重要。在一种戏剧性的表现中，我们认识到人物和角色。有趣的悖论是：再认识往往被最富于想象的创造引发。伽达默尔说：“被表现的事物一旦作为再认识，就同偶然的一面分开而存留于它的本质之中”，就是说，脱去了偶然性和突发性。正是在这个意义上，亚里士多德才说诗比历史更富于哲理。这便是虚构，形象和再认识之间的重要而基本的联系。

不但世界的显现是游戏性的，而且作者也是游戏性的，他“走上舞台”，从而在表现中呈现出自己。作者同样是一种虚构，而作者与叙述之间的关系的各种形态同游戏性关系一样有许多规则。作者或装扮自己，或换一种声音，或换一种视角，都是游戏的表现。即便作者的“消失”，也是作者的自我想象的一个变项，构成叙述游戏的一部分。而“无所不知的”作者同样是由作者像创造人物一样创造出来的。客观的叙述者和希腊神话的叙述者也许会消失，但这只不过是游戏被置换成人物性格或作品观点的一部分；或者像《少年维特之烦恼》中那样，藏在一个想象的人物里，介于我们和人物之间，在序言里冲我们说话，并汇集起可怜的维特的言词，把我们领进一场虚构的谈话。

同样，读者的形象也是一个游戏的形象，因为他同样承担了他的自我的想象变项。当《维特》序中的虚构作者向我们说：“那么你，善良的灵魂……”这个“你”并非那种知道维特并不存在的普通人，而是那个在虚构中相信他存在的“我”。正如沃尔夫岗·凯塞尔所说，“读者是一个虚构的创造，一个我们为了审视自己而假定的角色。”它由诗创造出来，并加入到诗的普遍中去。因而读者也是一种变形。作品本身已使读者进入了角色，因而这种投合是作者与读者的双重变形。这种体验与剧场观众在灯暗幕后的时候的体验是一致的。

然而，据为己有常常被曲解为主体之内的活动或客观性在主体中的构成形式。这种错误把阅读带回到浪漫主义的自负中去，凭偶然的相投发现作者的天才，即从天才到天才。归根到底，这是主体首要的观念的体现。当代解释学的代表人物之一保罗·利科提出，解释学应该与马克思主义的意识形态批判传统和弗洛伊德的主体批判传统结合起来，在批判和揭露虚伪意识的同时，把阅读的据为己有变成一种自我批评，利科在《弗洛伊德与哲学》中称之为“放弃自我的自我分析”。这针对那种“读者的自恋狂”，即只在本文中寻找自己、发现自己。利科提出，放弃自我是据为己有的最根本的一瞬，这使它与其他任何形式的“占有”区别开来。阅读既是一种据为己有，又是一种剥夺，即由于允许自己被带向本文的所指而自己剥夺了自己。这样，据为己有同“揭示”的关联构成了解释的基础。另一种错误的观点，是把据为己有视为一种控制，即对读者自身存在的控制以及由此而来的对本文的控制。对此利科反驳道，“成为自己”的内容并非内心的东西，它既非一个主体的意图，也不是某种藏在本文后面的计划，而是一个世界的投射，是“存在的模式”（海德格尔）或者“生活形式”的设立或揭示，这个过程为主体提供了新的了解自己的能力。读者通过从本文中接受一个新的存在模式而扩大了投射自己的能力。

从“朦胧诗”到“新小说”*

——新时期文学的阶段论与意识形态

一

谈论“中国现代主义”（或“后现代主义”）的理论出发点，并不是“中国有没有现代主义”或“中国能不能有现代主义”这样的几近无意义的问题。那种在中国“寻找”现代主义或后现代主义的做法，无论其期待如何，也无论其对这些概念本身（无疑，它们是外来的）的理解是否透彻，已将问题引入死路，至少使之陷入一个琐碎的窘境。我们有没有“自己的”（然而却是“世界性”的，也就是说，别人有的）现代主义文学？我们有没有“真正的”（就是说，“现代的”“西方的”）民主？我们有没有发展市场经济的法制（哪怕是可能性）？最后，我们有没有一个有助于哺育“现代人”的传统？所有这些问题带有一种强烈的先入为主的色彩，并通过展

---

* 原刊于《今天》1991 年 3—4 期合刊，发表时名为《论中国当代批评话语的主题内容与真理内容》。

开问题的方式把一个前理解的或说是潜意识的框架推到前台。在种种时空的交错和话语逻辑的混杂（它每每被视为一种解放时代的令人振奋的序奏）之中，我们却不难看出这一框架本身的稳定性；就是说，它既来自当今世界操纵着一切经济活动、文化潮流乃至潜意识机制的霸权体系，也来自带有形形色色的民族特征和个人特征的、合法而合理地服务于这种权力结构的伪历史表象。而将这种外在秩序内在化的力量，则不但来自同这种“世界历史”的声音“对话”或“对峙”的民族冲动，也来自作为这种冲动的副产品的想象力过剩。当代中国社会的现实既从反面刺激了这种想象，使之带有一种强烈的叛逆性，另一方面也在客观上使之沿着唯一可能的途径走向幻想主体在语言中的自我规定。

人们似乎已习惯于从“内部”，即由其体制的结构性弊端来解释社会主义的问题，而从“外部”，即以所谓“全球文化”交流和影响来解释任何“超越”历史条件的文化创造。然而事实上把思路颠倒一下或许更富于成果：从“外部”，即从作为特殊历史条件下的民族经济战略的社会主义同全球资本主义体系的关系，从全球资本主义体系强大的扩张力和毁灭性诱惑中解释社会主义的困境。①同时从“内部”，就是说，从作为历史主体的“前现代”民族日益明确的自我意识，从这种历史意识不可遏制的表达的必然性，从这种表达所激发的非西方的想象逻辑和符号可能性，同时，也从这种想象在全球文化语境中自我投射、自我显现的机制中解释作为“当代文学”的民族文学的兴起。当代中国的“先锋文学”正是以其语言上的突破而把自己变成了某种潜在的社会经济、政治、文化转变

① 这一观念最为明确的表达来自杜克大学（Duke University）历史系的阿里夫·德里克（Arif Dirlik）教授。

的美学结晶，而其“高度自主”的叙事或逻辑，则将一代人经验的历史生成有效地记录在案。

当代中国有关“现代主义”和“后现代主义”的讨论既为这种历史性到场的隐约预感所鼓舞，也在相当大程度上成为一种语言混乱的牺牲品。对于几乎是赤手空拳地暴露在世界“话语之林”面前的中国批评家来说，危险往往并不在于学识和思考准备不足，而在于一种过于“自然”的移情过程。通过将思维、想象乃至体验的边界投射到“他人”的秩序之中（这似乎是唯一妥当的秩序），当代中国的某些批评话语不仅一步跨越了传统的壁垒、现实的差异和个人经验的历史距离，也通过一种在“当代性”掩护下的历史虚无主义，将“感性”“语言”“形式”“意义”统统变成了纯粹的经院哲学问题。具有讽刺意味的是，这一切都是以这样一种神圣的名义进行的：将文学从现实的剥夺、政治的侵害和历史的凝滞中解救出来。

因而尽管当代中国的批评“先锋”与创作者中最为活跃、最富于探索性的一部分保持着同盟乃至同谋的关系——他们为每一次文学上的突破欢呼，为每一个想象中的奇迹掀起阅读的波澜，为每一种“现代”或“后现代”的文学观念声嘶力竭地辩护，并不时以术语的狂轰滥炸骚扰“正统”的领地、触动作者和读者双方的神经——他们却经常在一个至关重要的意义上歪曲了自己的美学宗旨，背叛了自己的历史意识。它为之大声疾呼的“先锋文学”既在主观上拒绝成为理论空想的伴娘，也在客观上逾越了那种新经院哲学画地为牢、漏洞百出的范畴。

事实上，当代中国“先锋文学”（这里特别指的是 1986 年前后出现、至今仍在稳步发展的“新小说”）在“形式”方面的日渐成熟日益将它的历史母题呈现为文学批评的重要课题。如果说在这种文学体裁问世之初，它独特的语言、技巧和结构特征传达出一种全新的个体经验和写作者的自我意识，那么这种个体经验如今应已被理解为过去十年提供的集体经验。同时，那种在过去仅仅由语言结构指示出来的“主体”的位置和功能，也在一个更大的历史语境中显现为一代人的自我形象的积极活动。应该指出，当代“先锋文学”形成本身的历史母题，反过来为这种看似全然“非历史”的语言游戏提供了最为有力的说明和支持，并使之从根本上摆脱了那种杂乱无章的“现代主义—后现代主义”讨论，而成为当代中国文学研究的一个基本问题。

二

因此，继续谈论“现代主义”或“后现代主义”的唯一意义，是将这种阅读幻觉下面埋藏的历史内容和理论可能性赎救出来。这正意味着批评回到它的开端。在“现代主义”或“后现代主义”的标题之下，当代批评的旨趣在于为中国文学近十多年来的迅猛发展和转变，构筑理论的支撑点和批评的前沿工事，为这种方兴未艾的潮流业已冲刷出来的巨大的自然地貌测绘、命名，为仍然相对脆弱的作品结构做出美学上和政治上的判断和说明，并为其中蕴含的难于穷尽的历史母题提供科学的、哲学的或理论叙事的替换话语。

这一切意味着当代批评与当代文学不但处于同一历史境况之中，而且同样是一种正待展开的话语。因而对“新诗潮”以来的中国“先锋文学”的美学理解和历史理解，既不能“天然”地从语言现实同社会现实间的关系中予以确定（因为这需要一种相对恒定的历史规范加以参照），也无法从批评思维的主观出发点中设定并推衍出来（这需要一种先在的话语秩序给予意义）。当代批评话语必须在历史和形式的双重断裂中建立批评语言的社会效用和美学效用，而这一看似不可能的规划一直在批评意识同本土文学作品和外来理论体系的双重对话中艰难地展开。在此，一个主体的位置虽然是难以指明的，但却是必不可少的。如果我们把当代文学话语、批评话语视为某种“意识的经验学”的材料，那么一种随之显现的“意识的形态学”将为当代中国的语言主体提供一部意识在时间中的发展史。由于这种语言主体不是在现实历史中，而是在语言习得和语言创造中为自己开辟道路，换句话说，由于当代中国的主体概念不是在经济、政治生活中为自身立法，而是在“能指”的国度，即拉康（Jacque Lacan）所说的“想象界”确立下来，当代中国的文学批评便在其终极可能性上成为时代的精神现象学。在一个“历史”“逻辑”“主体”或“绝对意识”等概念业已四分五裂的世界语境中（人称“后结构主义时代”），这的确是一个极为独特的案例。当代中国的文学实践不但在一种“后现代主义”自由（它在根本上是象征的，或者说，符号的）中，解放了一个“前现代”的“主体”（虽然它只在被解放或者说被结构出来的一刹那才成为“现代”意义上的“主体”），而且通过这个被解放者的历史要求和美学创造力，改变了人们对“形式自律性”“语言游戏”等西方现代主义或后现代主义概念的理解。这个新主体的叙事，从一开始便引入了崭新的时间维度和空间维度。这又是一部历史，它在续写一部古老历史的同时给“世界历史”带来了新的视野。这是当代中国经验个体的历史，是透过语言风格投射出的一代人的自我形象，是重新开始“写诗”和“讲故事”的民族的最初的精神自传。

在讨论作为语言主体的当代经验个体之前，我们有必要对“五四”以来中国文学的集体经验的变化做一番简短的意识史的回顾。

“五四”文学作为一种启蒙文学，其“自我”的形式毋宁说是一种集体意志。这种集体意志一方面从社会达尔文主义那里获得了民族自我更新的不可动摇的信念，另一方面从中国社会的贫穷、涣散和麻痹状态中激发出塑造“新人”的强烈愿望。这种世纪初的“先锋文学”指示出来的集体经验的断裂，一方面表现为语言革命的迫切需要，一方面从“五四”文学把“过去”激烈地“当代化”，把社会生活的远景急剧地浓缩为个人经验和个人意识的悲剧冲突的文学机制中透露出来。鲁迅的《狂人日记》因而既是“新文学”的第一声呐喊，也是“五四”文学的叙事原型。在此，社会现实成为文学现实的“内容”，文学现实成为社会现实的“形式”，而作为社会主体的创作者与叙事或语言呈现的自我形象合二而一——它既是“个体”的，又是集体的。“五四”一代意识经验的根本矛盾在于，作为自我的“外在规定”的社会历史现实，同自我的“内在”价值，即其“自然的”“人性的”理想内涵之间的冲突。对这种冲突的体验与观察孕育出现代中国文学的经典，而个人意识也在其中穷尽于一种历史的表象（这便是盛行至今的“五四”神话）。然而此后的文学史陈列出的不是这一模式的发展和转化，而是这一模式的萎缩和中兴。这一现象的唯一解释只能是外部现实的条件的严酷和暴虐。在一个理想自我同“社会”的冲突中，“五四”主体在一连串的失败中变成了一个萦绕不去的幽灵。如果把社会主义“新中国”视为“五四”启蒙的理性规划的最终结果，而不是其历史的讽刺，那么“五四”文学在“社会主义现实主义”和“革命浪漫主义”的守护下寿终正寝则是一道代数题的答案而已。然而文学史的材料提出了反证。这里指的不是 1979 年至 1985 年的“伤痕文学—反思文学—改革文学”所致力的“人的复归”或“文学自身价值的重建”，而是指 70 年代中期萌发，而于 80 年代初期全面“崛起”的“新诗潮”运动。如果说前者不过是“社会主义现实主义”和“革命浪漫主义”的内部调整，或者说文学创作上自发的“落实政策”，那么后者的特征则是在“现代主义”的外衣下重新亮出了“五四”的题旨。怀疑—思考，再怀疑—再思考，直至大彻大悟，这是“朦胧诗”作者早年的心路历程。而它的历史机遇在于又一个集体经验的断裂，将那种作为红卫兵一代的本真体验的内在/外在冲突，造就为民族历史的形而上画面。“新诗潮”在“本质”上是自发的现代主义还是扭曲的“浪漫主义”是一场难断的官司。但在“朦胧诗”的早期，大多数诗作带有明显的浪漫色彩则是一个事实。正是这些诗作表明了日后被人争论不休的“中国现代主义诗歌”的社会起源和个人起源。“理想”与现实的令人毛骨悚然的对立，是造父辈的反的一代人在文学中寻求解决的问题。在此，对个人价值和命运的思考既带有精神贵族的多愁善感，也带有落难英雄的狷傲不羁，独醒者的恐惧与孤独为一种人道主义、理想主义（这在几年后便为新诗人们自己所不屑）涂上了一层“朦胧”的色彩。当“伤痕文学”和“反思文学”小心翼翼地试探“人”和“文学”的合法地位之际，《今天》诗人业已提出了从“真正的”诗歌到“真正的”民主的一揽子主张。而在“朦胧诗”成熟的美学形态中，我们甚至更为清晰地看到了“五四”文学的内在机制的活动：作为“现代派”特征的蒙太奇、隐喻、反讽等手法为集体生活和个人经验提供了个人化、风格化的聚焦点，而令人耳目一新的意象和意象间的审美张力则构成意识冲突戏剧性的对象化，这一切既是个体的，又是集体的。如北岛、江河诗中的“纪念碑”和“墓志铭”意象，本身隐含着一个集体形象，并揭示出诗人同一代人的共生关系。“新诗潮”运动在形式的历史上最终成为一次向“现代主义”的冲锋，但在经验的历史上却仍然是“五四”意识的回光返照。三十年的断裂在多大程度上改造了这种意识，而这种意识又在多大程度上获得了它的当代经验，这既是文学史的课题，也是现代史的课题。它关系到“新中国”经验如何在一个更大的历史语境中接受检验；这个历史语境固然只能在“新中国”历史的范畴之外成立，但却绝无可能将这一阶段从自身的视野中排除掉。在真正的文学意义上，新诗潮诗人或许是这一特定时代仅有的歌手，就作品结构同作品客观环境间的复杂关系而言，“朦胧诗”的文学社会学密码还远未被人解破。

指出“新诗潮”在内在文学机制和外部的、在作者—作品—读者关系上都隶属于“五四”范畴，与把它归于当代中国第一次“现代主义”运动并不矛盾。这部分归于“五四”规划的内部蕴含（它在“启蒙”的同时，本身又是一场“现代性”的尝试），部分归于“新诗潮”本身的前后变化。中国“现代主义”诗歌作为“五四”新文学的一个特殊变体的特殊性在于它寻求超越，这既来自“新诗潮”同包括“五四”文学在内的中国文学传统的历史断裂，也来自80年代初期的信息爆炸。寻找表达的自我在这场爆炸中认出了自身经验的世界语言的远亲。在“新诗潮”后期，我们看到了“中国现代主义”诗歌的英雄主义的自我完善：一方面，将“文革”乃至“新中国”经验经由个人（此时已是训练有素的诗人，而非满心迷茫的爱好者）的心理机制和语言机制投射为普遍历史（也就是说，非历史）的形而上图景——这在北岛凝重、富于哲理的抒情小品、江河的重写神话以及杨炼雄心勃勃的“现代史诗”[①]系列中显露无遗；另一方面，将诗歌语言改造为一种统一语言或纯粹媒介，从而以这种形式的纯粹性保证主体形象的超越性。对这种苦心孤诣的

① 这一概念由杨炼在1984年底提出。它所包含的某种转折性意义一直被匆忙赶路的作家、批评家乃至文学研究者忽略。事实上，杨炼从《礼魂》到《逝者》的一系列组诗或许标志着“新诗潮”后期创作上的最为重要的进展。

“创造”，读者的回报是日甚一日的冷淡。“朦胧诗”越是变成纯粹的“现代诗”，它就越走近它在集体生活中的消亡。它最终为“艺术”摆脱了它与公众的同盟，而此时的公众也正忙于自身的事务而无暇他顾了。新的集体经验正在聚集力量，新的个体意识正在悄悄成形，而这一场在深度和广度上都前所未有的转变，需要在一种更为宽阔、更为灵活、更为有力的叙事形式中显露自身。

三

“新诗潮”的偃旗息鼓宣告了中国“先锋文学”的诞生；最终成为“现代主义者”的诗人既不再年轻，也习惯了寂寞。与原先“读者群”的分手不能不说是一个两厢情愿的弃绝：当大众转向一个“开放社会”里集体生活的、令人眼花缭乱的变迁，对窒息的体验、对压抑的抗议、对美的奋不顾身的追求，却驱使诗人走向了“更为深邃的黑夜”（波德莱尔）。毕竟是“文革”和“前文革”这一特定时代锻造了他们的经验，而他们的“创造性”与这种经验缠绕在一起。如果说在“朦胧诗”阶段诗人力图在语言中获得一种历史价值的补偿，那么在“现代主义”阶段，他们则要为“纯诗”（这一直是《今天》诗人的理想，然而只有在诗人的精神故乡已被集体生活抛弃的现实，这一理想方才在经验和语言两个方面成为可能）把这一代人的现实提炼为超越时空的语言。只有在此刻，构成“朦胧诗”潜在内容的信仰的断裂才上升为一种对价值、意义和五千年文明史的全面批判。这一历史的断裂阻断了“现代主义”同当代个体经验的深刻变化的有机关联，但却把一部漫长、迟缓的经验历史，改造为一个充满张力和震惊的思想的构造。那种把时间变成意象的“现代主义”写作，明确无误地把历史还原为一个凝视者的对象。这种总体观的出现，这种个人之于历史的观照者的位置，这种为个人意识赋予形而上意义的语言构造，成立更新一代，即第二代创作者的自然起点。然而现代主义者作为经验主体无法逾越的历史的断裂，却使这一起点在全新的个体经验中孕育成全新的语言形式。对于更新一代“语言主体”来说，“现代主义”既是一场未竟的事业，又是自我当代旅程与其“史前史”之间的界碑。

在具体的历史上下文中，这意味着“新潮小说”或“先锋小说”（在此“新潮”与“先锋”间的区别似乎已不重要）是“新时期”（1979—1989）的经验内容整体在文学话语中的首次出现。在此以前，无论是从“伤痕文学”到“反思文学”的官方文学，还是从“朦胧诗”到“寻根派”的非官方、准官方文学，都可视为此前历史的经验内容的补偿式表达，其“文学价值”也在某种机械的意义上同它们所包容的历史经验跨度（如“伤痕文学”基本上只触及十年“文革”经验，“反思文学”扩大到“反右”，“朦胧诗”将三十年及至“五四”以来的现代史作为一个整体同大写的“我”对立起来，而“寻根派”则试图将整个“民族文化传统”作为题材内容）联系在一起。而“新潮小说”第一次将某种历史意义上的“当代生活”变成了文学作品形式特征的社会对应物。政治松动，经济生活市场化以及“文化热”引入的形形色色话语方式的同时并存形成的新的空间，既是一个滋生个体经验的沼泽，又是“主导叙事”的真空。这一切不是“新潮小说”的“社会背景”（因为这种文体本身为批评消除了这类“背景”存在的必要性），而是新一代人自我意识和语言风格生成的天然环境和物质温床。旧秩序的风蚀剥落和新秩序雏形期的变动不居，不仅是一代人内心生活的外部风景，还在更为关键的意义上成为其语言构造的内在逻辑。随着一代人逐渐显露为一种“历史的声音”，这个过渡时代的全部混乱将在新的主体的自我叙述中成为一部精神史的自然依据。

对这种叙事的指责来自“现实主义者”的道德说教，也来自“现代主义者”哲学上和美学上更为激烈的自我防御机制。于是“新潮小说”与“消费社会”的洪水猛兽、“个人主义时代”通行的虚无主义和“后现代纪元”的“绝对游戏”原则成为一丘之貉。另一方面，对中国“后现代主义”文学的阵阵欢呼却把余华、格非、苏童、孙甘露等人的语言风格和叙述方式推为“形式探索”的先锋、“语言实验”的最新成果、超越“人道主义”和“历史主义”的一条康庄大道。两者共同的倾向是把这种“先锋文学”视为一种美学的选择、价值的取向和对政治垄断的“语言的反叛”。

对待“先锋文学”的两种截然不同的态度都具有某种现象把握上的准确和敏感，也都在一个最为基本的问题上铸成大错：“新潮小说”不是在对于官方话语的竞争或“反叛”中确立，而是在这种主导叙事的空白和脱漏处作为替代出现；它本质上不是一场美学实验而是一种经验语言的生成和自我结构；它没有任何确定的价值取向，虽然它比任何以往的文学意识更富于自我意识；它甚至没有任何形式上的确定性，尽管它比任何以往的文学表达更具备形式或技巧上的信心和可能性。而基于对这种语言主体的历史观察，从“消费社会”到“虚无主义”，从“价值崩溃”到“人的终结”的一系列加于“新小说”的道德批判和哲学批判，都需要在形式与历史的辩证法中予以重新审核。

一如“朦胧诗”为红卫兵一代的“本真”体验镌刻了诗意的墓志铭，“新小说”则提供了 80 年代后期成长的一代人的语言档案。这份语言档案既是古今中外各式各样的词汇、句式风格和体例的大杂烩（或者说“拼贴画”），又是“新时期”个人经验和集体历险的故事大全。作为商品，这些光怪陆离的叙事向业已支离破碎的主导叙事掀起了一浪高过一浪的蚕食和冲击；而作为一个语言主体的精神自传，其自我营造的专注，安分守己、乐得其所之中的进攻性和扩张性，带有个体企业向市场渗透的经济本能的一切特征。“新小说”不仅以其外观的新颖震动了日见惨淡的文学市场，也以技巧工艺方面的老到圆熟给人带来质量上的信任感和对一种“当代性”或“国际水准”的期待的满足。歧路丛生的旅途，莫名其妙的悬荡、暴力游戏、性幻想、与陌生人有头无尾的谈话、臆想中重大事件的煞有介事的流水账、对某一鸡毛蒜皮细节的强迫症式的穷追不舍或对某种画谜般的事件的奇特图案的恋物癖式的反复摆弄，在所有这些作为语言的工艺品设计、制作出来的消费性故事中，我们看到了某种自我意识的劳作的痕迹；那只暗中调动符号和故事片断的手每每暴露出这些语言点彩画的自画像本质。而在这个语言主体自我描摹的游戏冲动之中，时间、空间被肆意切割组合；从童年回忆到氏族家谱，从地方编年到钦定历史，无一不被那种“虚构”信笔涂改。在意义的秩序瓦解之处，那种退为“幻想”的主体把符号、事件的叙事性组合，变成了自我的“纯粹声音”。

“新小说”的另一个重要的形式特征，在于它的可交流性。从余华绘声绘色的暴力游戏，苏童天花乱坠的家族传奇，到格非摸索自我形象的“谈话”或追踪，“新小说”作品都带有一种纯朴的可读性。通过这种可读性，读者在消费叙事快感的同时，从那种“纯粹声音”中辨认出了一个全新的主体。无论是从“新小说”作品的叙事安排中（比如格非小说里的“自我”位置总是由“他人”——如女性，村民，被调查对象——或事件发展的对象化结构指示出来），还是以这种叙事预设的话语方式中（它既是“可写的”，又是“可读的”；应该说，“新小说”的语言游戏里总有一个“意想的读者”，而这个意想的读者无疑具有一个同龄人的形象），新的语言主体都是在交流中，在与他人的结构关系中获得其主体位置的。这同“现代主义”诗歌中的超越性的、不惜牺牲可传达性的自我表象形成鲜明对照。

“新小说”的叙事不仅“指示”出一个主体，而且“结构”出这一主体的内在经验。这意味着“语言实验”对于新一代叙述者来说既不是一个技巧问题也不是一个表达问题，它是一个刚刚开始讲故事的经验主体的语言习得过程。在此，我们不应忽略这一经验主体从抒情诗语言向叙事语言的转变；这种转变一方面具有外在的文学史研究的意义，一方面为理解“新小说”叙事机制的内在构成提供了钥匙。在余华、格非、苏童、孙甘露等人的小说中，我们不难察觉一种经验或体验的瞬间性，以及这种瞬间体验同某种极为特殊、极为个人化的语言表达方式的先在的结合。这种结合使他们的叙事作品在从词句到叙事节奏的许多层面上带上了抒情诗的色彩。在格非的《蚌壳》中，叙述者“在一场不期而遇的性历险之后想到了”两个人曾经说过的话：

> ……一位中国伟人在一次非正式的谈话中说道：
> “在每一扇为你打开的门的背后都潜伏着一个阴谋。”
> 另一句话是我的一位山东朋友在给我的赠诗中的句子：
>
> “她赤身裸体地坐在我对面
> 我看见
> 一根剥了皮的树桩
> 长出了新芽”①

① 参看格非：《蚌壳》，《迷舟》，作家出版社1989年版，第232页。

这一从叙事结构中游离出来的“引文”，提示了无数同叙事语言无从分割地交织在一起的抒情诗片断的功能与含义。它将类似那种性邂逅的当代生活的震惊体验，同一种语言经验①紧密地凝聚在一起，从而通过一种抒情诗方式完成了内在经验的调整。在用这类抒情诗片断将瞬间经验预制成故事的基本材料之后，叙述语言以一种摆脱了经验和语言的直接性和具体指涉的方式，即所谓的“纯虚构”方式，展开一个经验自我的幻想旅程，并在一种动态的结构中投射出一个语言主体的抽象化了的历史内容。只是在经验—语言的抒情诗片断的二次性组装中，一个现实的自我形象才完成了它的虚构化，为某种源于特定的时空经验的自我形象赢得了超越时空的自由。正是通过这一语言的阶梯，意识变成了意识的材料。“新小说”叙事这一内部空间为自我意识的显身提供了场所。

这一结构特征在文学史意义上提示出一个一直被忽略的关联。从“朦胧诗”到“新小说”之间的阶段，既是一个“形式史”上从“现代主义”到所谓“后现代主义”的过渡，也是一个社会史上由“四五”一代向80年代后期成长的一代的过渡。这一艰苦、复杂的集体经验的更迭、准备、转换过程，既无法由零星出现的早期“实验小说”说明，也无法用“遗老”气颇重的“寻根文学”现象来说明。②这一过程最初表现为“新诗潮”确立的诗歌语言规范的解体和众多的个别语言方式的兴起。1982年到1987年间遍及全国的“校园诗歌”或许正是这一中间环节的承载者。但“校园诗歌”在

① 这种语言经验同“新诗潮”及“美学实验”的影响是分不开的。但同时，它也来自当代城市生活带来的新的感受方式。

② 李陀认为，寻根小说表面上的美学保守主义可视为向“中心话语”或“毛文体”挑战的语言策略，这是富于启发性的。但在此我仍倾向于认为它只构成了1985年左右的“形式转变”的外界风景。参看李陀在“海外中国作家讨论会”上的发言纪要，载《今天》1990年第2期。

当代文学史上的重要价值，似乎并未引起太多研究者的注意。除了1989年一段短暂的纪念自杀身亡的诗人海子的造神运动，这一阶段出现的作品至今没有认真的读者。当代中国的作家和批评家一次又一次呼唤“史诗”，不知疲倦地期待着文坛的下一颗“新星”，却似乎忘记了当代中国文学作为集体经验表象的基本历史特征。离开了集体经验转变的历史母题，离开了一代人自我意识的语言构造，离开了当代美学突破的史诗性的社会蕴含，是难以想象作为文学批评和文学研究对象的当代中国文学范畴的。

四

在此，“代”的问题再一次被证明对理解当代中国文学的美学蕴含和历史蕴含具有关键意义。在八年前轰动一时，如今却已不再被人提起的《崛起的诗群——评我国诗歌的现代倾向》一文中，作者徐敬亚提供了如下的观察：①

> 〔新诗〕最早的源流可以追溯到1976年的天安门诗歌运动，从全国范围看，有着惊人的不约而同性（着重点为原文所有，下同）——而且，值得新诗研究者们注意的是，它的发生不是在中外文化交流的繁盛时期，恰恰是在我国文艺道路最狭隘之间，在闭关锁国的年头。新倾向的主要力量——一批青年，在文化生活极其贫乏的境地里，甚至在中国的土地上总共

① 徐敬亚：《崛起的诗群——评我国诗歌的现代倾向》，姚家华编：《朦胧诗论争集》，北京学苑出版社1989年版，第272—273页。

> 没有几册外国诗集流传的情况下，零星地，然而却是不约而同地写着相近的诗。……〔它们的〕主要艺术主张是表现“自我”。但他们的自我是什么样的“自我”呢？只要稍作对比，我们就可以毫不犹豫地说，它是中国的！在他们的诗里有对十年非人生活的控诉；有对几千年民族艰苦历程的痛苦回味，有对于人性解放的追求与呼吁；有对于现代生活方式和生产方式的憧憬。……诗中的“自我”形象是要鞭笞黑暗！要埋葬过去！是要“重振民族”的新一代中国青年总体形象。……中国社会生活特殊一致的整体化使他们诗中的“自我”强烈地受到民族潜意识的影响。他们的“自我”是个人对一代人的兄弟般呼吁！

在“贫乏的境地”里“零星地，然而却是不约而同地”生发出来的诗被视为一代人的觉醒；而那种在诗歌语言中“崛起”的“自我”被理解为“个人对一代人的兄弟般呼吁”。这种自我的表述挣脱了那种“中国社会生活特殊一致的整体化”的控制，然而这种“挣脱”的姿态却将这种自然史的力量表露无遗。在“代”的问题中，这种自然史规律同它的语言表象的变幻无常以一种不容误解的方式汇合到一起。而当代中国的“先锋文学”正是这样自然史主体将特定的历史阶段的全部的话语可能性“据为己有”的极端形态。在这个意义上，“先锋文学”最为集中地将两代人的自我形象和两代人的代际冲突呈现出来。也就在这个意义上，“先锋文学”的美学构造成为当代中国集体生活的历史内容的最可能信的材料。无论“现代主义”诗歌的自我确证还是“后现代主义”小说的自我消解（从而它由一个经验主体转变为一个语言主体），都成为一代人个体形象的结晶，成为孕育出这一代人的特定历史阶段及其文化表象或意识形态内容的经验构造。从这种历史经验的变迁着眼，从这种变迁造就的一代人主体形象的粗犷轮廓着眼，无论是“朦胧诗”的诗歌语言实验，还是“新小说”的叙事语言实验，都可理解为一种历史意识，一种作为自我意识的集体经验在语言的可能性中结构自身。这促使我们把那种“现代主义”的“审美自律性”解释为当代中国新一代人的历史内容和自我规定。而“新小说”与所谓“后现代主义”的语言迷宫和“人的终结”的结构相似性则不得不被理解为“人的诞生”，理解为新的主体的“写诗的欲望”的更为自由奔放的表露。在当代条件下，这一切实现于叙事文学的复兴有着至关重要的意义。它不但在文化上说明了“新时期”历史经验的史诗性——这种社会经济生活中的史诗因素恰如其分地在新的主体的个人经验中变成了“纯虚构”的传奇故事；而且还在某种批评或批判的意义上，将一种“自在”的历史运动的辩证因素带入了话语的纷争之所。当代中国批评实践与文学实践之间的对话从来都是同代人“兄弟般”的彼此呼唤。这一基于历史经验和自我意识（而非基于专业主义文化分工和“后个人主义”话语游戏）的紧密关联为当代批评提供了得天独厚的可能：将写作的辩证法变成批评的辩证法。而新一代人在批评话语中认出自己的形象的时候，便是当代文学批评“自在自为”地发言的一天。

1991 年 10 月，达勒姆

遗忘的谱系*

——鲁迅再解读

一

> 一切对于我都变成了寓言。
>
> ——波德莱尔《天鹅》

> 文明只能提前获得史诗诗人，这正像一个人在死亡来临时不能报告一样，他只能预先推测和描述将来的死亡。因此，如果你想看到完整的史诗描写，就必须阅读这种文化的最伟大人物的著作，……它只能用预示性隐晦语言撰写，为寥寥数人所理解，这是不奇怪的。
>
> ——维特根斯坦《笔记》

---

* 本文收入《文化：中国与世界》第7卷，1989年春季号（该期因故未刊行），首次发表于《幻想的秩序》，香港牛津大学出版社1997年版，第157—197页。发表时名为《遗忘的系谱——寓言、历史与重读鲁迅》。

本雅明的文本寻找的是一种历史性读者。从《德国悲剧的起源》(1928) 到《论历史哲学》(1939), 几乎他所有的作品都带着一种精心策划的未完成色彩。在论波德莱尔的伟大著作中, 现象的过剩、中介的隐晦和文字的多义性, 与其说造成了一种思想的令人眼花缭乱的可能性, 不如说造成了思想的悬置和意识活动的阻塞。这暗示我们, 本雅明并不在经验 (Erfahrung) 的水平上分析历史。历史虽然依旧构成本雅明反思的客观背景, 但它并不是作为一个给定的、连续统一的、深层的、不成问题的维度存在着, 相反, 是作为一种突如其来的零散片断的、平面化的、成问题的事件出现在反思者面前——在体验 (Erlebnis) 层次的"震惊"之中, 历史成为一个寓言。

与历史作为一种"震惊"事件出现相对应的是主体的精神现象学成为历史隐遁的寓言空间; 这一内在关系原则性地规定了现代主义时代的创作和批评, 并在语言的本质之中预设了思想的方式。在此要说明的只是,"历史"概念已被彻底改变, 这构成了西方马克思主义传统的核心问题。

本雅明的"寓言"与那种我们熟知的"异化"理论有其一致性的历史根源, 并且, 它作为一种"非总体"的总体论和"非辩证"(阿多诺) 的辩证法, 同卢卡奇的《历史与阶级意识》所传达的思想具有密切的内在关系。然而本雅明并不企图在传统或历史的"连续统一体"的水平上拯救历史。相反, 他赞成历史的分崩离析, 一如他宠爱的诗人波德莱尔赞成诗的神圣光晕的消散。本雅明笔下的波德莱尔为这种姿态付出了沉重的代价。他用他毕生的经验去换取诗的体验, 尽管这种体验对于他是一种震惊和创伤。波德莱尔在一个"越来越不适于抒情诗生存的气候里", 在一个"大规模机械主义的不适于人居住, 令人眼花缭乱的时代"里, 通过沦为一个"波希米亚人”，一个“拾垃圾者”、一个政治“密谋家”、一个“游手好闲之徒”而在自己的内在经验中打下了时代的印记。这种印记成为他的诗行中隐秘的、无所不在的形象。在本雅明看来，历史并不在它的同一性存在中披露自己，而是在它的否定性存在中披露自己，这如同“对于大城市的揭示性呈现”并不来自那种得其所哉地徜徉在拥挤的人群中的游手好闲之徒——他们最终成为一个“看客”（badaud），一个“装备着意识的万花筒”——而是来自那些“心不在焉地穿过城市，迷失在思想和忧虑中的人的作品”。[①]波德莱尔着魔般地去获取大城市体验，那种用他自己的话来说是“无数关联被斩断”的体验，他的目的却是要在自己的内心中捕捉“诗的奇迹”，捕捉那种“灵魂奔放不羁的骚动，梦的起伏和思想的突然跳跃”（第 87 页）。而正是这种沉于思绪的街头漫步，这种“忧郁”使他总是受惊。本雅明察觉到，“这种震惊连同他用来躲避它的千百个念头都被波德莱尔再造或复制成的诗体学的虚张声势所攻击”（第 88 页）。正是在这种同历史相隔绝的深深的孤独中，波德莱尔以一种补偿性的“创造”原则，把周围世界的材料一举抬升为一种英雄主义史诗，或者说，一种现代主义的反史诗。在本雅明看来，“现代主义”正是笼罩着波德莱尔的厄运的一颗灾星，而波德莱尔把它破译出来，当作自己的座右铭。通过背叛这个时代，通过种种“逃脱与落网”，通过一次又一次被自己的盟友抛弃，波德莱尔在历史气息的消散中内在地捕获了这个时代的寓言形象。本雅明用这样一句话总结了《恶之花》的作者：“他的诗照耀着第二帝国的天空，像一颗没有氛围的星。”（第 168 页）

---

① 本雅明：《发达资本主义时代的抒情诗人》，张旭东译，生活・读书・新知三联书店 1989 年版，第 87 页。下引本雅明文，出自本书的，只注页码。

这正是本雅明给我们讲述的关于“高度发达的资本主义时代里的抒情诗人”或“现代主义诗人”的寓言。而我们可以不折不扣地把这个寓言视为反思者自身的寓言。本雅明对于历史的态度便内含在这个寓言之中。

历史在黑格尔那里是空间与时间完美而圆满的结合。卢卡奇深深怀疑这种圆满的结合，但他却并不怀疑历史本身。在此，历史成为一种时间中的可变性，卢卡奇把这种时间的可变性表现为阶级斗争或阶级意识的历史动态。卢卡奇正是坚持这种历史的动态的“总体性”。把历史的辩证法理解为一种时间性真理导致卢卡契把那种非历史性的空间化力量简单地视为一种时间上的否定或扬弃，这并不能引导历史精神在它具体的空间条件中与那种异质性因素发生真正的关系。历史精神由于无法进入一个“符号秩序”之中而成为一种“幻想之物”，这种缺乏现象的具体性的真理性不如称之为“精神的历史”；它无法进入到象征之物的符号系统中去；或者说，无法获得一种能指结构，这使它在另一方面成为一部“焦虑的历史”。无法被这种总体论消融进它的同一性整体中去的因素首先是这个世界的物性，即它的非精神的一面。这使卢卡奇倾向于把一切无法融入未来乌托邦图景之中的现实存在都当作一种历史渣滓。在这一点上本雅明采取更为激进的反历史主义立场。他指出：“把事件不分主次地记下来的编年史家依据这样一条真理行事：任何发生过的事情都不该被视为历史的弃物。”①因为作为人类幸福的意象的“赎救”概念，使得追求过去的完整性的人类把过去的每一瞬间都变成了一种“提到日程上来的引证”。(同上）本雅明把这种“引证”同

① Benjamin, Walter. “Theses on the Philosophy of History”. *Illuminations*, New York: Schocken Books, 1968, p. 254.

“末日审判”的意象结合在一起。在本雅明看来，人并没有资格随意处置过去，因为人倒是属于过去的，因为“过去的人们与现在的人们之间有一个秘密协议，我们的到来在大地的期待之中”（同上）。因而这种同“赎救”的“期待”联系在一起的过去的每一瞬间都是历史赋予人的“一点微弱的弥赛亚般的力量”（同上）；或者说，“过去”在历史中“随身携带着一份时间的清单”，它正是“通过这份清单而被委托给赎救”（同上）。由此，本雅明把历时性存在结晶在人的内在关系的共时性结构之中；我们从而理解了本雅明并不是在鼓吹“事件”或“物品”的本体论或历史的形而上学——在另一个地方本雅明声明，“没有一桩事情作为原因就在这个理由上具有历史性，它只在事后才有历史性，它本来就是通过那些在数千年中与它毫无相干的事件而获得历史性的。”（同上）——而是把过去重新建立在“目前”之中。对包括这些“弃物”在内的历史进行反思则是一种批评的构造工作，这把一种历史哲学问题同思想的内在构成联系起来，历史现象在思维中成为思维本身的构造成分，反过来，这种构造也就成为这种历史现象的美学原则。

本雅明的历史概念建立在对时间的分析之上。那种“历史的连续统一体”中的时间，在本雅明看来，是一种被同化了的“同质的、空无的时间”（第261页）。这一惊人的洞见在一方面使我们看到了黑格尔辩证法的内部的意识形态幻想，另一方面则把一部由历代统治者传递着的历史的压抑“整体”的内部构造呈现在我们面前。本雅明看到：“法西斯主义之所以能有一个机会，原因之一便是它的对手在进步的名义下把它当成了一种历史的规范。我们对于我们正在经历的事情竟在20世纪‘还’会发生而感到的惊诧并不怎么富于哲理。这种惊诧并不是认识的开端——尽管这种认识，认识到产生出这种认识的历史观本身也是站不住脚的。”

在本雅明看来，历史经验的“总体”（如果一定要这么说）不是一种时间的序列，而是一种时间的瞬间闪现，是在“真实的历史意象短暂地闪耀之际将其捕获”（第255页）的一种思想的“构形”活动。这种“捕捉”的技巧，在波德莱尔的总是突如其来的意象中最明确地暴露出来。波德莱尔正是凭借这种专注和技巧从“一位交臂而过的妇女”身上把握了整个现代生活的内在本质，把握了一个时代的节奏，把握了自己的命运——这一切以爱的面目出现，但却发生在告别的一瞬。这种“捕捉术”的登峰造极的表现无疑是普鲁斯特的八卷作品，它的最杰出的例子是在一种倏忽即逝的气息中捕捉来全部的旧日的时光。这种诗的法则最突出地体现了现代辩证思想——包括辩证唯物主义——的特征：它是一种夺取，一种内在世界对外在世界的夺取。与此相反，历史主义却是一种“移情”，这种移情同消费者对于商品的移情，即马克思称为商品拜物教的那种“激情”有一致的结构。本雅明把它称为“恋物症”（第73页），这也可以视为历史的流动在现时代的社会关系中的投影：它促成事物从灵魂的负极向物质的正极流动。波德莱尔看出了人群流动的定向性能量，他说：“一头扎入人群就像一头扎进蓄电池”（第146页）。而当我们把这种观点转向历史本身，问题就更具暴露性：“当我们询问这种移情是寄与谁的”，本雅明写道，“答案是不可避免的：寄与胜利者”。[①]这种使胜利者一成不变地受益的历史观成为过去的囚禁和现在的欺骗；在它的“同质的、空无的”时间里，历史的种子被窒息，个人的回忆被抹杀，而革命的可能性更是绝无仅有。这种洞察使本雅明“不能不带着恐惧去沉思”（同上），因为他所审视的历史文化财富无一例外地有一个根源：“现在的统治者正从匍匐在

---

① Benjamin, Walter. *Illuminations*, New York: Schocken Books, 1968, p. 256.

他脚下的被征服者身上踏过。依照传统的做法，战利品也由凯旋的队伍携带。这些战利品被称为文化财富。”（同上）历史唯物主义者不能不在一种忧虑中“谨慎而超然”地面对历史，因为“没有一份文明的记载不同时也是一份野蛮残暴的记载”（同上）。不仅如此，这种野蛮一直渗入历史时间之中，因为这样文明记载“由一个主人到另一个主人的流传方式也被野蛮所败坏”（同上）。

本雅明用另一种时间感来同这种“同质的、空无的时间”相对抗，这种时间便是回忆的时间。这种时间立足于现在的存在，但却以一种基于未来的目光把现在投射到未来时间的某一点上去。这样，“现在”在叙事时间中以“过去”的口吻说话，成为过去发生过的事情的回头注望，成为梦幻的意象。这造成了一种充满张力的时间的构造，它把历史的平滑而空泛的流动阻滞在个体的记忆空间之中。在本雅明看来，这种处于悬置和停顿状态的历史辩证运动就是观念和思想的空间。这种“精神岁月”预设了历史的寓言化。在此，思考成为一种拘于具体现象的思想的迟滞；这种迟滞为一种梦幻的乌托邦带来了机会。本雅明由此把历史辩证法从经验逻辑中还原到梦的逻辑中。在本雅明看来，在历史唯物主义者的梦想世界中包含着未来时代的真理和过去历史的解放。在本雅明以前，没有一个哲学家真正地把思考建立在体验的结构之上，正如在他以前没有一个辩证思想家把历史革命同梦的诗学法则结合起来。本雅明批评本文的“粗粝”（布莱希特语）的诗意正在于它是一种历史潜意识的具体的、物性的、带着死亡印记的呈现。这种呈现如同波德莱尔借以从工业都市生活中掳掠诗意的“通感”，这种效果用本雅明自己的话说，是“极度地麻痹了时间感”（第 156 页），使秒针上的时间陷于瘫痪。本雅明的反思便建立在这样一种构造的基础上，它是被这样描述出来的：“思考不仅包含了思想的川流，而且也包含了思想的梗阻。当思想在一个充满张力的构形中突然停止，它就给了这个构形一次震惊，思想便由此结晶成一个单子。历史唯物主义者只在遇到作为单子的历史主体之处才把握了这一主体。”①

这种“单子”无疑把一个特殊的时代从同质的、单一的历史线路中剥离出来，把一种生活从一种被决定的时代中剥离出来。这种作为“单子”的主体意识不是要在“思想的川流”中活动，相反，却是要作为“思想的梗阻”出现。这种梗阻帮助历史唯物主义者使自己“同历史保持一种格格不入的关系”，从而帮助他意识到“自己在行动的当儿是在打破历史的统一体”（第256—257页）。这样“主体”与“历史”的对抗在一个全新的层面上展开了西方马克思主义的主题。

在历史的轨迹中与时间概念并行的是辩证法概念。本雅明同样赋予这个概念以寓言化的历史内容。本雅明的本文寻找一种历史性读者，而这种批评实践同时也把在风格中活动着的批评家形象忠实地记下来。辩证法的停滞，意味着乌托邦的生长，当历史在漫漫长夜中僵卧，“辩证法的意象便是梦的意象”（第190页）。本雅明信手拈来地为这种意象找到了三个寓言体现：作为偶像的商品；既是房屋又是星星的拱廊街；以及“融卖主和商品于一体的妓女”（第190页）。现实世界的物化从这种视野看来如同梦幻世界的余烬，而历史唯物主义者要做的正是“在清醒的时刻利用梦幻”（第195页）。在本雅明看来，这是“辩证思维的典型的例子”。这种辩证法的梦幻不仅梦想着未来，而且在梦想中推动了未来的觉醒。这使得人们认识到——通过寓言的辩证法——“资产阶级的丰碑在坍塌之

① Benjamin, Walter. “Theses on the Philosophy of History”. *Illuminations*, New York: Schocken Books, 1968, pp. 262—263.

前就已是一片废墟了”（第 195 页）。而寓言本文在这个意义上，在自身的美学形式中，在它自身肌质的解体中，再现出历史的困境。

一种颇为流行的观点把本雅明的批评理论（如果它可以称之为理论的话）同海德格尔的存在哲学混为一谈。这种观点的诱人之处在于它并非在直接的本文水平上比较这两种思想，而是在各自关于“世界图景”和各自的“内在气质”（即在这种意象中的对于自我形象的意识）的“深层”把两者放在一处。然而这种比较除了提供关于整个现代主义时代的较为笼统的审美性质的感悟之外并不能给我们的讨论增加什么有意义的内容。海德格尔并没有在关于存在的讨论中触及资本主义历史及其指向未来的乌托邦因素。寓言批评的辩证法与《存在与时间》中的消解战略的不同之处在于，前者并没有能够在一种风格中结合起历史维度上的时间的颠覆与形式维度上的形而上学的颠覆。海德格尔的存在哲学并没有形成一种重新构造时间结构的空间理论，因而时间在它那里无法突破心理主义的局限。通向存在的路径（这相当于通向乌托邦的路径）并不在走向存在的途中自己开辟现象的可能性，相反，它却是通过反复地强调一切具体现象（类似于“存在者”）脱离“存在的大地”之后的不可能性而被人感知的。对“无形之物”的强调，对“听”而不是“看”的强调，同样是要把历史还原到它的“史前时代”，但它却不具备寓言批评的社会历史的物质的和符号的具体性。而在本雅明看来，现代都市生活给能听不能看的人带来的烦恼要比给能看不能听的人带来的烦恼小得多。这种烦恼寓意性地体现在纷忙的交通给人带来的震惊和种种交通指示给人的内心带来的机械训练，这使人陷入穷于应付的境地，陷入服从的忙乱，这扼杀了那种“在街角上寻找诗”的幻想。海德格尔也曾提出过“世界图景”的概念，但他对这一图景的攻击却像是一种对现代性命运的消极的逃避。本雅明所描绘的波德莱尔“惊恐地注视着赤裸裸的地球，再也不去寻找遮蔽的小屋”（第195页）的形象，同样也是海德格尔的形而上学的形象。但海德格尔要做的却是让“目前的时间”（Jetztzeit——本雅明），消解在这种史前时代之中，也就是说，把历史消解在本体论中。这内在地决定了海德格尔对上帝的期待与本雅明对弥赛亚的期待，是两种根本不同的东西。如果说本雅明的“目前的时间”是一个现象空间，是要同“史前时代”共谋颠覆历史统一体，从而在传统沉没之际给历史以获救的机会，那么海德格尔的存在则是一个现象的虚无。它不是“忧郁”的寓言结构，而是“忧郁”本身，是“忧郁”本体论。这种不在历史之中的忧郁使它丧失了时间与空间的双重规定；它并不指向历史的赎救，而是指向历史的绝弃，而这种绝弃可以摇身一变成为历史的冒险。这种“焦虑”的形而上学最终走向艺术作品，试图在这里建立“灵魂的栖居之所”，①但“四重空间”（海德格尔）并未把历史空间化，因而海德格尔的空间也不是历史的空间。历史在他那里始终是一种阴影，而非一种光亮。材料和形式只意味着通向存在的桥梁（同上），这剥夺了它们自身的寓言的自由；也否定了它们本身的具体的历史性。而辩证批评正是运用这种自由使自己走向成熟。辩证法的时间总是在它的悬置中成为一种历史矛盾的空间构造，成为乌托邦的栖居之所。这种栖居不是无家可归者的藏身之所，而是“暴动者”的集结地。

理解本雅明作为一个历史性事件必然在我们自身的符号结构中留下痕迹；这几乎不可避免地从我们“想象界”的深层唤起了一种记忆。用伽达默尔的话说，这就是一种成见的视野融合。在这种融

---

① Heidegger, Martin. “What Are Poets For”. *Poetry, Language, Thought*. New York: Harper & Row, 1971, pp. 89—143.

合的符号冲突与想象冲突中，重新确立一种“比较诗学”或“比较文化”可能性的要求在本文世界里表现为一种“重读意识”。而这种重读在一个更本质的意义上则是作品历史自身的觉醒和革命。我们在读本雅明的时候，另一种本文正在悄悄地，但却是不可遏制地渗透进来，弥漫在阅读的空间之中。这种本文以鲁迅为它的标志，它是现代中国历史经验的寓言。

寓言可以把这两个名字武断地联系在一起，但真正展示两者的内在相关性的却是历史——不是“地方史”意义上的历史，而是世界历史上的历史。这种历史在这两种本文的互文性和可译性中看到自己的寓言形象，并在这种交融中给予自己的过去和未来以一种全新的、开放的形式。在理解本雅明的同时重读鲁迅，意味着打破现代中国知识分子在追寻一个简单化的“现代”概念时强加给自己和中国现代性历史经验内在丰富性的桎梏，在世界历史的辩证过程中重新安置当代中国的历史时空。这构成当前文化讨论的根本议题。

历史在鲁迅那里是以寓言的面目出现的，这一方面由于中国历史叙述本身的衰败不堪的物化，另一方面则由于写作者的体验的相关性。鲁迅总是在借此说彼，这使他一开始就被人当作一个寓言家来读。这种作为“路标”的寓言一方面作为指示，另一方面则作为“震惊”的吸收装置而存在。无论从哪一方面看，人们都可以从中感受到一个会心的注目。在本雅明那里，历史通过寓言被重新历史化；而在鲁迅这里，历史的停滞通过寓言变成了历史运动的革命性前提。在寓言的触动下，个人从历史的无时间状态中苏醒；记忆在这种晦暗的时间中把自己揭示为一个遗忘的巨大空间。由此，个人随着历史的运动而出现，而寓言自身则成为一份遗忘的谱系。《狂人日记》正是打破“千年寂寞”的一声呐喊，它不可避免地以寓言的形式出现。这必须被视为两人所面对的历史的内在结构的巨大差异。人们通过鲁迅的寓言透视中国历史，就仿佛通过波德莱尔的诗透视巴黎。在寓言者的注视下，巴黎像一个巨大的砖瓦堆，一块被腐蚀得露出织纹的破布，一座被火山湮没而沉入海底的古代城市；同样，在这种目光的注视下，中国历史变成一个周而复始的丑剧，一个尽人皆知的诡计，一份拉拉杂杂的遗老遗少的清单以及由数不清的“实黄榜”堆成的“大内档案”。它“正如败落大户家里的一堆废纸，说好也行，说无用也行”，① 与其说是历史，不如说是历史的赘瘤，它给我们提供的形象不是历史的复活，而是历史的死灭。

历史的消失在卢卡奇和其他西方马克思主义者那里造成了一种深刻的“忧郁”，这种忧郁以不同的方式存在于形形色色的敌视资本主义机械文明的艺术作品和理论著作之中。历史辩证前景的不在场反衬出这个时代的巨大的物的膨胀和一种深刻的精神衰败。卢卡奇在他对“自然主义”和“形式主义”的分析中，将这种反历史的历史图谋称为“用空间的现场性代替时间的现场性”。②这种替代物便是具体性，卢卡奇把它看成是彼此孤立的，与总体意义相游离的“细节肥大症”。③在此被替换的是“中心”概念，这个中心在卢卡奇看来是任何特定的社会历史结构都具有的核心。在历史大变动时代，这个中心成为两种历史结构之间的纽带；卢卡奇的“典型人物”正是这种历史动态的体现。让卢卡奇感受到“活生生”的历史的东西不是那种为某一时代所特有的征象，那种具体性，而是一种时空结构的转换。在这种转换之中，卢卡奇把历史的时间性同社会生活的完整性直接等同起来；这使他无法正视现实社会和现实艺术

---

① 鲁迅：《谈所谓大内档案》，《鲁迅全集》第3卷，人民文学出版社1981年版，第562页。下引鲁迅文，只注卷数页码。

②③ 参看卢卡契：《叙事与描写》，《卢卡契文学论文集》，中国社会科学出版社1980年版，第57—60页。

中的支离破碎的境况。那种由于传统，历史和个人经验的圆满性的瓦解而致的忧郁，同样是本雅明的最引人注目的精神气质。然而在这种忧郁之中，本雅明透露给人们一种智性的乐观。这种乐观的根源在于本雅明的风格。风格意味着空间性对于时间性的优势，意味着在一种构造中的人的重新安排，意味着意识重新占据历史的表象和叙事。但是，在鲁迅的文学世界里，现代性文艺的深刻的忧郁性和悲观并没有任何本体论的色彩。在鲁迅笔下，寓言引入的不是时间的停滞，而是历史的开始。

二

寓言在思的国度一如废墟在物的国度。

——瓦尔特·本雅明《德国悲剧的起源》

凡对于时弊的攻击，文字须与时弊一同灭亡，因为这正如白血轮之酿成疮疖一般，倘非自卑也被排除，则当他生命的存留中，也即证明着病毒尚在。

但如果在我所写，的确都是冷的呢？则它的生命原来就没有，更谈不到中国的病症究竟如何。

——鲁迅《热风·题记》

本雅明的本文充当了作为“突发事件”的历史与作为“忧郁者”的主体间的辩证冲突的调解者。但他要做的并非在传统辩证法概念上“调和”二者，而是在自身的四分五裂状态中彻底断绝，恢复“物”与“精神”的总体性的希望。本雅明力图在碎片或废墟中把历史的不可弥合性提升为一种批判的思想原则。

历史在本雅明那里如同在鲁迅那里一样成为寓言，而寓言不但是历史的否定，而且是历史的消解。这种消解在本雅明那里体现为作为回忆的寓言批评，如同波德莱尔从无论多么细小易逝的事物中“夺取诗的战利品”（第 136 页），本雅明在衰败的历史的残垣断壁中以一种自我陶醉的热情，敏捷而准确地捕捉思想的对象——这种具体的“事实性”将像一个跳板一样把跃入过去的目光弹回未来。这种瓦解历史、夺取意义的目光是一种忧郁的注视：“当对象在忧郁的注视的笼罩下变成寓言，当生命从中涌出，那对象自身便落在了后面，死去了，它是为不朽把自己保存起来；它把自己陈放在寓言者面前，把自己毫无保留地交给了他，不管后果是好是坏，换句话说，对象自身是不能把反向意义投射到自己身上的；它只能接受寓言者愿意借给它的意义，他把他自己的意义灌输给它，他自己则沉入其中，在里面寓居：这一切必须从本体论意义上而不是从心理学意义上来理解。在他手里，在问题之中的事情变成了另外的事情，这对于他成为打开一个隐蔽的知识王国的钥匙，而他则把它誉为自己的徽章。这便是包含在作为文字（script）的寓言的本质之中的事情。”①

本雅明以这种“忧郁”的注视瓦解了虚假的完美，把意义的虚无摆放在事物坍塌后的位置上，并让这种虚无像挽歌一样在瓦砾上空自由地飘荡。而鲁迅则是以一种“执着”死死地抓住跃出历史地表的一切“速朽”的现实征象，不给它任何隐入朦胧而巨大的过去

① Benjamin, Walter. *Ausgewählte Schriften*: *1*. Frankfurt am Main: Suhrkamp-Taschenbuch-Verl, 1995, p. 308.

的阴影中去的机会。本雅明向别人表明，“资产阶级的丰碑在倒塌之前就已是一片废墟了”；而鲁迅则一开始便告诉我们：中国历史只能从残骸中去发现。鲁迅以那种执着“日复一日地拷问世界”（第3卷第3页），迫使它在顾此失彼的窘境中暴露出深层的、远非理想所描绘的运行机制。如果说在《野草》和《朝花夕拾》中这种“执着”还同一样巨大的忧郁结合在一起，那么从《热风》到《华盖集》，那种“无生命的文学”便越来越成为一种自觉的原则。《华盖集·题记》可视为这种历史寓言的自我肯定：“（同《热风》相比），意见大部分还是那样，而态度却没有那么质直了，措辞也时常弯弯曲曲，议论又往往执滞在几件小事情上”（第3卷第3页），而“偏遇到这些小事情”的历史境况与“偏有执滞于小事情的脾气”，使鲁迅明确地领会了自己的历史规定：以愤怒去迎接那种“气息”的消散，以经验去换取体验，把四散的历史作为一个永远的此刻凝固在寓言世界里。

这样滞于事物的此在性的诗的法则排除一切时间的麻醉和空间的诱惑。它把眼前黑暗的现实宣布为唯一的得救之处，一如把日趋腐败的历史宣布为唯一的历史，把越来越深的夜视为唯一的光明的前景。执着者这样使这个精神逃匿的无机世界同一种最不妥协的权利要求相遇，这正是一个“现在”（Jetztzeit）的开始：

> 仰慕往古的，回往古去罢！想出世的，快出世罢，想上天的，快上天罢，灵魂需要离开肉体的，赶快离开罢！现在的地上，应该是执着现在，执着地上的人们居住的。
>
> 但厌恶现在的人们还住着。这都是现世的仇，他们一日存在，现世即一日不能得救。

> 先前，也曾有些愿意活在现世而不得的人们，沉默过了，呻吟过了，叹息过了，哭泣过了，哀求过了，但仍然愿意活在现在而不得，因为他们忘却了愤怒。（第 3 卷第 49 页）

这种尼采式的语言所包含的体验不妨称之为愤怒的形而上学。这种愤怒正是造成波德莱尔的忧郁的愤怒。在体验的层次上，它在中国历史上的对应物是“寂寞”和由此滋生的恐惧。这种“压抑着的暴怒”（第 32 页）在发达资本主义时代的无产者身上激荡着“绛红色的暴烈的血液”，而它在过度发达的封建主义时代的被压抑者身上的对等物便是在惊恐中捕捉到历史潜在图景的迫害狂。“狂人”正是鲁迅的忧郁的第一个寓言形象。狂人的“日常”意识的崩溃必须理解为中国历史的理性的崩溃，理解为那种千年如一的粉饰太平的“历史统一体”的崩溃。在忧郁中外在的震惊突入内在生活的最深处；然而在愤怒中，忧郁的人不但粉碎了外界的图谋，而且也把外界本身变成寓言的材料，即历史的废墟。狂人执迷不悟的迫害狂心理使得日常生活显现出“青面獠牙”（第 1 卷第 424—427 页）的图景。使得时间成为永恒的“黑漆漆的，不知是日是夜”（第 1 卷第 424—427 页）的存在，使历史无法遮掩地露出“狮子似的凶心，兔子的怯弱，狐狸的狡猾……”（第 1 卷第 424—427 页）。这种洞见来自狂人的那种“横竖睡不着”的“着”，这种“寓言者的深邃的目光”把一切事物都变成“激动人心的本文”，把“此刻”抬升为一种历史的永恒的例证：“易牙蒸了他儿子，给桀纣吃，还是一直从前的事。谁晓得从盘古开辟天地以后，一直吃到易牙的儿子；从易牙的儿子，一直吃到徐锡麟；从徐锡麟，又一直吃到狼子村捉住的人。去年城里杀了犯人，还有一个生痨病的人，用馒头蘸血舐。”（第 1 卷第 329—330 页）在这样的注目下，四千年的历史显形为一个“时时吃人的地方”，一部文明史如败叶纷落，毫无遮蔽地暴露为一部不折不扣的“野蛮残暴”的历史：

> 凡事总需研究，才会明白。古来时常吃人，我也还记得，可是不甚清楚。我翻开历史一查，这历史没有年代，歪歪斜斜的每叶上都写着“仁义道德”几个字。我横竖睡不着，仔细看了半夜，才从字缝里看出字来，满本都写着两个字是“吃人”！（第 1 卷第 424—425 页）

在鲁迅的作品里，历史在“吃人”意象的一闪之中被照亮，而“吃人”也就成为历史的第一个寓言。这个寓言形象随同狂人警惕的目光投射到整个过去和现在的事件之上。这种本质上也是“同质的、空无的”“仁义道德”的历史同那种“进步”的历史的差别在于它的原始的野蛮性。在于它的更为血腥的残酷性，在于它更为强暴的同一性力量，这种力量把人性和历史的权利要求完全囚禁在自身的秩序之中。历史的辩证法在这里不是“处于停滞状态”，而是从来就没有真正地觉醒。这也决定了中国历史意识的第一声呐喊必然是对“被吃”和“吃人”发出的恐怖的嚎叫，是对摆脱吃人而又被吃的循环的渴望。“救救孩子”是这一历史状态的唯一的生路，这一主题贯穿在鲁迅所有作品的字里行间，成为一个无所不在的隐秘形象。

本雅明有时把他们同“游手好闲者”放在一起，称之为“被遗弃在人群里的人”（第 73 页）。而“游手好闲者”在这种无定形的大众中捕捉自所迷恋的形象。本雅明用波德莱尔的话描绘了这种像敌方的特务一般混迹于现代都市的“诗人”：“他享受着既保持个性又充当着他认为合适的另外一个人的特权。他像借尸还魂般随时进入另一个角色。对他个人来说，一切都是敞开的：如果某些地方似乎对他是关闭的，那是因为在他看来，这些地方并不值得投以注目。”（第 73 页）用本雅明的话说，游手好闲者是想用借来的、虚伪的、陌生的孤独来填满一种空虚，这种空虚是“每个人在自己的私利中无动于衷”的孤独给他造成的。（第 137—138 页）本雅明的忧郁者正像一个微服出访的王子审视着一个堕落的国度，而他在历史中开辟思想的空间也如同他在纷乱的消费大众中用臂肘为自己打开一条游荡的通道。他处于人群之中同时又处于人群之外，这个特殊的位置让他得以从两个角度理解时代的节奏在人们身上所起的作用，并把这种作用视为历史纷乱的场景下面的机械性的操纵。游手好闲者在商品世界中以一种心不在焉、自我陶醉的注目把受缚于商品秩序的物同一种消逝的梦和朦胧的美联系起来，一如他把充满商品的富丽堂皇的“拱廊街”同自己的居室，同自己的“内在世界”联系起来；他还以一种更为惊人的美化把拱廊街的灯光与星辰联系起来，这使他得以在这个时代的限制之外构筑起个人的体验，这个乌托邦总是建立在这时代的特定的景观之上。本雅明在一个不同的水平上，在“社会产品的不成熟性和社会秩序的缺欠”中看出了“突破过时的东西的活跃愿望”，在“从坚固耐久的建筑到昙花一现的时尚”（第 179 页）中看出了集体无意识中的社会经验与新的意识相作用产生出来的乌托邦，并且最终在这种乌托邦中看到这个时代的生产方式的决定力量：“感情的重叠，机械的感情与神秘的感情的微妙统一是以机器为基础在心理学材料中形成的原始的比喻。”（第 179 页）正如“寓言是我们这个时代享有特权的模式”，[①]寓言者

① Jameson, Fredric. *Marxism and Form: Twentieth-century Dialectical Theories of Literature*. Princeton: Princeton University Press, 1971, p. 72.

是寓言世界的享有特权的思考者。

我们可以在这个特权位置上找到鲁迅的狂人。狂人同忧郁者的一致之处在于他同样“以一种深邃的目光把一切事物和作品一举化为惊心动魄的本文”。这种目光的巨大能量表现为，在它的注视中，“进步”的或“吃人”的历史被封冻成一幅风景画；忧郁者从中试图解救为“进步”所裹挟的历史的地平线，如同狂人试图解救“吃人”世界中的孩子。“语颇错杂无伦次，又多荒唐之言”（第 1 卷第 422 页），作为“狂人战术”同时包含了文明对于狂人的巨大排斥。在这种对立之中，癫狂既是文明的边缘，又是文明的空白，它最终导致了文明的解体。与这种空间上的寓言化相应的是时间上的寓言化。“亦不著月日，惟其墨色字体不一，知非一时所书”（第 1 卷第 422 页），这与日记中的非时间化效果一同准备了一个历史的时间构造。历史的唯物主义者总是能够从这种时间的构造中发现历史的秘密。然而“狂人”与“忧郁”者的明显的一致之处并不能抵消二者的深刻的差异。本雅明的忧郁者的最大特点在于他的寓言目光的游动性，在于他在人群和商品世界中的“自由”，这种自由不仅仅表现在熙熙攘攘的人流中保持一块“回身之地”（第 144 页），更在于他在时空上的超越性和思绪上的从容不迫。鲁迅的狂人则完全没有这种优越性，相反，他是在低于常人的水平上，在丧失自己的社会规定之后看清了世界。如果说“忧郁者”是一个记忆的圆满性的体现，那么“狂人”则是一个记忆的障碍和残缺性的代表。如果说“忧郁者”的世界始终是个体的内部世界的投射，那么狂人的世界却是一个同他所面对的世界一样可怕的荒漠。它是对一个无法逃脱的历史阴谋的鱼死网破式的反抗，无法改变自己的同谋地位。“狂人”一开始就是和囚禁联系在一起的，在《狂人日记》中，狂人时时被反锁在房中，如“关了一只鸡鸭”；过的是一种“太阳也不出，门也不开，日日是两顿饭”（第1卷第431页）的生活。《药》中的夏瑜在刽子手和闲聊者中间也被理解成一个“疯子”。疯狂无疑是对秩序的最彻底的否定，但在鲁迅笔下这种否定却往往表现为对囚禁的恐惧，即对时间停滞的恐惧，这构成东西方寓言家的内心意象的最大的不同。这种不同在两种历史中有它的深刻的根源。

《狂人日记》中迸发出来的寓言形象在鲁迅日后的作品中得到更自觉、更耐心、更细致深入的表现。这使鲁迅与本雅明更为密切地结合起来。

本雅明在《德国悲剧的起源》中描绘了巴洛克时代的精神的衰败。这种为现代主义时代确证了的表现衰败是本雅明的寓言世界的起源。希腊意义上的悲剧（德文为Tragodie）是关于命运牺牲的戏剧，是英雄奉献于神明的赎报。而本雅明用作标题的“悲剧”（德文为Trauerspiel）则是17世纪德国古典剧作家手里的一种通行的风格。这种“悲剧”不妨从最字面化的角度来理解：它是一种丧葬似的阴森森的庆典，一种虚饰的上演。巴洛克悲剧把历史视为一部死气沉沉的编年，看作命运之轮的无尽的转动，把人生视为世界舞台上循环往复的来来去去。而它的形形色色的人物则是一群跳着死亡舞的活道具。本雅明看到，无论巴洛克戏剧如何细致入微地分析历史，它却只能把一切历史事件视为毫无历史性可言的政治计算和纯粹的阴谋诡计：“巴洛克戏剧只把历史事件看作一种阴谋的腐败活动。那一时期的统治者摆出一副基督教殉难者的姿态，在他所面对的无数叛逆中没有一丝令人信服的真正的革命气息。行动的古典动机仅仅是——不满。”①在这种毫无历史可言的事件排列

① Benjamin, Walter. *Ausgewählte Schriften*: *1*. Frankfurt am Main: Suhrkamp-Taschenbuch-Verl, 1995, pp. 279—280.

中，时间沦为一种现实的僵化和物化，并以此面目出现在“悲剧”舞台上。

在这个舞台上，信仰或信念已同作品分裂开来，传统的悲剧冲突在此成为一系列空洞、绝少意义的行为；世界于是成为一个没有灵魂的躯壳，一个过度异化的物的堆积。在这个世界里，君主“冷漠、阴郁而迟缓”,① 暴君沉浸在懒散呆滞的情欲之中，而大臣们的特点则是不忠实，背叛在朝野上下蔚然成风。本雅明写道：

> 这并非由于剧作家世俗的匆忙或性格描绘的不充分……不如说，人物行动中个性的缺乏——这无疑是一种部分地有意识的马基亚维里主义——反映了一种无可安慰的、令人沮丧的投降，即向一个邪恶的星宿的投降，这个星宿顽固地联合在一起，这种结合似乎已具备了一种实实在在的、几乎是物一般的类型。……朝臣对伙伴的不忠与他对那些物质的标志的更深、更朝思暮想的忠诚是一致的。②

与外部世界的彻底物化相对峙的是一种巨大的忧郁，是一种孤零零的精神寻找表达的可能性和想象的自由，是一种敏锐的观察和不可遏制的行动的热情。丹麦王子哈姆莱特是这种精神的典型体现。本雅明在巴洛克剧作家身上也发现了这种精神，而它的最充分的体现无疑是那些现代主义寓言家。

“狂人”从自己的眼睛里看到的正是一个死气沉沉、阴险邪恶

① Benjamin, Walter. *Ausgewählte Schriften*: *1*. Frankfurt am Main: Suhrkamp-Taschenbuch-Verl, 1995, p. 207.

② Benjamin, Walter. *Ausgewählte Schriften*: *1*. Frankfurt am Main: Suhrkamp-Taschenbuch-Verl, 1995.

的世界。这里面的人物没有任何个性色彩，完全堕落为一种历史阴谋的面目可憎的面具；他们奇怪的眼神，交头接耳的议论，“铁青”的脸色和似乎串通好的一致反应在狂人周围布置好了一个杀机四伏的机关。这些木偶似的、幻影般的人物除了服从“吃人”的机械驱使之外没有任何动机，它们甚至不具备任何有生命的迹象，乐天知命地充当着物的世界的僵死的器具。狂人的内心世界与这个无机的外在世界的共存关系在于他通过自己的“看”把这个死亡世界变成了一个寓言性的“世界图景”。在这个世界里，对象与意义断然分裂开来，失去意义的对象成为“物的标志”。这种丧失了自己在“整体”中的位置的对象是一种可替换的对象，“这个”同时也可以是“那个”，可以是所有“其他的东西”。在这种混乱之中，象征性艺术的内在统一性丧失了任何真实性，艺术和思想除了寓言的形式不可能再有其他的形式：它必须在说“这个”的时候同时意味着“那个”，它必须认可自身形式的混乱、纷杂和分裂——它必须且只能在一个物的“标志”中看到整个世界的无精神性和反历史性。寓言正是物与意义，存在与精神被割裂的世界的表现方式；这种表现方式的历史性也正在于它在混乱的世界中捕获并保存了意义，并在一种深藏的内心体验中保持了精神的巨大潜能。本雅明把波德莱尔的诗的意图理解为“要赋予大众一个灵魂”（第 168 页注 1），而他本文的意图也正是要为历史打开弥赛亚由以步入的门户。鲁迅从“救救孩子”出发，在历史自身中设置了“拯救”的现实尺度，这与中国历史的历史性规定具有内在的一致性。这个尺度不是要为一个同样沦为废墟的传统提供一个灵魂，也不是要在历史天使的身后为“越堆越高”的尸骨残骸准备一场“末日审判”。这是一种生存的选择，在这种选择之中，中国历史的新生犹如一个“赤子”。这个赤子的前途与“吃人”的无限循环的对立成为“现在”与“过去”的对立的内在根据。“一要生存，二要温饱，三要发展”（第三卷第 45 页）的逻辑必然是一种历史的逻辑；这使鲁迅的寓言世界不能不是一种现世的寓言。这种“为目前的存在所充满”的时间与其说是受到未来意象的滋养不如说是受到过去意象的激励。本雅明从神学的高度批判“世俗的秩序”，而鲁迅则在“世俗的秩序”之中以历史的名义与之展开短兵相接的交锋。这种“匕首投枪”式的出击在虚饰的礼仪——这让我们联想起巴洛克戏剧的丧葬典礼——下面探究底细，在衰老破败处摧枯拉朽，在麻木拥塞的看客中间为自己打开一条通向历史的广阔天空的路径。在数次实施这些出击时，这种姿态成为鲁迅本文的寓言风格；它也凝结在鲁迅令人难忘的形象中，成为这个时代的不可磨灭的路标，一个现代精神的起源。

在《华盖集·“碰壁”之后》中我们可以找到这样一个“阴惨惨的”舞台，而鲁迅在此把一个历史事件导演成一出永远可以援引的寓言剧。鲁迅一上来便以惯常的刻薄挖苦“穷愁著书”的神话：“我们从来没有见过候补的饿殍在沟壑边吟哦；鞭扑底下的囚徒所发出来的不过是直声的叫喊，决不会用一篇妃红俪白的骈体文来诉痛苦的。所以待到磨墨吮笔，说什么‘履穿踵决’时，脚上也许早已经是丝袜；高吟‘饥来驱我去……’的陶征士，其时或者偏已很有些酒意了。”（第 3 卷第 68—73 页）如果我们把这段话同一个“到处是壁”，让人随时可“碰”的历史状况联系起来，我们就会看到这段信来之笔并不是兴之所至一带而过；它精心摆放在一场戏剧的开头，让我们一开始就注意到寓言世界中寓言者和对象之间互相羞辱而又互相依存的关系。教师走进学校的大门便觉“阴惨惨，不知其所以然”（同上）；这种疑神疑鬼的心态终于让他明白，“阴惨惨”的气味，便是从“‘冷板凳’里出来的”——“我虽然在学校教书，也等于在杨家坐馆”（同上），在这种顿悟的灯光下显出了阴惨惨的校门，打盹的校役，陌生的教员，和默默的阴森森的、带着“险恶的颜色”的四壁。这样的布景之下，商议学校命运的学生和几个热心的教员变成威严的大家庭中的一群可怜虫一般的“西宾”和“童养媳”（同上），在那里不自量力地忙碌，而“婆婆”终没有出场。“举目四顾，砖墙带着门窗”，并没有“半个负有答复的责任的生物”（同上）。

> 这时我所不识的教员和学生在谈话了；我也不很细听。但在他的话里听到一句“你们做事不要碰壁”，在学生的话里听到一句“杨先生就是壁”于我就仿佛见了一道光，立刻知道我的痛苦的原因了。
>
> 碰壁，碰壁！我碰了杨家的壁了！（第3卷第72—73页）

在这进一步的顿悟之中，“一切都在寓言者的目视中成为惊心动魄的本文”：

> ……此刻，太平湖饭店之宴已近阑珊，人家都已经吃到冰其淋，在那里“冷一冷”了罢……。
>
> 我于是仿佛看见雪白的桌布已经沾了许多酱油渍，男男女女围着桌子都吃冰其淋，而许多媳妇儿，就如中国历来的大多数媳妇儿在苦节的婆婆脚下似的，都决定了暗淡的运命。
>
> 我吸了两支烟，眼前也光明起来，幻出饭店里电灯的光彩，看见教育家在杯酒间谋害学生，看见杀人者于微笑后屠戮百姓，看见死尸在粪土中舞蹈，看见污秽洒满了风籁琴……（同上）

这种“悲剧”场面给予人的绝非“穷愁著书”的灵感，而是一种欲哭无泪的哑然，是所谓“正当苦痛，即说不出苦痛来”的“忧郁”。这种失去一切精神性的彻底的物性和失去一切“象征的自由”的内心目光必然在一种“无生命的文字”中机械地结合成一幅地狱的景象，这番景象便成为一个死亡世界的寓言：

> 我眼前总是充塞着重叠的黑云，其中有故鬼，新鬼，游魂，牛首阿旁，畜生，化生，大叫唤，无叫唤，使我不堪见闻。（第3卷第68页）

鲁迅把它称为“境由心造”（同上），而“境由心造”正是寓言者的特权。当“极苦地狱中的鬼魂，反而并无叫唤”之时，心造之境便成为世界图景。鲁迅对于“无声”的期待，对于“无望”的希望也正在于此。在作为心境的地狱之境中，“打门声一响”与其说使人“回到现实世界”，不如说是把现实世界投入到寓言世界的烈火之中。寓言者于是把自己居室的门槛变成联结两个世界的小径，这条小径将在最危急的时刻突然畅通，使现实世界的密谋顷刻间瓦解，成为一出没有任何新意的轮回的闹剧。一个历史唯物主义者永远可以从这种轮回中切入历史，并将它斩断。鲁迅深谙这种战术，这可以从他杂文的篇名中略知一二：“咬文嚼字”“忽然想到”“一点比喻”“再来一次”“拟预言”等等不啻是通向寓言世界最便捷的隘口。

本雅明把历史的瓦解视为从覆灭的传统中拯救“现在”的条件。本雅明曾计划“用引文组成一部最伟大的作品”。[1]这种引文

---

① Arendt, Hannah. “Walter Benjamin: 1892—1940”. *Illuminations*, New York: Schocken Books, 1968, pp. 38—39.

“像武装的强盗”一样抢劫传统的珍藏，在本雅明看来，这正是文明作为“片断”获得拯救的唯一手段。“收藏者”不仅把对象从原先的所有制关系中解放出来，还把它作为它本身安放在自己的“占有”之中。因而，“在最高的意义上，收藏者的态度是一种继承人的态度”（同上），旧世界在他的重新占有中被更新了。这种“收藏”同时是一种摧毁和一种赎救。任何热情都还于混乱，而“收藏者的热情则近于记忆的混乱”（同上），收藏者正是以自己个人的、内在的安排对象置于秩序和混乱之间。在这种安排中存在着“使过去常存下来的唯一希望”。

鲁迅在一种不甚相同的意义上进行着这种“抢劫”和收藏工作。正如狂人同忧郁者相比缺少一种意识的内在空间，鲁迅的收藏也并不在“占有”的意义上把衰败世界的对象升华为乌托邦的材料。相反，鲁迅的“收藏”站在“遗忘”的边缘，把历史表面下的卑鄙肮脏一一在寓言本文中登记注册，成为一份复仇的清单。鲁迅的收藏不妨说收藏着历史的抛弃物，目的都是把它们永远记录在它的作品之中，从而使历史得救。这使他带着一种超然的态度对待所谓“文化遗产”。《而已集·谈所谓“大内档案”》是这种态度的寓言。被某些人视为国脉随之的“国宝”、视为“一部清朝全史”的“大内档案”，在鲁迅却“正如败落大户家里的一堆废纸，说好也行，说无用也行。因为是废纸，所以无用；因为是败落大户家里的，所以也许夹些好东西”。（第3卷第562页）鲁迅把它比作一堆“垃圾”，而也就在一个寓言的意义上鲁迅的形象同本雅明笔下的“拾垃圾者”联系到一起：“……他在大都市聚敛着每日的垃圾，任何被这个大城市扔掉、丢失、被它鄙弃、被它踩在脚下碾得粉碎的东西他都分门别类地搜集起来。他仔细地审查纵欲的编年史，挥霍的日积月累。他把东西分类挑拣出来，并加以精明的取舍；他聚敛着，像一个守财奴看护着他的财宝……”（第 99 页）本雅明在波德莱尔那里发现了这个形象，并把它视为诗人活动的夸张隐喻：“他们都或多或少地过着一种朝不保夕的生活，处在同一种反抗社会的低贱地位上……两者都是在城市居民酣沉睡乡时孤寂地操着自己的行当，甚至两者的姿态都是一致的……诗人为寻觅诗的战利品而漫游城市的步子也必然是拾垃圾者在他的小路上不时停下捡起碰到的破烂儿的步子。”（同上）本雅明进而指出拾垃圾者的革命性，这种革命性与“收藏者”的革命性相比，不过是外在与内在的不同：“在适当的时候，拾垃圾的人全同情那些动摇着这个社会的根基的人们”（同上），在他自己的梦中，拾垃圾者是革命者的同志。

在本雅明和鲁迅的寓言本文里，历史和传统的零散性、孤立性以及现象彼此间的异质性与其说是埋没历史意识的弃物，不如说是在错综复杂的历史迷途中为历史的未来主体准备跃入未来的操练。在这种寓言本文中，“空间的现象性”说明了时间的缺席，然而这种缺席者都作为一种更深处的存在使得现象世界激荡起充满想象之可能的骚动不安。通过把堂而皇之的历史还原为一片衰败、破碎、野蛮、残暴的“踪迹”，两人在传统的废墟之上重新引入了一个历史尺度，一个主体，一种辩证运动，一种乌托邦的梦幻。这使得人在一片空无和寂寞之中获得了一种语言，一种历史的声音，一种历史主体的诞生。这种声音同时是传统的崩溃的挽歌和新的主体的催生曲。鲁迅和本雅明以一种鬼使神差的契合对各自的历史机制进行了最彻底的消解，两人都处心积虑地运用一种“摘引”构成自己的本文，把大量次要的、习俗的、外在的、形象化的、附加的、无自我的、重复的、一成不变的、死气沉沉的材料带入精神的内在世界；在那种第一性的、自然的、内在的、“本质的”、自我的、发展的、生机勃勃的意象上投下了浓重的阴影。这种物性对于精神疆界的大举入侵同精神在寓言战略中的主动出击一同改变了这个时代的历史图景。一种巨大的忧郁和不可抑制的愤怒是两人共同的内在气度，然而两人都以一种坚韧不拔的毅力和卓绝的技巧把这种忧郁和愤怒作为一种原则编织进历史的构造之中。这种构造中的蓄意安排的未加弥合的差异对立、无法聚拢的四散的碎片，以及那些无法被时间冲刷净尽的执滞的记忆，把历史变成了一个永远的现在，一个永远被现在的存在所充满、为现在的目光所审度的“古典时代”。这一切告诉我们这个寓言世界期待着未来的读解者。而我们也只有不断地重读这段历史，才能在“目前的时间”中捕获历史的意象，才能使历史成为现在的永恒的例证。本雅明和鲁迅的共同的独特之处在于他们都从一开始便放弃了意识的前沿地带，而从“体验”的后备阵地展开了孤注一掷的攻击。这样，原先为历史的硝烟所遮掩的废墟——它必然是敌方的火力点——便赤裸裸地暴露在寓言者的面前。眼前的开阔地带布满了为哲学的迷雾所隐没的历史内在机制的踪迹，而如今它们在寓言世界里暴露在光天化日之下，如同一张重见天日的羊皮纸上面字迹斑驳的经文。

三

我要向着新的生路跨进第一步去，我要将真实深深地藏在心的创伤中，默默地前行，用遗忘和说谎做我的前导……

——鲁迅《伤逝》

“带着恐惧去沉思”最终成为对恐惧的沉思。在鲁迅，思考经由呐喊走向彷徨，由故事新编走向“执滞”于现在的历史，而在

“痛打落水狗”式的斗争中走向一种反讽。思考对自身的反讽无疑是它对现实历史境况的刻毒的复仇。这种反讽也在鲁迅的寓言本文内部造成一种巨大的震惊，它改变了寓言的性质。在更深一层上，鲁迅赋予这种恐惧一种可怕的理性——本雅明与忧郁同在的智慧堪与这种理性相提并论；这种理性在体验的空间里不倦地探索的是一种恐惧的现象学。这把思想的触角探入了一个死寂的时空，这个作为中国历史的主体构成的时空我们必须称之为遗忘。

“遗忘”是鲁迅的第一主题，如同“震惊”是本雅明的第一主题。与传统在震惊中四散相对的是历史在遗忘中淤积。寓言世界在震惊中成为忧郁者捕捉到的真实的历史画面，而“现在”和“过去”一同在执着者的注目中被纳入遗忘的空间。于是，“遗忘”通过无数具体的寓言而变成“提到日程上来的引证”；这种引证在未来的法庭上一直追溯回整个过去的历史时间中。“为现在的存在所充满”的历史于是变成了一部遗忘的谱系。

这个谱系的家族纹章便是——坟，鲁迅毫不迟疑地用它来命名自己的第一部也是唯一一部论文集。《坟·题记》写于 1926 年 10 月正是鲁迅奔出死水一潭的北京在厦门写《华盖集续篇的续篇》的时候。“华盖”中的寓言世界在此转向历史，《坟》成为这一转变的寓言事件。《题记》可视为鲁迅向遗忘发起攻击的理论公告。这一历史行动的原因或动机有三：一二十年前的意象在历史的轮回中再“时时在我的眼前出现”；“天下不舒服的人们多着，而有些人们却一心一意在造专给自己舒服的世界”，没有这么便宜——“要在他的好世界上多留一些缺陷”；“明知道过去已经过去，神魂是无法追蹑的，但总不能那么决绝，还想将糟粕收敛起来，造成一座小小的新坟，一面是埋葬，一面也是留恋。”（第 1 卷第 3—4 页）

历史轮回的闹剧在阻滞“同质的、空无的时间”的寓言本文中成为一出“凭吊荒冢”（第1卷第4页）的历史“悼亡剧”（Trauerspiel），成为历史遗忘的谱系；这一谱系中的人物与记事便是“悼亡剧”中僵死、机械、阴森的角色和情节。我们必须在时间构造中洞观这场在历史地表之下上演的悼亡剧Trauerspiel。在这个意义上，鲁迅的寓言把自己视为历史，而它也就是被人们当作历史来读的。

每当我们又一次聚集起足够的勇气和信念跃入真实的时间中去——如同跃入熙熙攘攘的人流——或者说，跃入历史，我们便会又一次同一些幽灵相会；这些死气沉沉的面具使我们的白昼变得可疑。此刻我们体验的正是遗忘。在鲁迅的世界里，遗忘的谱系是现代主体的编年史和精神自传。因而遗忘的现象学标志着一个新的历史的开端。因此，寓言的现象学空间越像是历史精神的反面，作为历史现象学的寓言就越指明了一个现代主体的觉醒。

我们可以在每一个幽灵的悲伤的步态中看出这是历史的冤魂，并在它的形象中或隐或显地认出一点儿自己。如果我们足够大胆，沿着那条所谓历史的幽灵的队伍——它同时是一个乞丐的队伍——摸索上溯，我们会看到一些模糊不清的标记。它们像一块块风剥而蚀的残碑，铭刻着我们遗忘的内容，而历史正是在找回失落的记忆的地方重新连续起来。而如果我们竟放胆到敢于在某处站定久久地端详，我们就会发觉这一地点，这一瞬间之中蕴藏着比一千年更多的记忆。在这个国度，记忆并不与外在历史的考古学层次相一致；相反，它以消失而把自己封存在永恒的此刻。

遗忘的空间作为悼亡（Trauerspiel）的舞台在鲁迅的叙事作品中最充分、最完整地显现出来。在“未庄”场景中，这种悼亡（Trauerspiel）以喜剧的面目出现。阿Q、小D、王胡、赵大爷、秀才、假洋鬼子、吴妈、邹七嫂、地保、尼姑统统在一个没有时间维度的舞台上扮演一个恒定的、早已被指派好的角色。故事展开的根据是阿Q一次又一次的、彼此之间并无联系的“冒险”；在这个意义上《阿Q正传》在中国现代小说史上占有一个与《堂吉诃德》在欧洲小说史上相同的地位。两者都以一种蓄意的“制造事端”把过去的时空体系引向不可避免的解体；甚至两者在严格的体裁意义上也是相似的，两者都可算流浪汉小说与骑士小说的奇特的结合。然而堂吉诃德是以一个旧理想的笃信者的身份走上注定失败的“征服”之路的，他有一种强烈的主人意识，这使他把一种过时的英雄主义带入了一个客观的环境，并在一种时间性发展中一步步把矛盾推向极端。阿Q也是一个传统的“笃信者”，但这种笃信却以一个愚民和受害者的面目出现——阿Q永远是个仆人，甚至低于仆人，这决定了他的被动位置。阿Q所面临的不是一次又一次的历史考验或历史冲突，而是一成不变的现实打击。“阿Q精神”便是数千年不断遭受这种打击的结果，而它又反过来成为接受和吸收这种打击的最好的媒质。阿Q——同所有“未庄”场景中的“人物”一样——站在原地，而故事成为以这个“原地”为中心的走马灯式的转换；这是典型的中国历史的时空秩序，也是 Trauerspiel 的时空秩序。这种时空秩序还在当代拉丁美洲“魔幻现实主义”作品中普遍地反映出来，《百年孤独》是这种“变化下面的不变”[①]的最辉煌的阐发。那种没完没了的同一种事物的重复象征了时间的停滞，这是历史的恶性循环的现象学，它所面对的便是——死，“死”是永恒的孤独和停滞。这一历史主题在当代拉美文学中被历史性地再现出来，但在鲁迅那里，它只能获得寓言的形式。构成鲁迅小说的情节发展的不是一种历时性秩序，而是一种共时性事件的组合。我们一次一次地目睹阿Q的失败和“胜利”，这一切与其说诉诸读者的时

---

① 参看加西亚·马尔克斯：《百年孤独》，中译本，第1页。

间感不如说诉诸读者的空间感，一切都仿佛是从某处开始，发展，被丢弃，然后再从另一个地方开始，像一切都未曾发生。甚至“革命”在小说中也成为一种空间事件，成为一出戏剧的指派好的插曲，其目的只是为面具们提供一次狂欢的机会。阿Q在这一狂欢情节里交出了生命，这一点也没有超出阿Q所经历的其他事件的意义范围。这一切早已在阿Q的面具上明明白白地写明了——阿Q的面具上带着死的标志。这个标志是阿Q在这个“悲剧”世界里的通行证，是他游荡“飘忽”的法宝。与堂吉诃德相比，阿Q不是一个历史人物，而是一个超历史人物：他所面对的不是变化，而是循环，他的英雄主义便在于他让这种循环一次又一次从他身上踏过而丝毫不受影响，由此他成为与这种循环相依为命的滑稽小丑。为循环打开大门的是阿Q的“精神胜利法”，精神胜利法的本质正是“忘却”，正是遗忘的机能。因而阿Q必将在一个极为长久的时期成为中国历史的悼亡剧式的英雄主人公。阿Q是遗忘王国的快乐王子。

遗忘在寓言中成为一种“同质性”的循环，成为一种历史碎片由现在流向过去的“出现”。这种运动和变化所执行的历史使命不如说是一种心理上的机械训练。在事件和时空的无限重复中，个人意识已被锻造成一种简单的反射机制，这种反射正是阿Q性格中唯一真实的成分。机械训练作为一种历史谋划导致了总体性的整齐划一，我们可以由两段描述中看到这幅喜剧性的“悲剧画面”。第一段是爱伦·坡描绘的伦敦街头人群——这不是下层大众，而是由那些层次较高的雇员组成的人流：

他们的脑袋都微秃，长期夹钢笔的耳朵古怪地支楞着，他们总是用双手脱帽放帽。他们都揣着怀表，金质的表链很短，

> 但式样庄重古朴……绝大多数行人有种满足的、公务在身的表情；而且似乎满脑子想的只是走出拥挤的人群。他们皱着眉头，眼睛飞快地转动着，当被其他行人冲撞时他们从不表现出任何不耐烦，而是整理一下衣服，继续匆匆向前。还有一类为数不少的人，他们的行动烦躁不安，脸色红涨，口中念念有词，向自己做着各种各样的手势，好像因为周围人太拥挤而感到孤独。当他们受阻不能前进时，这些人便突然停止喃喃自语，可手势却增多了一倍，嘴角上挂着莫名其妙、不合时宜的微笑，等着阻碍他们向前走的人。如果被人推撞，他们便向推撞他们的人们拼命鞠躬致意，给人一种慌乱得不知所措的印象……（第 70 页）

本雅明借用爱伦·坡的目光在这种衣着举止上的一致中看到了一场“无休无止的送葬”（第 95 页）。人群运动的节奏同交通的节奏、做买卖的节奏、广告的节奏以及这个时代的通俗艺术的节奏是一致的：本雅明在这种纷杂的节奏中分明听到了工厂传送带的节奏。

如果说爱伦·坡笔下的大众像一支送葬的队伍，那么鲁迅笔下的人群不折不扣地就是刑场边上的看客。在收入《彷徨》的“示众”一篇里，我们可以找到对看客的集中描绘：

> 刹时间，也就围满了大半圈看客。待到增加了秃头的老头子之后，空缺已经不多，而立刻又被一个赤膊的红鼻胖大汉补满了。这胖子过于横阔，占了两人的地位，所以续到的便只能屈在第二层，以前面的两个脖子之间伸进脑袋去。……有一个瘦子竟至于连嘴都张得很大，像一条死鲈鱼。（第 2 卷第 69—70 页）

如果说前者在一种“进步”节奏的驱使下丧失了人性，那么后者则是在死寂的单调中退化为“物”。“看客”同“行人”的区别仅在于他丧失了任何行动能力和内心动机。鲁迅在《药》里把他们比作被无形的手捏住向上提着的鸭子，这一刺目的形象正是刑场看客的标准形象。

“传统”作为一种主导文化通过无数野蛮的暴行彻底摧毁了个体的内在经验世界，而圆满的时间感和生动的历史感正是由这种内在经验滋养的。传统制造出没有记忆的人随着传统延伸作惯性运动，这最终会把历史引向虚无。如果我们在一般意义上把传统认作一种集体经验的延续，那么这种传统则完完全全是一种反传统。它把一种过度的外在性加于历史的内在性，把一种死气沉沉的外界信息加于个人意识的防护层，这造成了一种巨大的伤害。个人意识的完整性始终是历史经验的完整性的显示器，两个人意识的崩溃只能被视为历史崩溃的征候。中国历史崩溃的形式恰恰在于它物化为一团无法拆解的死结，它以把自身空间化而伫立于时间之外，从而完成了自己的历史性物化。

在这个意义上遗忘的现象学成为历史的本来面目。遗忘作为个体的生物官能意义上的自我保护（如阿Q的精神胜利法）与作为物化历史的自我谋划（这体现为一种有意制造的“意识形态”幻觉）不过是一张纸的两面。这种合谋关系表现在我们悠久历史的文化母题之中。它为跃入虚无而非跃入历史做好了准备。积极地追求权力规范（儒）与消极地追求自由意志（道）不过是这种“虚无癖”的两种体现。如果后者是历史的绝弃，那么前者便是历史的调和。但每一次“开明盛世”都是一次遗忘的狂欢，它像节日一样在沉闷的历史行程中循环，一次又一次地在虚饰的节日气氛中抹杀对历史债务的记忆。在此，鲁迅的“为了忘却的记念”证明是一句反语，它针对的正是这种时间的“安慰”；鲁迅所做的毋宁说是“为了记念的忘却”：在忘却中，血迹对于记念者将变得日益深重，它给我们的“前景”蒙上了阴影，同时也使它带着绝望的力量一天天变得鲜明起来。

在历史中追寻遗忘的谱系不可避免地探入时间和空间的历史构造。鲁迅最伟大的短篇小说之一《伤逝》在一个爱情悲剧中为我们提供了这种历史构造的叙事模式，它可视为历史的时间与空间在叙事作品中的寓言性再现。这是一个爱情的悲剧，也是一个记忆的悲剧，它在深处给我们显示了历史的行为逻辑。作为一种时间性角色的男主人公与作为一种空间性角色的女主人公在故事中相遇（这种划分本身并无多少意义，它只是寓言或童话叙事中的基本区分），时间在空间中如同物体在磁场中一样发生偏离；最终，这种偏离的张力导致了时空结合的瓦解，作品又回到原先的寂寞之中。我们可以把这个简单的故事视为记忆与遗忘的二元对立。因为记忆正是时间和空间的完美结合，而“忘却”则是时间和空间的双重否定。如果我们按照时间的顺序，也就是说，按着男主人公的行为步骤进入故事，我们就可以感到，时间性与空间性的互相占有——涓生仗着这种占有“逃出空虚”和寂寞，子君通过这种占有而“摆脱”家庭和陋习的桎梏——不可避免地走向一种时间的阻滞，成为一种越来越没有时间性的存在。小说中的两人世界（精神世界）急剧地、不以人的意志为转移地向空间扩展。租房、庭院，油鸡、阿随、官太太、白炉子等等意象的涌入给新鲜的时间，像关于未来的不祥的预言一样，从内部侵蚀着完善的小天地。而男女主人公幽闭之所的地名叫作“吉兆胡同”。这种侵蚀命中注定地落在女主人公子君身上。这一最容易被人无意中接受的世事安排里包含着极为关键的意识形态内涵。随着故事的发展我们终将来到一个停滞的世界，这个世界我们是如此地熟悉，如此无法回避："昏暗的油灯"是日益退化衰败的空间的象征，寂静的破屋、杂乱的环境，"由家到局、由局到家"的循环往复，"笼中鸟"意象的刺目的出现，以及"川流不息的吃饭"和"人类在宇宙中的地位"的"沉思"，这一切宣告了时间被扼杀。时间的死亡在另一个意义上意味着建立在"希望"基础上的小天地的覆灭，并且这种覆灭最终随着时间的逃匿而成为空间的解体的象征。油鸡被吃、阿随被放是这种解体的黑色幽默式的征兆。从另一个角度看，记忆与遗忘的对立同时意味着"前行"与"延宕"的对立，由这种"前行"的动机出发，时间进入到空间的怀抱，然而在"延宕"中，时间最终以抛弃空间而完成了自己的内在规定。这一残酷的周而复始围绕忘却与记忆、起源与毁灭、信念与忏悔，并把这一切听天由命地再一次预设在新的起点之中。

在"记忆"的位置上，另一个意象便是爱情；爱情是精神与肉体的圆满的结合。与此相对立的是"空虚"，它是精神与肉体的双重否定。由爱的双方共同承担的使命在故事的行进中无可挽回地走向分裂，精神与肉体的分裂，它在结局中把我们带入一种无限痛悔和迷茫的孤寂和虚无之中。正是在这种虚无中产生出谎言，它成为精神前行的可疑的尖兵。我们无可否认地看到女主人公毁灭于"冰冷的世界"与"怯懦的爱人"的合谋，而这证明是精神幸存的代价。然而爱情的脆弱难道不正表明了精神的脆弱么？难道存在的虚假不正确证了精神的可疑么？男主人公无限的羞愧必然是精神对自身的羞辱和腐蚀，爱的丧失预示了时间的永远无法弥合的创伤，它预示了未来的不圆满性。

这是一个精神幸存和时间延续的故事，而不是一个精神毁灭和时间崩溃的故事。因而这是一个典型的中国式悲剧，一个典型的中国历史的悲剧；它是一种无限的缺憾。一种永恒的不圆满，一个不为遗忘即为重荷以致毁灭的与历史主体相伴相随的阴影。这种生理学意义上的生与死的抉择不是一种历史性悲剧，而是一种非历史性悲剧。主人公的“前行”和“新的生路”是以心的创伤、爱的毁灭、过去形象的扭曲以及真诚的失落为代价的“魔鬼的交换”，这种交换改变了精神的内在状态——它造就了一粒珍贵然而残缺的种子。鲁迅把遗忘铸造成回忆沉重地放置在中国历史的起点旁，为每一个向新的生路跨进第一步去的出发者阴郁地祝福。

丧失记忆意味着丧失历史，而失去历史则意味着思想的内在性的贫弱，意味着思想不能为历史提供它自身的历史性规定，意味着失去未来。在此，重建思想的历史性的唯一途径便是——回忆。这种回忆所保存的是过去的人的自我形象，所瓦解的是历史在漫漫过去中结成的同盟；回忆的经验世界是历史文化的颠覆。正如本雅明宣告，只有在传统的残章断篇中才有传统获救的可能；鲁迅向我们表明，只有在关于历史的否定性记忆中才有被湮没的历史动机的敞露。这种敞露正是此刻的人的历史理解的起源。每一份遗忘的细目都有利于我们在过去的时光中搜索，把断裂的一切修补完整。每一次“凭吊荒冢”都可以唤醒我们在历史的累累坟茔前沉思，倾听死者的喃喃低语，整理我们复杂得近于混乱，又混乱到几至虚无的头脑。这必将促使我们意识到阳光灿烂的“前进”同时是一场战云密布的复仇，因为在千年愤怒的目视中天空已布满被谋杀的祖先的幻影。

让我们回到本雅明。在《论历史哲学》的末尾本雅明写道：“从时间里发现蕴含的预言者肯定没有体验过同质的、空无的时间。记住这一点，人们或许就能想见过去是如何在回忆中被人体验的。——就是说，两者的方式是相同的。我们知道犹太人是被禁止研究未来的。然而犹太教的经文（《旧约》）和祈祷却在回忆中指导他们。这去除了未来的神秘，去找预言者寻求启示的人正是屈服于这种神秘。这并不是说对于犹太人来说未来已变成同质的、空无的时间。因为时间的每一秒钟都是弥赛亚由以步入的狭窄的门洞。”①

从回忆中迸发出来的想象的历史对等物便是革命。这种想象在指向未来的同时跃入了过去的天空；解救历史中的事件犹如解救“被定罪的囚徒”。虚假的时间的循环被彻底打碎。在“遗忘空间”的裂隙中，我们可以看到一丝赎救的光亮。

“无望之为希望”或许是鲁迅那篇爱情故事给我们的第三层含义。它并非在无望处发现一个新的希望，也不是把无望本身作为希望的原则，毋宁说，它把希望视为“一般沉船上的幸存者发出求救信号”②的希望，它把希望视为无望本身的瓦解。这种希望的获救也不在于寻找新的历史源头——它并不为自己寻找命运，而是越来越深地沉入自己的性格。当世界一次又一次成为思考者的坏的命运，他会比任何时候都清楚，自己比命运的操纵者更加美好。而当世界成为他自身的印证，命运这个概念便也即刻消失，如同破晓时分的幽灵。“无望之为希望”正是一切历史唯物主义者的历史行动的起点。是历史的未来主体的想象方式。

鲁迅由历史走向寓言世界，又在自己的寓言自身的内在的历史性中回到历史，这种作为历史的寓言在卡夫卡的一则寓言画面中找到了自己的总体表征：

> 皇帝诏谕尔等微贱的臣民。在旭日似的圣威下畏缩在遥远角落里的无足轻重之辈……钦差大臣即刻上路。这是一个有权

① Benjamin, Walter. “Theses on the Philosophy of History”. *Illuminations*, New York: Schocken Books, 1968, p. 264.

② Benjamin, Walter. “Letter to Gerhard Scholem, April 17, 1931”. *Illuminations*, New York: Schocken Books, 1968, p. 19.

有势、不知疲倦的人；他时而用右臂，时而用左臂挡开小民穿人群而过……可是，百姓太多，数也数不尽。要是他能走到开阔的田野，他定会飞奔疾行，这样，无疑你马上就会听到等待已久的擂门声。可是，他仍在这儿浪费自己的力气……要是他终于冲破最外层那道城门多好——但是这永远办不到——眼前就是京城，世界的中心废物充斥，都快要外溢了。谁也没法穿市而过，这位捧着死人诏书的钦差更不可能了。但是，对于这一切，你坐在窗边遐想不已，窗外，暮色正在降临。①

在这个寓言中，历史的未来主体同时在死者、钦差、窗边的等待者和充斥都城的芸芸大众身上找到了自己。在这幅“无望”的画面中我们也许已经明白，历史的枷锁正是我们性格的枷锁，而我们“在沉默中的爆发”便也是历史的解放。这种解放的源泉在我们的体验里面而不是在我们的经验里面，在我们性格和历史的无意识的深处而不在它们表面的不幸之中；它来自历史本身，但在此历史作为被内在感知捕获的图景毋宁说正是我们关于过去的记忆。这种记忆在不断地告诉我们：历史是历史自己的闪现，它在它自己的每一步冒险中都包藏着获救和被囚禁的可能。遗忘的历史在循环中试图逃脱这种冒险，但它的每一次循环都在自己的脖子上勒紧了足以致命的绳索；这条绳索的一头正与我们的记忆相连。每一次这样的循环都进一步加深了现实同想象之间的裂痕，因为想象基于人的内在经验，从而把握了历史的内在时间。寓言把这种裂痕暴露在光天化日之下让我们看到遗忘的空间在坍塌前就已是一片废墟了；而作为寓言的历史则为我们否定性地进入历史空间做好了准备，这最终为

① 参看卡罗尔·欧茨：《卡夫卡的天堂》，《外国文艺》1980年第2期。

我们准备了一部全然不同的历史。这部历史“梦想着下一个时代，并在梦想的时候推动了它的觉醒”。（第 195 页）

理解本雅明与重读鲁迅的融合，在我看来是一种历史自身的寓言本文的“互文性”体现，而本文的意图在某种程度上正是模糊这种本文间的界限。

1988 年 6 月于北大蔚秀园

自我意识的童话*

——格非与实验小说的几个母题

一

格非的处女作《追忆乌攸先生》是从一个刑侦场面开始的。三个穿警服的人带着令乡下人感到新奇的手铐和测谎器之类的东西在村里四处打听关于死者（乌攸先生）的细枝末节；而对于那些被询问的“缺乏热情”的村民来说，这似乎是强迫他们将那些本已死灭、但一经唤起却又“容易使人激动”的旧日意象在一张陌生的审查表上登记注册。这自然令他们“不情愿”。不仅如此，叙述者不动声色的揶揄也表明，对于故事的内部秩序来说，这种“侦破”努力完全是徒劳的。警察也出现在另一篇小说《蚌壳》的现场；他们的测量、记录、跟踪、盘问等等同样显得驴唇不对马嘴。在叙事中，某种“理智的图谋”与那种真正推动叙事发展的母题间的精心

---

* 原刊于《八方》（香港）1990 年第 2 期，文章名为《自我意识的童话——格非与当代语言主体的几个母题》。

策划的裂隙在格非的小说里几乎随处可见，有时甚至占据了作品的中心地带。这暴露出那种表层的“案情”与深层的追踪目标之间的距离。不如说，作者有意识地把叙事结构建立在一个远非任何外在秩序所能触及的地方。对于前者来说，后者作为一种现实，不过是普遍混乱的一部分，本身亟待整理。

但“侦探小说”的方式在格非的作品也并不是一种偶然的、仅仅为了某种局部效果的因素；不如说它与叙事整体相伴而生，并通过自身的瓦解将某种深层规则推到了前台。《追忆乌攸先生》的篇名已标明了它的母题：记忆。“时间叫人忘记一切。”村里长辈对年轻人这样说道。而这篇小说，某种程度上甚至格非至今的全部中短篇小说，也可以说是同这句格言的幻想式的斗争。警察在此具有特殊的位置和功能。由于他们的突然介入（而非由于他们带来的新的可能性），那种叫人忘记一切的沉睡的时间受到了骚扰。而争取记忆的斗争便从这场骚乱中开始，虽然这里我们还看不到任何希望。不过有一点是明确的，作者在此并非像他表现出的那样不偏不倚。在小说开头的一段时间里，叙事者像是一个孩子。而令人惊奇的是在那场短暂的骚乱中，一种模糊的集体回忆逐渐变成了一幅清晰的个人画面。这幅个人画面的色彩在此后的一系列作品里得到了不断的加强。对此唯一的解释是，在那种从外部澄清并重新组织经验的企图（我们不妨把它视为普鲁斯特所说的“意愿记忆”）面前，“不情愿”可以摇身一变为“情不自禁”（这类似于“非意愿记忆”）。在这个意义上，由《乌攸先生》开始的小说集像是一组普鲁斯特式的探案。在格非的笔下，当那种无法为理智所捕获的记忆突然从幽深的时间中纷呈叠现时，警察的位置便已被叙事者接替。

于是，《追忆乌攸先生》在格非的私人画廊里不但是一幅“个人意识”的降生图，也是一幅客观环境的风景画。在这幅意识的画面上，记忆的混乱被表现为一种无时间的野蛮状态。因而哪怕仅仅是另一种混乱也带来了想象的激动。不过我们记得，枪毙乌攸先生是一名“手持红三角旗”的“法官”的监督下进行的；因此“身着白警服的人”的出现也难免被理解为另一种野蛮。那种无回忆的意识状态同这种无语言的野蛮是浑然一体的。只有乌攸先生拥有书籍，行刑前他还曾“努力地张着嘴”，但也不能说出任何东西来，因为他的舌头“一个月前就被割掉了”。暴力与沉默变成了一种宁静的生活传统，对于这种存在方式，格非在《陷阱》里一句突兀的插话倒像是总结：“他们无非是造成一个他们自古以来就居住在那里的自然状态。”

在这种自然状态中发现某种真空是格非小说的叙事起源。那些真空往往出现在自然秩序的断裂处，显形为历史的或仅仅是个人生活的零星记忆。但就是在这些瞬间中，幻想的主体自信把这一切“看透了”（《陷阱》）。这必然意味着某种经验抓住了一种新的时间，并在这种时间中渐渐成熟。对于那种“自然状态”来说，这种为一种新的经验所捕捉，又为这种经验所充满的时间便是历史，确切地说是自我意识的历史。《追忆乌攸先生》的叙事者原先是村民中的一员，或者说是集体经验的一分子；但伴随着“调查”却不知不觉地转化为一个独立的视点，最终似乎还变成了一个“全知视点”。最终，那些偶然、局部、零零碎碎的集体记忆融入了一种个人化的意识视野。在作品的结尾，这种个人化的旧日情景更上升为一幅意识之中的历史画面。这种叙事方式同现代文学的伟大经典，比如鲁迅的《祝福》所遵循的方式即使有种种重大的不同，但就某种精神的个别性从集体经验中凸现出来，并在叙事中重建自身的客观性和历史性这一点讲来，两者却是颇为相似的。站在《乌攸先生》的终点，我们得以把整篇作品视为一种重建记忆从而重建自我的努力。而在对这种努力的明确意识中，空洞的时间重又变得生动起来。这种被幻想触动的时间是格非与读者的共同经验；它决定了作者被读者接受的方式。

二

事实上，把被追踪者同由案犯换成时间中的意象是格非小说的基本手段。这个“细微”的转换使格非的“纯虚构”作品带上了某种纯朴的可读性。当然，这不能说是意外的收获。在《褐色鸟群》里我们看到，一种不厌其烦的自然分析和自我构造既是叙事的“内容”，又是它严格遵循的程序。这似乎表明那种与空洞的时间相抗衡的记忆的构形已被当作“自我”的大本营了。“回忆就是力量”，这是代替“时间叫人忘记一切”出现的格言。随即我们便看到，“力量”在此既表示了一种叙事动力，也意味着一种心理能量。格非的小说不但要说明自我的回忆中如何结构自身，更重要的是，它宣布回忆只能以非小说中的案情变成了幻想的案情。

《褐色鸟群》正像描绘侦探如何搜集线索、追踪逃犯一样描绘了作家如何在幻想深处工作。小说一开始便把叙事者设置在这样的情境中：“我”在“水边”写作。而随后是一切可以理解的对小说家劳动的绘声绘色的描摹。“夜阑人静的时候，面对一个姑娘独坐”不啻是写作姿势的换喻，而“我”骑着租来的自行车在风雪之夜跟踪交臂而过的陌生女人则像是诗人在内心的暗中穷追飘忽不定的意象的夸张形式。把创作者理智的努力展现为一种梦游式的追踪和奇遇是《褐色鸟群》的隐蔽的意图。可以说，在格非其他的作品里，这个意图并没有被打消，而是更深地潜入了叙事结构之中。这一举动具有多方面的意识。在此，我们可以说它一方面以幻想的乐趣或者说是白日梦的乐趣掩饰了创作者的困难的现实处境和繁重的劳动，另一方面也用这种虚构的游戏性贿赂了读者，从而缓和了读者与作者间的紧张关系。在整个社会范围内，我们都目睹了双方的交流日趋冷淡。不过格非小说最引人注意之处还不在于：它以某种方式改写了弗洛伊德的“欲望”模式（虽然这一点本身也是颇有趣味的），而在于它内部的一个交换：当语言主体有意退入前意识时，虚构却作为一个能指框架将这个主体显示出来。

这指示出格非的叙事同一个“自我”间的建设性关系。它使我们能够通过那种虚构去领会和分析当代意识的某些特征。在《褐色鸟群》里，代替警察出现的似乎就是那个女孩子“棋”。正如记忆的起源此时已从集体经验转移到个体经验，“棋”也不再作为一种暴力或外界的混乱出现。虽然她身上仍带有某种现实的暧昧性（这是格非笔下的女性共同特征），她却是一个明确的个体，就是说，一个“他者”。而代替“强制”出现的只能是“诱惑”，这个因素是必不可少的。在意识的朦胧阶段，“动机”往往可以追溯到某种自然的或本能的原因正如精神的匮乏总是可以还原为物质的匮乏。但那种诱惑，而与其说是与他人沟通的诱惑不如说是重建自我的诱惑。我们看到格非是在利用这种前意识的自然状态为他的写作服务。至于叙事者多大程度上在讨好这个女孩，又在多大程度上利用她甚至强迫她作为一个听众，把她当作一种创作时必要的或可有可无的成分，那倒是无关紧要的。关键在于，我们可以从那种女性角色的暧昧性中看到“他者”的某些特点。在格非的小说里，它从一个侧面披露了“自我”与“他人”或“内心”与“现实”之间的犹豫不决的关系。《褐色鸟群》里写到“棋”整晚上扮演了一个心理分析医生的角色。我们知道这同样是徒劳的，因为叙事者对于“棋”的“恋爱公式”毫无感觉。格非的虚构或幻想并不沿着欲望的逻辑展开，尽管它似乎总带有某种欲望的“症状”。这也令《蚌壳》里的医生大伤脑筋，在他看来，那些“具有很高知识修养的病人”总是“为自己编造出荒诞不经的理由为疾病做出解释”，这完全是精神治疗的“障碍”。医生曾竭力要把某种“现象”同病人编造的“故事”分离开来，可这种包围也最终归于失败。在格非的作品里，“现象”尽管同现实和欲望有某种隐喻性的关联，但它们永远是“故事”的一部分。《褐色鸟群》中的叙事者已说得足够明白：“我想事情远未了结并不是棋所说的恋爱公式的推断，它完全依赖于我的叙述规则。”可以断言，格非的小说作为一种“症状”，它与某种个人史和社会史的总体关联只能到那种“叙述规则”当中去寻找。

这使那个“自我”问题变得更有趣了。我们业已看到这个“自我”拒绝成为心理学的对象，拒绝成为一个仅仅是被探究的客体。它有意识地将自己展现为一种正在生成的东西，并由此加入叙事的规则之中。在格非的小说里，自我作为一种意识状态，总是处于它同另外的意识状态的交流之中；而它作为“自我”的特权则是把另外的意识作为一个自身的“背景”。“夜阑人静的时候，面对一个姑娘独坐”这类情境以及它的种种变体在格非小说中已变成一种意识的典型处境。此时主人公考虑的问题在《褐色鸟群》里有详细的描写：“我想我们都已忘记了时间，也许在天亮之前我们会一直这样默坐下去。我试着找出一些无关紧要的话题来润滑一下现在多少变得有点尴尬的气氛……”此时主人公并没有像在后来的《蚌壳》里那样投身于机械的性游戏，因为在此他还是一个纯粹的对象。在作者、叙事者和主人公之间，还有一意识的纽带将他们连结在一起。

此时的叙事者并不试图将他人的注意力吸引到自己身上来，甚至说他想让别人对他的故事感兴趣都有些勉强。虽然叙事者的任务是把故事说得漂漂亮亮，以此来达到一种主观之间的平衡，但他却总是一再地不合时宜地陷入一种自我的困扰。《褐色鸟群》里这样写道："我觉得我的大脑像是一个空空荡荡的器皿，里面塞满了稻草和刨灰。"此外，《迷舟》里时时侵袭着萧的那种飘忽不定的虚无感，《青黄》中因调查毫无进展而产生的意识的悬浮，《风琴》里冯保长酒后恍惚，《蚌壳》里令人"上瘾"的沮丧，乃至《大年》里豹子行窃时的高度紧张都表现出某种意识的梗阻。在这些地方我们得以指出格非作品中回忆的个人起源。这个梗阻状态既是自我再造自身的起点，也是幻想切入时间的突破口。

在某种意义上可以说格非所有的技巧都被用来克服自我同他人的隔绝，或者说，用来修补私人意象同集体经验间的裂隙。这同格非把一切经验都还原为体验的做法正好互补。不妨说，某种"自我"的意识状态同它的"背景"间的外在关系，是被当作自我意识状态之间的过渡来把握的。在此，没有任何一个状态具有确定的意义，一切取决于那种作为协调机制的叙事结构，取决于它如何在意识的不确定性之中形成。这进一步解释了格非作品的"探案"特征。自我对自我形象的追踪只能以一种秘密的方式进行。它必须不引人注目地盯住自己的目标，就是说，盯住自己的意识，把它作为一幅"旁人"暗中窥探到的图画嵌入叙事框架之中。叙事者必须记录梦幻而又不将它惊醒，于是最好的办法似乎是潜入梦中。在《褐色鸟群》里叙事甚至没忘记在跟踪陌生女人时描述一番自己的犯罪心理："我心里意识到一丝隐隐的恐惧感，这种恐惧感只有当一个罪犯在明朗的月光下撬锁行窃才会有的。"不过我们也注意到，这种恐惧感与一种极度的兴奋是难分彼此的。

我们可以把格非小说里的“自我”形象归于那种“苦恼意识”(Unglückliches Bewußtsein)。在《精神现象学》里，黑格尔把它形容为一个“二元化的、分裂的、仅仅是矛盾着的东西”。而在格非的小说中，每当意识抓住了一种自我的时间，并试图把一种新的个体经验当作某种新的时间经验表达出来，它便重新陷入自然时间的包围之中，以致不得不把获得的一切作为意识的空白或单纯的幻觉游戏提交给读者。这种创作上的“自我的狡计”可以归于当代叙事者的现实处境。在小说中，那种不断制造出来的虚构，那种叙事表面上的“事件性”似乎把自我从读者意识中引开了；但事实上，它却戏剧性地表现了一个囿于体验的自我试图向外界突围。作者意识到他必须在那种“难以言传的经验”中打开一条通路，这意味着回溯那条自我意识从它的史前中出现的路径。在他第一本小说集的“小传”里格非把这种方式称为“还原”。这表明他一开始便已摆脱了纯粹的心理学范围，而进入到意识的更深的真实之中。而直接面对这种真实，把它作为一系列倏忽即逝的“此刻”把握住，则是格非小说的“现实主义”原则。无论如何，那种面客独坐，彻夜长谈的场面是令人难忘的。它指出了叙事后面的那个“缺席—在场”。如果说格非是像个心不在焉的对话者，那不过表明他的故事只有一个意想的听众：时间。如果把格非比作一个风琴手，那么他只是“为时间演奏”。这像是那种自我困扰的真正根源。通过把时间确立为意识的唯一尺度，格非的故事变成了一种“纯粹的声音”。我们仅仅在这种声音里听见了一个自我，其他的一切都变得无足轻重了。但这并不意味着作者放弃了寻求交流，相反，正由于把自我“降”为一种纯粹的声音，它在叙事中重又获得了可传达性。事实上，格非的童话正是在对这种可传达性的寻求中建立起来的。

三

自我的困扰总是暴露出虚构下面的历史；不如说，历史作为一种时间性因素总是参与了当代意识的自我构造。读者很容易注意到，在格非的小说里，时间总是这样或那样地陷于停顿。比如《陷阱》里那座城市便是“缺乏时间概念”的。另一方面，时间却又往往猝不及防地展开。《风琴》里的冯金山感到所有的灾难仿佛一场噩梦，又像是“大地突然降雪”；而在另一位主人公赵谣的记忆里，“时间常常在人们毫无准备的情况下出现错乱。”格非似乎对“突然”有一种特殊的偏爱，他笔下人物的行动或意念总是“突然”发生，就连阵亡士兵的家属也是“突然”出现在萧的指挥部里（《迷舟》）。这种突然性把时间之流变成了一种零星瞬间的构造；而此时的意识不如说是一个意象的灌木丛。叙事者有时感到记忆“出现了梗阻”，但我们可以证明，这种梗阻正是格非作品的潜在构形。既然那种停滞的、空洞的时间早已不是孕育经验的温床，它便也不再被奉为一种经验中的连续体了。事实上，对于格非来说，正是时间的瓦解使写作成为可能。

不同的、确切地说是异质的时间片断在意识中交替和交叠，这不仅造成格非小说特有的层次感或构造感，而且往往成为叙事的结构方式。这种作为时间结构的叙事结构为我们读解一种“潜本文”或“潜意识”提供了框架。

《迷舟》在格非目前的作品里占有一个特殊的位置：它似乎是格非由一种静态的、抒情诗式的时间分析向一种动态的、纯叙述的时间构造过渡中的一个平衡点。作为一个吸引人的故事，《迷舟》本身并不复杂。作者在故事的开头还是为我们画了一张地图。这张由两条河流和三个地名组成的地图既可充当进入虚构的路牌也可被用作一个叙事分析的坐标。两条河流（涟水和兰江）将故事的空间划分为三个部分（分别由棋山要塞、榆关和临口代表），即军事意义上的我方、敌方和中间地带。这是主人公萧作为一个尚不明确的“我”面对的“符号秩序”。出于任务（侦察地形），萧渡过了第一条河流；同时，他也从“此刻”（空洞的自然时间）跨入记忆和幻想的丛林。于是涟水仿佛还是一条时间的界河，渡过河去的萧用他的意识和行为将两种时间编织到一起。小说中的计时小标题（“第一天”“第二天”……）正是从这里开始的。如果说空洞的时间总是使人陷入一种抑郁（这在故事开始时已在萧的冷漠、疲惫、烦躁中透露出来），那么充满旧日气息的记忆突然涌入也必然将萧置于无从整理的迷乱之中。从上岸前那种“莫名其妙的激动”到看到母亲“消瘦的肩膀”时的“大梦初醒似的”感觉；从杏“秀颀的身影”激起的“无穷的联想”到面对黑洞洞的枪口时“要说的话全被堵死在意识深处”，萧便是在这两种状态中摆荡。而两种状态的结果却惊人地一致，它们共同造成了萧的经验的无能。因而这位北洋军年轻的旅长，一段可谓不平凡的个人史的主人，大量回忆和感觉的拥有者，在故事里只能像一个婴儿一样从地图上滑过，被带入一个蓄谋已久的圈套。在故事里，他的全部的个人意志不过为命运的力量制造借口。他仿佛身不由己地要渡过第二条河流。读者知道这条河流是萧生命的最后边界。事实上，它早已存在于萧的意识深处。某种意义上说，它正由那种“紧紧困扰着他的”“不祥的预感”指示出来。因而兰江已不是两种意识状态的界河，而是意识与无意识的边界。

这种“无意识”在小说里有一种明确的意义：死亡。但它还具有一种更隐蔽，但却更为重要的功能：作为“他人的话语”推动叙事走向它的结局。《迷舟》并没有特意渲染这种无意识之于主体的宿命论意味（尽管它为萧安排了一次卜生死的算卦），但小说的确特别精心地表现了那种散发着死亡气息的无意识是怎样耐心地、难于察觉但又毫不手软地支配了萧的全部行动。

乍一看，“爱情”似乎是无意识力量的代理人，因为当萧决定立刻返回棋山驻地的时候，“他意念深处滑过的一个极其微弱的念头使他又一次改变了自己的初衷。”但这种看法很容易遭到否定。首先，“杏”在叙事中很难说是一种实质性的因素；其次，正如我们看到的，萧的意识在此之前就已经混乱不堪了。那个“极其微弱的念头”只能是某种更深邃的事物的信号，正如“杏”在叙事里不是作为欲望的对象，而是作为欲望的“能指”存在着。“杏”与“性”的语音学含混似乎正好暗示了女主人公并非什么具体的欲望的所指；相反，它作为一种表征指示出欲望的存在方式。“杏”（这个名字在《乌攸先生》里就出现了，显然它受到格非的青睐）代表着与“棋”完全不同的一个系列；它并不像后者那样先天地是外界的一部分，因而对于欲望主体来说显得来历不明。“杏”是幻想的产物，作为欲望的表征从回忆中诞生。与“棋”的那种似是而非的美相比，“杏”总是带着某种不可捉摸的圣洁恭顺地等候在主人公生命的途中。在格非的作品里，女性的世俗形象和幻想形象直到《蚌壳》才真正结合到一起，不过结合的方式却是讽刺性的。这或许表明作者对幻想（虚构）与现实间某种“成熟关系”的基本看法。而“杏”仍带有那种幻想的纯粹性。从一开始就像精灵一样出现在萧的面前。而同“杏”的通奸则是一个追寻昔日气息的仪式。在回忆的祭坛上“杏”是一个牺牲品；她像“棋”耐心地听“我”讲故事一样委身于萧的意识的混乱。而一旦同那种意识的混乱结为一体，她便只能变成那种幕后力量的幻影，像海妖一样把萧引向他命运的终点。只是这里没有歌声，不过我们很容易找到歌声的代用品，那便是“杏”被丈夫毒打时发出“哭叫”。正如海妖在歌声中已化为纯粹的美的魅惑，“性”在小说的最后也被删除了，以至于三顺（“杏”的丈夫）认为萧去榆关是出自“对于一个已经废掉的女人的迷恋”，并由此受到某种“感染”。这一切表明了“性”（“杏”在《迷舟》里）的位置和功能：作为个人史的一部分隶属于幻想和回忆。“杏”不过是记忆和梦幻中匆匆开放的时间的花朵。

这促使我们在另外的地方寻找那种具有命运威力的无意识结构。这意味着从那种构成萧意识表面的心理时间或私人时间下面挖掘出真正的“他者”成分。我们知道它必然是一个被遗忘的阶段；我们知道这段遗忘必然在萧的意识深处占据着一块令人心烦意乱的空白；我们还不知道这块空白必然已经在作品中作为“他人的话语”出现过。这使我们最终把第三种时间从叙事中剥离出来。在《迷舟》里，那种遗忘的时间，那种个人历史的史前史显然就是父亲的时间。

实际上，从作品的开头，“父亲”已作为一个强大的磁场吸引着萧的思绪偏离了现实的航线。某种意义说，父亲的存在（虽然是一个缺席的存在）为这篇小说定下了基调。《迷舟》“引子”里一段文字像是在介绍萧的身世，但事实上，叙述者已把一部漫长的史前史悄悄安置在萧的身旁：“他的父亲是小刀会中为数不多的幸存者，也是绝无仅有的会摆弄洋枪的头领之一，他的战争经历和收藏大量散失在民间的军事典籍使萧从小便感受到了战火的气氛。萧常常在梦中出现马的嘶鸣和隆隆的炮声。终于有一天，他走到父亲身边询问为什么投身于一支失败的队伍，父亲像是被碰到了痛处，他的回答却是漫不经心的：从来就没有失败或胜利的队伍，只有狼和猎人。”

父亲的时间像是一片阴影，从来也没有离开过萧；它只是在萧徒劳的抗拒中越来越从他意识的深处浮现出来。萧几乎所有的重大行动都同父亲的存在有关。当“结局”的前夜萧“偶然”进入父亲的房间时，他像是按时赴约前来领取父亲留给他的沉默的全部含义。在那间具有神秘气氛的屋子里，无论是遗像上那“深邃而坦然的眼神”或“被磨成浅黄色的坐椅和依然明净可鉴的书架”，还是父亲那封未及发出的信上面“苍劲、粗粝”的字迹，都像是某种史前遗迹含混地吐露了那一直支配着萧的无意识内容。在这间“尘封的房间”里，父亲象征着一部被扼杀的历史。这部历史像一个幽灵闯进了萧的意识。那种迷乱的心境正是它的得意之作。在此，那种“不祥的预感”，完全可以理解为一种恐惧。父亲的历史作为一段漫长时间的结晶甚至包括了那些转瞬即逝的未来，而萧对此当然是一无所知。但父亲的信让这一切说话了。在信中萧发现了自己的名字，这让他“感觉到了耻辱”。最后的抗拒似乎使时间重又变得明确可分了（“他像是第一次从小河的这些天浑浑噩噩的梦魇里苏醒过来”），但此时萧所依赖的只是“天生的高傲和倔强”“强烈的好胜欲”和“他的任性和醉心于幻想的秉性”。在这“命运与性格”的决战时刻，萧仿佛看到过去的日子变成了一个整体。它像一段失而复得的记忆从他眼前一掠而过，使那片纷乱的时间获得了某种“不可言传”的意义。但在这个悲剧的制高点上，他不可能将某一段时间同那个深邃的整体分开；而对于那部潜伏着的历史，对于那种操纵着意识的遗忘来讲，一丝“极其微弱”的念头已经足够。对那一丝致命的念头，格非是这样理解的：“他想到了杏。他的眼前出现了杏那温柔和迷惘的目光。像一阵清冽的果香在他面前飘拂而过。他回忆起在榆关度过的那个炎热的夏天……他想起了在纷飞的战火中她影子重重叠叠地闪现的时刻，想起了他来到小河的这些天给她带来的灾难。一种深深的原罪感在他的心头暗暗滋长了。”而河对岸的情形究竟怎样，萧是否见到了杏，他又怎样度过他一生中最后夜晚，故事恰当地留给了空白。我们看到的只是，在个人的最后抗拒中，三重时间汇合到一起。此刻，萧除了死心塌地地听从命运的安排，再没有其他的选择。

作为虚构，且仅仅作为虚构，《迷舟》使时间成为幻想的伙伴；然而一旦幻想成为时间的构造，这种虚构就变成了一个历史的寓言。正如萧没有走出父亲的阴影，当代意识的任何个人幻想也无法摆脱它同某种悠久历史的父子关系。那段遥远的时间像一个巨大的遗忘，静静地匍匐在我们语言的四周。瓦尔特·本雅明在《卡夫卡逝世十周年祭》中对这类创造性遗忘有一段富于洞察的评论："被遗忘的东西从来不仅仅是指个人的东西，任何被遗忘的东西都是同史前时期被遗忘的东西混淆在一起，通过无数非持久性的、变化无常的结合，不断地制造出新的产物来。"

四

格非的作品似乎是两种经验的汇合地：一方面，是那种多少有些神秘的"传统的"经验，它有时作为暴力、野合或由来已久的迷信传说登场，但更多的时候则表现为朦胧的童年记忆；另一方面则是纯粹个体的当代大城市经验，无论如何，它同样令人感到无从把握。这种不同的经验不但作为变幻的场景出现在格非的每一篇作品里，还在更大程度上组成了格非作品集当中的两个系列。我们不妨把从《乌攸先生》到《大年》的作品归于一类"乡村画面"，而把由《陷阱》至《蚌壳》的小说纳入一类"都市场景"。这个"交叉小径"并不通向格非虚构世界的"内部"；但它的确为格非的天地定出方位。而《青黄》则像是这两条路径间可以移来移去的交点。

在当代作者中，格非的名字同余华、苏童、孙甘露等一道进入读者的视野，随后又一道被归入某种“新潮”。在此，作品的个人起源和个性标记被某种普遍的期待暂时忽略，倒也并不值得奇怪。就格非而论，《迷舟》中的“弥天大雾”似乎已引起了某些评论者的警觉，而《青黄》《蚌壳》等的出现便被直接视为某种创作特征的有力证据了。这种特征一出现便被那些敏捷的评论者抓个正着，他们几乎是如愿以偿地给自己的词汇表来了一次“更新换代”。从“颠覆”“消解”“游戏”到“无序性”“纯虚构”“冷漠”，一个里程碑上的题铭已经清晰可辨了：“后现代主义”。与此同时，也有一些评论者注意到从某种历史的角度对这场变化做出解释。这无疑是一种有效的思考。然而结论却似乎有些操之过急：当代文学业已实施了对“五四”传统的超越而进入一个“反人道主义阶段”。

无论如何，这启发我们从一开始就把这场“新潮”或“实验”（像阿多诺在他的音乐研究中所做的那样）视为某种“形式史”和某种“社会史”之间冲突的此时此地、独一无二的解决。如果说在“新潮小说”中余华始终是一个象征，他既作为象征出现，也作为象征被阅读；那么格非便总是提供了某种“个案”。《青黄》则是个案中的个案；它像一个小宇宙，浓缩了格非的童话世界。

在作家出版社出版的《迷舟·序》中，作序者提供了一些《青黄》的背景材料：“记得 86 年夏，我俩去千岛湖（名为考察）旅游。白天四处闲逛，晚上在旅馆里神聊。县文化馆长给我们介绍了当地风土人情，其中关于九姓渔户的故事使我们极好奇，特地到该渔户的所在地去了一趟，结果空无所获。那儿的人知道他们的祖先是陈友谅的部下，可这所谓的‘知道’是因为县志上这么写的。他们矢口否认该船队的妇女史上有卖淫的传说，他们关于祖先所记得的是帮助太平天国打过胜仗，可是县志上并无记载。两年后格非把这次经历写成了《青黄》，可是现实的经历在小说只是一个引子，其余的天知道他是怎么弄出来的。一次上当的弄防在他的小说中竟变成了一个如此有滋有味、引人入胜的故事，真叫人惊叹!”

这似乎是在提醒读者格非小说的“虚构”性质。如果确实存在瓦雷里所谓的“纯诗”的话，格非的作品也许应该归于一类“纯虚构”。但在此，我们却宁愿把这个含混的概念排除出讨论。我们一直把那种“虚构”视为一种幻想的结晶，并试图在那种独特的叙事方式中把握那种幻想的逻辑。在此，“虚构”不过意味着经验的重建。而至于这种重建遵循着怎样的方式，是依赖某种自然材料和先在的连贯性，是借助于某种人工的时间构造，抑或是按照某种特殊的符号秩序或游戏规则，反倒不属于“纯形式”问题。作为一种“形式的历史”，它揭示出幻想方式的主体意义和客观决定。格非小说的个案特征在《青黄》里表现为两组彼此独立但却相辅相成的踪迹：一是虚构平面上的“意义”（《青黄》）追寻；一是幻想平面上的“自我”追寻。《青黄》最有意思的地方便在于，伴随着“真实性”的瓦解出现了一幅当代主体的自画像。

如《序》所记的那段“现实经历”在小说里变成了虚构世界的“引子”；而我们不妨把它视为《青黄》的“传记线索”的起点。有趣的是，在随后的故事里，格非以前的作品似乎都一一闪现。“我”初到麦村时的情形让人想起了《乌攸先生》的开始，加固羊圈的老人同村里的许多人一样对于那件“不光彩”的事不愿重新提起。记忆的主题又一次出现，只是这一回“自我”已不再作为集体经验的一分子参与这一痛苦的过程了。他变成了一个外来者；而他探询的是一段“历史”，尽管它模糊得近于空泛。我们看到这个探询者的位置已经是第三次易人了；第一次是暴力（警察），第二次是他人

（“棋”），第三次则是“我”。在它越来越获得一种主观性的过程中，那种被探询的对象却越来越具有了一种客观性，即由村民印象变成他人的叙述，最终变成了一部外在的历史。必须补充的是这部历史仅仅作为尚待追寻的过去栖身于语言和意义之中。它就像故事中那口由棺材改制的稻箱，“仿佛是一个早已消逝的生命留下的依稀可辨的痕迹，又像是一句谚语——民间的流传中保留下来的最精炼的部分。”在追寻者的凝视中，那种痕迹或谚语变成了“现在”的一部分。

很难说格非在此表达了某种明确的历史意识；那种在历史变化中的主—客观辩证法也并未成为作品处理的题材。相反，那个业已变成一个明确的“我”的叙事者听任自己沿着一条意识的迷途走了下去。从《青黄》的第二节开始，《褐色鸟群》中的那种梦游经验又出现，不过在此它带上了某种“客观”的色彩。叙述者此后遇到、听到、看到的一切（这不如说是对象化了的虚构）真正把对“青黄”这个“充满魅惑”的词的探访变成了“意义”的“后现代”旅程。这里，一切都悬置起来，一个故事引向另一个故事，一个事件引向另一个事件，而终结和确定性一样变得不可能了。值得特别注意的是叙事者自身的位置。似乎可以说，对某种如烟往事的兴趣，或对某种意义或历史的确定性的追寻使他如坠五里雾中；但只需稍加留心便可发觉叙事者同那种“消解性”虚构间的一种默契。在整个旅途中叙事者从容地、甚至是有意延宕地享用这种悬浮游荡的快乐。这已无法用那种虚构与时间的竞争关系（比如《褐色鸟群》里的叙事者担心鸟群会把时间一同带走）来解释了。在对《青黄》本事的探访中，叙事过程像是一种蓄意的自我流放。“蓄意”是叙事者那种心不在焉的核心。任何一条小路都使他改变初衷，让他神思恍惚但却心甘情愿地走向一个未知地点；任何一个暗示都引起他过于慷慨的联想。似乎他就是来搜寻一些细枝末节，以便清静无为地沉溺于幻想。在这里，与他人交流的焦虑消失了，似乎叙事者已处于一种相对的自足状态。当主人公同大路边的老人“因找不到合适的话题来闲聊”而陷入沉默时，气氛是相当轻松的，用格非的话是“非常自然”。《青黄》的主人公像一个心不在焉的K，尽管他陷入了某种相似的处境，但他似乎并不急于进入城堡，倒是满足于在山下的村庄里漫步观赏，躺在陌生的房间里出神，或欣赏别人讲述的奇闻轶事。这暴露了他的真实身份的唯一意图。他既不是一个土地测量员也不是一个民俗学家。他的身份同《迷舟·序》里记叙的那段现实经历重合在一起。他只能是一个在游荡中搜寻灵感的作家。

在这个意义上我们不妨把《青黄》的时空视为一种经验重建的准备。当一切都悬浮起来，一切都飘游不定时，那种瞬间、细微的自我感和自我描绘却一刻也没有停止。在第三节的开头我们便看到了这种自画像式的叙述：

> 我的调查一无进展。时间的长河总是悄无声息地淹没一切，但记忆却常常将那些早已沉入河底的碎片浮出水面，就像青草从雪地里重新凸现出来一样。在麦村的日子里，我在白天像游魂一般四处飘荡，追索往昔的蛛迹，却把一个又一个的黑夜消耗在对遥远过去的玄想之中。

即使在“调查”过程中，这种自我形象也时常从某种独特的叙述语句中闪现出来。甚至不如反过来说，是那种自画像的需要使格非写下了诸如“站在那堵行将颓圮的院墙下，我对一只木制的稻箱凝视了很久”或“传说中那个事件的片段……时常混杂着童年的记忆一起侵入我的梦中”这样的句子。在《青黄》中，“自我”与其说被叙事“消解”了，不如说被叙事编织出来。这里最引人注目之处在于这样一种写作的辩证法：意识越充分地放任自己沉浸在“纯虚构”的逻辑之中，它就越把握到一种自身的自由状态，从而这个叙事游戏的场所也就越成为自我形象的现身之处。在此，我们必须把这个写作的辩证法变成批评的辩证法。在那条歧路丛生的“后现代”道路中，一种朦胧的但却充满朝气的自我意识获得了幻想的解放。由此，《青黄》的叙事者能在一片几乎没有记忆，没有时间的土地上播撒虚构的片段而收获一个更为清晰的自我。反之，这个自我形象如同一隐蔽的太阳，给故事里各式各样的云朵投上了一层意识光晕。

从这种自我的历程着眼，“后现代”不如说是“前现代”。可以说，自我形象从来不仅仅是个人的东西，它总是通过记忆和想象同某种集体的历史经验联系在一起。而对于当代中国的创作者来说，它并非某种可待追忆的东西；它不存在于往昔的蛛迹之中，而是存在于且仅仅存在于未来的意象之中，由目前的时间孕育出来。它在多大程度上变得清晰可感，取决于当代中国的创作者如何在旧日意象闪现出来的时候将它们一举捕获，从而在“虚构”中将自己的经验再造为一个个别的整体。更进一步，它取决于这种个别的整体经验如何将自己展现为一种历史经验。在此，智慧和想象不过为现实历史的可能性提供了具体成形的途径。从这个意义上说，一些当代文学作品正是为这一历史情境中的经验问题提供了幻想式的解决。在格非的作品里，“过去”往往被还原为“现在”的某种非常状态；它作为空白和缺漏加入到目前的时间之中，共同造成了回忆或意识的特殊形态。《乌攸先生》和《迷舟》便是两个典型的例子。《青黄》则有所不同。在《青黄》中，过去是被设置出来的，它构成了一个“现在时”的框架。而对于那种往昔影像（九姓渔户）的追寻不如说是对这种正在生成的现在时间的冥思苦索。这把故事变成了一场意义的冒险。《青黄》的“现在时”特征使“虚构”和“历史”截然区分开来；这种截然区分正是某种主观性或主体性的确切标志。如果说在整个故事里这种主观性只是闪闪烁烁地出现，那么到小说的最后它便将整个虚构“据为己有”（appropriation）了。在《青黄》倒数第二节的开头我们读到：

> 一个黄昏接着一个黄昏，时间很快地流走了，在村落顶上平坦而又倾斜的天空中，在栅栏和窗外延伸的山脉和荒原中没有留下一丝痕迹。我整日整夜被那个可怜的人谜一般的命运所困扰，当我决定离开这里的时候，我突然有了一种不真实的感觉。这个村子——它的寂静的河流、河边红色的沙子、匆匆行走的人和他们的影子仿佛都是被人虚构出来的，又像是一幅写生画中常常见到的事物。

事实上，若不以这个主体的位置着眼，《青黄》里的许多场景、语言乃至整个叙事进行方式都是无法理解的。不过既然这个主体竭力使自身“消解”在层出不穷的虚构中，我们便应该在语言的秩序中确定它的哪怕是业已消失或掩盖起来的踪迹。在此，语言不仅意味着可传达性的最后壁垒，也充当了时间、记忆和历史的最后的避难所。但就当代中国文学的历史处境而言，这种语言的迷宫不是自我的终结，而是自我的起源。它与其说是某种经验整体的无可挽回的消散，不如说是一种崭新的历史感和自我意识的迂回曲折的显现。在这种意义的画谜中，“历史”和“生活”变成了时间中飘散的意象；而在个体的经验生成——这在格非的小说里总是伴随着虚构的展开——之中，这一切却转变为精神的客观图景。正如小说总是这样或那样地使个人经验臻于圆满，那种语言的主体也必将把它目光所及的一切纳入自身意义的单一体。那颗正在自然史的尽头冉冉上升的太阳必须要把一切现实的混乱还原为记忆的混乱，把意义的空白还原为语言的空白；在童话世界里，意识的图景是指示出意识的经验，一如虚构总是指示出讲述人。这促使我们把那种“后结构主义”的“人的终结”理解为“人的开端”。在当代中国，幻想的语言作品总是——不管积极地还是消极地——证明了自我意识在个别经验中的苏醒。

五

如果我们把“后现代主义”或“现代主义”理解为当代中国的语言主体为自己的现实到场披上的“世界历史性”伪装，我们便有可能在所谓的“内容与形式”的冲突中看到某种历史意识的历史变动，而不仅仅是那种表面的“我与他”的文化差异。可以说，即使在纯粹的美学范围里，当代文学的“后现代主义”也丝毫不具备一些人自欺欺人地赋予它的含义。在格非的作品里，对记忆的殚精竭虑的追踪以及内心经验的视觉的现实化充当了自我在时间中维持（或“还原”，格非自己的术语）自身的基本手段（“现代主义”）；但同时，虚构的不可还原性又把那种内在的紧张焦虑撒播到叙事网络的表层，从而使那种追踪（具备）游戏的外观（“后现代主义”）。我们或许已经表明，这种“形式”作为某种“历史的形式”，本身既是表象，又是症候。这种表达方式不可避免地把自己变成了“内容”，因为在当代中国，语言和经验是无法分开的。因而，语言的成熟总是带来了某种新的主体形象。

1985 年的某天杰姆逊对杨炼说道：“嗨，杨炼，人们一直认为我们有一个自我，一个西方的自我，某种心理的东西，但在东方人们并没有这种东西，而你说你有。”当然，在杰姆逊，“真正的大问题”是：“究竟是因为你用语言说某些事情你才有了一个自我，还是因为你有一个自我你才用语言说某些事情。”现在我们知道，85 年并不是接受这个“后结构主义问题”的适当时机，而杨炼（当时被称为“青年诗人”）也并非回答它的最佳人选。在当代中国，“自我”作为一个语言问题出现与“语言”作为一个自我问题出现指示出意识史的某种重大变化，而我们在今天是否能够正面地、明确地回答这些问题，本身是同这种变化联系在一起的。就在那次谈话中杨炼感叹十年的时间会使个人经验变得迥然不同；然而当前中国的集体经验甚至变化得更快。杨炼的回答只能是答非所问，因为对于包括杨炼在内的几代中国创作者来说，杰姆逊的那个“大问题”在客观和主观两方面都无以着落。

如果我们把自我和语言的建设性关系视为格非小说乃至某一类当代文学作品的核心内容，我们便有必要对当代文学作一番简略的意识史的考察。自“五四”以来，创作者对“自我”的认识并没有同那种集体经验中的“自我”形象区分开来，这种认识一直分裂为两个对立的方面：一方面是自我的外在规定，即它的社会历史的存在方式；另一方面是所谓内在价值，即自然的或理想的人性内涵。尽管创作者并未把自己理解为一个语言的主体，但某种特定的历史内容仍旧在他们的个人表达中上升为一种完整的表象。如果说这种“五四”时代的自我意识孕育出了近代意义上的中国文学的伟大作品，那么以后的大半个世纪里，它在文学中经历的只是一场缓慢的衰老。有趣的是，从 70 年代中期开始的“新诗潮”运动却以一种“现代主义”幻象充当了它的回光返照。以诗中有“我”著称的杨炼，对“我”的理解并没有超出这个历史的框架。在杨炼看来，诗人对自我的把握和展现意味着“自己的精神超越别人对你的限制……深入到自己的内部去，去占领自己的领域，并由此达到一种深入的沟通——找到我与万物之间的最原始的联系——这才能真正找到生存在自然中的自由”。显然，自我作为形而上的存在，在此成为艺术作品中的“普遍的媒介”；就是说，它是超语言的。反过来说，语言也没有作为自我的基本成分参与了、甚至一定程度上结构了自我的建制。那种从压抑中挣脱出来的自我表象并没有同语言结成实质性的联盟。在北岛、杨炼、顾城等人的诗歌里，语言总是从属于“创造性”这个模糊的概念；由个人的体验、想象和激情锻造成形。从形式方面看，这种“超语言”的自我与那种“前语言”的叙述者（这在那些依旧在陈腐的“现实主义”或“浪漫主义”创作原则下写作的创作者笔下比比皆是）同样没有摆脱个人经验的直接性，尽管两者的“内容”有着天壤之别。它不是一个语言的主体，而是一个现实的主体；换句话说，它是一个经验的自我，而不是一个语言的自我。因而在我们所讨论的意义上也可以说，它还不是一个“自我”。

事实上，当代中国文学无论从创作上看还是从批评上看都不习惯将语言视为自我的表象。某些冠以“语言批评”的评论文章也只是进行一些修辞学或风格学的分类，满足于诸如“新古汉语”或“造型语言”之类的描述性特征，似乎某种“语言”之于创作者，犹如十八般兵器之于古时的武将。它们急于证明，语言并不是万能的，它作为一个交际的“符号体系”，不过是一种灵活的工具。这里无意就语言的本质进行一场专业性讨论，但我们可以用当代文学作品本身做出某些说明。比如，我们无法离开叙事语言来认识余华和格非这样的作者，这并不意味着他们的语言带有他们个性的标记，而是意味着我们仅仅通过语言才能感知到那个特定主体的存在，或者说，这个主体是暗含在语言之中，并由语言结构出来的。在语言之外一无所剩，这是当代“新小说”最基本的特点。对于那种“自我”和“意义”来说，那个语言的“外在结构”是纯然内在、不可还原的。在这个意义上，语言的织体变成了内在主体的“纯粹声音”；而这正是我们读格非的经验。如果我们把当代文学的历程视为一条意识史的道路，那么那种“自我追寻”——我们已看到它从政治批判走到社会批判，从反思现实走到反思传统，从追寻历史走到挖掘内心——最终在语言或者说在同语言的结构性关系中把握了自身。这当然不只是一场技巧的革新。

从语言或“形式”的角度，我们或许还可以对格非作品中经验的表达方式或组织方式做一番补充性的描述。这里指的是叙述中的抒情诗瞬间以及它们的二次性装配。在时间或记忆的视觉化努力中我们看到格非虚构的经验印记；而叙事者似乎更愿意将它称作“经历”，因为后者似乎带有一种恍惚的、残缺不全的美。在《陷阱》的开头，叙事者将这些“经历”的瞬间谦虚地称为“那些和故事本身并无多少关联的旁枝末节”、“那些早已衰败的流逝物”或是“一些事的头和尾以及中间琐碎的片段”。然而读者或许已经了解，格非的叙述正是用这些“倾圮已久的废墟”的碎片建筑起来的。在营造它的同时，格非一刻也没有忘记提醒读者这个建筑并非为了遮风避雨，更不是海德格尔（Martin Heidegger）所谓的“灵魂的栖居之所”。它仅仅是一个虚构，哪怕出于一时的兴致，作者也有权将它推倒重来。不过矛盾的是，这些作为虚构的基本单位记忆残片经常被赋予了某种抒情诗意味。在从《陷阱》到《背景》的一系列作品里这种倾向不断增强，而在《没有人看见草生长》里，抒情诗的节奏甚至决定了叙事结构。那种“经历”同语言的结合方式暴露出它同“自我”间的某种重大关系。“我一生中最重要而又最模糊的经历就是这样开始的。”在《陷阱》中叙述人这样说道。这个旁白解释了抒情诗方式所包含的内在经验的调整。正是在某种震惊体验中，自我同语言以一种特殊的形态牢牢地凝聚在一起，“我的嘴唇像木筏一样沿着她的脊背滑下”（《没有人看见草生长》）或是“从海上吹过来的潮湿的风带着咸鱼的气息寻找我们的鼻孔”（《蚌壳》）便是这样的例子。而《蚌壳》中那段“山东朋友”的赠诗更是在性经验中捕获抒情诗场面的滑稽代表。在对这种原材料的初步整理中，抒情诗的片段业已完成了某种内在经验的储备。这是格非小说的后期制作的先决条件。

而游戏规则的引进对于语言主体的重大意义在于，它可以在一种“后意象”层面上对幻想材料进行二次性装配。这类似于电影制作中的剪辑过程，只是在这一过程中自我才完成了他的虚构化，并获得了超越时空的自由。这便是我们所说的用某种“后结构主义”方式改写弗洛伊德的白日梦模式。如果我们继续从叙事与自我的内在关联上着眼，那么这种二次性装配正是从“技巧”上保证了意识成为意识的材料。在此，语言成为自我意识的真正阶梯。而这种自我意识的辩证法同那种叙事的辩证法的不同之处在于：它在不断以幻象构造起自我的同时又不断地把自我消解为幻象。在格非较为晚近的作品——比如《青黄》《蚌壳》和《背景》——之中，我们看到那种自我同叙事之间的关系正变得日益成熟。

六

格非的读者不得不面对这样的事实：他们正经历着阅读经验的

某种改变。就是说，他们发觉自己不再是某种文学信息的天然接收者了。在他们与作者之间，似乎生出了一段无法克服的距离；作者不知何时起已不再“直接”向他们说话，而他们也无法同作者“直接”交流了。这也就是说，他们发现作品已不再天然地将作者与读者沟通起来。它与其说是经验融合的催化剂，不如说是一段难以缩小的距离；在这段距离中，经验似乎不可避免地要被投入一条杳无归期的迷途。至此，作品概念的重大转变也昭然若揭了。它不再是交流的媒介，倒变成一种无法清除的剩余物，并由此跻身于作者与读者构成的主观关系之中。隐藏的一极是作者同作品之间的新型关系，这种新的联盟让读者感到自己被两者抛弃。

与此同时，一部分读者却开始欢呼“新小说”的到来。在他们眼里，“新小说”不仅传达了某种全新的历史经验，也体现了一种完整的美学价值。就当代个体经验在作品中找到一种如此契合的表达方式而言，这场零零星星、仅在小范围里取得进展的小说新潮倒的确可以被视为“新诗潮”之后最具影响的文学活动。这种新的文学现象是否为自身提供了足够的理由，是否为某种集体经验的新近变化做出了说明和解释尚不得而知，但既然它也并不是个别的现象——我们可以提到余华、苏童等人的作品以及几乎与之同时出现的广泛的“校园诗歌”创作——那么把它同一个历史语境联系起来无疑是必要的。

“新时期”以来当代文学的基本功能可以说是在重建交流中恢复文学的“自身的价值”。在这种“重建”与“恢复”的努力中，新时期文学作品充当了“文革”及“前文革”经验的补偿式的表达。因而无论它带有怎样的“反思”色彩和“探索”的独到之处，也无论这种重建的交流和恢复的价值获得了什么样的历史的剩余，它都不能摆脱那个蕴育它的时代。它与以往数十年的集体经验处于同一个历史范畴。而就其特定的历史内容和美学标准来说，新时期文学的“交流”功能和它的“自身价值”之间并不矛盾，倒是相辅相成的。这种对于西方人来说早已成为陈迹的模式在当代中国却不失其历史真实性。这不过从另一方面证明，在当代中国，文学作为集体经验的表达，起源于集体生活之中。被视为异端的“朦胧诗”或“新诗潮”运动在经验的历史方面和形式的历史方面并没有超出这个范围，倒是在某种极端方式中把那种集体经验的表达完整地呈现出来。北岛的诗歌同一代人的共生关系便是一例。在此，所谓“现代主义”的创作手法（蒙太奇、隐喻等）为集体经验乃至社会画面提供了个性化的聚焦点，而抒情诗作为某种集体经验的“墓志铭”或纪念碑，仍然融合在当代文学的历史渊源之中。杨炼的“现代史诗”则更是这种集体经验的个人表达的登峰造极的形态。新文学这一特殊变体的特殊性在于它寻求超越，一方面，将“文革”及“新时期”的集体经验经由个人的心理机制和价值判断投射为整体中国历史经验的形而上图景——这在杨炼、北岛等人的后期作品中几乎是“赤裸裸”地显露出来；另一方面，力图将诗歌语言转变为一种统一语言或纯粹媒介，从而以形式的超越性保证自我（所谓“大写的我”）的超越性，尽管“朦胧诗”具有某些“现代主义”外观，但在作品——作者——读者的关系形态上，仍包含在新时期中国文学的一般模式中，并由此成为历史经验的高度风格化的主观再现。“青年诗人”们作品的某些特征，尤其是他们被公众接受的方式表明了他们并非自天而降的“现代主义者”，而是生不逢时的浪漫派。

在“朦胧诗”之后，当代中国文学似乎再也没有形成任何可观的潮流。在最近若干年里，我们目睹的是风格整体的瓦解。“人的文学”或“作为艺术的文学”被人当作内涵枯竭的概念弃之一旁，而超越人道主义和历史主义的现代主义努力却始终显得力不从心、处境“尴尬”。传统文学的领地除了报告文学兴旺发达、阵容整齐外，其余一律是小片经营，虽有“丰富”“繁多”之称，却不免五花八门、参差不齐，宛若包产到户后的土地。这一切告诉我们一件事情：在经受了巨大变化之后，集体经验正趋于解体；而与此同时，基于时空及文化差异的个体经验正在填补历史的真空，并本能地把这一切理解为必然。从文学上看，“朦胧诗”像是一座提前出现的分水岭，此后，不但作为“群众”的读者远离了作者，而且作为“个体”出现的作者也不再把“群众”当作他的“意想的读者”了。也许一种明确的意识告诉他，“群众”作为一个读者群已不存在，而作为个体的作者在享受自由的同时不得不习惯于孤独。既然作者最终只对自己的经验负责，他便转而寻求新的形式以便将自身经验在语言中建立起来。语言也只在这时才成为一种提高了内心自觉的意识中的成分。这种经验的历史性转变带来的影响是怎样估计也不过分的。

因而崭露头角的新一代作者他们是“后文革”一代无疑在用自身的成长史接受一种历史的检验，即“新时期”本身所提供的、尚未完全集体化的经验，包括那些“重建”努力的“剩余价值”将孕育出怎样的意识图景。人们禁不住带着一大堆问题阅读那些精心制作的“文本”：在一个集体经验解体的时代如何理解文学的起源？某些形式当真可以“产生出”内容吗？它如何证明自己的正当性或合法性？它还有可交流性吗？如果有，这种可交流性又是怎样建立起来的呢？更重要的是，这种叙事方式传达出什么样的新的经验，它是怎样结构这种经验的，这种结构方式对于当代中国文学又有什么样的意义？这种语言的构造指示出怎样一个历史的主体，它的存在方式（我们从中又可划分出幻想的、语言的和历史的三个层面）

又说明了什么样的意识的历史状态？这种新的作品形态能够成为历史的表象，并“塑造”出新的主体的自我形象吗？

正是这些问题透露出当代中国文学正处于一个转折的关头。这个进行中的转折使我们得以把四十年的文学史作为一个连续统一体同我们目前的意识分离开来，从而使之作为史前史进入到这种意识的视野之中，这正如同“新诗潮”诗人们在价值和审美的重建中把五千年的历史作为“祖先的夕阳”（杨炼《礼魂》）再造为“现在”的意象。这种总体观的出现总是对应着一个经验的断层，暗示了一个新的主体。而新一代作者的情形是：主体变成了个体。随之而来的是经验的表达失去它在集体中固有的可传达性，甚至传统意识上的经验已是很困难的事情。似乎问题整体调转过来：不是经验寻求表达，而是如何在表达中寻求经验，在语言中再造和把握经验。作为在当代中国现实中出现的问题，它带有一切中国特有的历史规定，这正是问题的关键。集体经验的解体，风格整体的破裂与作为个体的自我的再生成，这构成了当代文学面临的现实处境和历史课题。这个处境尽管充满歧路和陷阱，却能使当代作者站在这样一个优越的位置上，在此，时间经验和空间经验不但可以从内部把握，而且就是作为语言内在地生成于自我意识的历史之中。这种可能性即使没有为当代作者所明确认识，也必然被本能地加以利用。这在最近的文学作品，尤其是小说作品中得到确凿的说明。而具体的批评问题，都必然与主体的历史转变息息相关，并成为它的客观阐释。

1990 年 4 月北京阜内武定胡同

上海怀旧*
——王安忆与现代性的寓言

序：停顿中的城市，或现代性与它的梦幻世界

在现在被认为经典之作的张爱玲 1943 年写的小说《封锁》中，上海这座作为半殖民地中国资产阶级现代性缩影的城市，陷入了停顿之中。当读者通过有轨电车进入这个繁忙的、不眠的远东商业中心时，虚幻与现实在介入与体验城市的方式上融为一体。在故事的开头，城市的进程看起来几乎是预定好的、稳固的和理性的，就像有轨电车的铁轨，在阳光下闪耀着，向前无尽延伸。叙述者提醒我们，“如果没有空袭，如果不碰到封锁，电车的行进是永远不会断的。”直到故事结尾，我们可能会觉得，正如这个故事所要说明的，由于都市的内在逻辑，没有什么（甚至包括太平洋战争）能改变大城市的进程或穿透现代都市生活的神秘面纱。由此看来，这场使城

---

* 原刊于《中国学术》第 3 期，发表时名为《现代性的寓言：王安忆与上海怀旧》，黄振萍译。

市暂时陷于停顿的空袭看上去像一次消防演习，这演习由一位目光敏锐的、顽皮的作家所导演，而她的目的不过是在她的文学速写本上添上新的一页。然而，当紧紧封闭的现代大都市的内部生活在一个梦幻般的时刻展现在我们面前，当这个城市随着时间经验的无意识节奏被悬置、变更和凝固起来，一个现代性的寓言诞生了。

当警报声渐渐消逝后，生活的洪流在既定的框架中变得明晰了，都市的广阔空间现在被塞入了一辆有轨电车里，“运动、流动性和无休止”这些城市的特性让位于“凝固和破碎”，城市空间的开放被堡垒般的城市所取代，在经济、社会和等级关系等方面，城市内部的“碎裂”状态由它的居民的自我保护本能而表现得淋漓尽致。故事一开始，城市从无休止的喧噪到怪诞的寂静这一超现实转变，由小说开头的寥寥几段就表现出来了：

> 电车停了，马路上的人却开始奔跑，在街的左面的人们奔到街的右面，在右面的人们奔到左面。商店一律沙啦啦拉上铁门。女太太们发狂一般扯动铁栅栏，叫道：“让我们进来一会儿！我这儿有孩子哪，有年纪大的人。”然而门还是关得紧腾腾的。铁门里的人和铁门外的人眼睁睁对看着，互相惧怕着。
>
> ……街上也渐渐地安静下来，并不是绝对的寂静，但是人声逐渐渺茫，像睡梦里所听到的芦花枕头里的窸窣。这庞大的城市在阳光里盹着了，重重地把头搁在人们的肩上，口涎顺着人们的衣服缓缓流下去，不能想象的巨大重量压住了每一个人，上海似乎从来没有这么静过——大白天里！一个乞丐趁着鸦雀无声的时候，提高了喉咙唱将起来：“阿有老爷太太先生小姐做做好事救救我可怜人哇？阿有老爷太太……”然而不久

他就停了下来，被这不经见的沉寂吓噤住了。①

张爱玲没费多少笔墨就将焦点集中到了一个现处僵化状态的城市的梦幻般的模糊的隐秘处——即电车里的封闭空间。在那里，陌生人面对面地紧挨着，但都决定不理对方，拼命地把注意力从这令人发狂的、没有正常活动的无聊时间中转移出去。

我们应该记住的是，到 1942 年，上海经过了早期的人口膨胀和物质扩张后，无可争议地崛起为中国贸易、金融、生产、消费和娱乐中心，并成为远东最重要的都市。它的生活时尚和步伐紧跟伦敦、巴黎和纽约，它的日常生活与其说与中国其他部分相连，不如说同西方现代都市文明息息相通，也就是说，上海似乎只是偶然在地理上属于这个国家。和上海的世界性魅力以及豪华奢靡相比，东京像是一个省城，而香港还仅仅是一个沉睡的渔村。②

---

① 张爱玲：《封锁》，《张爱玲文集》，安徽文艺出版社 1992 年版，第 1 卷，第 97—98 页。

② 在鸦片战争以前，上海仅是长江三角洲地区不超过 20 万人口的乡镇。1843 年，随着清政府在军事上的失败，签定了一系列不平等条约，英国领事乔治·巴富尔(George Balfour)宣布上海成为“租界”。我们现在通常所指的“上海”比这个上海大得多，那是由租界发展而来的。1853 年以后，就像外国商人一样，中国移民也开始在租界定居。租界在上海的发展过程中扮演了决定性的角色。1855 年，有 20 243 人（包括 243 名外国人）住在租界；到 1900 年有 345 276 人（包括 6 774 名外国人）；1930 年租界的人数达到了 1 450 000，包括 6 万多外国人，大约占上海人口的一半。1942 年上海的外国人达到 15 万。到 40 年代末，上海人口超过了 500 万，成为中国最大的城市、亚洲的最大城市之一。与此同时，租界的面积从 1843 年的 330 亩逐渐扩展到了 48 653 亩（8.67 平方公里），十倍于旧中国的上海。参看徐润：《上海公共租界史稿》，上海人民出版社 1980 年版，第 13、16 页。

在 1937 年抗日战争全面爆发前，中国 81.2%的对外商贸、79.2%的外国银行投资、67.1%的工业投资以及 76.8%的房地产投资集中在上海。在同一时期里，上海贡献了中国（包括香港和满洲）一半的工业出口。上海的职员总数、资本价值，占了中国金融业的 3/4。参看唐振常编《上海史》，上海人民出版社 1989 年版，第 9 页。1933 年，在租界有 3 421 家工厂和 34 000 家店铺。参看张仲礼编《近代上海研究》，上海人民出版社 1992 年版，第 171 页。在 20 世纪头几十年，中国 85%的书籍在上海出版。参看上海历史学会编《上海史研究》，学林出版社 1988 年版，第 131 页。

20世纪三四十年代，中国的现实主义作家（其中最有名的是茅盾）曾试图抓住这个城市庞大综合体的社会整体，从政治经济和阶级逻辑等方面来描写上海，并取得了不同程度的成功。新感觉派作家（如穆时英、刘呐鸥和施蛰存）则全力寻找上海风景所产生的感觉上的光和声，以及精神美感的戏剧或它带来的震惊效果。这两派都以动态的城市来构造情节，甚至都必须由它来引导情节。他们试图提供一幅城市的全景图，表现出这一远东的大都市的最活跃、勤勉的状态。和这些现实主义和新感觉派作家全都是外来的不同，张爱玲这个22岁的少女，出生在上海，并一直生活在上海。她好像决心领悟上海的内心，也就是说，当上海处在不设防的、停业的、心不在焉的、梦幻的状态时，当由于一些偶然的事件（如战争和暂时的封锁）使城市遭困和孤立无援的时候将它一举捕获。结果，张爱玲在电车里找到了普鲁斯特在茶杯里的玛德兰点心中所发现的东西。

这就要在城市打盹时，悄悄溜进它的潜意识里，查看它的睡梦。如果说现实主义者和新感觉派看到的是上海身着光彩夺目的晚礼服的样子，张爱玲则看到了穿着“褴褛工作服”（shabby work garb）的城市，对本雅明来说，后者是一种更能说明问题的存在方式。特别是用文学表现出来后，我们可以看到现代都市是具有讽刺意味的颠倒的运转/停顿（work/off-work）的复合体。正如普鲁斯特，张爱玲相信不正常的状态比正常的状态更能有效地流露出内心活动来。在张爱玲的作品里，总是有序地、系统地出现城市的隔阂、懈怠、空虚和精神障碍的状态。在每天的此时，这城市应该是像充满了蒸汽的发动机般地剧烈颤动着，但现在却是寂静笼罩着这城市，困倦的情绪开始四处弥漫。平常像两条鳗鱼那样不竭地一伸一缩、一伸一缩、无尽向前延伸的电车轨道，现在只剩下闪着的光，好像在告诉人们城市已经瘫痪了，陷入了单调、无聊和僵死的状态中。乘客来自城市的各行各业，有商人、股票经纪人、银行会计师、医科学生、教师、家庭主妇和小店主，他们都毫无疑问地陷入了这一不安的、灾难性的、空虚的困境中，他们都在勉力填充着交流的空白（Erfahrung，经验交流），为的只是逃避难挨的寂静的经历（Erlebnis）和城市的静止状态。他们什么都读，从报纸的残片到发票、名片和街头标志，只求不堕入无聊的黑暗海洋，不跌入陌生的无常深渊——也就是说，这是一个反物质的颠倒的世界。张爱玲用一种久已遗忘的语言，通过探察现代大城市的梦幻世界、它的慢动作形式、它的负片影像，掌握了现代大城市体验的错综复杂。她使时钟停止了，也使所有活动悬置了起来。她通过观察电车中的人群切入城市内部。自从西美尔（Georg Simmel）以来，电车不仅仅是进入工业城市内部的机器，而且实际上是体验现代都市时间—心理（tempo-psychological）结构的时间机器。在这狭小的空间里，在这被迫的静止状态里，支撑这一现代都市的威严外表的心理和社会基础在顷刻间瓦解了，乘客们在白日梦和幻想的世界里陷得更深了，精神变得更加混乱和脆弱。

在《封锁》中，有一个值得记住的细节，穿着时髦的银行会计师吕宗桢在电车中无事可干，只好看裹在报纸里的菠菜包子，那是他刚从银行附近的面条摊子上买的：

> 他轻轻揭开报纸的一角，向里面张了一张。一个个雪白的，喷出淡淡的麻油气味。一部分的报纸粘住了包子，他谨慎地把报纸撕了下来，包子上印了铅字，字都是反的，像镜子里映出来的，然而他有这耐心，低下头去逐个认了出来：“讣告……申请……华股动态……隆重登场候教……”都是得用的

字眼儿。不知道为什么转载到包子上，就带点开玩笑性质。①

可以肯定，这个玩笑开得让都市居民感到真正的玩笑正是他们自己。吕宗桢心情不太好。由于他妻子的不合理的要求，他得忍着饥饿，抱着包子满街跑，一想到自己在他人看来一定显得笨拙和荒谬，就高兴不起来。他那刚要开始的、半心半意的、注定没有好结果的罗曼史一定会像笑话那样结束，而且在他们决定进行下去之前，双方都知道结果会是这样。这个玩笑也是关于这个城市本身的：当一切保持在原位的时候，整个时空秩序却错乱了，现在得用一种不同的阐释手法去弄懂它。

张爱玲在《封锁》中所呈现出来的是一种幻影似的内部景象，这是由日常的都市生活体验的颠倒的秩序所构成的，就像是镜子里的映像一样。用拉康的观念来看，无意识是由他者（other）的语言所构成的，颠倒的形象正是无意识的世界适宜的隐喻。张爱玲把文学视角，实际上是一种批判的、破坏性的洞见引入到现代城市居民空虚、单调的时间体验的表面。她正是这样阐释无意识世界的。对于这种无意识，以及它的力比多（libidinal）乌托邦或它的难以控制的潜能，张爱玲并没有感伤的幻觉。空袭警报一解除，上海便像平常一样回到商业世界中去了。在这段时间里，经过一段虚伪——一种沿着它自身的真实与虚幻的轨迹的虚伪——的罗曼史后，吕宗桢回到了他的原位。女主人公也回到家中，她知道他的电话永远也不会来了。读者一样意识到，仿佛在封锁期间发生的一切根本就没有发生。上海仅仅是打了一下盹，仅仅做了一个不可思议的梦，一个自我消融的幻想。

在太平洋战争期间被孤立、围困的上海，张爱玲令人炫目的首

① 张爱玲：《封锁》，《张爱玲文集》第1卷，安徽文艺出版社1992年版，第98—99页。

次亮相，也标志着她文学生涯的顶峰。虽然她在冷战初期继续撰写了几部小说（其中一些近似赤裸裸的反共宣传），并且随着夏志清《现代中国文学史》（1961 年）的出版，成为被从新中国的公众记忆中抹掉了的文学传奇人物，但是此后，她一直在走下坡路。然而，她明显的文学天才可以在《封锁》这样的作品中找到证据。在这篇小说里，上海的内在韵律，它的空间和关系的复杂性，它的精神上的烦闷，它肉体的机械似的律动，它的道德沦丧，它的实利主义者的执着、冷酷的算计，它的感伤的自恋的神经质似的迸发等等，都被张爱玲毫不费力地用聪敏的技巧表现出来了。张爱玲当时可能没有想象到，她的作品将成为后来每个书写上海的人的典范，人们得从这个典范中寻找灵感和权威。令她更没有想到的是，她在小说《封锁》中所捕获到的停顿的城市很快成为了一种范型，在她的小说里，上海沉浸在梦幻般的、感伤的时刻中，这时刻后来竟变成了一场没完没了的梦魇，这就是被海外一些文学批评家称为“灾难”的革命。直到现在，那些“真正热爱上海的人”还试图从这场梦魇中醒来。一种从中清醒过来的途径就是冒险退回到一个被遗忘了的时代，退回到更深的历史之梦中去，直到过去摇身一变成了未来，梦想成了乌托邦。在上海的文学表现语境中，这意味着试图重新创造这个城市过去的殖民地—资产阶级时代，并把那段记忆变成了通往后革命想象的通道。

在 20 世纪 80 年代，张爱玲进入中国现代伟大作家之列的时候，中国现代文学史正在进行系统化的“重写”。这一场现代中国文学研究的修正运动，它本身就是重新思考中国现代性的历史体验这一更大工程的产物之一，这一现代性过去是以新文化运动、革命和社会主义这样的分期和范式来界定的。它试图从僵化的官僚主义话语中脱离出来，挑战现代中国历史叙述的直线的、目的论的观念，拒绝把它的社会文化体验教条主义地简化为主流意识形态的正统解释，于是，新的话语体系和叙述方式出现了，带来了一种更为复杂的理解过去的方式和一种多元的文化创作空间。现代化的民族优先性，解放的社会具体意涵，对仍未确定的未来的乌托邦式的拥抱，被来自西方的形式的、风格的、技巧的、话语的、理论的创新所激励并且加以吸收，所有这些联合起来产生了一种新的现代主义文化语言，而这又反过来给融入普遍历史的集体渴望带来表述的明晰性和复杂性。①

当后毛泽东时代的社会和文化生活努力与革命传统和社会主义日常经验达成妥协，它同时在寻求把这种经验根植入一个更大的世界历史的制度化的政治文化谱系之中。这时，一个突出的含糊出现了。现代派最好的著作都有意无意地通过现代主义的国际语言和词汇把革命或社会主义经验理性化。这样就把新的媒介更为坚定地放入文化的、符号的和意识形态的产品的全球秩序之中，也就是放入市场的引力场之中。诚然，中国这种理性化的内部趋向自从 80 年代晚期以来就深深地扎下了根，并通过市场化和商品化方面的努力，通过把中国经济平稳地融入全球体系，产生出了社会政治上的特殊变化。正是这一渐长的理性化进程讽刺性地界定了所谓的中国后现代性。一方面通过世俗化（secularization）和社会自由程度的加深，另一方面通过对正常状态和秩序的重新追寻，1989 年之后的社会和文化范型的特性确定了下来。

通过欢庆“现在”，通过把现在与基于市场理念——当然，在中国特殊的“社会主义市场经济”语境中，“市场”还保留着一定的不确定性和开放性——的普遍的历史相联系，中国所谓的后现代主义的反乌托邦热情有时也创造了它自己的乌托邦。90 年代最为显著的潮流之一就是文化怀旧，它可以视为这种意识形态剧变的一个

---

① 对于后毛泽东时代中国现代主义运动的批判分析，参看 Zhang, Xudong. *Chinese Modernism in the Era of Reform*. Durham, NC: Duke University Press, 1997。

感伤的注脚。①上海在大众文化市场和文学及学院式讨论中的重新出现，可以看做是这种趋向的组成部分，这一趋向寻求以移情设计（empathic projection）来替代中国现代化的不完全的、不确定的、开放性的规划。这种移情设计是把现在投射到历史年代的更大的组合中去。不管有多少可以说与后革命时代大众（无可否认，这一群体有自己的政治时机，例如几年前由像《中国可以说不》这样的书所引发的消费大众的民族主义的声音）出现后的市场经济的民主实践有关系，②在社会想象、政治话语和文化生产中，乌托邦维度的消失导致了现代中国历史经验的非历史性的重组。③这是张爱玲在知识话语中重新出场的意识形态语境。尽管她作为中国半殖民地资产阶级现代性的作家具有颠覆性和讽刺意味，她还是被这种语境唤起

① 对于90年代中国乌托邦这一文化热潮的精辟讨论，参看戴锦华：《想象的乡愁》(Imagined Nostalgia)，英译为朱迪·陈（Judy T. H. Chen），Dirlik, Arif and Zhang, Xudong ed., "Postmodernism and China", *Boundary 2*, Vol. 24, No. 3 [Fall 1997], pp. 144—161.

② 关于消费民族主义以及它与90年代中国社会、文化和政治的关系，参看 Zhang, Xudong, "Nationalism, Mass Culture, and Intellectual Strategies in Post-Tiananmen China". *Social Text*. No. 55 [summer 1998], pp. 109—140.

③ 按惯常的观点，乌托邦是与历史无关的，因此它的消失只是让历史恢复到它的适当位置，我指的是保罗·利科阐释曼海姆的经典著作《意识形态和乌托邦》（Mannheim, Karl. *Ideology and Utopia*, New York: Harcout Brace & Company, 1985）. 利科强调曼海姆的观点"当乌托邦消失的时候，历史就停止了它走向最终结局的历程"（《意识形态与乌托邦》，第253页）。此外，利科通过阐明乌托邦是先验的，发展了在曼海姆基本文本中的论争，即它趋向粉碎一个既定秩序（只有在它开始粉碎秩序时是乌托邦的），并且它一直是在被认识的过程中。最后，利科把乌托邦思想置于人类历史的具体社会和阶级结构中。他注意到："意识形态涉及的主要是统治集团；他们抚慰统治集团的集体自我。与其相反，乌托邦很自然地被上升集团所支持，因此在社会底层更为常见。……意识形态更为直接的指涉是过去，于是它总不免流于落伍，而乌托邦则有未来的成分。"（Ricoeur, Paul. *Lectures on Ideology and Utopia*, New York: Columbia University Press, 1986, pp. 272—273）由此，利科实际上把乌托邦或乌托邦似的想法与书写历史的基本政治力量联系了起来，这些力量是：阶级压迫与阶级斗争，不满，反抗，以及冒险超越现实秩序的理想主义希望。

作为这个城市的守卫天使。在她的注视下，这个城市的物理深度（physical depth）和文化密度（culture density）屹立为不受改变干扰的历史时间的纪念碑。而我在本文中无非要表明，这位寓言家的寓言作品（以及她在当代中国——一个不同的时空——的回音）也是一个批判和揭示社会、政治、心理和符号等方面力量的焦点。我们不仅能看到如本雅明在论文《巴黎——19世纪的首都》的最后一页上所写，“资产阶级文明的丰碑，在它还没有树立起来之前就已经倒塌了”,[①]我们还可以看到，随着时间的推移，这个纪念碑在世界其他地方被象征性地模仿、重建的艰难过程。通过消费大众和市场经济的崛起，资产阶级终于找到了它的政治上的转世和来生。

一、 混乱的城市：阶级和历史的连续性

在张爱玲的小说中，中产阶级意识的纷乱和毁灭是在停顿中的城市这一意象中捕获到的。在王安忆1993年写的短篇小说《“文革”轶事》中，我们可以发现这一逻辑用一种不同的秩序重新被概括和展现了——这就是阶级代码的瓦解，而这种瓦解恰恰证明了阶级作为社会历史主体的存在。这使得在“文革”中陷入革命狂热的海洋中的上海成为生动的历史存在。把张爱玲和王安忆联系起来的，不是怀旧感，也不是有关这个城市迷人的颓废的文学文献，而是一种具有穿透力的观察。这种观察既把城市在时间的洪流中碾成废墟，又使得这片废墟成为停滞、凝固了的历史时间的客观代言人。在《“文革”轶事》里，上海再次被迫进入了一种打盹的状态。

① 本雅明：《发达资本主义时代的抒情诗人》，张旭东、魏文生译，生活·读书·新知三联书店1989年版，第176页。

它瘫痪了，失去了往昔的光彩。这一局面的产生不是由于战争，而是由于1966年的政治风暴。这是“东方的巴黎”被陈毅元帅指挥下的人民解放军攻克17年后的事。陈毅后来成为“人民的上海”的首任市长。但是王安忆小说中的少数怀旧的漫游者发现这个城市拒绝向时间、衰老或运势屈服。这使他们惊喜交集，满心狐疑，随即又悲从中来。上海经常在最出人意料的时刻，在整个故事中出现和再现：它令人吃惊地抓住了读者和故事主人公，发出令人安慰却又悲伤的信号：上海市民阶级的存在取决于它的生活方式能否承受住它的主要从农民中成长起来的统治者以及他们带给这个城市的制度。

在新事物中意识到旧的东西，或者确切地说，把握住不同的历史时间，使其混杂而且共置于上海日常生活的结构中的方式，在这方面王安忆是独一无二的。《“文革”轶事》开篇用一种巴尔扎克式的方式介绍它的男主人公赵志国和他的未婚妻张思叶——一个前资本家的女儿：

> 赵志国是那种小弄堂里的精英，尤其在七十年代灰溜溜的上海街道上，他带有一种平地而起的味道。他好像突然出现似的，以他一米八十三的身高，骑一辆三飞的自行车，疾驰而过。他的发型是那种经过革命而显得含蓄的“飞机头”，隐约透露出上一个时代的摩登气息。他的脸形有点像美国好莱坞明星马龙·白兰度，也是含蓄化了的。当他走在工宣队的行列里，进驻到上海一所师范学院时，张思叶对工人阶级的面貌增添了新的看法。其实，在那个年代，上海这城市，“青工”这字眼往往意味着一种现代的现象。他们年纪轻轻的，就有了薪水；他们头一年买自行车，第二年买手表；他们的衣着，是这城市里最时新的；他们的口头禅也在这城市里蔓延流行。这和我们从马列教科书上读到的无产阶级形象相去甚远。但是从另

一些方面来说，“青工”又是个俗气的字眼，它是考不上大学，没有受教育的代名词。这两种看法，很像是资产阶级民主革命时期，不同阶级对新生市民的不同观念。张思叶是属于后一种观念的阶级的，她以前做梦也不会想到，会去和一个青工有什么瓜葛，这也是时代做成的一桩好事。①

这里面值得注意的是城市透过阶级面纱而呈现出来的方式，而新社会则致力于消除阶级的存在。探测为日常生活常规所掩盖的阶级结构和阶级特权，在王安忆的文学感受中最为突出。正是这些东西使得上海在社会主义中国的再现成为可能，尽管这种再现只有在毛泽东时代之后的文学机制中才具有明晰性。阶级，精确地讲，它的压制（隐瞒）、曲解、记忆和恢复，成为看不见的城市用来揭示自己的内部风景。阶级阵线的交叉，不同阶级成员位置的交换，都被表现为一种混沌状态。这种混沌使一种想象的秩序，一种世俗的乌托邦变得栩栩如生。王安忆用一种现象学的转换把“青年工人”变成消费者，并以此开始她的故事。其效果并不在于她对中国工人阶级正统形象的直率的颠覆，而在于她对消费文化及其文化、心理和意识形态的辩护的鞭辟入里的描写中。通过这种描写，她的人物被展现在赤裸的、冷酷的社会关系之中。

当阶级被作为王安忆的上海讽刺系列的切入点，阶级分析就成为一种文学视角。这种视角揭开了由记忆和怀旧产生的这个城市多情的外表。像张爱玲小说中的电车及其空间内的“非理性”的时间一样，在王安忆这里，阶级意识即上海小资产阶级的自我意识把这个城市从里向外翻转过来，由此它把上海重新建立在一种不属于社

① 王安忆：《“文革”轶事》，《香港的情和爱——王安忆自选集之三》，作家出版社1996年版，第425—426页。

会主义民族国家体制的物质、文化和时间心理秩序之中。在这些无家可归的小资产阶级怀旧病患者眼中，这种秩序比革命和社会主义现代性要古老、经久、普遍，它也更具有世界范围内的意识形态上的合法性。与它相比，革命只是一种暂时的无序状态。在张爱玲的作品中，停顿中的城市摧毁了运转中的现代大都市的中产阶级的常态和“理性”；在王安忆的作品中，混沌中的城市以一种悲伤的意识和一种喜剧性的嘲弄和讽刺向往着、追忆着它的资产阶级半殖民地过去的古老形象。

到20世纪60年代，上海完全转变成为中国社会主义庞大的生产中心，它有着最大的、受过良好训练的、组织最佳的和最有政治觉悟的工人阶级。在“文化大革命”中，上海很快也变成了一个政治中心：上海在筹备一个由激进知识分子和工人组织头头联合组成的班子，这班子后来曾占据了中国共产党的权力中心，动员了成千上万的工人和学生进行不断革命。在打倒市政府和党委后，他们在1966年成立了上海公社。①但是，王安忆并不在意上海作为共产主

① 和一般地把“文革”描述为“十年动乱”相反，上海保持了很高的生产能力，持续的增长率和工业革新，良好的教育体系，以及活跃的以群众为导向的文化活动。实际上，是社会主义工业化的成功，而不是它的失败，摧毁了旧上海和它的颓废、雅致和光彩。

资本主义经济彻底地社会主义国有化改造是在50年代完成的，这也可从下列事实看出：到1978年，91.2%的工业出口来自国有部分，其余9%由集体企业贡献，实际上没有给私有部分留下任何位置。值得注意的是，在毛泽东时代54%的经济增长是由技术革新带来的，而这在新时期仅仅只有19.3%。但是，最能说明上海经济体制的转变的是重工业和制造业比例的提升。从1952年占上海总产值的大约52.4%，到1978年，升高到令人吃惊的77.4%。与此相应的，服务业在1952年占上海总产值的41.7%，到1978年下降为仅仅18.6%。这些数据清楚地表明，在毛泽东时代，上海从金融—服务中心转变成为红色中国的生产车间。这一快速增长，结合着基础结构和以前外国租界优雅建筑的逐渐衰败，使上海的整个80年代，在许多怀旧者看来显得“土气”“庸俗”和“没文化”。参看高汝熹、郁义鸿：《上海经济：停滞与起飞，1953—1993》，收入汪晖、余国良编：《上海：城市、社会和文化》，香港中文大学出版社1998年版，第73—87页。

义中国的生产车间在统计学上的真实，而是关心这个城市如何将自己保持在深深的、不可改变的消费主义（consumerism）和怀旧之中。这是一个消费者的生活世界，正是这种消费主义和怀旧，使上海变成一座市民阶级及其日常生活形式对抗国家的城市，一种抵抗“自然”（即中国农村）的文化，一种抵抗前现代无时间性（premodern timelessness）的历史。正是这种对肤浅和无意义的爱好，使得王安忆能够深入考察上海隐秘的、超自然的、与众不同的短暂的、怀旧的乌托邦似的内心。

在20世纪80年代，第五代电影导演在试图捕获中国社会的“自然现实”的过程中，把目光转向中国乡村贫瘠的黄土地寻找灵感。对他们来说，由于那时中国缺乏发达的都市和市场经济，乡村比城市更能提供一种发达都市和市场经济所缺乏的审美的现代主义乌托邦的环境。然而，到了90年代，文化和思想的焦点明确地转移到了城市。和早期张艺谋或田壮壮的摄影本体论的内在紧张比较起来，王安忆书写上海的方式明显是普鲁斯特式的。我们在他们的电影里看到光秃秃的群山绵延地在天空下伸展的地方，在王安忆的小说中取而代之的是机巧的对话和无情的流言蜚语填充了城市的大街小巷，还有精致的着装和就餐方式，社交场合所必需的烦难的形式与礼仪，对于那些悠闲的、固定的参加者，这可说是最为重要的事情了。取代80年代文化热中人为制造的哲学苦行，王安忆通过文学和社会学的具体性，通过构成她小说中角色的物质和精神生活的“细节”，传达了一种历史感觉。她努力解决中产阶级上海那训练有素的、仪式化了的、光滑的、错综复杂的外表，而不失去深入这种生活形式的深层（和它琐碎的表面）的穿透力直觉。这使得她的作品在90年代的中国文学领域显得特别的与众不同，90年代的文学是由当下的现实的闪光假象所笼罩着的，其中包括“怀旧”的文化思潮。但是对王安忆来说，如果不了解上海的阶级代码（class codes），不了解上海对尘世生活的满足的琐碎细节具有的隐藏不住的感情，是不可能了解上海的：城市的“深度”表现在它的中产阶级特性里，在它与自己的接连不断的罗曼史里，在于对逝去的但却要被重建的生活形式的忠诚。所有这些可以解释为什么上海对社会主义国家政治经济现实的明显的冷淡与漫不经心。这种现象在北京就没有表现得那么充分。上海与北京保持着一种谨慎的疏远。社会主义城市空间的现实更多地是直接由那些欠发达的、普通的、庸俗的和没有鲜明特点的省会城市所表现。这些省会城市是在毛泽东时代建造起来的。“做外地人是最大的不幸”，一个王安忆小说中的少年这么想。①

把上海作为城市阅读，就是阅读它的残留的但实际存在的中产阶级文化/日常领域和中国社会主义的抽象概念和话语之间的勉勉强强、摩擦不断的婚姻关系。《“文革”轶事》开始的介绍段落，马上就展开为更巴尔扎克式的、对来自不同阶级背景的两个人的婚姻的阶级背景分析、经济评定、甚至财务计算：赵志国的工人阶级背景给张思叶提供了保护，使她这个即将中专毕业的学生留上海更容易些。尽管张思叶的资产阶级家庭没有政治上的屏障，但它的旧有资产就像位于上海“上只角”的房产一样是真实存在的。②就像所有认为“六十年风水轮流转”的精明的上海人，叙述者给张家这样的富裕家庭投了信任票。唯一“遗憾”的事情是张小姐长得像“普

---

① 王安忆：《长恨歌》，作家出版社 1996 年版，第 276 页。

② “上只角”指的是上海西部前法国租界的那些时髦的、高贵的邻居。“下只角”指的是在城市广阔的北部、东部和南部。1949 年前，这两处房屋和公寓的租金可以相差四倍到十多倍。参看罗小未、伍江编：《上海弄堂》，上海人民美术出版社 1997 年版，第 6 页。

通人家的女儿"，而相反的是，赵志国"像是个资本家的漂亮大少爷"。但是，他们马上提醒自己这个事实：赵志国的父亲是一个领月薪的职员，一个无足轻重的人。而张家是老上海资产阶级的一员，他们靠在国有化企业中获得的定息生活得很舒服。这收入来源是由共产主义政府的"新民主主义"政策所保护的。①然而，叙述者马上告诉我们，这种看似天衣无缝的经济合理性基础纯粹是混乱的，这婚姻之所以看起来很合乎逻辑，仅仅是因为时代本身完全就是混乱的：

> 张思叶能和赵志国做成一桩好事，全是钻了这时代的空子。这时代是一个什么都不讲究，什么都不计较的时代。这城市也是一个什么都不讲究，什么都不计较的城市。资产阶级和无产阶级革命相继破除了许多清规戒律，为张思叶和赵志国铺平了道路。因此，此时此地，他俩的事情并没有引起什么轰动，要说有那么一点，也不过是为这乱哄哄的世道再添上一宗乱罢了。②

值得注意的是，王安忆的写作经常是从底层入手的，也就是说，使自己的叙述视角和普通上海居民差不多没有区别。结果，无情的反讽感觉揭露出了异化生活的深度。尽管赵志国在"领会生活

① 新民主主义既是一种关于中国革命阶段的理论，也是中国共产党在 20 世纪 40 年代晚期和 50 年代早期所奉行的实际政策。新民主主义认为在革命的过程中，需采取不同的步骤，在落后国家完全实现社会主义之前，需要和"国家资本主义"联合建立一个过渡的民主社会。它的理论表述是毛泽东著名的《新民主主义论》。它在经济领域内的实践包括"赎买"政策，国家购买私有企业主的所有权，保证前所有者在未来的利息收益。还有"公私合营"政策，即在社会主义国家逐步国有化过程中，私有企业主继续保持商业合伙人的身份。

② 王安忆：《"文革"轶事》，《香港的情和爱——王安忆自选集之三》，作家出版社 1996 年版，第 426 页。

的精华方面无人能比”，并且“能一针见血地将它发掘出来”，当他第一次面对张家的女人们时，他却感到拘谨。当他确切地意识到“他自己好像面对整个敌对的阶级阵营似的，这真是一场阶级斗争啊！”的时候，① 一种调侃的笑容浮现出来。可以肯定的是，在他的斗争中，他并不孤单。张思叶的大嫂胡迪菁马上认出了赵志国俊秀面貌下的“下等人”本色，之所以这样，部分是因为她自己的中产阶级背景，某种程度上也有她自己在张家的地位并不稳定的原因。正是这想法使他们形成了一种联合，并且这两者之间马上就足以成为“不道德的纠葛”。然而，尽管胡迪菁觉得他有吸引力，但这并没有阻止她最后给赵志国决定性的一击，把他从张家赶了出去，因为赵志国是她丈夫遗产继承权的潜在威胁。赵志国最后成了一个局外人，他不属于上海的工人阶级，这是他自己使自己与之保持距离的；他也不属于上海的中产阶级，因为这个阶级从来没有接纳过他。故事的结尾，赵志国日夜在城市漫游，最后他意识到，在这个他原打算留下的城市没有他和他妻子张思叶的容身之所。他们终于离开了这城市，到了数百公里以外的一个小城去工作。

正是在这种叙述框架中，上海作为怀旧的对象出现了，它同时也是一种忧郁的失落的源泉，一座冷峻的、孤傲的、打上阶级符号的城堡。它既是一个阴谋的网络，却又固执地认为自己天真无辜。它的回忆的语法特征是这样一种过去完成时的假设句式：要是没有革命的话，上海本可以是这样的或那样的。由于革命和“文革”，上海以前的主人生存的社会土壤完全被铲除了，他们就像是受了伤的动物，退缩到这些巨大的、黑暗的房间的几乎无法辨识的深处，

---

① 王安忆：《“文革”轶事》，《香港的情和爱——王安忆自选集之三》，作家出版社1996年版，第429页。

耐心地等待着他们的下一次出击。和赵志国与张思叶这种没有爱情的婚姻比较起来，赵志国和胡迪菁之间谨慎的私通占据了这出戏的中心。他们都在旧上海的最后年代度过了青春时光，都很熟知好莱坞电影，在厨房的家庭派对上，当他们把手放到对方身上的时候，他们都没有忘记舞步的走法。这种上海人互相吸引和背叛的关系使这城市看起来像是“上演外国戏剧的巨大舞台”：

> 这是一个什么事情都到了最后的年代。上海的街道上，当当行驶着最后几班电车，马路上的铁轨有一种告别往事的神情。有许多孩子在准备着离开这个城市，去往边地和农村。他们写着血书，打了红旗去到革命委员会请愿。“革命委员会”带有临时政府的面目。人们有时走在街上，会忽然停住，不知从何处传来一阵气息，往昔的风扑面而来，又倏忽而去，人们又惊又喜，惆怅满心。因此，这还是一个送别往事的年代，人们心里都在割裂着什么。……这是欧式房屋上爬山虎长得格外茂密的年代，它们遮掩了一面墙郁郁葱葱，热热闹闹。……①

一个时代结束，另一个时代开始。对张思叶和她天真的妹妹来说，她们生活在其中的、这个夺去了她们一切的时代，是一场永远不可能从中苏醒的噩梦。而对赵志国，正是这一时刻使他可以像个超现实主义诗人一样在城市废墟上来回游弋。然而，和超现实主义者们不同的是，赵志国像一个迟到者那样表达他的敬意，对这个城市的经久不衰的魅力产生敬畏并被征服，而不是用一种新的反抗的

---

① 王安忆：《“文革”轶事》，《香港的情和爱——王安忆自选集之三》，作家出版社1996年版，第442—443页。

艺术形式扬言要把中产阶级的价值炸成碎片。在他的忧郁中，外景和内景结合到一起来了：

> 这房子布满遗迹，就好像一座繁荣时期留下的废墟。壁炉架上欧洲风景的瓷砖画，浴缸上生了锈的热水龙头，积起灰垢的热水汀，裸着的电话机插孔。这些遗迹流淌出典雅的气息，这气息对赵志国既是打击也是安慰。这些遗迹就好像是一个破落贵族的光荣的徽号，它们叫赵志国又悲又喜。赵志国走进张家这房子可说是他首次体验这城市的繁荣景象，却已是这景象的凋零之秋。他无法排遣他的虚浮之感，似乎不在现实之中。①

张爱玲小说中的电车效果又一次找到了它的变体。如果没有和真实年代的距离感，王安忆笔下的许多上海人物的真实性存在是不可思议的。像波德莱尔笔下的巴黎，这里的上海是现代的，同时又是“秘密的”城市，它期待考古学家和后革命时代来的寓言诗人对它进行远距离的凝视。

正如王安忆最近很多关于上海的小说，在《“文革”轶事》中，有一种超出阶级和社会盛衰变迁的城市生活的神秘特性：世俗日常生活的精致与繁杂瓦解和抵消了历史的震荡和它的“宏大叙事”，它充满于时间之中的是毫不忸怩的肉体放纵以及被称之为生活的艺术的东西。在王安忆的小说里，上海既擅长隐藏自己的秘密，又擅长以最琐碎敏感的方式和近乎宗教性的严肃来揭示这些

① 王安忆：《“文革”轶事》，《香港的情和爱——王安忆自选集之三》，作家出版社1996年版，第437页。

秘密：

> 这里的每一件事情都是那样富于情调，富于人生的涵义：一盘切成细丝的萝卜丝，再放上一撮葱的细末，浇上一勺热油，便有轻而热烈的声响啦啦地升起。即便是一块最粗俗的红腐乳，都要撒上白糖，滴上麻油。油条是剪碎在细瓷碗里，有调稀的花生酱作佐料。它把人生的日常需求雕琢到精妙的极处，使它变成一个艺术。……上海的生活就是这样将人生、艺术、修养全都日常化，具体化，它笼罩了你，使你走不出去。①

而在上海，日常生活领域是躲避历史和它的激进化形态的最后避难所，它也是一块练习意识形态移情的训练地。这种移情总是关涉到对时间、历史和社会变革的政治信念。当今的主流观念已经无需哲学的遮羞布，而在冷战后的新自由主义经济学和福山的“历史的终结”论中找到了更通俗易懂的表述。②赵志国的悲哀既有对自己的危险处境的悲哀，对他在由阶级决定的社会空间中无处逃遁的反映，又代表着对全球消费时代的一次早产的、没有回音的呼唤。也就是说，我们目前这个时代的无可争辩的事实在他那里还只能以晦涩而含糊的美学方式来想象和体验。他几次都突然哭起来，被自己对这个城市没有预料到的发现而感动。他发现它在漫长地走向毁灭，但仍然生存着，就像他自己一样。一天晚上：

---

① 王安忆：《“文革”轶事》，《香港的情和爱——王安忆自选集之三》，作家出版社1996年版，第467页。

② Fukuyama, Francis. *The End of History and the Last Man*. New York: The Free Press, 1993.

> 他就像梦游者一样走上晒台，他穿过薄肖的夜幕，看见远处俄式建筑顶上的红星，他忽然间热泪盈眶。他想起那里原是哈同花园的旧址，“哈同”这名字带有上海这城市起源的味道，还带有上海传奇的味道。他想这城市衰败的了这样，却还那么情义绵绵，空气令人销魂。他这会儿看见了这城市上方浮动着微明的市光，这是这不夜之城最后的微弱的余光，是光的余烬飘散在空中。①

可以肯定，这怀旧的目光所寻找的不是这座城市残存的虚幻的光荣，而是那实在的、有形的证据，表明资产阶级/中产阶级生活世界一度确实存在过。赵志国对那个世界的无可否认地存在以及同样无可否认地陨落的反应显得有些太过感伤了。他只有在这种怀旧的乌托邦里感到自在，虽然他的这种真实的无家可归感背叛了他所属阶级的社会—意识形态的真实。如果有人试图寻找赵志国和老上海之间的模糊的社会学意义的关联（或者，扩大些范围，在老上海和它的当下时刻之间），他可以在消费主义中找到。作为一种社会意识形态，消费主义是以一种文化形式呈现出来的。在其中，个人消费者达到一定程度的自由，但这自由不是由经济现实决定的。在消费观念形态里，一个人不是被他所属阶级所限定，而是由个人消费方式以及消费仪式被遵循和执行（或者像时髦的说法，被重新发明和重新建构）的方式决定的。换句话说，在消费主义的观念形态和它的“审美的”氛围里，后革命时代群体中的成员不再是强制性社会劳动组织中的微不足道的一员，而是自我设计、自我生产和再

① 王安忆：《“文革”轶事》，见《香港的情和爱——王安忆自选集之三》，作家出版社1996年版，第468页。

生产、具有特殊“身份认同”和“自我形象”的主体。这种自由和消费的观念在上海市民不关心政治的、与世无争的政治内容同消费主义文化定义之外的国家政治和任何集体观念之间划清了界限。这种文化的内部一致性，使上海在物质形体和情感强度方面，提升为一座超越历史的城市，一座超自然的纪念碑，过去与未来汇聚在后革命的形态之中。

1990 年，在哈同花园的旧址，一座更奢华的酒店建起来了：48 层、五星级的上海波特曼酒店，由约瑟夫·波特曼设计，他是著名的约翰·波特曼的儿子。它的高度是国际饭店（在西方被称作派克饭店［Park Hotel］）的两倍，国际饭店位于外滩，是老上海的象征。①新酒店勾画出了上海作为亚太地区未来的金融中心的图景。一位年轻人为写一本有关上海都市文化变迁的研究专著，在一个个豪华的饭店间漫步。他惊异于它们的属于另一个世界的豪华，这豪华很快就成了 90 年代上海的都市传奇。作者想象从花园饭店 42 层的总统套房的窗户望出去，这城市会是什么样：

> 这情景只有在西方的、有关上流社会生活的电影中我们才可能目睹。一切都是进口的，从 500 平方米的浴室到造型精巧的水晶吊灯。1 500 美金一晚，你能想象吗？无法想象。唯一有把握的是，从总统套房朝外瞥去，映入眼帘的是一个广大的、灰扑扑的上海，它活似某水泥厂的作业区。二氧化碳大规

---

① 国际饭店建于 1934 年，在其后的 50 年里它都是作为上海最高的建筑矗立着（83.8 米）。80 年代，它成了一种城市停滞的象征。然而，这一象征马上消失在最近的上海建设工地里。到 1995 年，上海有着世界上最大的吊车群（占总量的 30%），在建造快速增长的饭店和写字楼，以上材料引自建筑史家安东尼·金（Anthony King）一篇尚未发表的论文。

模地毁坏着上海的能见度。而单调、粗糙、毫无想象力的工房群落则超大规模摧毁着上海的空间感。①

这个从 90 年代上海全球化（后）现代性的现实化空间获得的景色，以粗鄙的对称和互补性，揭示了赵志国这个 60 年代末期的上海工人阶级年轻人曾经以执拗和忧郁的目光所凝视的那个社会物质环境。赵志国的幻想被疑惑所取代。上面提到的这位学者发现他自己“无法确定饭店与这座城市的关系”。②从赵志国先前的视点看起来模糊的城市图景，现在变得更为模糊了，不是因为怀旧，而是因为上海以一种复仇的热情拆解和重建它自身而引起的污染和过度建设。回想起来，当赵志国透过朦胧泪眼发现了前哈同花园原址上的中苏友好大厦上的红星的时候，这一屋顶上的伤怀时分也许是老上海仍然依稀可见的最后时刻。随着波澜起伏、紧张跌宕的历史让位给了平淡单调的后现代感觉，随着过去消失在未来之中，当全球的资本主义和后革命时代的消费大众出现在地平线的时候，上海终于失去了它的特性。在这种意义上，王安忆的有关上海的书写可以看作是一种拯救努力，它试图把这城市从被消解为“空虚的、内部同质的时间”（瓦尔特·本雅明语）中拯救出来，如果在本雅明的时代，历史进步的空洞性还与“现代性”的技术文明遥相呼应，那么在我们的时代，时间的内容只能以股票市场虚拟的数学增长来衡量了。

①② 王唯铭：《欲望的城市》，文汇出版社 1996 年版，第 64 页。为了能够理解这一由国际投资建造的豪华饭店所带来的震撼，我们只需要记住，到 1990 年，上海一个大学毕业生按当时的汇率年薪大约是 250 美元，上海是中国最拥挤的城市，它的人均住房面积不超过 4 平方米。

二、上海弄堂，或作为自然史的城市

"弄堂"，用上海当地话叫做"里弄"。"弄"的意思是巷子，"堂"指的是重要建筑或房子的前屋，"弄堂"既意味着一条连接房屋的巷子，也指通过很多巷子连接起来的房屋群。根据解释，"弄堂"可能没有"里弄"的意思那么清楚，"里弄"中的"里"意思是邻居，住在一条弄堂里的人确实就像邻居那样。

——摘自《上海弄堂》

世界上许多主要的大都市，如伦敦、巴黎、北京和东京，都在尽力明确它们的中世纪或古代的起源，而上海的身份则是完全现代的。它的记忆不会早于它变为贸易口岸的时候，它本身是19世纪世界资本主义疯狂扩张的产物，这一扩张以殖民帝国的形式达到顶峰。另一激进的现代城市纽约，像大多数美国城市一样，是以荒野和西部边疆为背景在新世界的语境中历史性地定义的，并通过这种自我定义，参与到新国家的建设中。与纽约相比，上海总是在一种复杂然而衰落着的文明背景下界定自己，战争、饥荒、恶棍横行、革命和社会分裂贯穿了19世纪晚期和20世纪早期的中国。而上海始终把自己设定为这个中国内部的"他者"。但从另一方面看，上海的自我意识只是它在国家和国际经济中的客观位置的反映，如果它没有以这个国家其他部分的黑暗、落后和混乱来反衬自己，它要获得目前的空间布局以及它作为金融中心和生产基地的能力是不可思议的。和另一个本文中重要的参照城市彼得堡不同，上海不像彼得堡那样是由于俄国君主试图赶上西方，在不能住人的沼泽地建立起来的。上海的建立是由外国商人在永久出租并有超越中国当局的管辖权的土地上建立起来的，后来由被农民起义、国内战争和自然灾害驱赶而进入拥有“武装中立”的安全避难所的中国移民所充实，当他们看到这个城市的物质诱惑和机会的时候，他们不用为面对“做中国人还是做野蛮人”的道德文化两难而烦恼。上海不是根据一个全盘计划，而是常常是以自发的和无政府的方式发展起来的。最后，上海也不像东京，它从来没有以帝国权力去实行一项国家现代化计划。更确切地说，它多多少少是被天朝政府丢给外国鬼子的，为的是满足他们的贪婪和权势，把他们隔离在中国世界之外。但当中国其他地方陷入无尽的混乱的时候，上海却兴隆了起来。它的秩序是由自我管理、自我控制的市政机构所建立和强化的，市政机构由富裕的、占支配地位的外国纳税者组成。他们利用半殖民地权力真空，毫不费力地就建立了国中之国。当外国人享受如司法权、安全和言论自由等特权的时候，中国居民不仅在外国租界而且在一般的中国人的社区也是二等居民，“十里洋场”总是被道德绅士和乡下人看作是下流、腐朽的场所。作为中国最现代的城市，上海从这个国家其他地区赢得更多的是嫉妒而不是敬意。甚至直到现在，上海的居民还被他们的外省同胞认为狡猾、精于算计、小气和势利，上海人的集体群像也许是精明的机会主义者和肤浅的时髦追逐者。

成见（stereotypes）也许可以帮助我们解释为什么上海渴望被看作一种自然力量，尽管它有彻头彻尾的人工气和杂交性质，它也可以帮助我们理解为什么上海人痴迷于在“崇高”的审美王国占据一席之地，建立自我形象，而不顾他们那自以为是的个人主义、傲慢的利己主义以及世俗琐事的品位。尽管上海的建立被中国和世界的历史性事件所决定——它是伴随不平等条约诞生的，它的人口膨胀是农民起义和中国南部内战的结果，它的经济发展机会是在一次世界大战和1929年经济危机期间，这座城市却坚持将自己呈现为一种永远的现在时，把自己视为不间断地在追逐一个梦，不停地发明新的生活形式，好似这一切只是人性欲望的实现过程，是反自然的自然状态。在抵抗中国其他地区的混乱、野性和无遮掩的自然的时候，上海这文明的孤岛，呈现出神秘的力量、深度和丰富的“自然”资源。当上海前台的男女英雄们，比如金融投机家、资本家、心不在焉的漫游者、娼妓、强盗和歹徒、商人、电影明星等等，把他们的生命全部投入到都市丛林的战争中，中等阶层的上海人不仅继续充当静静的背景，而且也是这城市自然史景象的观众。

对这城市日常活力和建筑奇迹的观众来说，现代大城市就像雄伟的自然现象那样展现开来：无限的、无敌的、热情的、拥有想象不到的能量。如“崇高”的古典美学定义所说，这是“令人感动的伟大、带些恐怖色彩的美”。这一切都唤起一种狂喜、恐惧、崇敬和爱的感觉。于是，它为它那些微小而脆弱、无根、自由漂移且又卑微的居民提供正常的精神发泄。如果这不是宗教本身的话，这却是赵志国崇拜的对象。这作为崇敬对象的（资产阶级）城市的消逝是赵志国忧郁症的社会和心理原因。上海作为崇敬对象的失落威胁到资产阶级文明自封的普遍性；而正是这种预设的普遍性给中产阶级生活世界灌注意义，并把这种生活的形式放入历史时代的大框架中。这座城市是一座象征的堡垒，在其中，上海市民阶级日常生活形式的历史特殊性被固定和升华了。在这里“升华”指的是升华与自然相对的作为现代工业城市象征的整个劳动组织。升华的意识形态功能——通过城市规划、宣传、表述战略、旅游以及最主要的：消费——变得更为重要，这准确地讲是因为都市生活倾向于把自己同自然，同广阔的、多种多样的人类交往和体验绝对地隔离开来。

在 90 年代的中国文化市场上，怀旧是一种时髦，它试图通过回到过去，创造一种物质—文化气氛，从而克服幻想和影像的虚幻世界中的失落，追寻和重现上海曾有的崇高。然而，作为一种彻底的后现代和后革命现象，它对历史时代的经历和表现的意识形态与政治斗争的漠视，被 1992 年之后中国“自由主义”知识分子的市场原教旨主义乌托邦所加强。他们号召对中国现代史进行全盘重写，以便在全球资本主义的编年史上确定中国现代化的方位。关于“文革”之后中国国内社会和公共空间的讨论，关于对排斥（社会主义）民族国家的历史的探求，关于最近称为“权力的市场化”的新权威民主的思考，这些都是思想和观念的背景的一部分，它们直接或间接预见了这座城市新的表现方式。

在这个意义上，王安忆 1995 年写的小说《长恨歌》可谓独树一帜，它也是中国 90 年代以来最重要的文学作品之一。这个故事讲的是王琦瑶，前上海小姐，也是一位有权势的国民党官僚的外室。她经历了 1949 年，在上海过着一种平凡的、经常是有些压抑的生活，并这样度过了毛泽东时代和邓小平时代的光阴。王琦瑶在老上海的最后日子里已经定型了，她从来没有完全被新社会所接受，她生活在自己的梦幻和怀旧的世界里，与几个怀有像她那样心情的人举行没完没了的派对，他们也都生活在旧日的美好中，对那样一种特别的生活方式保持着他们的忠贞。经过几次不成功的恋爱并且有了一个私生女儿后，王琦瑶进入了中年。在“新时期”，她遇到了她的年轻一代的崇拜者，派对好像是要恢复了。但是因为谣传说那官僚给她遗留了金条，她成了关注对象，在一次以抢劫为动机的凶杀中被害了。在她死去的时候，谋杀者发现他的牺牲品是一个丑陋的老妇人。

在《长恨歌》这部关于这座城市的纵欲和奢靡的详尽编年史中，在王安忆早期小说中已有的、对于无尽的闲聊和中产阶级生活复杂仪式的普鲁斯特似的描写有了进一步的发展。就像波德莱尔向所有现代诗人的挑战一样，带着这种克制的书写现代上海史诗的冲动，王安忆试图“捕获瞬间中的永恒，或永恒中的瞬间”。一方面，这部小说是一曲红颜薄命的哀歌，这是一个永恒的主题，8 世纪中国伟大诗人白居易写了一首著名长诗（这部小说借用了它的题目），写的是唐明皇和他所深爱的妃子杨玉环之间的生死恋情，使这主题变为不朽；另一方面，这是一个现代上海的英雄故事，从老上海一个生活在梦想、幻觉和日常仪轨的中心的阶级的眼光来讲述，讲述得非常冷峻和细腻。细节的魅力和把上海作为历史意识中的一幅整体图景来描绘的努力，使王安忆的小说与上海怀旧这个过分拥挤的文化工业市场划清了界限。此外，对王安忆来说，这座城市寻求的高贵只能从它的忧郁的、讽刺的、腐化的形式中，也就是说，在对过去的怀恋中找到。在这种怀恋中，对空虚的现象学的复原，而不是对神话般过去的颂扬，使得上海市民阶级生活方式成为文学创作的丰富的源泉。通过王安忆的写作，上海这座自满的无时间的城市获得了时代和历史的具体感和生命力。这使得自然史运动的全景和对真实的或自封的都市中产阶级的详尽而密切的观察缠绕在一起，在《长恨歌》中，这种自然史全景在一开始，就通过城市鸽子的视角生动地描绘出来了：

> 黄昏时分，鸽群盘桓在上海的空中，寻找着各自的巢。屋脊连绵起伏，横看成岭竖成峰的样子。站在至高点上，它们全都连成一片，无边无际的，东南西北有些分不清。它们还是如水漫流，见缝就钻，看上去有些乱，实际上却是错落有致的。

它们又辽阔又密实，有些像农人散播然后丰收的麦田，还有些像原始森林，自生自灭的。①

在这种寓言似的注视下，一个鸽子笼挂在房顶下是一颗“空着的心”，②就如同城市从这想象中的高处看上去是一个主人不在家的地方。鸽子在天空盘旋，俯瞰波涛连天的屋瓦，鸽子的心“一阵阵的疼痛”。③它的现象学的真实在于从这种非人力所能达到的高度下揭示出来的东西——这种努力和感情的每日积累，从后窗看见的飞逝的图景，角落里孤零零的街灯，疤痕般的苔藓覆盖着那从没有暴露在阳光下的土地：

太阳是从屋顶上喷薄而出，坎坎坷坷的，光是打折的光，这是由无数细碎集合而成的壮观，是由无数集合而成的巨大的力。……④

这幅上海的图景使读者想起了巴黎，那不是现代主义作家或自然主义作家，甚至不是现实主义作家笔下的巴黎，而是浪漫主义作家维克多·雨果所描绘的巴黎（波德莱尔曾向雨果献上了三首题为“巴黎风景”的诗）。确实值得注意的是，王安忆经常在旧的图景中看出新意，从自然中看出历史。在比较波德莱尔和雨果时，本雅明认为后者的诗歌灵感经常来自自然—超自然图景和现代大都市图景之间“巨大的反差”。这自然—超自然“表现在森林、动物王国以及汹涌澎湃的大海里，在这里的任一地方，大城市的面貌都可以在

① 王安忆：《长恨歌》，作家出版社1996年版，第5页。
② 王安忆：《长恨歌》，作家出版社1996年版，第6页。
③④ 王安忆：《长恨歌》，作家出版社1996年版，第7页。

一瞬间闪现出来”。①

正如王安忆在这里证明了的，在迟来或残余的现代主义中，社会—审美产品的因果之链往往颠倒过来了。这座城市那只高处的鸽子的视角占据了《长恨歌》开始几页，这可以看作是对描写上海真正的英雄（即无名的、无形的消费大众），所做的一种文学准备和美学铺垫。应当补充的是，这一大众概念的美学史上的“史前阶段”是和当代中国的社会、物质历史相应的。后革命消费大众具有历史意义的出现要求并且实际上复活了一种历史——审美图景，这一图景映入了这寓言似的沉思者的心灵之眼。王安忆的小说是张爱玲在40年代被孤立的城市中发出的呼唤的等待已久的回应。但两者间的承袭关系绝不是直接的，而是深植于她们各自对历史时代的把握。这种文学感觉出现在1995年，当时“社会主义市场经济”明确地把中国置于资本主义世界市场之中的。这并不是偶然的。在经历了作为中国经济改革的“后方”之后，上海充当了新的最猛烈的一轮商品化（commodification）的先锋。这种对未来的憧憬和过去几年的屈辱的混杂情绪体现在“重振大上海”标语里。作为一种中产阶层文化类型的“怀旧”情绪马上就跟进了，继而淹没了刚刚萌芽的都市文化市场。《长恨歌》的出现以这种社会文化思潮为条件，也是对这种思潮的回应和反击。

在对这个城市的第一印象中，人类生存的空虚、主体性的缺乏

---

① 本雅明：《发达资本主义时代的抒情诗人》，张旭东、魏文生译，生活·读书·新知三联书店1989年版，第60—61页。本雅明有关印象主义画家的评论使美学形式和都市体验之间的关系更为明晰：“人们的眼睛不得不首先接受的景象，可能是由一幅活跃人群的日常景观所构成的。基于这种假定，人们可能采取这样的行动，他们的眼睛一旦掌握了这种任务，他们会很高兴有机会检验他们新获得的本领，这将意味着印象主义绘画的技巧将是大城市居民的眼睛已经熟悉的体验的反映。就如同莫奈的‘Cathedral of Chartres’这幅画，画得像石头里的蚂蚁窝，就可能是这种假设的图解。”

被描绘为一种耐心的悬置，而这又作为一种哲学序曲和一种视角的迂回，为依托在自然—超自然背景上社会角色的明确出现铺平了道路。王安忆在这里再次试图将崇高与忧郁，神秘自然世界与更加深不可测的社会领域混合起来。因而在她的小说里，上海的主要象征意义不是拥有富于魅力的银行、饭店和公园的外滩，而是密布四处的普通民宅和建筑。上海是由弄堂组成的，那里集中了这城市的大部分人口，是市民阶级的栖身之所：

> 站在一个至高点看上海，上海的弄堂是壮观的景象。它是这城市背景一样的东西。街道和楼房凸现在它之上，是一些点和线，而它则是中国画中称为皴法的那类笔触，是将空白填满的。当天黑下来，灯亮起来的时分，这些点和线都是有光的，在那光后面，大片大片的暗，便是上海的弄堂了。那暗看上去几乎是波涛汹涌，几乎要将那几点几线的光推着走似的。它是有体积的，而点和线却是浮在面上的，是为划分这个体积而存在的，是文章里标点一类的东西，断行断句的。那暗是像深渊一样，扔一座山下去，也悄无声息地沉了底。①

上海自然的、“崇高”的图景让我们看到了上海的精神补偿能力，它不断流动，阻止那种使上海走向衰败的力量，换句话说，上海为了成为超越社会政治变迁之上的文化、文明的纪念碑，必须动用史前的（如果不是反文明的）力量。自然史概念（Naturgeschichte），在本雅明和阿多诺那里，象征着从合理性、历史决定论和主观主义的人类中心主义的牢笼中解放出来，想象一种辩证的自然。

① 王安忆：《长恨歌》，作家出版社1996年版，第3—4页。

这一概念同时也可以被马克思主义的意识形态对手使用，其目的是把资产阶级或统治阶级的乌托邦表述成为一种美学化的日常生活形式。马克思主义者超越现代“管理社会”的自然化的人性和人性化的自然的理想，也会在社会达尔文主义者将自然和历史混为一谈的世界图像中找到它保守主义的对应物。在由弱肉强食法则主导的反社区、反国家、反民主的自由市场意识形态中，这种混合达到了和谐。在本雅明看来，“自然的败坏是历史进步的烙印”。①在90年代以来的中国，革命年代被看作是在集体主义的控制之下，是“苦难的历史时代”。以一个煽情的概念取代自然的位置，这座孤立的城市也就成了寓言的渊薮、历史灾难的废墟。麦克斯·潘斯基对本雅明的自然—历史辩证法的重新阐释，如果可以随意地置于描绘上海的意识形态情境中，读起来就像是对现代性普遍历史的美学审判：

> 僵化，变形，化为重现的幽灵，历史也就成了僵死的自然；湮灭了生机，自然就成了历史废墟的一部分，化为死寂沉沉的茫茫一片。②

然而，王安忆转向了揭示自然的辩证的具体历史。叙述者视角下降到弄堂，使自然历史时代在社会、阶级词汇中变得生动可感。

---

① 关于瓦尔特·本雅明的自然史（Naturgeschichte）概念，参看《德国悲剧的起源》（*Origins of German Tragic Drama*. Trans. by John Osborne. London: Verso, 1977），特别参看有关“Allegory and Trauerspiel”部分，第159—235页，关于本雅明这个概念有价值的讨论，请参看 T. W. Adorno, “Die Idee der Naturgeschitchte,” *Gesammelte Schriften*. Frankfurt: Suhrkamp Verlag, 1973, Vol.1, p. 351。

② Pensky, Max. *Melancholy Dialectic*. Amhest, MA: The University of Massachesetts Press, 1993, p. 120.

上海弄堂的升华了的图景，以及在其深远的物理广度和不可计数的现代都市日常经历和记忆储存上所赋予的自然史气氛，为关于其历史构成的正在逝去的社会性解释提供了一个寓言式的替代物。在王安忆对弄堂自然史的升华中，意味深长的是这城市的记忆、抑制和暴力，正是它们填充了正在隐退的中产阶层不停的喋喋不休的寂静和空缺。作为一种建筑的、社会的和心理的空间，弄堂是上海中产阶层的秘密和物质文化的体现。①它记录了在西方资本主义—帝国主义和现代中国无情的社会动荡的双重压力下，中产阶层保护自身的方式和姿态。为了使它的生活方式保持在世界性文化的氛围中，这一中产阶层采取了任何可以采取的实际措施，同时伴随着与之俱来的过度的感伤，把它的文化与"进步"概念连接在一起。但是一种没有民族国家认同的文化只能从阶级的角度去理解；它只能通过对超国家社区的生活方式和意识形态的认同和渴望来界定和理解。

① 《上海弄堂》尽管意在给国外旅游者提供指南，它还是提供了对于上海弄堂的迄今为止最好的社会学、文化史和美学描述。在其中，人们可以看到："弄堂和弄堂的民宅是在上海作为通商口岸被迫向西方开放后不久的土产。在开始时，中国人不准居住在租界。后来，英国人发现仅靠那时的少数西方居民，是无法挖掘上海的巨大潜力使之成为大都市的。同时，中国持续不断的内战使一大批富有的中国人逃难，并要求住进租界。租界当局于是同意向这些中国人开放。但是为了便于管理，大部分居民被指派居住在由围墙围起来的地方。这些房子设计得和英式庭院相像，但是为了适应中国人的居住习惯，都被前面有一个院子的房墙围了起来。它们像兵营一样排成直线，一排接着一排，通过小巷很容易和主要的巷子相连，而且只有经过这条主巷的铁门才可以通向城市大马路。没有人会想到，这些当初为了便于管理所建的房子，后来会成为上海主要的和典型的居住方式，并且最终变成了上海最活跃、最重要的房地产生意，这是后来几十年上海经济活动的首要行业。大部分弄堂不仅建设在租界区，也包括租界周围的中国人社区，它们的总貌就构成了上海城的一般形制。在40年代，上海4 189 400的人口中，除去非常富有（前5%）和非常贫穷的（大约100万），主要的部分，将近300万，包括西方白领和中国居民，住在各种弄堂里。甚至直到现在，尽管很多已经消失了，但如果你从高处望下去，你可以看到弄堂房顶所形成的连绵波浪。"见《上海弄堂》，第5—6页。

而在世界共产主义意识形态受挫之后的今天，唯一的跨文化、跨社区的认同则是中产阶级消费者的认同；更不用说从来就只有一个世界市场，即资本主义世界市场。因此在当今条件下，任何反民族国家的文化、政治立场的内在含义是不言而喻的。在不平等条约和垄断资本主义制订规则的经济和社会环境里，都市的基础设施反映了城市作为国际贸易和金融投机中心的主要功能，在这个环境里买办不仅是一种职业，更是一种心态。而中产阶级作为一个新的"普遍性阶级"，它与全球资本主义认同本是题中之意。在这个意义上，上海中产文化上的骄傲，它与自身生活方式的恋爱史，只是一种伪装的、难以言喻的阶级意识的表征。它的难以言喻是因为它为了保持这不稳固的地位，必须同种种更为强大的区域势力做不懈的斗争和妥协。

在叙述者，也就是自然史景观的旁观者看来，如果这个城市耀眼的表面之后的弄堂世界的黑暗是神秘的，那是因为这个城市被揭开的怀旧和忧郁的面纱没有显示这个大都市迷宫的任何经济和物质基础。在大都市中心的中产居民看来，金融资本主义的组织总是朦胧的，他们把大都市中心当作崇拜的对象。市场和商品的逻辑经常被那些以最亲身的、世俗的方式生活其中的人，也就是作为消费者最不清楚地体会着。他们与生产的疏离，他们被权力机制的排斥，他们与贫穷所保持的舒适距离，使他们成为这个城市和彼此的生活——二者作为审美对象和宗教庆典——的旁观者。在王安忆的小说中，一种模糊的阶级意识只是以嫉妒和憎恨的方式短暂地出现。像所有生活在淮海路（前霞飞路）中心的少女一样，薇薇（《长恨歌》女主人公的女儿）在那个社会主义工业化的光辉时代中长大，既被上海商业中心的橱窗所吸引，又厌恶那些安静的没有商店的西部街上的看不见的居民，而那边才是这个城市真正的主人居住的地方。值得注意的是，这个城市从商业巨头到革命干部的易主，这一压垮了王琦瑶这一代人的转变，对于薇薇和她的朋友来说不再重要。对于决定自己存在方式的经济和权力结构的无知，更加促成了故事中怀旧的梦中人的感伤主义。小说也揭示了对围绕国际租界这一有秩序的飞地的工人阶级的现实存在所显示的无知（漠视和恐惧），更不用说对包围着这个耀眼的、自满的上海孤岛的广阔的中国农村的无知了。

王安忆小说中对上海的自然史表现手法，不仅通过把城市的从不满足的想象（它的耀眼的外表，它的中产阶级仪式，等等）与它的无声的现实（生产方式，阶级关系等）编织在一起的努力来显示，而且以一个赋予无声以语言的企图来显现。在本雅明的观念中，自然和历史常态的——也就是压抑性的——关系是由前者的无声和后者对世俗语言的占有来定义的。但是，自然史的观念是建立在这种关系的颠覆性逆转基础之上，建立在自然能够说话的严谨假设基础上的。衰落的自然或者僵化的历史的叹息可在《长恨歌》中鸽子的盘桓和弄堂世界之间听到，也可以在形成自然—历史存在的最后触摸的中间层面，也就是现代大都市中听到。这是个流言（或者按照字面意思，“漂流的词语”）的世界。在一个如此沉迷私人生活，如此拒绝有意义的公众生活观念，如此凝神于世俗享乐的礼仪的矫揉造作的城市中，流言是上海居民交流和互相联系的媒介。实际上，由于缺乏发达的公共空间，他们拥有并且用以界定他们的社区和文化的正是流言蜚语。如果鸽子是“唯一的俯瞰这城市的活物”，①如果天空下存在的仅仅是“一个水泥城市，……一个蚂蚁一样的生命挣扎的巨大的深渊”，那么流言的王国，这一漂流的、无

① 王安忆：《长恨歌》，作家出版社 1996 年版，第 16 页。

主题的语言的世界，把这两个部分连接了起来，并且不仅赋予这个城市生命，而且赋予其表达方式：

> 它们在弄堂这种地方，从一扇后门传进另一扇后门，转眼间便全世界皆知了。它们就好像一种无声的电波，在城市的上空交叉穿行；它们还好像是无形的浮云，笼罩着城市，渐渐酿成一场是非的雨。这雨也不是倾盆的雨，而是那黄梅天里的雨，虽然不暴烈，却是连空气都湿透的。……上海每一条弄堂里，都有着这样是非的空气。①

在这种程度上，“漂流的词语”的底流之于上海的弄堂，就像电车内部凝固的时间与被封锁前城市的机械能量的关系一样。二者都提供了现代都市的日常的理性经验的一个颠倒的、梦一般的版本；二者都作为扬言要把合法的象征秩序推翻的寓言替代物而存在；它们又都用都市日常生活模糊的内在风景来揭示被压制的无意识。

> 它们（流言）可说是上海弄堂的精神性质的东西。上海的弄堂如果能够说话，说出来的就一定是流言。它们是上海弄堂的思想，昼里夜里都在传播。上海弄堂如果有梦的话，那梦，也就是流言。②

这就引向了《长恨歌》所表现的历史经验的核心，由伤感和哀痛构成的核心。本雅明曾经说过，而且潘斯基也有过简洁的概括：

①② 王安忆：《长恨歌》，作家出版社 1996 年版，第 8 页。

> 如果大自然有它自己的语言的话，它的哀痛会立即把它带入无尽的悼亡之中。如果我们能设想自然能参与到世俗的语言中，它的忧伤的沉默将会发现它在自然界的对应物就是悼亡。这悼亡既是它的失落和衰败的回应（自然会悼念语言本身的衰亡）；它也是它自己的语言表达方式（“它会悼念”）。减轻它的缄默本性并没有减轻它的哀痛：因为悲痛悼亡只是为了将哀痛世俗地转化为人类语言毫无意义的喋喋不休，人们知道悼亡并不能将悼亡的对象区分开来；悼亡总是软弱无力的。①

三、 城市之心：后革命时代的忧郁

通过“将哀痛世俗地转化为人类语言的毫无意义的喋喋不休”，《长恨歌》的中心形象——美——出现了，并进而形成小说叙述空间和时间架构。在此，女性美的宿命的脆弱同时间的无情的流逝交织在一起，而城市则成为这些“历史”因素的“自然”背景。正是这悼亡和忧郁的仪式，使这座城市的自然史图景和它具体的社会历史混融在了一起。小说用一种平缓的语气，讲述了前上海小姐王琦瑶的故事；小说直截了当地分为三部分：第一部分，1949 年以前上海的场景；第二部分，发生在 1949 年和“文革”之间（指的是新中国的“十七年”时期）；第三部分，后毛泽东时代，结束时间虽然作者未加说明，但读者很容易认出是 90 年代。这三部分都包括四章，每一章包括数量不等的小节，总共有 44 节，每一节都有一

---

① Pensky, Max. *Melancholy Dialectic*. Amhest, MA: The University of Massachusetts Press, 1993, p. 57.

个标题。这些标题，例如“弄堂”“流言”“鸽子”“照片”“上海小姐”“下午茶”“围炉夜话”“昔人已乘黄鹤去”“薇薇的时代”“老克腊”“碧落黄泉”，都是和主题直接相关的，并给故事的讲述和主题的发展阶段带来寓言意味的停顿和连接。贯穿这些章节的是一个女人和这座城市的意象相互牵连和缠绕，直到两者无法分离，甚至辨识不清的地步。

那些男人和女人对王琦瑶的崇拜和热爱，仅仅是他们向这城市表达的个人化的、审美的，有时甚至是色欲的尊敬。实际上，在《长恨歌》里，由王琦瑶来表现上海的方式是：她的卑微的背景，她在聚光灯下五分钟的荣耀，她心甘情愿地被权势占有；她对自己处境的清醒的、毫不感伤的洞察，这种方式既使她有计划地保护自己又使她屈从于命运；她对细节的无可挑剔的控制，她作为女性的经久不衰的魅力；她在“新社会”中作为个体经营的护士的毫无光彩可言的生活；她被那些死硬热爱上海的人重新发现（他们中的一些人确实把她从有关前上海小姐的记忆里挖掘了出来）；她在她认为是粗俗的环境中的不情愿地、不可思议地、缓慢地但却不可逆转的衰老过程。人们也许会同意，对于怀旧的上海市民阶级来说，就像王琦瑶，老上海几乎像一个悲剧英雄历经了 20 世纪的社会动乱和世事沧桑而苟活下来，只是为了滑稽地死去，死在一个新时代的叫做长腿的流氓手中。他是一个倒卖外汇者，闯入一个神秘的老太太的家只为寻找我们时代的硬通货——美元和黄金。然而，这次害了她的不是她的女性魅力。在她死前，王琦瑶已经将近 60 岁了，但仍迎来了她的新时代纨绔子弟中最后一个仰慕者和情人，尽管她的新时代情人在文化大革命之中和之后才定型，但他很快在她的黯淡世界中发现了好莱坞老电影、老爵士乐、社会生活习气以及一个确实在中国、在上海存在过的更为成熟、精细和优雅的商品拜物教形式。

正如它的标题所暗示的，和故事的寓言似的表达方式相对应，从王琦瑶的男性追求者和女性朋友及竞争者的眼光看来，王琦瑶的美处在一种变动的形式中。确切地说，王琦瑶作为审美对象的第一次出场，第一次把她的美印刻在城市的自我意识中，就像城市所珍爱的自我形象，是通过摄像机这一适当的媒介和技术（“开麦拉”，camera，即摄影机，在小说中是另一个小标题），发生在一个摄影棚里。王琦瑶当时还是个 18 岁的学生，她很快就知道了导演喊“开麦拉”的时候，一段短暂的神奇时光便开始了，镜头会将现实生活中的混乱和邋遢都滤掉，还使黯淡生辉，带来一个永远美丽的虚幻世界。①摄影棚经常使王琦瑶觉得，她现在“钻进电影的幕后，摸着了奥秘的机关”。②她既是一个审美凝视的对象，也成为都市中产阶级私人日常世界被揭开的内部隐秘的见证人。有一天，一场室内布景映入她的眼帘：

> 那三面墙的房间看起来是布景，可里头的东西样样都是熟透的。床上的被子是七成新的，烟灰缸里留着半截烟头的，床头柜上的手绢是用过的。揉成了一团，就像是正过着日子，却被拆去了一堵墙，揪出来示众一般。③

这电影后来没有拍成（王琦瑶许多年后才知道，这位对她并不怎么欣赏的导演原来是个中共地下党员）。但是，这在三面墙的房间的图像中获得的内/外场景的转换，却深深地印在了王琦瑶的上海风

① 王安忆：《长恨歌》，作家出版社 1996 年版，第 30—31 页。
② 王安忆：《长恨歌》，作家出版社 1996 年版，第 30 页。
③ 王安忆：《长恨歌》，作家出版社 1996 年版，第 28 页。

景画里。许多章之后，当程先生，一位有奉献精神的摄影爱好者，王琦瑶的终生爱慕者，在“文化大革命”刚开始时跳窗自杀之后，《长恨歌》的作者让她的叙述者在这个城市里漫游，并沉思着它的毁灭：

> 你有没有看见过卸去一面墙的房屋，所有的房间都裸着，人都走了，那房间成了一行行的空格子。你真难以想象那格子里曾经有过怎样沸腾的情景，有着生与死那样的大事情发生。……看那一面面的后窗，窗外边是蓝天，有窗没窗都一个样。门也是可有可无，显得都有些无聊。……让我们把墙再竖起来吧，否则你差不多就能听见哭泣的声音，哭泣这些日子的逝去。让这些格子恢复原样，成为一座大房子，再连成一条弄堂，前面是大马路，后面是小马路，车流和人流从那里经过。①

在它的令人震惊的裸露面前，上海看上去像“显示在阳光下的地下囚室和鼠穴的密网”，弄堂的房子“屋顶被揭开了，多少不为人知的秘密暴露在光天化日之下”。②从这种文学的视角看，对于美的失去的悲伤并没有像丧失秘密、隐私、尊严和羞耻的悲伤那么严重，而后者是被革命暴力剥光或“穿透”③的。

上海小姐终生的爱慕者、摄影爱好者程先生的死，标志着上海的爱慕者对上海的审美迷恋的最终的、不可逆转的崩溃。“学的是铁路，真心爱的是照相”，就这样，标题为“程先生”的部分开始了：

---

①　王安忆：《长恨歌》，作家出版社 1996 年版，第 262 页。

②③　王安忆：《长恨歌》，作家出版社 1996 年版，第 258 页。

> 他的意中人是在水银灯下的镜头里，都是倒置的。他的意中人还在暗房的显影液中，罩着红光，出水芙蓉样地浮上来，是纸做的。①

这镜头里“颠倒”意象，和张爱玲《封锁》里的相反的镜像人物相映成趣。这两者作为一种有秩序的混乱，都揭示了能把人们带入城市无意识的秘密语言。像《封锁》里的会计师吕宗桢一样，程先生成了神秘影像的俘虏，这些影像是他自己获得的，但他并不理解。这些黑暗中的影像，在他的世界里形成了“孤独的存在”，像“蝉蜕一般的，内里是一团虚空”。②“程先生是一九六六年夏天最早一批自杀者中的一人”，③这是合乎逻辑的。紧接着这唯美主义者的死，这城市也化为了碎片，“撕破的照片散布在垃圾箱四周，照片上这一半那一半的面孔，就像一群屈死的鬼魂。”④

女主角和上海城之间缠绕成的致命的魅惑，也许通过一定的距离，通过一个旁观者的角度可以得到最好的阐明。阿二就是这样一个重要的边缘角色。阿二是王琦瑶在“共产党占领”前夕暂居的小镇上的学生。就像所有忧郁的恋人（对女人和城市），阿二通过古代文学经典的光彩夺目的形象来观照他的爱情对象。他给王琦瑶读《诗经》，读李白，读白居易的《琵琶行》和《长恨歌》。然而，这些有着怀旧、悲伤意象的诗歌，它们的改朝换代的隐喻，人们的罢官去职，他们无尽的背井离乡，以及他们悲剧性的死亡，都给他面前的女人投射了不祥的阴影。所有这些他引用和呈献给他的偶像的

---

① 王安忆：《长恨歌》，作家出版社 1996 年版，第 67 页。
② 王安忆：《长恨歌》，作家出版社 1996 年版，第 248 页。
③ 王安忆：《长恨歌》，作家出版社 1996 年版，第 257 页。
④ 王安忆：《长恨歌》，作家出版社 1996 年版，第 259 页。

诗歌，都指向那句中国古老的俗语："红颜薄命"。①在他的心里，阿二从来就没有把他对上海小姐的爱和对她所代表的大城市的刺激环境和海市蜃楼般的诱惑的崇拜分离开来。然而，在一个乡村男孩的想法里，阿二知道"这个上海女人就是为了引诱他来的"，"他膜拜的真是一个不幸的宗教，不是为了永生，而是为了短暂。"②阿二想念王琦瑶，而王琦瑶想念上海。阿二不久消失了，而且再也没有出现。

在萨沙身上，我们也许可以找到阿二的转世。他不再是小镇的学生，不再是省城里"过渡阶级（transitional class）"中的一员，而是一个国际多余人。他是俄国文学典型形象与共和国早期艰苦的日常生活之间的私生子，这个角色既奇特又可信，体现了苏联在中国革命历史中尽管有限但却是真实的存在。萨沙有一半俄罗斯血统，但没有工作，靠"革命烈士后代"的政府抚恤金生活。这点钱还不够他玩台球的花销。他那吸引人的外表，那带有欺骗性的孩童般的天真，他对美食的爱好，以及他充足的闲暇时间，使他很快成为王琦瑶公寓里麻将桌前的常客。这一桌麻将的参与者都是怀旧的、闲暇的上海人。在这个房间里，浸润着一种阴柔的、家庭的气氛。萨沙第一次体验了"精雕细作的人生的快乐"。③他爱上了"存在于螺蛳壳里的"这种生活方式，不用担心未来会发生什么，"把时间掰开揉碎了过的，是可以把短暂的人生延长。"④在"围炉夜话"一章里，我们读到：

暮色流进窗户，像是温暖和稀薄的液体，一切都蒙上了一

① 王安忆：《长恨歌》，作家出版社 1996 年版，第 141 页。

② 王安忆：《长恨歌》，作家出版社 1996 年版，第 142 页。

③④ 王安忆：《长恨歌》，作家出版社 1996 年版，第 183 页。

> 层膜。物体，空间，声音和气息，全变得隔膜，模糊，不很确定。惟有那炉膛里的火，陡地鲜明起来，热烈起来，激励人的身心。这是火炉边最温情脉脉的时刻，所有的欲望全化为一个相偎相依的需求，别的都不去管它了。……昨天的事不想了，明天的事也不想了，想又有什么用呢？①

是时间的流逝在黄昏时分把这些人聚到了一起。他们好像不在意时间的力量，漫不经心地打发着他们白天的光阴，为的是把他们的活力、热情、机巧和幽默投入到夜晚的聚会中。他们讲故事，猜谜语，发明简单的游戏来玩，没完没了地聊天和吃饭。有人说他们好像在为死者守灵，只是使悲伤时刻变得轻松快活罢了。也有人会想他们像西伯利亚旷野里的猎人，结果却一无所获。但是，对于王琦瑶，"他们这就像除夕夜的守岁，可他们天天守，夜夜守，也守不住这年月日的。"②如果说派对是上海夜生活的心，那么王琦瑶这样的女人就是派对的心。也许这使得萨沙带着一种距离感、异域情调、惊奇和感激，更充分地来欣赏中国中产阶级生活的普鲁斯特式的瞬间。这种生活是最亲密的、最优雅的、最颓废的、最仪式化的、最坚固的但最终也是最短暂的生活方式，它属于一个尚未充分便已物化、死而不僵的布尔乔亚阶层，即上海中产阶级。

如果说在王琦瑶房间里举行的派对成了巴黎沙龙的拙劣模仿，那么记忆王国中上海小姐的重现则表现出无意识记忆（mémoire involontaire）的真实氛围，就好像与那被认为永远消逝的过去不期然地重新结合。康明逊，另一位派对常客，前上海实业家的姨太太的

---

① 王安忆：《长恨歌》，作家出版社 1996 年版，第 184 页。
② 王安忆：《长恨歌》，作家出版社 1996 年版，第 185 页。

儿子，在一个昏黄的下午，终于在王琦瑶和前上海小姐之间画上了等号。突然间一切都聚合到一起：杂志封面上她的照片，她做了某要人的外室的小报消息，等等。很长时间以来，只要他注视这位他们夜晚聚会的优雅的女主人的时候，他都被一种似曾相识的感觉所触动。由于出生在时代的衔接口上，康明逊“深知这城市的内情，许多人的历史是在一夜之间中断，然后碎个七零八落，四处皆是。(王琦瑶居住的弄堂）这种地方，是城市的沟缝，藏着一些断枝细节的人生。他好像看见王琦瑶身后有绰约的光与色，海市蜃楼一般，而眼前的她，却几乎是庵堂青灯的景象”。①看着闪耀在眼前的这幅图景，康明逊觉得他要么很了解她，要么根本就不认识她：

> 他怀了一股失而复得般的激动和欢喜。他想，这城市已是另一座了，路名都是新路名。那建筑和灯光还在。却只是个壳子，里头是换了心的。昔日，风吹过来，都是罗曼蒂克，法国梧桐也是使者。如今风是风，树是树，全还了原形。他觉得他，人跟了年头走，心却留在了上个时代，成了个空心人。王琦瑶是上个时代的一件遗物，她把他的心带回来了。②

这两个人之间的爱情故事是热烈的，但又是没有希望的。没有希望是因为他的家庭绝不会接纳像王琦瑶这种背景的女人，没有希望是因为他知道他作为姨太太的儿子，不能做任何违背家庭利益的事情。这个窘境使得康明逊刹那间直觉到他们所属阶级的脆弱和无助：

---

① 王安忆：《长恨歌》，作家出版社 1996 年版，第 180—190 页。
② 王安忆：《长恨歌》，作家出版社 1996 年版，第 190—191 页。

可王琦瑶的聪敏和坚定却更激起他的怜惜，他深知聪敏和坚定全来自孤立无援的处境，是自我的保护和争取，其实是更绝望的。康明逊自己不会承认，他同弱者有一种息息相通，这最表现在他的善解上。那一种委曲求全，迂回战术，是他不懂都懂的。他和王琦瑶其实都是挤在犄角里求人生的人，都是有着周转不过来的苦处，本是可以携起手来，无奈利益是相背的，想帮忙也帮不上。①

《长恨歌》以及王安忆所有关于上海的小说中的阐释循环，总是以美与爱开头，以对经济、社会和阶级地位和利益的清醒的、无悔的认同收尾。作者让叙述者沉迷于美学和心理学的时间越长，故事转回到算计和实利的领域就越无情。在她的虚构世界里，这领域构成了真正上海人自我意识的哲理核心。这部小说所描写的上海小姐的女性气质和情感的敏锐，和她用最非自恋的方式保持自我意识和自怜的能力是分不开的。这种能力在故事的开始部分就最好地描绘出来了。当这位上海小姐还只是个 19 岁的学生时，她把她的贞操作为"本来就是他的"东西献给富有的、有权势的、成熟的和经历丰富的李主任之前，她体验到的"只是一点点惋惜"：

……她想她婚服倒是穿了两次，一次在片场，二次在决赛的舞台，可真正该穿婚服了，却没有穿。②

从头至尾，王琦瑶对她自己在世界上的恰当位置（她的阶级地

① 王安忆：《长恨歌》，作家出版社 1996 年版，第 193 页。
② 王安忆：《长恨歌》，作家出版社 1996 年版，第 95 页。

位）有清楚的认识。她的美貌的持久与脆弱令人惊异的结合，在很大程度上来自这个冷酷的自我意识。她是城市的心，充满其中的是眼花缭乱的琐碎细节，它在飞逝的时光中寻找年龄的印记，只有在孤独的漆黑的夜晚，四周阒无一人，它才会轻轻哭泣。

（资产阶级）贵族在1949年之后的没落以及它在后毛泽东时代的中国暗中以国际资本、市场观念和大众消费的形式某种程度上的“重现”，都在纨绔子弟这个形象上找到了戏剧性体现。“老克腊”(old class)①和他的朋友以一种漫画的但又是批判的方式来界定八九十年代的中国。他们是“这个庸俗的时代优雅的少数人”，他们的共同名字是怀旧：

> 虽然他们都是新人，无旧可念，可他们去过外滩呀，摆渡到江心再蓦然回首，便看见那屏障般的乔治式建筑，还有哥特式的尖顶钟塔，窗洞里全是森严的注视，全是穿越时间隧道的。他们还爬上过楼顶平台，在那里放鸽子或者放风筝，展目便是屋顶的海洋，有几幢耸起的，是像帆一样，也是越过时间的激流。再有那山墙上的爬墙虎，隔壁洋房里的钢琴声，都是怀旧的养料。②

威利·塞弗已经指出，纨绔子弟是“失去了城堡的贵族的替身。纨绔子弟是中产阶级贵族，他只能在作为资产阶级的背景的城

---

① 王安忆误认为“克腊”为color的洋泾浜形式。根据近年出版的《上海文化源流辞典》，文汇出版社，1992年版，“克腊”一词来自英文“class”，意为“等级”，“上流、上品”。俗语指精通旧上海上流社会或黑道规矩的人。见该辞典第725页。

② 王安忆：《长恨歌》，作家出版社1996年版，第326页。

市中出现”。[①]基于这种观察，理查德·里罕注意到：波德莱尔的纨绔子弟派头既取笑和嘲弄中产阶级价值，又是中产阶级价值的副产品；诗人的纨绔子弟派头使其疏远了产生他和他的文化的资产阶级价值；这种保持距离的愿望使波德莱尔为表现巨大的现代都市而去探索新的诗歌表现的可能性，怀旧在其中扮演了核心角色。里罕写道：

> 在这个名单中最重要的是对于精神家园或存在有形世界之上的城市的怀旧感，这就可以解释波德莱尔为什么对爱伦·坡着迷。这种怀旧伴随着腐朽和衰败的感觉。当这种衰败感内在化，这最终的印象会强烈到它常常支配了理解城市的方式。[②]

正如《长恨歌》的叙述者提醒我们的，老克腊和他的后革命纨绔子弟伙伴们所要的，是“这没有岁月的感觉，要的也不过分，不是地老天荒的一种，只是五十年的流萤”，[③]这些纨绔子弟是上海的亲密孩子，或从小说特殊的自然史视角看来，“真了解老克腊的是上海西区的马路”。[④]但是甚至这自然史图景，如这城市中的日出日落，是“从屋脊上起来的，总归是掐头去尾，有节制的”，[⑤]“一个有五十年历史的城市还是个孩子，真没有多少回头望的日子”，叙述者总结道，“但像老克腊这样的孩子，却又成了个老人。”[⑥]

---

① Sypher, Wylie. *Loss of the Self in Modern Literature*. Westport, CT: Greenwood Press, 1979, p. 36.

② Lehan, Richard. *The City in Literature*. Berkeley, CA: University of California, Press, 1998, p. 75.

③④⑤ 王安忆：《长恨歌》，作家出版社 1996 年版，第 329 页。

⑥ 王安忆：《长恨歌》，作家出版社 1996 年版，第 329—330 页。

像她的欧美早期现实主义文学上的先行者（巴尔扎克、狄更斯、德莱塞等）一样，王安忆试图使城市向人类的均衡发展回归。由于追随欧洲早期现实主义，她试图通过叙述的视角（利用作者和她的视角之间的具有讽刺意味的距离）进入这作为异化存在的城市的灵魂深处。像典型的现代诗人波德莱尔一样，她在异化的人类身上找到了这种视角，因为只有这种异化的存在方式还可以“自由地”在主体和客体之间、客体之中以及现代都市的空间里漫游。王安忆把这种异化形式，特别是在社会领域和日常世界中的异化形式界定为消费中产阶级。

通过这城市寓言空间，“意义”和“无意义”之间的冲突转变了、增强了。它变得就如同文明与野蛮、秩序与混乱、永恒与瞬间这样的结构性对立。对永恒与瞬间的寓言式把握回应了当代中国的某种社会性焦虑。这种焦虑来自常态被非常状态打断甚至取代的恐惧。这种怀旧既是对一个过去的“常态”的发明，也是对未来的常态的希望。只是在资本主义全球化时代的新秩序下，常态早已丧失了任何对变化的活跃想象，变成了消费社会的平面化、无时间感的“永恒状态”的意识形态附庸。它在审美领域里尚有自己的映象。美的脆弱性给这种逻辑提供了一种解释。

但是，这样被想象出来的上海存在过吗？这个忧郁的乌托邦难道不是现在和未来的错位的产物吗？为什么偏偏是王安忆这个毛泽东时代长大的作家坚持不懈地为上海中产阶级生活形式和内心风景寻找一个寓言，一个叙事结构呢？在她的笔下，上海既是连接时间的缝隙和空白的桥梁，又是这些缝隙和空白本身。这个历史想象的叙述整体把一个怀旧的内在空间转化为历史经验，但这一想象的经验只能通过它在现实中的又一次实实在在的毁灭出现。更准确地说，它只能通过它在当代生活中的分崩离析而被作为故事结构出来。在《长恨歌》里，怀旧为上海制造出一种灵韵（aura）；而怀旧产生的社会条件宣告了这种灵韵在消费大众和商品的海洋里的无可挽回的消散。

面对灵韵的消散，王安忆的写作表现出自身意义的不确定性。一方面，小说中的忧郁是对上海过去的怀旧，是对那些曾经历过它逝去的“辉煌”和见证了它在社会主义下的衰落的“本地人”的追忆。另一方面，它也是写给她的成长在毛泽东时代的同代人的挽歌；它哀悼的并不是“中国资产阶级的黄金时代”（这个时代从来就没有存在过），而是一个更直接、更具体的过去，即毛泽东时代的中国社会。如果忧郁的心理学定义是“因为失去了爱欲的对象而出现的自我的空洞状态（弗洛伊德），那么《长恨歌》就是忧郁的文学现象学。而王安忆写作的独特的美和独特的力量正来自它的意义的隐晦。在此，对未实现的资产阶级现代性的“怀旧”又一次指出了为社会主义中国的集体经验在历史叙述中落座的迫切性。王琦瑶和她的爱慕者的忧郁的目光既注视着一个残破的过去，又注视着一个当下。伴随着一个过去在“怀旧”中浮现，《长恨歌》的作者正同我们一起目睹我们父辈的世界、我们在其中长大成人的世界被兴起的消费社会埋葬。于是一个想象的过去变成了现在的寓言。这解释了为什么读者在《长恨歌》里找不到大团圆式的收场，找不到廉价的理想主义药方，甚至找不到丝毫拯救的慰藉和希望。然而这部小说的确造成这样的震惊效果：我们以为自己在追悼在中国夭逝的布尔乔亚，但最终却发现自己在思念毛泽东时代日常生活的亡灵。这简直令我们无法相信。我们有理由猜测，即便作者本人也没有准备好应付这种震惊。但这震惊的力量的确包含在作品的结构之中。王安忆的小说世界同上海这个半殖民地资产阶级生活领域的消费仪轨缠绕在一起；但它的历史感却与中国现代性宏大的历史变迁息息相关。对于寓言家来说，同历史对话并不意味着作道德判断和价值取舍。它不过是把握一种历史经验。讲故事的人不用厚此薄彼，因为她要做的是让所有过去的亡灵在语言的世界里安息。

代后记："重返80年代"的限度及其可能*

张旭东教授自20世纪80年代中后期以来一直非常活跃，亲历并参与了当时文化热的讨论，其后虽留学就教于海外，从事英语写作、研究和教学，但他关注和研究的仍是中国的问题和文化走向，"重返80年代"就是在这样的背景下提出来的。"重返80年代"是近几年来文化文学界的热门话题，张旭东教授作为这一口号较早的提出者，有他自己独特的思考和兴趣所在，本着这种理解，北京大学中文系博士生徐勇对张旭东教授就这一问题进行了采访。

徐　勇：在我的阅读体验中，您对80年代的态度是极为复杂的，其中既有告别80年代的诉求，也有对已逝80年代的乡愁。对您来说，为什么会有这种复杂的态度呢？

张旭东：这个描述基本上是对的。在今天看来，一方面可以说很复杂，另一方面也可以说很简单；因为一方面是要走出80年代，另一方面是要回到80年代。

对于80年代，我想包含有个人的因素，这里的个人不是私人意义的个人，而是说一代人。从年龄上说，我是20世纪60年代中

---

*　原刊于《文艺争鸣》2012年第1期，采访者徐勇。

期出生的，整个大学时代是在80年代，有幸赶上的“文化热”也是在80年代。任何一个人对自己二十多岁这段时间的回忆都是很美好的。如今也有很多人对自己70年代的红卫兵时代很怀旧，因为这毕竟是自己最美好的青春记忆，这是第一层。另外一层，不只是在国内，国外研究中国的学者学生也注意到，80年代对研究当代中国文化社会和政治思想学术是很重要的时代。我有时会简单地说，80年代对中国人而言，有点像西方的60年代，是大变动、大解放的时代，一切都在更新，每天都在更新。在这个意义上，80年代不是从1980年开始，而是指“文革”后的“第一个十年”。它包括前三年，即1976年到1979年是调整期，从1979年真正进入所谓“新时期”，它的终结也并不是1989年12月31日，或者1990年1月1日，而是一个特定的事件给80年代画上了句号。

这个“十年”，把它比作西方的60年代，不准确，但是可以提供一个信息，就是解放。这个解放，可说是文化解放、思想解放、性解放、社会解放、个性的解放、想象力的解放、审美感官的解放。这都是相对于“文革”，相对于50年代而言。相对于毛泽东时代的中国，80年代确实是一个自由化的时代，一切都要从狭义的政治社会中解放出来，但同时在一切社会领域和私人生活领域里的变动，都包含着一种政治热情，因为它都代表着一种集体性的诉求，同整个国家的政策、理念密切相关，也同物质领域和生产领域里的变化密切相关。有关80年代怀旧的写作里有种把80年代“自由化”倾向作非政治化和纯粹个人化理解的倾向，对此我是反对的。实际上，80年代在政治、审美、物质追求和私生活领域的“自由化”诉求是一种对想象的“常态”和“应然状态”的追求，它带有强烈的集体性、社会性和政治性，归根结底是一种全民性的政治热情和政治想象。所以在表面的个性化、流动性、松散化、甚至波希米亚习气下面，80 年代青年思想文化生活总体面貌里具有一种集体性、社会性的紧张和严肃性。当时许多人是通过这种东西走到一起来的，这才是 80 年代种种文艺小圈子和思想群体"气味相投"的"底蕴"。

但这层意义上的解放，有几个问题现在应该提出来考虑。按今天的标准，80 年代实际上是很保守、很拘谨、很压抑的年代。毛泽东时代的禁锢，或者说那种规矩，那种严格的规矩还在，思想上的、组织上的、制度上的，户口制度、单位制度、人口管理、宿舍管理，等等。当时政治上的管理是比较严的。如果按照绝对标准，以及社会意义上的自由和思想文化意义上的自由来看，实际上 80 年代恰恰还是比较禁锢的，并不是一个自由的时代，并不是一个解放的时代；但是今天在回忆中，80 年代被重构为一个自由的时代、解放的时代。所以，我们今天要问这个"解放"和"自由"的实质是什么？难道只是经济领域的改革、物质条件的改善，机会和流动性的增加吗？显然不是，因为其实今天的中国社会在任何一方面都要比 80 年代更解放、更自由。但今天的人，特别是青年知识分子或像你这样的学生，恐怕未必会有类似的解放感和自由感。先不说今天的问题，回头看 80 年代，我们会看到，那时一切都在探索中，一切都至少在想象和理论的层面是可能的，而这种想象和理论思维不但是社会生活的核心，也是国家政治生活的核心，是所有人共同关心、共同思考，并觉得和自己休戚与共的事情。这里的关键是有一个全民的指向，大家感觉中国是在往前走，是在探索一个美好、更合理的社会，并且每一个人都应该是也可以是积极的参与者。这是一种真正的整体性、全方位的开放，它不仅是一种单纯的空间或量的扩张，而是基于一个集体认同的原点、基于共同的历史记忆和集体经验、向着一个模糊的但大体一致的社会远景生发出来的能量和热情。我们今天可以批判地检视对那个“美丽新世界”的集体想象和价值假定，但首先应该历史地看到，这是一种珍贵的政治热情，任何一个国家，任何一个社会，任何一个国民群体如果没有这种集体归属感、认同感、主人翁精神和个人的主观积极性，无论它在物质层面取得了什么成绩，都是没有希望的，也是没有幸福感可言的。我想这是我们今天回头看 80 年代时会带着一种复杂心情的深层原因之一。

经过 90 年代以来“稳定压倒一切”下的高速市场经济转型，再反思 80 年代精英群体在这个过程中主动或被动地扮演的角色，我们可以看到 80 年代思想空间本身的有限性。某种意义上讲，“向前看”的“前”最终落实到“钱”和作为现代官僚行政体系的国家自身的“理性化”。这种双重的“非政治化”给我们认识和思考问题都带来很多困难。简单地把这个“前”指认为西方价值制度，固然可以揭示 80 年代自由化想象的某种内在逻辑，但并不能解释当今中国社会从经济到文化，从政治到私人领域的复杂性。但即便 80 年代的政治性社会想象、文化想象和个人想象中包含种种关于私有制、市场、消极自由、接轨，“普世价值”的幻想，80 年代的历史可能性条件却仍然在相当程度上由它同毛泽东时代奠定的社会主义现代性和国家体制的基本框架的联系所决定，四项基本原则仍然作为正式的体制内语言界定整个中国社会的合法性基础。在今天看，正是这种矛盾、冲突、紧张和理论上的悖论说明了当时中国社会的可能性和创造的可能性，因为那时的“自由”和“解放”是坐落在一个明确价值和意义限制性框架内的自由和解放。

在这个意义上可以说，今天民间的或体制内的知识分子，当他们批评过去十年二十年甚至三十年的问题时，对 80 年代恰恰也有一种怀旧，但怀的也许恰恰是那个时候社会主义的因素。平等、公平、社会主义、革命，这些正面的价值在当时还是非常稳固的。80年代恐怕并不能说是一个自由化、青春、反叛和叛逆的年代。虽然由叛逆甚至颠覆性因素存在，但把这些因素统合起来的80年代根本特征，恰恰在于它是处于一个临界点，并在临界状态达到一个瞬间的、看似不可能的平衡。在今天的中国，人们可以很严肃地谈论社会主义市场经济的理论含义和具体实质，但是一般人认为这些矛盾无论在逻辑上还是在现实中都是不可调和的，是自相矛盾的。今天国内大量的对抗性社会性冲突和知识思想界对当代中国问题分析的软弱无力都说明了这一点。这些问题包括资本主义和社会主义的问题、左和右的问题、新和旧的问题、上和下的问题，但这些对立在80年代却处在奇怪的和谐中。革命的中国、毛泽东时代的中国和革命后的中国新旧交替，它们在这个十年当中是处在一个交集，或者说一个窗口。社会也好，中国也好，文化也好，这些都有极强的包容性。这个包容性是不是十年后必然会破灭？这种和谐必然被内部的矛盾冲垮，必然带来新的形态？这些都是需要带历史眼光好好重新考虑的。但在当时，这些矛盾客观上是被包容在一个总体性空间里。在今天，你可以说这种总体是一种幻觉，可能当时的知识分子是很幼稚的，但在当时，他们以为中国同时是既走在社会主义路上，又走在资本主义路上，同时是革命的又是后革命的，同时是个人的又是集体的。也可以说，在80年代还能用"不争论"的口号解决或回避的问题，自90年代以来已经越来越尖锐地摆在人们的面前，但此时的"我们"已经在具体的经济、思想和意识形态上分化为不同的、往往难于对话的立场、观点和社会群体了。

在今天，得出反面的讽刺性的看法并不难，难的是如何对80年代作一正面的理解。80年代作为一个历史阶段能不能提供这样一种可能，虽然是幼稚的，但在当时，它让我们想这样一个问题，就是在当代中国的形形色色的矛盾中能不能找到自己的方式，立足自己的传统和文化，立足于自己的客观现实，在现实和梦想之间，找到一种总体性，并为这种总体性命名？在今天，再来考虑这个问题，其难度要比 80 年代大得多，因为社会的每一个细胞都分裂了好多次，都比较定型了，社会利益集团也已经形成了。我们都说社会存在决定社会意识，不同的社会的立场，都已经形成坚固的话语的、利益的、组织的防护机制，所以可能很难找到 80 年代的那种一谈改革、一谈开放、一谈探索、一谈创新，大家就热血沸腾的状态。知识界为什么要“怀”80 年代的“旧”，是因为当时，不管你是学人文的、社科的，还是理工的，不管你在电影界、学术界，甚至你是军人、工程师，坐在一起都能谈，所以改革共识在当时是一个活生生的东西。

当时我还是本科阶段，后来毕业，刚开始在新华社工作，后在中央音乐学院，是一个普通的年轻教师，二十二三岁，当时就参与了很多这样的讨论，所有的门都是敞开的。在今天，新左派和自由派两边打得不可开交的那些人，当年许多都是同窗好友，一个宿舍的，关了灯什么都可以聊。大学是这样，社会也是这样。文化热之所以“热”是因为全社会关注，专家学者没有现在这样的权威和造作，大学和社科院里谈论的话题中学生也在谈论，普通干部也在谈论。在今天，这样的理想状态是不太可能了。至少随着知识的膨胀、信息的爆炸、专业化程度的提高，知识界早已萎缩为“学院界”，这个新学院出于各狭窄专业领域自身的游戏规则所使用的“行话”或“黑话”，其他学科的人既看不懂也不关心，就更别提学院界之外的人了。如今大家都这么忙，压力都那么大——就业的压力、挣钱的压力、出国的压力，好像谁也没有多少闲工夫去关注这些问题了。

徐　勇：就"重返 80 年代"这个角度，您认为 80 年代有哪些可能，在今天看来仍然还很有意义？

张旭东：80 年代在今天想来是好的现象，从社会学意义上无非是这几点。第一，国家的体制为全民共识提供了制度性空间。我们所有的人都在国家的荫庇下，大学生是国家的干部，所有人都在国家的框架内想问题，社会的事是国家的事，国家的事也是社会的事，自己的事，家庭的事，都是国家的事；相反，国家的事也是个人的事。呼吸与共，命运和共同体都是同一的东西，所有欲望的指向和想象，都被国家涵盖在内，国家的任何一种新的方向，都给全民带给一种激动，带来一种想象、幻想或者满足，或者一种兴奋。

第二，当时的社会分化还相对较小。城市和农村的分化，这是毛泽东时代就没有解决的问题。但是在城镇，在受过教育的国家职工，在国家体制内，差距相对还比较小。而现在的分化，即使在一个单位里，具体到每一个小单位，社会分化都以经济的逻辑把人分成不同的等级；那时没有，那时大家都是穷光蛋，所有的资本都是在国家的空间内，通过国家提供的渠道，就业机会、教育机会和工作机会来获得。并且，在这个渠道内，所有人的贡献，同时都是给国家作贡献，哪怕是在明确的自由化的方向上，也是如此。比如说电影界，第五代要改革中国电影，要探索现代派的世界电影语言，但是他们拍的电影还是西安电影制片厂的、广西电影制片厂的、北京青年电影制片厂的，还是中国电影，是用国家的资源拍出来的。一旦拍出来，就要通过国家的制度，通过国家的电影院发行，国家的刊物来评论。所以，今天的怀旧，哪怕把 80 年代想象成一个理想的时代，实际上却可能包含某种矛盾心理或政治无意识。即，随着社会越来越发展，当个人从国家框内摆脱出来，这个时候实际上这个社会又带有一种紧张的焦虑，担心这样一种分化、分裂、冲突和矛盾，会不会带来价值上的、文化上的、观念上的四分五裂，因此对 60—80 年代的国家的那种整体性有一种怀旧。那时的国家，是整个社会进步、发展和改革的引领者。国家同时担负着市场，不要忘了那时的市场世界、商品世界，是国家创造出来的，是国家提供条件的商品的世界；说得好听点，今天中国人有钱，其实是国家允许你有钱。所以我想，80 年代的复杂性，跟国家经历的阶段性的变化有关。

另一个层面是 80 年代和自由解放的联系。80 年代的自由解放，在当时是顺着毛泽东时代的中国脉络下来的，代表新的阶段。在今天看来，如果把 80 年代和今天之间画一条线，把这两点连起来，其指向与 1949 年的指向是不协调的。1949 年代表的解放，和 1979 年代表的解放，到底是同一个解放，还是两个不同的解放？这个问题是要问一问的，知识界要问一问，学术界要想一想。80 年代所代表的解放，个人的解放、个人的财富、法制意义的权利、公民社会意义上的权力、自由财产权、言论自由权、人权等，和中国革命代表的独立、自由、平等、公正等社会主义价值观之间是什么关系？在今天，这些问题已变得很明显。但它们在 80 年代这个奇怪的历史阶段里面，好像被调和了。80 年代，总的来说，一方面是一切都还不明确，在体制上模糊的暧昧的，包含多种可能性的时代；但另一方面在整体指向上又是明确的：改革，中国人不能再穷了。这个现代化的共识，是全民都认同的。我想，这么一个复杂性和复杂态度，并不是个人意义的对 80 年代的态度有多么复杂，而是 80 年代本身的暧昧性、含混性、歧义性，这多重意义在今天被人们看得越来越清楚了。

徐　勇：我想这或许与您的参照系和取向的不同有关吧。“重返 80 年代”，在我看来，其实有两个参照系：一个是 90 年代，一个是21世纪，这两个参照系的不同应该说某种程度上决定了"重返80年代"的不同取向。

按照您所说的，当今天的全球化和市场完成了80年代知识分子想完成而没有完成的东西时，却发现事实似乎并非如此，此时，"重返80年代"，就应该有对其得失成败的重新检视的味道在里面了。在这里，您既对80年代有所保留，同时又对90年代有微词；您看到了80年代和90年代之间的内在的关联处，即时间和历史的错位，以及奇怪的重叠；同时也看到它们内在的缺陷和不足。这种对80年代和90年代的超越是否与您站在21世纪的十字路口回望20世纪有关？

张旭东：我对80年代是有保留的。你看得很准确。我对80年代的批评，是基于对90年代的把握，是把它作为90年代乃至今天中国现状的"前史"，即一定程度上的社会根源和思想根源来看。在90年代里我批评的很多东西，我觉得在80年代还是隐含的，但在90年代却被明显化了、被零碎化了。那么为什么80年代包含的其他许多可能性没有在90年代被明显化反而被弱化了，被压抑了呢？为什么80年所包含的丰富的矛盾的不明确的东西，在90年代，比如经济方向上明确了，在整体方向却越来越不明确了呢？我想这都跟80年代本身的思想内涵和价值内涵有关，并且可以通过80年代追问到更早的阶段。进入90年代，整个社会那种天真、乐观、热情、积极的参与气质，那种"天下兴亡匹夫有责"的精神，那种"读书无禁区"、敢想敢做敢说的自主和进取性被一种自信的缺乏和犬儒主义所取代，因为个人同国家之间的隐秘的"契约"本身失去了政治意义，变成了一种单纯的行政治理和经济奖惩的关系。

中国在经济领域走上同全球资本和国际市场接轨的不归路，但同经济领域内焕发出的巨大活力相比，80 年代那个知识界、青年学生以主人公姿态、被国家邀请或自发地公开讨论有关民族国家命运的大问题的传统基本上中断了。

但与这种停滞萎缩状态相伴的，却是当代中国在经济领域和私人生活领域里的“与时俱进”。新的利益及利益集团、新的生活方式、新的价值观念每天都在通过新的生产方式、消费方式和交往方式被生产出来；新的社会存在必然有新的社会意识。一个客观存在的东西必然反映在社会意识里，而在“社会存在”方面，天天都在产生新的、完全无视国家合法性话语的社会意识，这一层又是完全管不住的。这种矛盾从 90 年代初到现在积累了二十多年。90 年代以后中国采取了一些灵活的努力，通过在经济领域推动改革、释放中国社会的活力来重新获得国际社会的承认，在经济和外交方面应对了以美国为代表的西方话语霸权的压力；但在文化、思想、价值观念等领域，却缺乏可以相提并论的创造性举措。过去二十年来的国际和国内环境的确教育了全民，包括知识分子，稳定其实是新的全民共识，但稳定不仅需要经济增长和生活水平的提高，同样也需要与制度、思想、价值、意义、认同等方面的创造性开拓和建设。

80 年代开局很好但收束不好，一开始气象万千，令人振奋，但句号没有画好，遗留下了很多问题。80 年代的遗产在今天，该怎么总结？具体谈到今天的大学，自 90 年代后期以来出现的大学扩张，到目前为止难道只是在制造更多的学位、收获那些为评职称、拿项目经费、应付上级检查炮制出来的垃圾论文吗？但如果今天的中国还有一个知识界的话，它肯定还处在一种涣散软弱的状态，还没有形成有生机勃勃的思想生活，这同大学体制的膨胀相比，也是一种不平衡。90 年代以来，学术界、思想界和文化界越来越面临两种压力：一种是市场的压力。读书人这么穷，市场的诱惑那么大，很多人下海了，跳槽了，或者说文科系的好学生越来越少了。在80年代，我们上学的时候，念北大中文系的天经地义是最好的学生，而今天，考分最高的都到经管啊什么实用类的院系去了，一直到90年代末，中文系的很多学生都是别的系没考上调配过来的。这是一直到现在都面临的经济上的压力、市场的压力，即使是北大的老师也是这样。另一是所谓的专业化的压力。这是学院内部，但同样相对于学术的生产、思想的生产、观念的生产，它也是一种外在的压力，是外力。比如说大学排名、教师的职称、博士导师制度、核心刊物、国家的学术资源的分配、海外大学的交流和接轨学术地位是通过评估机制，通过量化的管理，通过制度的设置来衡量的，很多系改成院，系主任变成院长，造成了很大量的学术的空洞化、泡沫化。就是为了搭一个空架子，就是方便向国家要钱，排名上升了，或者做得像模像样了，好像和西方制度差不多了。这是叫体制性的专业化压力，穿靴戴帽，都很专业，但学术质量究竟怎么样，究竟是不是关系到知识，甚至是不是有助于真正的学术思想的发展，这也是很大的问题。自90年代以来的二十年，一直都是处在这两个压力之下，主要的精力还是在应对这两个压力。而80年代大家都没有钱，反而一身轻，想的都是很单纯的思想的、文化的问题；在这个意义上，在今天怎么恢复发扬80年代的这种传统，为了思想为了学术，为了单纯的思想的交流，大家一起做事情，而不是说为了职称为了权力，为了体制意义上的地位来做，这也是我们需要想想的。80年代过来的人，只要还没离开学术界，在大小不同的领域，都是在本领域里是有头有脸的人。80年代的那帮理想主义的年轻人，到今天是安于做学术技术官僚，还是能够在新的更高的更大的平台上动用更多的资源，来推动以类似80年代的思想交流、思想生活，这也是值得提出的问题。

徐　勇：您当年提出“重返 80 年代”，与您今天提出中国从 1919 年到 2009 年这一百九十年历程的“两个六十年说”中，把 80 年代放在 1949 年到 2009 年这一百六十年时段进行思考之间，有无一脉相承之处？

张旭东：80 年代作为新旧交替的转折点、平衡点或总体性的历史机遇，跟我后来这两年谈的“两个六十年”的问题有什么关联，这是个很好的问题。大家知道，从 1919 年到 2009 年这九十年，我是把它分成两个六十年，从 1919 年到 1979 年是第一个六十年，从 1949 年到 2009 年是第二个六十年，这两个六十年加起来一百二十年，可是 1919 年到 2009 年只有九十年，所以这里的重叠是当中的三十年，从 1949 年到 1979 年我是把它作为两个六十年的交集汇合点。也就是说，照今天的考虑，整个 20 世纪中国历史的承前启后继往开来的基础和总体，通过这种叙述结构，我把它定在毛泽东的中国，即 1949 年到 1979 年，而不是民国时代，不是改革开放不是“新时期”。简单地讲，如果把 80 年代作为承前启后，基本是处理后六十年的事情，正好 80 年代是处在新旧交替的位置；而如果把眼界放大点，考虑整个 20 世纪中国的问题，“两个六十年”的提法更合适。

毛泽东时代的中国是集前六十年甚至再往前推到 1919 年前，甚至辛亥革命，甚至戊戌变法，甚至甲午战争，甚至到鸦片战争，毛泽东时代的中国是集近代中国自强、独立、进步、革命之大成。这个最好的总结是人民英雄纪念碑的说法。新中国的成立是有这样的自我意识的，我们代表的是整个近代中国的历代仁人志士的奋斗。新民主主义论也好，社会主义论也好，是把民族革命和社会革命熔于一炉，通过新中国，通过大众文明，通过建国，社会主义国家解决了所有这些问题。到了毛泽东时代的终结点，实际上已经为毛泽东之后的中国打下了很好的基础。中国是在毛泽东时代第一个退出冷战格局，提出现代化的方针的。工业的基础、农业的基础、科技的基础、国防的基础，都是在毛泽东时代打下的；无论是改革，还是开放，实际上已经在毛泽东时代的后期，就是说转向已经基本做好了。邓小平上台后，只是在观念上、组织上，在说思想解放的意义上一下子摆脱了原有的框架，这功劳是很大的，是不言而喻的，但是从物质基础和体制基础意义上，毛泽东的时代其实已经打下了基础，这是今天越来越多的公正的人士都应该看到的。

今天中国的一切，不能离开毛泽东时代工业化的基本格局。80 年代作为后毛泽东时代的第一个十年，实际上是把毛泽东时代所孕育的巨大社会能量，潜能和包括被压抑的能量一下子释放出来。上山下乡，"文革"，一代人的十年被浪费掉，包括我父母这代人，他们刚好大学毕业，正是要做事的时候，不久就有"文革"，你能想想，大学毕业后十七年，一分工资都没涨过，这是我父母的命运。专业全被耽误掉，这是很惨痛的；但是这批人为什么在 80 年代这么强，思想领域为什么这么活跃？恰恰是因为前面十年二十年，被压抑的社会能量一下子爆发出来。80 年代有意思的地方是，几代人，差了十几岁二十岁的人，同时出来。我当时是二十岁左右，但是坐在一个房间聊天的有已经三十多岁四十多岁，甚至五十多岁甚至有六十多岁的人，面临着同样的兴奋感，在说同一件事情，没有等级观念。后来成为或自封为权威或"泰斗"的人，当时都刚刚回到学校，有的还只是研究生，所以也没有人摆谱摆架子。在一个密集的时空里大家同时出来，形成一场争论、一个话题，如果往细里划分，是好几代人在说同一个东西，所以是多重历史经验的汇聚和浓缩。

从具体的小例子你可以看到，80 年代的可能性，以倒叙的方式去想，80 年代指向未来的可能性，恰恰来自过去，来自 80 年代的史前史。我一直强调这点，我第一本书写的是“改革时代的中国现代主义”，虽然处理的是新时期的审美、形式和创新问题，但是反复强调的核心思想，是毛泽东时代的巨大的社会能量，是想象和自我，包括个人的尊严、个人积累的文化上和财富上的可能性，和世界性的参照系的结合，这么猛烈的突然的结合在一起产生的结果。80 年代的现代主义，一言以蔽之，形式上是现代派的，是西方的现代的，内容上仍是毛泽东时代的中国的，哪怕他们中有的人反毛泽东，他们的方式都是毛泽东时代的，他们的社会内容、道德资源和意志能量是毛泽东时代奠定的。他们可以是猛烈地批判“文革”，但其批判的方式，他们吸收西方现代派创新的方式，仍是毛泽东时代的中国人的方式。这和我国港台、东亚以及其他非西方世界的西方现代派审美资源的吸收方式，是非常不一样的。个人的记忆不一样，想象的空间不一样，体制的空间也不一样。所以，把 80 年代放在两个六十年的提法里面看，80 年代恰好是说明了，两个六十的交集是中间的三十年。这三十年的能量，从前一个轨道转到后一个轨道的转轨期是 80 年代，所以 80 年代包含了这么巨大的能量。

徐　勇：谢谢张老师！

图书在版编目(CIP)数据

幻想的秩序:批评理论与当代中国文学文化/张旭东著. —上海:上海人民出版社,2020
ISBN 978-7-208-16530-4

Ⅰ. ①幻… Ⅱ. ①张… Ⅲ. ①文学评论-文学理论-西方国家-文集②中国文学-当代文学-文学评论-文集
Ⅳ. ①I106-53②I206.7-53

中国版本图书馆 CIP 数据核字(2020)第 110819 号

策划编辑 薛 羽
责任编辑 张婧易
封面设计 梯工作室·周安迪

幻想的秩序
——批评理论与当代中国文学文化
张旭东 著

出　　版 上海人民出版社
(200001 上海福建中路 193 号)
发　　行 上海人民出版社发行中心
印　　刷 常熟市新骅印刷有限公司
开　　本 890×1240 1/32
印　　张 14.25
插　　页 5
字　　数 339,000
版　　次 2020 年 10 月第 1 版
印　　次 2020 年 10 月第 1 次印刷
ISBN 978-7-208-16530-4/I·1901
定　　价 69.00 元